KB248536

Desert

지식공감

차례

남자들의 상처의 도시

망원경 하나가 두꺼운 구름 속을 뚫고 깊은 안개에 덮인 도시를 응시
한다. 망원경은 곧 안개를 통과해 해안 언덕에 내려앉는다. 비슷한 모양
의 콘크리트 건물을 비추던 망원경 렌즈에 리브타뉴 양장점이라는 간
판이 비치자 렌즈는 까맣게 변하며 해안의 부서진 조개 마냥 바람에
날려 파도 속으로 사라진다. 파도 너머로 산맥을 통과한 대륙 내부의
차갑고 건조한 바람이 도시를 휘감는다. 때는 11월, 막 산업 혁명을 끝
낸 칸디나디아의 리브타뉴에는 자본가들과 실업가들의 열기가 모모켄
트 사막을 넘어서고 있다.

리브타뉴는 칸디나디아 대륙의 서쪽 해안에 위치한 거부(巨富)의 도
시다. 리브타뉴의 좌로는 슐레브 바다의 한류가 대륙의 남부에서 북부
로 흐르고 있고, 우로는 베이거스 산맥이 남북으로 달리고 있으며 산맥
의 동쪽에는 모모켄트 사막이 대륙의 중심부까지 발달해 있다. 산맥이
해안의 습윤한 바람을 차단하고 한류 때문에 나타나는 하강기류가 이
에 더해져 사막이 형성된 것이다. 리브타뉴는 봄과 여름에 슐레브에서

불어오는 서풍 탓에 한랭 습윤하고, 가을과 겨울에 불어오는 동풍 탓에 사막의 영향을 받아 한랭 건조한 도시다. 리브타뉴는 1년 내내 연안에 넓게 흐르는 한류와 동쪽에 위치한 사막 탓에 날씨와 기후 조건이 인간의 삶에 긍정적이지 못하고 그래서인지 칸디나디아 대륙에서 가장 먼저 농업 바탕 경제를 청산하고 산업 혁명을 이룬 건지도 모른다. 기후가 인간의 삶에 있어 기초적인 조건을 충족시키지 못할 때 인간의 두뇌는 빛을 번득이며 그 해결책을 찾는다. 어쨌든 리브타뉴의 자본가들과 실업가들은 대륙의 모든 소규모 도시에 자본과 혁신의 힘을 불어넣어 기어이 모든 것을 얻을 기세다.

랄프 도렌 씨는 그러한 성공한 사업가 중에 으뜸인 자로서, 이미 대륙의 북부 소도시와 서남부 지역에 그의 자본과 기계에 대한 지식, 경영 방식을 심고 있었다. 그는 북부의 살바토라에 대규모 자전거 공장을 성공적으로 운영 중이었고 서남부의 이루네라에는 금광을 개발 중이었다. 그리고 그가 거주하는 리브타뉴에서 그는 홀로 새로운 기계와 기술을 연구했다. 기계와 기술에 대해서 그는 다른 사람과 함께 연구하지 않았고 새로운 기계의 도면과 설계 방식이 모두 논리적으로 맞아떨어질 때면 도면과 기계에 대한 모든 내용을 누가 보지 못하도록 찢어 불태웠다. 랄프는 기계에 관한 그 어떤 재능도 갖고 있지 않았지만, 집요하고 꾸준한 노력으로 다양한 종류의 발전적인 자전거들을 개발했고, 지금은 항해에 관련된 기계와 자전거보다 빠르면서 안전한 육상 수송 기계를 생각 중이었다. 또한, 그는 서남부 지역에서 금광을 개발해 얻을 수익으로 어떤 설비를 무엇을 생산하는 데 투자해야 할지 열심히 생각하고 있었다.

랄프가 리브타뉴의 연구실에서 몰두해 있는 동안, 그가 기대하는 두 가지가 있다. 밤새 고민해 마침내 기계의 도면을 완성했을 때 2층 창가

너머의 나뭇가지 위에서 새가 아침을 알리며 지저귈 때와 그의 친한 동료인 닐로부터의 격려 편지가 바로 그것이다. 닐은 랄프보다 두 살 적은 54세로, 리브타뉴 지역이 농업에 적합하지 않은 기후를 근거로 이 지역에 대한 주요 식료품 공급을 목적으로 리브타뉴 북쪽에 위치한 소도시에서 채소와 과일 가공 공장을 시작해 성공했다. 게다가 남쪽의 다른 소도시에서 생선 통조림 공장을 열어 그곳도 성공했다. 닐은 사람과 사물의 전체 관계에서 파악되는 직관으로 그의 사업을 정해나갔고 동시에 통조림통이나 공장의 기계 라인 설비에 대한 독자적 연구력을 바탕으로 자신의 자본이 헛되이 쓰이지 않게 신경 쓰며 사업과 연구에 매진했다. 그러나 닐은 랄프처럼 기계에 집요하게 군다거나 기계에 대한 모든 요소를 체계적으로 모두 알고 난 뒤 기계를 만드는 스타일은 아니었다. 닐은 오히려 하나의 시스템을 이루는 기계의 부분과 부분의 연결 원리를 생각하며, 직접 부분들만을 만들어 연결해 보고 또다시 만들기를 반복하면서 미비한 점을 하나씩 보완해 전체적인 하나의 기계를 만들어 내는 자였다.

랄프가 일에 집요하고 체계적이라면 닐은 용납하고 직관에 따라 일을 처리하는 사람이었다. 더군다나 닐은 랄프와는 다른 방식의, 자신만의 기계류 연구 방식이 있어서 랄프의 도면을 탐낸 적도 없다. 그리고 랄프와 닐, 두 사람이 성격은 다르지만 모두 성공 가도를 달려와서인지 서로 이야기를 나누면 그들만의 통하는 무언가가 있었다. 그렇다고 해서 그들이 서로 닮아가지는 않았다.

랄프가 아침까지 그의 사무실이자 연구실에 남아있을 때, 그의 피곤을 싹 가시게 할 또 다른 소식이 직원을 통해 날아들었다. 칸디나디아 대륙의 동쪽 지역은 거의 대부분이 미개척지로 남아 있었다. 칸디나디아 대륙은 아직 육로상의 운송 수단이 개선되지 않은 상태였으나, 더 나은 육로 교통수단은 아직 랄프의 머릿속에서만 움직일 뿐이었다. 베이거스 산맥을 넘지 않는 칸디나디아 대륙 서쪽의, 길게 뻗어있는 지역 간에는 석탄을 동력원으로 한 배가 운송 수단으로써 공산품과 기타 물품을 부지런히 교역했고 이러한 석탄을 동력원으로 한 배를 만든 도노프 데이모 씨도 거부(巨富) 중의 거부로 명성을 누렸다. 칸디나디아 대륙의 서쪽 지역 간에는 남부와 북부 그리고 중부의 리브타뉴까지 서로 배를 수단으로 교역할 수 있었으나 칸디나디아 대륙 동쪽 지역은 대륙 북부 해안 지방의 사나운 종족 때문에 해로가 막혀 있었고, 대륙 남부의 바다에 떠 있는 빙산과 긴 해로 때문에 거의 문명의 소외, 낙후된 지역, 혹은 새로운 광물과 자원이 가득할 땅으로 인식되고 있었다. 물론, 랄프도 칸디나디아 동쪽 땅에 관심이 없는 건 아니었지만, 그로서는 선뜻 그곳에 접근하기가 쉽지 않아 마음속으로만 생각하고 있었다.

랄프의 직원이 가져다준 소식도 바로 미개척지이자 자원이 충분히 생산될 수 있을 정도로 많은 것으로 추산되는 칸디나디아 동쪽 땅의 슬로모트라는 지역에 관한 것이었다. 랄프는 슬로모트라는 지명을 지도 상으로 확인한 적은 있지만, 특별히 관심을 가진 건 아니었다. 직원이 가져다준 소식은, 칸디나디아 대륙 북쪽의 종족, 즉 레프타인이 종족 내부에서 서열 전쟁을 일으켜 남자는 거의 전멸했다는 것이다. 게다가 슬로모트 지역에서 철광석 광산이 발견되었고 그것도 매우 질이 좋은 철광석이어서 산업 발달에 큰 도움이 될 터였다. 대륙 북부의 위협적인 레프타인 남자들도 저절로 제거되었고, 항로 확보만 남은 상태였다. 리브타뉴에서 칸디나디아 대륙의 남부로 내려가서 동부로 올라가 슬로모트로 가는 항로는 북부를 통과하여 가는 항로보다 2배 이상 길었고 게다가 칸디나디아 대륙 남부에 자리한 거대한 빙판에서 뜯어져 나온 빙산 때문에 남쪽 항로는 이송에 제한적이었다. 랄프는 상황 파악을 끝내고 광산의 이득권을 취하고자 슬로모트의 광산을 개발한 도터 라미르 씨를 만나기 위해 밤을 새운 퀭한 얼굴을 뜨거운 물로 씻고 연구실을 나섰다.

단독으로 일궈낸 슬로모트의 광산을, 게다가 접근성까지 확보된 이 중요한 시점에서 양보할 리 없는 라미르 씨였다. 당장 광산 개발에 자본을 투입해도 될 만큼, 북부의 레프타 족이 약해져 있는 이때 그들을 제압하고 대륙 북부의 해안 항로를 뚫기만 하면 되었다. 힘들게 베이거스 산맥을 넘고 차갑고 메마른 모모켄트 사막을 지날 필요도 없었다. 랄프는 라미르 씨를 설득하고 있다.

"레프타 족의 남하를 유도하고, 그들의 북부 해안가 지역의 땅을 차지해, 순조롭게 칸디나디아 북부 항로를 여는 것, 그 누가 이 일을 가장 쉽고도 평화롭게 처리할 수 있을까요? 지금이 아니면 또 레프타 족은 남은 자들과 살아남은 자들을 중심으로 다시 세력을 키울 것이고, 철광석이나 혹은 제련한 철을 이송하는 데 있어서 사막과 산맥을 통과하거나 멀고도 얼음투성이인 남쪽 항로를 선택해야 할 텐데요. 라미르 씨, 현명한 선택을 하세요. 7:3이면 괜찮은 계약입니다. 북부 항로를 여는 대가로 저에게 광산개발권의 3할을 주십시오."

랄프의 언변에 완강하던 70대의 라미르 씨도 고개를 끄덕인다.

"순조롭고도 평화롭게 그리고 될 수 있는 대로 빨리, 반드시, 북부 항로를 여시오. 광산개발권 3할을 주리다."

랄프는 라미르 씨의 사무실을 나서면서 칸디나디아 북부 해안의 항구 개발과 항로 이용에 따르는 통행세에 관한 항로 개척의 부가적인 사업들을 생각하고 있었다. 슬로모트 광산개발권 3할에 더해 항로 개척에 따른 부가적인 사업도 그가 랄프 도렌이기에 반드시 해낼 것이었으므로 그는 오늘 라미르 씨를 방문한 것에 매우 만족했다.

'닐이 부러워할까? 아니야. 닐은 적당한 수준에서 만족할 줄 아니까.'

랄프가 사무실에 도착하자 비서가 낯익은 봉투를 내밀었다. 닐의 편지다. 닐은 바나나가 가장 잘 익었을 때의 샛노란 빛깔을 무척 좋아했다. 그래서 제지공장의 샐본 씨에게 그가 좋아하는 노란빛의 종이를 만들어달라고 했을 정도였다. 그러한 샛노란 봉투를 즐거운 마음으로 받아든 랄프는 갑자기 미소를 얼굴에서 거두었다. 닐의 편지, 랄프가 가장 좋아하는 선물 중의 하나였으나 닐은 요즘 들어 랄프에게 삶에 대해, 그리고 50대 남자가 사회 속에서 혹은 개인적으로 어떠한 모습으로 존재해야 하는지 집요하게 파헤치는 편지를 보내오고 있었다. 일주일 전의 지난 편지에는 지금의 나이에 이르러 생각해 보건대 산다는 것이 모든 걸 체념하고 삶은 모두 그런 거라고 받아들이는 60대에 이르기 전, 50대의 남자로서 아직 자신의 힘과 의지로 새로운 선택을 할 나이에 자신의 삶에 대해 다시 생각하고 있다고 했다. 그러나 닐은, 랄프에게 그 어떤 선택이나 결단을 강요하지 않았으며, 닐의 편지도 그저 닐이 혼자서 사유한 것에 머물렀을 뿐이었다. 랄프는 다소 무거운 마음으로 편지지를 꺼내 들었다. 흰 편지지에 노란 민들레를 수채로 그려놓았다.

도렌 씨라고 불러야 하나?

하하, 나의 랄프, 나에게 자넨 항상 랄프여야 해.

일에 대해, 특히 사내로서의 바깥일에 대해 자네처럼 혁신적이며, 제대로 하는 남자도 드물어. 그럼에도 자네와 내가 일에 대해서도 각자의 가정에 대해서도, 한 명의 인간 그리고 남자로서도, 다른 면을 지녔다는 걸 자네도 충분히 알고 있겠지? 나는 지금의 식품 사업에 대해 어느 정도 만족하고 있어. 자넨 아마 또다시 일을 벌이겠지? 상황을 잘 포착해 자네의 능력으로 새로운 경제력을 일구어내는 자네를 보는 건 그리 어렵지 않은 일이지. 물론, 물질, 자원, 제품을 만들어내는 일이 중요하지 않다는 건 아니야. 다만 나를 괴롭히는 일들에 대해 아직까지도 그 사유의 끝에 존재할 그 무엇에 대해 어떤 단서도 잡지 못하고 있어.

물론, 그건 랄프 자네에게도 무리라고 보네. 최근, 몇몇 철학책을 비롯해 권위 있는 상을 받은 인류의 정신적 유산들을 죄다 구입해 읽었네. 그럼에도 인간으로서, 남자로서, 내 삶의 이 시점에서 내가 내려야 할 어느 하나의 결론을 내리기가 쉽지 않아. 인간이 선한가 악한가의 문제도 아니고, 인간이 정신적인가 물질을 중시하는가 그러한 문제도 아니야.

이를테면, 나로서 내 스스로 나에 대한 상대론적인 결론을 내리고, 남은 삶을 그 결론대로 이끌어 살고 싶을 뿐일세. 어떻게 보면 지난 생애가 외부에서 주어지는 필요를 쥐어 잡고 달려온 것이고, 때가 되어 가정을 이루고, 남편으로서 아이들의 아버지로서 살아왔고, 또 곧 부모님 마냥 인생에 대해 체념하고 삶이 그런 거라며 하루하루 늙어가겠지. 하아, 자네 알겠나? 이 현실적인 삶이 겉보기엔 너무나도 완벽하다는 말이야. 하지만 나는 내 스스로 이룩한 사유에 대해 빈곤을 느끼고 격하게 내 삶을 증오해. 아내와는 남자의 성장, 혹은 자기 자신을 찾는 것, 개인적 사유와 그 결론으로 살아갈 삶, 이런 게 전혀 논의되지 않네. 내 사업과 종업원의 월급, 새로 이룰 사업, 아이들이 공부를 잘한다는 것, 내가 가장으로서 자랑스럽다는 것, 언제나 이런 이야기뿐이지. 이제 알겠나? 이젠 그 어떤 나의 사유도 없이 그저 외부의 요구 때문에 내가 덥석 그 일을 받아들일 거라고는 생각하지 말게.

스스로 그 모든 것에 대해 사유하고 내린 결론을 원할 뿐이야. 만약 그것이 내 일상의 현실적 요소를 다소 손상시키더라도 난 바라고 있는 거야. 돌이켜 보건대 정말 바보 같은 건 지금껏 나는 내 생각이라는 걸 주장해보지 못하고 살아왔어. 일과 필요는 남자로서 당연히 해야 할 의무였을 뿐이야. 그 일에 파묻혀 어느새 내 삶에 대해 한 번이라도 제대로 사유해 보지도 못한 채 60대가 되어 삶은 그러한 거야, 라는 둥 삶에서 우러나온 지혜처럼 들리는 그런 말들로 나도 자신을 위안하고 있겠지. 시간이 얼마 남지 않았어. 6년만 더 지나면 60대가 되겠지? 자네는 조금 더 빨리 60대를 맞겠지?

내가 인식한 나의 존재로 존재하다가 끝까지 체념 따윈 모르고 생을 마치고 싶어. 자네, 나 때문에 우울해졌나? 그렇다면 미안하네.

오늘은 어두운 노랑, 벗, 닐로부터.

랄프로서는 오늘따라 그의 내부에서 치밀어 오르는 모호한 생각 덩어리들을 느꼈다. 그는 마치 모든 사유가 뒤섞여 그 안의 어떤 모습도 분명하게 표현할 수 없다는 기분에 사로잡혔다.

'쳇, 괜히 닐이 밉군. 오늘같이 중요한 날에 마음을 들쑤셔 놓다니. 하긴, 그래. 이런 시각, 물론 좋아. 마음에 들지만 이런 생각이 내 현실을 위협하지는 못한다구.'

랄프는 비서를 불러 레프타 족의 상황을 더 자세하게 조사해오도록 했고 그의 물소 가죽 의자에 앉아 생각에 잠겼다. 그가 어릴 때였다. 그때 그의 집에는 한 명의 레프타인이 종으로 살고 있었다. 그는 피부가 붉고 윤이 났으며 눈이 매우 크고 곱슬머리에 바싹 마른 몸이었다. 랄프는 그 레프타인과 친했고 레프타 어도 자연스럽게 습득했다. 랄프가 14살이 되던 해 그 레프타인은 총에 맞아 죽었다. 랄프의 아버지 네프 도렌 씨가 지역 폭력 조직의 목표가 되었던 것이다. 그때 랄프는 아버지를 잃었다. 아버지의 사업이 확장 중에 괜히 폭력 조직의 사업 영역을 건드린 것이 화근이었다. 랄프의 얼굴이 시큰해진다. 그는 의자에서 일어나 창밖을 내려다보았다. 리브타뉴의 항구엔 석탄으로 움직이는 설계된 배들이 늘어서 있다.

봄과 여름엔 한류와 서풍 탓으로 다소 싸늘하고 습하며, 가을과 겨울엔 동쪽의 사막과 동풍 탓에 춥고 건조한 리브타뉴다. 리브타뉴는 기후가 사람의 삶을 결정하도록 내버려두지 않은, 칸디나디아 대륙에서 최초로 산업혁명을 완성한 곳이다. 랄프는 젊은 시절부터 지금까지 이루어 온 혁신과 사업들, 그리고 쌓이는 자본과 새로운 투자지, 그리고 다시 쌓이는 자본을 생각했다.

'닐, 산업 혁명이 이 도시를 휩쓸고 간 뒤, 우리에게, 우리 남자들에게 남은 건, 무얼 해서라도 오직 자본을 만드는 일이야. 최소한 비참해지지도 않을뿐더러 더 이상 당하지도 않지. 그런 개인적 사유 일랑은 사업과 가정, 미래를 위해 허리춤에 찬 주머니처럼, 그렇게 존재 밖에 매어두는 거야.'

랄프는 먼바다를 응시했다.

'저 멀리 탄디누니아 대륙과 란게디티 대륙이 있지. 우선, 칸디나디아 대륙의 동부에서 사업을 해야 해. 어려운 걸 격파해 나갈수록, 쉬운 건 재미없어지니까. 그리고 저 바다 너머로 우리가 더 빠른 시간에 안전하게 도달할 수 있는 기관과 그 기관을 움직일 새로운 자원을 개발해내야 해. 그게 우리에게 더 의미 있고 난 그게 더 좋아, 닐. 어쩌면 아버지께서 사업 때문에 돌아가시지 않으셨다면 나도 사유하는 점잖은 사람으로 자랐을지도 모르지. 훗, 그 폭력 조직의 멸망에 사용된 무기가 뭔 줄 아는가, 자네? 바로 나의 자본이지. 그러니 당분간 자네의 한탄소리는 나의 자본에 대한 끌림 속에 묻어두도록 하지.'

리브타뉴가 더 춥고 건조해지면서 해가 바뀌었다. 랄프는 이미 종족 내부가 술렁해진 레프타 족이 자기 종족에 대한 지도력까지 상실한 것을 간파했으며 동시에 레프타 족의 변화에 대한 시대적·인도적 요청을

함께 읽어냈다. 더군다나 랄프가 레프타족을 설득할 때 사용한 무기는
감정에의 호소였다. 그의 어린 시절 만난 레프타인과의 추억과 감회가
레프타 족 여인들을 휘감았으며, 결국 레프타 족은 칸디나디아 대륙 최
북단의 따뜻한 해안 지역을 내어주고 북서부 내륙 지역으로 남하했다.
레프타 족은 랄프의 자본과 지도력으로 문명 세계를 만났으며, 랄프는,
그들이 새로운 땅과 삶에 정착하는 사이, 칸디나디아 대륙의 최북단 해
안 지역, 즉 레프타 족의 이전 거주지에 항구를 건설해나갔으며 동부
칸디나디아로 가고자 하는 배들의 통행세까지 계산해 두는 등 랄프만
의 사업수완도 보여주었다. 물론, 대륙 동부의 슬로모트에 대한 추가적
인 지질 조사까지 마친 상태였다. 질 좋은 철광석이 지면 가까이에 대량
으로 묻혀있다는 것이 최종 확인되었고 랄프는 아주 만족했다.

　이러한 랄프의 사업적으로의 이중적 성과, 아니 레프타 족에 대한 인
도적 지원까지 합하여 닐은 단 한마디 했다.

　"랄프, 자넨 참으로 윤리적인 자본가일세."

　랄프로서는 썩 듣기 싫은 말은 아니었다. 사실, 자본이 쓰여야 할 순
간을 알고, 또한 자본을 벌어들여야 할 때를 아는 것이 자본가이자 어
른 남자의 개인적 성취와 사회적 의무를 동시에 이루는 것이라고 생각
해 왔던 랄프였다. 랄프는 이 모든 걸 행동으로 옮겨 이익과 업적 모두
를 이룩할 수 있었던 것이다. 랄프가 레프타 족의 회유를 통해 북부 항
로를 개척하고 또 이와 관련해 추가적인 사업을 구상하고 또 실현하며
슬로모트의 광산을 조사하는 동안 랄프가 보기에 닐은 다소 못마땅했
고 반은 정신이 나간 사람처럼 보였다.

　'뭐? 개인적 존재의 의미? 그런 것들은 이미 유년기에 다 잘려나갔단
말이지. 생각이 막 생겨날 때 모든 의미는 내게서 한 번 태어나보지도
못하고 죽어버렸어. 이제 와서 그걸 생각하라고? 미친 소리!'

랄프 답지 않은 흥분이었다. 닐이 돌아가고, 랄프는 사무실의 불을 끄고 의자에 앉아 미동도 하지 않는다. 약간의 흐느낌, 그걸로 그 감정은 끝이었다. 랄프가 퇴근하고 '리구동'에는 노동자들의 시끌시끌함과 맥주 냄새가 진하게 항구로 내려왔다.

다음 날이었다. 랄프는 철광석으로 할 수 있는 것들의 목록을 뽑아보았다. 그리고 머릿속에서 설계 중인, 자전거보다 빠르면서 상대적으로 안전하며 사람과 물류를 육로로 수송할 수 있는 기계와 철의 용도가 자꾸 맞물렸다. 자전거도 나무보다는 철이 훨씬 튼튼한 재료임을 감안할 때 빠른 속력과 그 기계 속에서 기계를 조작하는 사람의 안전을 위해서도 그 기계의 재료가 철이어야 한다는 생각에 점수를 더 높이 두는 랄프였다. 육로 수송 기계에 대한 다른 생각을 잇다가 상당히 어려운지 그는 머리를 지끈지끈 눌렀고 어쨌든 그는 모든 과정을 생략하고서, 최종적인 제품으로서 그것이 가져야 할 특성을 노트했다. 저녁까지 시간이 흘렀지만, 그는 그 제품을 만드는 과정이 얼마나 복잡하고 혁신적인지에 혀를 내두를 뿐 그것의 완성된 설계도는 꿈도 꾸지 않았다.

다음날 그는 이 제품의 설계와 과정에 대한 자신의 관념적인 기계론을 내려놓기로 했다. 랄프가 자신이 구상하고 만들 제품의 설계에서 빠진 건 처음 있는 일이었다. 단순한 구조의 자전거에서 복잡한 설계가 적용된 자전거에 이르기까지 그는 모든 걸 머릿속에서 처음부터 끝까지 스스로 설계하고 완성해 제품을 냈던 것이다. 그런데 이번에는 육로 운송 수단을 움직이는 동력원과 동력 장치, 그리고 그 빠른 기계를 인간이 움직이는 방식까지 그 기계에 대한 모든 시스템이 워낙 복잡해서 구름 속에서 먼지를 찾는 기분이었다. 랄프는 닐을 불렀다.

닐의 얼굴이 좀 어둡긴 했지만 랄프는 바로 본론을 꺼냈다. 철을 이용해 이러이러한 기능을 가진 제법 빠른 육로 운송 기계라는 설명을 들은 닐이 말했다.

"우선 바퀴는 4개여야 하겠군. 가끔 6개, 8개도 가능해. 지면에서 그 무거운 물체가 지탱해 있으면서 안전하게 그리고 빠르게 지면 위를 달리려면. 하지만 무척 어렵긴 해. 남자로서 도전해볼 만하군."

'어쨌든 대단한 위인이야.'

랄프는 닐이 개인적 고민 못지않게 남자다운 일에 보이는 도전 정신에 기분이 좋아졌다. 그날, 랄프는 안개꽃 한 다발과 화이트 와인으로 아내에게 점수를 땄고 오랜만에 세 아이의 숙제를 도와주었다. 랄프는 어머니가 요즘 꽤 말수가 없으신 것 같아 어머니 방으로 가서 애써 어머니께 말을 건다.

"쵝 씨 집에서 지붕 공사를 새로 해서 집이 멋지던데요? 우리도 지붕 공사를 하거나 벽에 페인트를 다시 칠할까요? 어머니는 어떻게 하시는 게 좋으신가요? 게다가 무브렝 씨 집에는 새 하녀가 들어왔는데, 구석구석 얼마나 먼지를 잘 닦아내는지 몰라요. 아주 만족하시더라고요. 우리도 일 잘하는 새 하녀를 한 명 더 쓸까요?"

"네 아버지는 ……돌아가셨지?"

랄프는 잠시 멈칫했으나 곧 차가운 목소리로 대답했다.

"네. 그분은 돌아가셨습니다. 그러므로 그분은 여기에서 우리와 함께 살 수 없습니다."

"그렇겠지? 사실을 말해줘서 고맙구나, 애야."

랄프의 어머니는 흔들의자에서 일어나더니 조심스럽게 한 발자국씩 걸어 침대로 가서 이불을 덮고 누웠다. 적막이 두 모자 사이를 감쌌다. 돌아서는 랄프의 눈에서 눈물이 주르륵 흐르더니 그는 이내 방을 나갔다.

닐은 랄프가 완성하고자 하는 그 제품의 상세한 구성 요소와 제품을 사용할 때 필요한 사항을 랄프에게서 메모했다. 각 부분과 부분들의 연결과 전체의 시스템이 맞아떨어지는 이 제품을 생산하려면 세밀하고 매우 많은 부품을 만드는 기계를 따로 설계해야 하고, 또 부분 간의 연결과 전체 시스템을 제어하는 어떤 장치와 함께 사용자가 이 장치를 제어할 수 있게 그 사용법을 익힐 필요가 있다며 닐이 말했다. 이 운송 수단의 개발에 많은 시간과 비용이 들 터이지만, 칸디나디아 대륙의 주요 도시 간에 교역량이 늘고 있고 소규모 지역들까지 물품이 수송될 수 있고 또 인력이 이동하는 데 편리성을 주는 점을 고려한다면 이 제품이 반드시 꼭 필요해질 터이니 닐은 개발 의사를 확고히 보여주었다. 닐의 설명과 추진력에 크게 만족한 랄프였다. 기계를 개발하는 데 있어 닐은 직접 만들어 보고 실패해가며 다시 설계하고 다시 만들기를 반복하고 보완해 가면서 결국 자신의 사업에 이용되는 설비와 세세한 개발품까지 직접 만든 이였다. 기계를 만드는 과정에서 세밀한 검토를 직접 해보고 적합성을 판단할 수 있는 닐의 능력은 아무리 다시 생각해도 이번 제품 개발에 닐이 적임자임을 랄프는 확실히 알 수 있었다.

"그나저나 이 운송 수단을 뭐라고 부르지?"

닐이 물었다.

"글쎄……."

잠시 후, 닐이 손바닥으로 무릎을 쳤다.

"올스라고 하는 건 어떤가? 간단하면서도 독특하고, 이제 개발의 시작 단계고 그래서 무슨 비밀 암호 같기도 하고 좋군. 개발 후 자네의 마음에 들지 않으면 바꾸면 되잖나?"

"올스라……. 좋군. 그 이름으로 하세. 올스 개발에 당장 필요한 자본은 어느 정도인가? 과정을 거치면서 계속 대도록 하지."

"난 그저 내가 랄프 자네의 친구이기에 맡는 일일세. 비록 이 일이 칸디나디아 대륙에 요청되는 기술 개발이긴 해도 말일세. 우선은 내 자본으로 시작할 걸세. 올스의 부품들을 만드는 기계 개발에 들어갈 때 제법 자본이 필요할 걸세. 그때 내가 정직하게 자네 자본을 요청하지.”

닐이 일어서려 하자 랄프의 얼굴이 심각해졌다.

“올스 개발에 대한 특허권 문제는 어떻게 하지? 자네가 대부분을 개발하는 거라서…….”

닐은 빙그레 웃었다.

“반반으로 하면 되잖나. 어차피 올스에 대한 최초의 아이디어는 자네에게서 나왔고 제품의 전체적 필요 요소나 사용 용도에 대한 자세한 계획은 자네의 것이고 또 개발을 내가 하는 것이니, 자네에게 권한이 절반 있고 내게도 물론 개발이 성공할시 절반의 권한이 있게 되는 것일세. 나중에 올스의 부품들을 만드는 기계를 제작할 때, 자네의 자본을 톡톡히 요청할 테니 그때 각오하라구. 물론, 모든 부품을 손으로 만들어 올스를 만들 수 있을지도 모르지. 하지만 그런 소량 생산으로는 앞으로의 올스에 대한 대량 수요를 감당할 수 없을 거네. 그래서 올스의 개발 과정에서 올스에 들어갈 부품들을 만드는 기계까지 만들려는 것이니, 나중에 뒤로 빼지나 말게나. 랄프 자네로서는 그럴 일이 없겠지만. 이만, 나도 사무실로 나가보겠네.”

닐은 랄프의 대답도 듣지 않고 랄프의 사무실 문을 나서며 씩 웃고는 사라질 뿐이었다. 물론, 랄프는 닐의 대답에 기분이 썩 좋았다.

‘올스를 대량 생산하면 육로의 인적·물적 자원의 수송이 활발해지고, 공장에서 생산한 제품이 수요가 적은 중심지까지 공급되겠군. 게다가 올스 자체의 가격도 제법 높을 테고, 대량 생산까지 하면, 닐과 나는 또 새로운 자본을 얻게 되겠군. 맞아. 자본가는 늘 혁신으로 새로운 제품을 만들고 시대를 선도해가며 그로써 얻게 되는 새로운 자본의 맛으로 사는 거야.’

아침까지 어두웠던 랄프의 얼굴이 싹 가시고 그는 흡족한 미소로 이러한 자신의 자본가 정신이 50대 남자의 자격이라고 생각하며 다시 자기만족에 빠져들었다. 특허권을 반반으로 하자는 닐의 제의도 좋았고, 올스에 관한 모든 게 만족스러운 오전이었다. 랄프는 다른 기계에 대한 설계를 잠시 잊고, 비서에게 뜨거운 홍차와 카스텔라를 좀 가져오도록 했다.

오후에는 서남부 금광의 성과를 보고받았으며, 퇴근 전 닐의 따끈한 노란색 봉투의 편지를 받았다. 금광에서 캐낸 원석들은 현지에서 바로 가공되어 골드바로 만들어졌고 랄프는 이를 철통 보안 하에 리브타뉴까지 수송하고 있었다. 한 번에 많은 양이 실리는 경우는 드물었다. 랄프는 그렇게 해서 얻은 골드바를 은행에 보관하고 또 그날 시세에 따라 현금으로 전환해 예금해 두었다. 랄프는 금광의 이번 성과로 곧 금을 리브타뉴 해안에서 받을 예정이라 기분이 좋은 데다 최근 자신의 내면적 사유에 대한 부분을 편지에도 주장하지 않고, 멋지게 올스 개발을 받아들인 닐이 탐탁하기도 해서 약간 늘어진 기분으로 닐의 편지를 펴 보았다.

랄프, 친애하는 랄프인가? 존경하는 도렌 씨인가?

하하, 랄프. 내 사업은 특별한 다른 혁신을 요구하지 않을 정도고 내가 그동안 기계 개발에 손을 놓고 있는 동안 괜한 심술이 내게서 나와 자네를 괴롭힌 듯하네. 올스의 개발에 대해서는 천천히 그러나 역동적으로 추진하려고 하네. 생각보다 규모가 큰, 중요한 사업임에는 틀림이 없네. 난 올스의 개발에 내가 투입된 것에 상당히 만족하고 있어. 솔직히 날 괴롭히던, 어떤 정신적인 면에서의 나의 성장과 그 성장을 나타내어 내게 만족을 줄 결과에 대하여, 그러한 결과로 이끌도록 하는 그 무언가를 찾는 일은 어디에서부터 시작해야 할지 모르겠어. 하지만 그러한 의문, 인간의 이러한 일상 속의 본질적인 일들에 대한 의문은 혼자만의 사유로 두기로 했네. 그 일이 어떤 회전을 시작해 어떤 분명한 모습으로 내 앞에 나타나기를 간절히 바라고 있을 뿐이야. 그러나 걱정하지 말게. 난 55세라는 걸 아니까.

랄프, 어쨌든 내게 어려운 과제를 내주어 고맙네. 덕택에 하루 종일 관념 속에서 헤매지 않게 되었으니. 그리고 걱정하지 말게. 난 이미 자네의 요청과 첫 시작에 필요한 요소를 자세하게 노트해 두었으니. 오늘은 충분히 쉬었으니 내일부터 올스의 개발을 위해 내 사무실 아래층의 연구개발실에 틀어박힐 테지? 당분간 편지를 평소보다 덜 보내게 될지도 모르네. 아무래도 이 일에 푹 빠질지도. 훗. 즐거운 저녁 되길 바라네.

랄프 도렌의 동료, 닐 크라우스로부터.

랄프는 퇴근길에 고급 스테이크 전문 식당에 들러 혼자 와인을 마시며 스테이크를 썰고는 과자점에 들러 8개의 쿠키 봉투가 들어있는 과자 상자를 샀다. 아내는 술 냄새에 이맛살을 약간 찌푸렸을 뿐, 랄프가 그녀를 확 껴안고서 귓가에 속삭이는 무언가를 들었을 때 얼굴이 붉어지며 2층으로 올라가 버렸다. 곧 계단 위에서 아이들이 내려와 과자 상자를 받아들고는 랄프의 뺨에 키스하기 위해 토끼처럼 뛰었다. 랄프는 아이들에게 허리를 굽혀주었으며 아이들은 랄프의 뺨에 키스하고는 시끄럽게 떠들며 2층으로 올라가 버렸다. 어머니의 방의 문을 조금 열어 보았으나 어머니는 잠들어 계셨다. 어떤 아픔도 없다는 얼굴을 하고서 말이다. 랄프는 서재로 들어갔다.

몇 권의 책을 들추어보긴 했지만, 반짝 떠오른 생각은 대륙 사이를 오가는 배에 관한 것이었고, 배에 대해서도 올스처럼 복잡할 거라고 생각했으나 지금 석탄을 동력원으로 움직이는 배가 개발되어 실제로 이용되는 터라 그는 석탄의 동력원으로서의 문제점 —연소 시 발생하는 그을음과 다소 약한 추진력— 을 해결할 새로운 자원을 찾고 또 그 자원으로 움직일 새로운 배의 동력 기관을 연구하기로 마음먹었다. 아직 미개척 분야인 올스 개발보다도 이 분야에서는 확실히 그 자신 혼자서도 해낼 수 있을 것 같았다. 지금 리브타뉴의 자본가들과 사업가들 사이에서 좁은 지역을 비행으로 오가는 기계, 대륙을 통과할 수 있는 비행체에 대한 생각이 오간다는 얘기도 들었으나 랄프는 코웃음을 쳤다. 아직 육상을 오가는 제대로 된 수송 수단도 만들지 못한 판에 비행체는 어떻게 만들 수 있는지 그로서는 비웃을 수밖에 없었다. 그럼에도 그는 비행체의 크기와 그것의 이·착륙 조건을 생각해 보았고, 이·착륙 시 그것에도 바퀴가 있어야 할 것이라고 생각하고는, 그것의 엄청난 속도를 감당하려면 지표면의 우둘투둘함부터 제거해야 한다고 생각했다. 그는 지면을 평탄하게 하는 작업은 올스의 이동을 위해서도 필요하다고 메모하고는 그걸 닐에게 전해줄 생각이었다. 서로 떨어져 있는 도시 간에 넓고 평탄한 길이 있어서 그 길로 올스가 이곳저곳을 다니는 것이다.

하녀 실바가 홍차와 케이크를 좀 가져왔고, 그는 뜨거운 홍차를 마시며 케이크에 손을 댔다. 잠시 의자에서 잠든 것 같았으나 그는 침실로 가서 옷을 갈아입고는 간단히 씻고 잠들었다.

다음날 사무실이었다.

'새로운 배를 움직일 새로운 자원이 칸디나디아 대륙에 묻혀 있지 않다면? 석탄 동력원보다 깨끗하고 강한 추진력을 낼 수 있는 그러한 자원이 칸디나디아 대륙의 어딘가에 묻혀있어도 지금의 기술로 개발할 수 없다면? 더군다나 새로운 자원으로 움직일 배의 동력 기관과 새로운 자원이 반응하지 않는다면? 석탄 배로도 어느 정도까지는 갈 수 있어. 하지만 동력이 너무 약해. 그리고 보면 어떻게 그 옛날 범선 시대의 배들은 새 대륙 탄디누니아와 란게디티에 도착했을까? 나로서는 죽음을 감수하면서까지 신대륙을 탐험하고 싶지는 않은데 말이지.'

랄프는 서랍 속에서 둘둘 말린 세계지도를 꺼내 세 개의 큰 대륙들을 주시했다. '첫째, 안전한 항해, 둘째, 신속한 항해, 셋째, 경제적 이익을 남기는 항해가 필요해. 300년 전 탄디누니아와 란게디티를 탐험하고 돌아온 이푸너티 경은 그곳에 온순하지도 사납지도 않은 원주민들이 산다고 했어. 그 후로, 두 차례의 신대륙으로의 항해가 있었지만 그걸로 끝이었지. 하여튼 배에 대해서는 생각할 게 많아. 이용 목적별로 다양하니까. 연안 해역의 어업을 위한 배, 자원을 실어 나르는 배, 어쩌면 탄디누니아와의 여러 물품 교역을 위해 제작될 수 있는 대형 선박, 그리고 신대륙의 모든 조건과 배의 모든 조건이 개선된다면 대륙 간의 관광을 위한 화려한 구조의 선박이 가능할 수도 있겠어. 나로서는 우선, 배에 대해서는 동력 기관 분석부터 새롭게 해보고 석탄을 좀 더 다르게 활용한다든지 그 후에 새롭게 개발될 동력 기관을 움직일 새로운 자원을 모색해 보겠어. 어쨌든, 시간이 걸리겠지만, 올스의 개발이 기다려지는군.'

랄프는 기지개를 켜고는 비서에게 커피를 주문했다. 커피를 마시고 잠시 창가에 서서 항구를 본 뒤, 금광에서 리브타뉴로 운항하는 배의 설계 도면을 펼치고는 동력 기관을 노트에 따로 그리고 그것과 석탄의 연소에 관련된 일련의 사실들을 적었다. 랄프가 여러 가능한, 더욱 센 동력 기관의 모습과 과정을 생각하며 골똘히 앉아 있을 때, 전화벨이 울리고, 급작스럽게 샘튼 씨가 방문했다. 랄프는 하던 작업을 모두 책상 서랍 속으로 밀어 넣고는 일어나 샘튼 씨를 맞았다.

샘튼 씨는 소형 배를 제작하는 회사의 사장이었다. 배가 나무 대신 철로 만들어지는 시대인 만큼 샘튼 씨는 이번에 질 좋은 철광석 생산에 대한 랄프 자신의 권한을 들었을 거라고 생각했다. 랄프는 샘튼 씨가 좋은 사람인 만큼 자신도 거래 조건을 들어볼 생각이었다. 철광석은 캐내는 대로 제련해 생산된 철을 판 모양으로 리브타뉴에 들여올 예정이었으나 아직 슬로모트에는 이제 막 제철소가 지어지는 중이었다. 이를테면 샘튼 씨와의 계약은 미래에 실제로 이루어질 성질의 것이라고 랄프는 짐작하고 있었다. 샘튼 씨가 괜찮은 조건을 내건다면 그도 흔쾌히 수락할 생각을 하고 있었다.

'역시 새로운 자본이 생산되는 건 느낌이 좋아.'

그러나 샘튼 씨가 꺼낸 이야기는 사업 이야기가 아니었다. 그에게는 그의 사업을 물려받을 외아들이 있었다. 올해 19세가 되는 루시오스 샘튼은 고등학교 때 공부도 곧잘 했고 아버지의 성공과 야망도 물려받을 자세가 되어 있는, 아버지와 어머니의 기대를 한몸에 받는 청년이었다. 그러나 이미 합격한 대학에 자신의 입학을 취소하고 방 안에 틀어박혀 나오지 않는다는 것이었다. 난동을 부리거나 예의 없게 행동하는 것도 아니었고 루시오스는 오직 아버지와 어머니께 지금 자신이 외부로부터 스스로 격리될 수밖에 없는 길을 선택한 것에 대해 한 명의 성인 남자로 거듭나기 위한 성장통으로 알고 조금만 이대로 자신이 어떻게 하든지 지켜봐 주고 이해해 달라는 말을 했을 뿐이었다. 식사도 어머니께 자신의 방으로 가져다 달라고 했고 1층으로는 도무지 내려오지 않는다고 했다. 그런 루시오스의 방을 들어가 보면 루시오스는 아버지께 정중히 인사하고 죄송하다는 말만 되풀이한다고 했다. 루시오스의 방에는 책장에 가득하던 책들을 모두 버리고 아무것도 적혀 있지 않은 스프링 노트 두 권이 책상 위에 놓여 있을 뿐이었다. 루시오스가 정신적으로 황폐해질까 두려워 몰래 정신과 의사를 찾아갔으나 퇴원할 기일이 보이지 않는 입원을 권할 뿐이었다. 루시오스가 예의 바른 것이 더 무섭게 느껴진다는 샘튼 씨의 말에 랄프가 입을 연다.

"결국, 올 것이 오고야 만 모양이로군요. 루시오스는 자신의 이중적인 성향을 잘 조절하는 아이여서 더욱 기특했는데 지금은 외부로부터 자신의 몸과 마음을 모두 잠가 버린 것 같습니다. 저도 그 아이가 예의 바르고 분명하게 의사를 밝히며 행동하는 것이 더 두렵게 느껴집니다. 매우 조심해야 해요. 이럴 때는 루시오스가 당면해 있는 인간의 내면적 성장을 이미 겪고 이해한 가정교사를 들이는 건 어떻습니까? 왜 시인이나 소설가들, 그런 사람들 말이지요. 몇몇 책을 구입한 후에 루시오스와 함께 이야기를 나눌 만한, 최소한 30세 이상의 가정교사 말입니다. 내면적 우울과 지성적 완성을 경험한 사람을 곁에 둔다면 최소한의 기한이 지난 후에는 그런 우울함이 자신만 겪는 것이 아니라는 걸 알게 될 겁니다. 그리고 모든 사람이 일정한 현실적 한계 속에서 살고 있으며, 일이나 사업은 더욱 그러하다는 것도 알게 될 겁니다. 내면적 고뇌도 그토록 젊은 나이에 완전히 해결하려고 하기보다 조금씩 현실 속의 일을 해나감과 동시에 고뇌를 누려간다는 모습으로 생각하는 것이 보다 중요한 겁니다."

"오, 듣고 보니 꼭 그렇게 해야 할 것 같소. 돈은 얼마나 들어도 상관없으니, 서점에 들러 우선 시인이나 소설가의 책을 사봐야 할 것 같습니다."

"그렇게 하십시오. 루시오스의 내면에 일고 있는, 인간으로서의 고뇌를 시인이나 작가 특유의 시각으로 잘 다룬 책을 루시오스에게 주고 대화해 보십시오. 분명 한두 명의 시인이나 소설가는 끌릴 겁니다."

샘튼 씨는 일어서며 소파에 앉아있는 랄프의 두 손을 꼭 쥐고는 다소 흥분한 표정으로 감사의 인사를 건네고는 문을 열고 나갔다. 랄프는 속으로 '루시오스 녀석!'이라고 내뱉은 후, 청춘이 막 피어날 땐 어떤 면에서는 그런 게 필요할 뿐이라고 생각했을 뿐 지금의 그에게는 루시오스와 같은 태도가 중요하지 않다고 생각했다. 다만, 여러 분야에서의 자신의 일 처리 능력에 자부심을 느끼고 어깨를 쭉 폈다.

'리브타뉴에 그런 정신적 자질을 가진 자가 있나? 참, 그렇지. 닐이 자기 직원의 여동생에 대해 우스갯소리로 말한 적이 있었지!'

린지 홀은 여류 시인이자 소설가로 이제 서른두 살의 젊은 작가였다. 시집 두 권과 소설 한 권을 펴냈지만 거의 팔리지 않은 무명작가였다. 랄프는 산업 혁명을 겪고 또 그것이 대륙 전체로 확대되어가는 지금, 사람들 사이에서 물질적 풍요가 우선적 삶의 기준이 되는 이 시점에서 보기 드문 정신적 수준을 가진 여자일 거라고 짐작했다. 린지 홀은 닐의 식품 회사 공장장으로 있는 그녀의 오빠가 닐에게 여동생을 비판하는 말을 우연히 하게 되어 닐이 알고 있는 여자였다. 린지 홀의 오빠, 루반 홀은 40세로 동생이 도무지 사랑이나 결혼에 그 어떤 관심도 없으며 글자를 써서 출판해 부모님의 유산을 낭비한다며 한탄했다. 동생의 시는 이해하기도 어렵고 두꺼운 시집 속에는 동생의 관념 세계가 모두 실려 있어 한 페이지도 넘기기 어렵다며 투덜댔다. 게다가 동생의 소설은 스토리 파악도 안 되는 이상한 소설이라며 독자를 생각하고 써야 팔린다며 작가 자신의 특수한 인식을 이루려 해서는 안 된다며 혀를 찼다고 했다. 그래서 닐이 린지 홀의 책을 좀 사겠다고 했고 린지가 직접 그녀의 책을 닐에게 가져다주었고 닐은 랄프에게 작가 서명이 있는 린지 홀의 시집 두 권과 소설 한 권을 줬었다.

일만 생각하느라 책은 대충 펴보고는 사무실 책장에 꽂아뒀던 기억에 랄프는 세 권의 책을 꺼내 들고는 의자에 앉아 읽기 시작했다. 시집 두 권과 소설 한 권은 하나의 흐름과도 같이 서로 연결되어 작가의 사유가 부드럽게 녹아 있었다.

'닐이 이 여자 영향을 받아 저런 거였나?'

랄프는 피식 웃고는 무덤덤하게 샘튼 씨의 사무실로 전화를 걸었다. 전화음이 한 번 울렸을 때 그는 수화기를 내려놓았다. 그는 닐에게 전화를 걸었고 전화음이 세 번 울렸을 때 닐의 차분한 목소리가 수화기 너머로 들려왔다. 랄프는 용건부터 말했다. 샘튼 씨의 아들에게 적절한 가정교사가 필요한 데 자신의 생각으로는 그 린지 홀이라는 아가씨가 적당할 것 같다고 닐에게 말했다. 보수는 충분할 터이니 당장 그곳의 일을 정리하고 리브타뉴로 왔으면 한다고 전했다. 닐은 랄프의 직설적인 요구를 잘 듣고 있다가 대답했다.

"린지 홀을 리브타뉴로……?"

랄프는 그의 장황한 설명에 닐이 아둔하게 반응하는 것이 못마땅했다.

"왜……, 그곳에 정리할 일이 많은가?"

"그건 아닐 거야. 그녀는 단지 보수가 적은 노동자 계층의 아이들을 위한 과외 지도를 하고 있을 뿐이니까. 루반 홀에게 말하면 바로 동생을 리브타뉴로 보낼 것 같군."

"그럼, 됐네. 린지 홀이 빨리 그쪽 일을 정리하고 리브타뉴로 오도록 힘써 주게. 아직 젊고 또 결혼도 하지 않았으니 샘튼 씨에게 세로 내어주는 독립된 생활공간을 새 가정교사에게 마련해주도록 내가 요청할 테니 잘 데려오게. 하여튼 나도 사랑과 결혼은 절망이라는 말을 쓰는 여자를 구경이라도 해보고 싶어. 이건 농담이고, 하여튼 루시오스 녀석을 봐서라도 잘 부탁하네."

"그러지."

닐은 짧게 대답하고 전화를 끊었다.

닐은 루시오스 녀석에 대해서라면 린지 홀이 제대로 잘 가르치리라 생각했다. 그러나 린지 홀을 처음 보았을 때 닐 자신은 그 매혹적인 얼굴과 그림자에 가려진 듯한 표정에 잠시 정신을 차릴 수 없었다. 뭐 19살 남자애가 32살 여자 가정교사를 대할 때 처음에는 아무렇지도 않겠지만, 철학적 사유의 과정과 개념의 분석 및 확장 그리고 때때로 내리는 결론들을 그녀와 함께한다면 나이 차도 극복해버릴지도 모른다는 데까지 생각이 이르렀다. 하지만 그가 아는 한 루시오스 녀석도 린지 홀도 감정에는 차가운 사람들이었다. 그들은 오히려 사물에 대한 객관적 인식이 사람에게 의미 있는 주관적 수용이라는 데 합의할 그런 종류의 사람들이었다. 린지 홀은 도무지 오빠인 루반 홀과 전혀 닮지 않았고 일찌감치 그녀는 자신의 내부에서 요청하는 길을 따라 걸어오기만 한 드문 유형의 여자였다.

닐의 린지 홀과의 대화는 두 시간이 전부였으나 닐은 그 짧고도 긴 시간을 통해 자신이 걸어온 모든 시간 속에 흩어져 있던 생각과 기억의 고리들을 연결할 수 있었다. 자신보다 훨씬 나이 어린 여자를 존경하는 건 랄프와 닐 같은 자본가이자 사업가로서 성공한 50대들에게는 좀처럼 드문 일이었으며, 물론 랄프와 닐이 린지 홀을 존경하는 건 아니었으나 그들은 그들과는 다른 분야에서 어느 정도 린지 홀을 인정하는 모습이었다.

린지 홀은 화장기가 전혀 없는 밀빛 얼굴에 어깨까지 내려오는 흑발의 끝 부분이 가볍게 웨이브진 머리를 하고 있었다. 그녀의 낡은 양모 코트와는 어울리지 않게 그녀는 닐이 시험처럼 제시하는 단어들을 연결해 그 모든 것에 매우 집중해 있었고 곧 그들의 대화는 끝났다. 그녀가 돌아가고 닐에게는 다른 성(性)과의 우정이라는 조금은 일상에 위험한 화두가 그의 머리에서 제법 며칠 간 떠나지 않았다. 린지 홀은 그녀의 시집과 책이 잘 팔리지 않는 것에 대해 별말을 하지 않았다.

"어린이들과 보통의 어른들에게 읽히려고 쓴 책이 아니니까요. 그저 저의 내부에서의 인식이 어느덧 활자화를 요구하고 있다는 걸 받아들여서 제 인식을 변환해 옷을 입혀놓았을 뿐이니, 제가 걸어온 과정을 겪지 않은 대다수 사람들에게는 불편하고 불필요한 옷으로 보일 테지요. 그래서 처음부터 자비로 출판한 거예요."

"노동자 계층의 아이들을 가르친다고 하셨는데……."

"아직 부모님의 유산이 좀 남아있어요. 다만 더 이상 제 자신의 내부로 자꾸 들어가서 웅크리고 있으려는 걸 애써 그만두려고 일을 하는 거예요. 글을 쓰는 것 외에 제가 할 수 있는 일을 하는 것이고 그 외에 다른 어떤 고귀한 이유도 없어요."

닐은 린지와의 대화를 떠올리며 일반적이고 정상적인 과정을 거쳐 린지가 리브타뉴로 올 수 있겠다는 생각을 했다. 닐은 그저 제삼자가 동행할 때 린지와의 대화를 약간 기대하고 있었다. 닐은 시간을 확인하고는 리브타뉴 남쪽의 부란티노에 있는 생선 통조림 공장에 전화를 걸었다. 닐이 몇 마디 하지 않았음에도 루반 홀은 기쁨에 겨운 목소리로 당장 여동생을 리브타뉴로 보낼 준비를 하겠다고 대답했으며 같은 시각 랄프도 샘튼 씨에게 전화를 걸어 린지 홀에 대해 말해주었으며, 정작 이 시간 린지 홀은 술집 2층의 가정집에서 아이들에게 도형에 대해 설명해주고 있었다.

슬픔의 차갑고 메마른 바람

모모켄트 사막의 내부를 통과해 대륙 동쪽으로 가는 것은 힘든 일이다. 대륙 동쪽에서 모모켄트 사막을 통과해 베이거스 산맥을 넘어 서쪽 해안 도시로 오는 일도 마찬가지다. 리브타뉴의 자본가들과 실업가들조차도 꺼린, 사막을 지나 산맥을 넘는 일을 일상으로 하며 그들이 다니는 모든 곳의 이야기를 실어 나르는 이들이 있었다. 그들은 검은 천을 두르고 허리에 금줄을 맨 상인들이었다.

그들이 언제부터 대륙 동부와 서부를 오가며 물건을 팔았는지는 랄프조차 몰랐다. 다만 이들이 동부의 산물로 만든 수공예품과 진귀한 원석을 가공하여 사막의 먼지와 바람 그리고 그들의 이야기를 함께 실어와 서부의 부유한 도시에 사는 여인들에게 인기가 좋다는 것 정도는 랄프도 알고 있었다. 그들은 모모켄트 사막에서 부는 바람의 방향이 바뀔 때 즈음 나타났고 그들을 다시 보려면 1년을 꼬박 기다려야 했다. 그들은 이번에는 작년보다 늦게 리브타뉴에 나타났으며 광장에 천막을 치고 그들이 왔다는 신호를 알렸다. 뿔피리 소리가 울렸다. 랄프는 자신의 아내도 '검은 공작들'이 가지고 오는 물건들을 좋아한다는 사실을 알고 있었다. 문제는 그들이 물건과 관련해 꼭 그 속에 담긴 이야기를 들려주기 때문에 이들이 오면 여인들이 집으로 귀가할 생각을 하지 않는다는 것이었다. 남자들은 체면을 구길까 봐 천막 근처에도 가지 않았으며 여자와 아이들은 '검은 공작들'이 나타나면 축제라도 열린 모양으로 늦은 새벽에 자신들이 산 물건을 가지고 귀가했다. 남자들도 '검은 공작들' 때문에 나타나는 여자들과 아이들의 주기적 일탈을 모른 체 넘겨주었으며, 남자들 사이에서는 '검은 공작들'이 올 때가 되어 여자들에게 돈을 주지 않으면 오히려 자기 아내를 기죽이는 일이라며 서로 아내들의 지갑을 두둑하게 채워주었다.

'검은 공작들'은 주로 사막의 이야기를 들려주었다. 넓은 모래벌판 위에 존재했던 과거의 도시와 사막의 오아시스와 환상에 대해서 그리고 사막에서 바라보는 밤의 별자리 속에 담긴 비극적 이야기와 그들이 가져오는 물건에 담긴 이야기를 들려주었다. 여인들은 자신이 마음에 드는 이야기가 담긴 물건을 구입하고 또 다른 이야기가 담긴 물건들을 구경하고 새벽녘까지 이야기를 들었다. 랄프와 닐은 그들의 아내들에게 이미 『공작새들』 이야기 값으로 후한 돈을 건넨 뒤여서 랄프는 피리 소리를 듣자 아내가 차려주는 저녁 식사는 포기하고 닐에게 전화를 걸었다. 닐은 올스에 대해 오늘 생각한 데까지 도면을 그려보아야 한다고 했고, 랄프는 어깨를 으쓱하고 퇴근했다.

린지 홀은 내일이면 리브타뉴에 도착할 예정이었다. 처음 가정교사 제의를 받고 루시오스 샘튼에게 먼저 자신이 쓴 소설을 읽고 이러한 이야기를 만드는 사람과 이러한 이야기 속 주인공들처럼 생각하는 사람을 거부감 없이 우선 대화할 수 있는지부터 확인해 달라고 했다. 그로부터 2주 후, 샘튼 부인으로부터 긍정적인 대답이 오자 린지 홀은 리브타뉴로 갈 채비를 했다. 린지 홀은 언제까지 가정교사 일을 할 수 있을 지 알 수 없었으나 자신이 성장시켜 온 자신의 부분에 대해 그것에 도 움을 구하는 이가 있고 또 변화와 스스로의 성장을 위해서 리브타뉴 행을 결심했다.

밤이었고 석탄 동력배는 시커먼 연기를 내뿜으며 리브타뉴로 가고 있 었다. 갑판 위의 바람이 찼지만, 린지 홀은 배경이 어둠이라 더 선명한 별들을 지켜보고 있었다. 선실 안 그녀의 방에는 몇 벌의 옷만 들어있 는 조그만 가방이 짐의 전부였다. 책이나 노트, 필기도구도 간단한 화 장도구도 없었다. 린지 홀이 막 잠들었을 때 리브타뉴의 '검은 공작들' 도 그날의 마지막 이야기를 끝냈다. 첫날의 이야기가 실린 물건들은 모 두 판매되었고 다음 밤을 기다리지 못하는 여인들의 요청에도 아랑곳 없이 검은 공작들은 더 많고 진귀한 물건들이 이야기와 함께 다음 밤 준비될 것이라며 여인들을 집으로 돌려보냈다. 검은 공작들의 당나귀 도 깊이 잠든 밤이었다.

검은 공작들은 사막을 통과할 때는 낙타를 이용하지만 베이거스 산 맥을 넘어야 할 때는 산맥 아래 거주하는 사람들의 당나귀를 빌리고 다 시 돌아올 때 그들의 낙타를 되가져가는 방식을 택했다. 검은 공작들의 집은 사막 위였고 그들은 오래전부터 수공예품과 가공한 원석을 가지 고 사막을 통과해 먼 곳까지 가서 그들이 사막에서 자라며 들었던 이야 기를 물건을 사는 사람에게 풀어놓았다. 그 이야기는 사막의 끝없음처 럼 계속되었고 여인들은 그들의 신비로운 모습과 삶, 그들의 이야기가 들어있는 신기한 물건들에 매료되었다. 오늘 도렌 부인이 들은 이야기 는 별자리에 얽힌 복수극이었고 그녀는 그 별자리의 별로 만든 수정 목 걸이를 샀으며 오늘 크라우스 부인이 들은 이야기는 사막의 차갑고, 메 마른 바람이 만든 비극적 사랑이야기였으며 그녀는 사막의 바람이 만들어낸 모양이 특이한 돌이 박힌 보석함을 샀다. 검은 공작들은 한 사람에게 하루에 두 개 이상의 물건을 팔지 않았고 그들이 한 도시에 머무는 열흘간 그 원칙은 지켜졌다.

날이 밝았다. 남자들은 출근을 서두르고 아이들도 부스스한 모습으로 학교 갈 준비를 할 때 리브타뉴의 여인들은 늦잠을 자고 있었다. 오직 샘튼 부인만이 린지 홀이 머무를 집을 꼼꼼히 정리하고 있었다. 1층이 창고로 쓰이며 2층은 비워져 있던 그 집은 샘튼 씨가 직접 장난삼아 지은 집이었고 2층에는 방이 두 개 있고 넓은 거실이 있었다. 린지 홀이 머물 그 집은 바로 샘튼 씨 가족이 사는 집의 바로 옆에 있었다. 루시오스 샘튼도 아침 식사를 먹고 자신의 방에 있을 뿐이었고 린지 홀 선생님을 함께 마중 나가자는 샘튼 부인의 말에 희미하게 고개를 저을 뿐이었다. 선생님을 모시고 오는 데 찬성한 녀석의 표정치고는 지나치게 무관심해 보였다. 방문을 닫으며 한숨을 내쉰 샘튼 부인이다. 그녀는 진홍빛 깃털이 달린 모자를 고쳐 쓰며 마차를 타고 항구까지 나갔다. 아홉 시가 도착 예정이던 배는 열 시나 되어서야 도착했다. 린지 홀은 배에서 내려 한눈에 샘튼 부인을 알아보았다. 마중 나온 사람 중에 유독 그녀만 화려하나 근심어린 표정을 짓고 있었기 때문이다.

"린지 홀 선생님이십니까?"

"네, 맞습니다. 처음 뵙겠습니다. 샘튼 부인."

린지 홀의 가방을 받아든 마부는 두 사람이 마차에 오르기를 기다렸다. 갈색의 두 마리 말이 보폭의 리듬을 타며 천천히 움직이는 동안 그들 사이에는 잠시 어색한 침묵이 흘렀다. 마부의 구령과 함께 말이 좀 더 빨리 걷자 샘튼 부인은 루시오스의 상태에 대해 말해주려고 힘들게 말을 꺼냈다.

"우리 아이 말이지요. 벌써 다 큰 청년이랍니다. 원래라면 지금 대학에 있어야 할 때이지요. 자랄 때는 밝고 명랑하고 사리분별도 잘하고 공부도 곧잘 하던 아이였어요. 그런데 이대로 가는 건 아무 의미가 없다며 저렇게 하루 종일 방안에만 틀어박혀 있어요. 선생님께 의사의 역할을 맡기는 건 아니에요. 다만, 아이가 고민하는 문제를 들어주고 긍정적인 방향으로 세상을 볼 수 있게, 힘든 과정을 선택했으니 오히려 그래서 스스로 형성한 강한 힘을 가지고 세상을 살아갈 수 있게 아이의 옆에서 이야기를 들어주고 생각을 잘 형성할 수 있게 도와달라는 거예요."

샘튼 부인은 손수건을 꺼내 눈물을 닦았다.

"무슨 말씀이신지 알겠습니다. 샘튼 부인."

그걸로 두 사람의 대화가 끝나고 린지 홀은 생각에 빠져들었다. 어느 순간이었던가. 사람들이 써놓은 글자들의 흐름과 뜻과 구조가 그녀를 숨 막히게 하던 그 어느 순간에 그녀도 루시오스처럼 일반적인 사유의 흐름을 과감하게 끊어내고 외부로부터 문을 닫고 하나씩 다시 생각하기 시작했던 그 시간들을 말이다.

그녀는 달랑 사전 한 권만 가진 채 사전에 나와 있는 단어를 적으며 그것들의 뜻을 자신이 생각하는 대로 다시 적어나갔었다. 그리고 그 작업이 끝났을 때 무섭게 밀려오는 고독 —세상과 자신이 완전하게 분리되었다는— 에 눈을 질끈 감았던 기억도 났다. 그리고 책을 읽지 않는 시간이 몇 년 지나고 그녀는 시를 썼고 소설을 썼다. 세상에 내놓아도 세상이 아무런 반응을 하지 않을 세상과 관련성이 없는 그런 그녀의 글을 세상의 어느 구석에 내려놓았던 것이다. 그리고 어젯밤 보았던 별을 머릿속에 그려보았다. 마음이 차분해졌다.

마차가 멈추고 린지 홀은 샘튼 가의 집을 잠시 바라보았다. 실용적으로 잘 지어진 아름다운 집이었다. 샘튼 부인은 행여 린지가 불편해할까 봐 린지가 머물 집을 먼저 보여주겠다고 했다. 하녀가 샘튼 가의 집에서 나오더니 린지 홀의 가방을 들고 2층 계단을 올랐다.

"바로 이 집의 2층에 선생님이 머물게 될 겁니다."

린지 홀은 샘튼 부인의 뒤를 따라 조심스럽게 목조 주택의 2층으로 연결된 계단을 올랐다. 린지 홀이 계단에서 보이지 않을 때까지 루시오스는 그녀를 지켜보고는 커튼을 쳤다.

'다른 선생들과 다르기를 기대할 수밖에. 옷은 형편없어도 낡은 사고(思考)를 가진 여자 같지는 않아.'

하녀는 가방을 집안에 내려놓고는 내려가 버렸다. 샘튼 부인이 집에 대해 린지에게 설명해주었다.

"침실과 서재가 있어요. 거실이 넓답니다. 욕실은 침실에 딸려있고 언제나 뜨거운 물이 나오니 언제라도 목욕하실 수 있어요. 부엌은 간단하게 딸려있고 식료품 선반에는 언제나 매일 드실 우유와 커피, 빵, 기타 식료품들을 둘 거예요. 식사는 저희 집에서 하셔도 되고 될 수 있는 대로 루시오스와 식사를 많이 해주시면 고맙습니다. 보수는 말씀드렸듯이, 매달 10일에 200루안을 드릴 겁니다. 궁금하신 거라도……?"

"이 넓은 2층 공간을 제가 혼자 쓰는 건가요?"

그렇게 묻는 린지 홀은 오히려 태연했다.

"선생님께서 혼자 다 쓰시는 공간입니다."

"그렇군요."

"잠시 짐을 정리하시겠습니까? 메이고에게 커피와 빵을 내오도록 할게요."

"감사합니다."

샘튼 부인이 나가고 린지는 집을 구경하다가 문득 샘튼 가가 보이는 창문 너머로 커튼이 가려져 있는 창문을 응시했다.

잠시 후, 샘튼 부인이 직접 커피와 빵을 가져와서는 오늘은 쉬고 내일 루시오스와 만나는 게 좋겠다며 돌아갔다. 커피를 마신 린지 홀은 뿔피리 소리를 들었으며 '검은 공작들'이 칸디나디아 서부 해안 도시를 돌기 시작했구나라고 생각했다. 리브타뉴를 시작으로 그녀가 있던 부란티노까지 오려면 두 달이 더 걸렸다. 저녁에 뿔피리가 한 번 더 울렸지만 샘튼 부인은 정원에 핀 장미 두 송이를 꺾어 집안으로 가지고 들어갈 뿐 '검은 공작들'에게 가지 않았다. 린지 홀은 '검은 공작들'이 파는 물건을 보러 간 적도 구입한 적도 없다. 그저 사막에서 별을 보고 다니니 점성술사이겠구나 싶었고 물건에 이야기를 넣어 파는 것도 꺼림칙했다. 샘튼 씨 댁의 하녀가 와서 저녁 식사에 샘튼 씨께서 초대하셨다고 말했으며 옷 정리가 끝난 린지 홀은 한 벌밖에 없는 블랙 이브닝드레스를 입고 식사에 참여하러 갔다. 그날 저녁 루시오스 샘튼은 저녁 식사 자리에 나오지 않았으며 샘튼 씨 부부는 린지 홀이 예의 바르고 분명하게 대답하는 모습에 매우 만족스러워했다.

다음날 린지 홀이 루시오스 샘튼을 만났을 때 대뜸 한 말은 자신의 바지가 촌스럽지 않은지 블라우스가 색깔이 칙칙하게 보이지 않는지에 관해서였다. 황당해하는 루시오스에게 린지가 말했다.

"네가 처음 날 보고 나에 대해 어느 정도 안다라고 말할 수 없듯이, 나도 널 처음 보고 네가 어떠하다라는 걸 판단하려 하지 않겠어. 겉모습이든 내부의 그 무엇이 어떤 모습으로 있든 말이야. 시간이 걸린다는 말이야. 넌 19년간 어떤 방식과 내용으로 내부를 형성해왔지만 지금 어딘가는 네가 보기에 그게 못마땅할 수 있다는 거야. 내 바지와 블라우스는 오히려 그것이 어떻게 보이든지 아무것도 아니라는 거야. 오히려 자신만의 사물을 보는 방식을 세워야 해. 사람들에 대한 너만의 시선과 네가 할 일을 사람들의 일반적인 요구와 구분해서 찾고 선택하는 것이 더 중요해. 이제 내가 건초 자루를 입고 오더라도 내 옷차림은 아무것도 아니라는 걸 알아 둬."

"저, 린지 홀 선생님. 처음부터 제가 선생님께 듣기를 기대하는 말을 그렇게 다해버리시면 앞으로 무엇으로 더 수업하시려고요?"

루시오스의 말이 사뭇 따뜻하다. 그걸 모를 리 없는 린지는 긴장이 풀렸지만, 이 녀석을 지도하는 과정에서 린지 자신도 성장에의 도전을 받을 것이고 다음 시기의 인식과 표현의 단계로 나아갈 수 있을 거라는 생각도 동시에 들었다. 노동자 계층의 아이들을 가르치는 일도 의미는 있었으나 어디까지나 스스로의 성장에 대한 문제의식이 없는 아이들을 가르치는 일은 성장과 변화 속에 놓여있어야 할 린지에게 단순히 짧은 시간 동안의 일일 뿐이었다.

"난 아무것도 말하지 않았어. 말할 건 그때그때 만들어서 말하면 되니까. 문제는 너와 나 사이에 합의할 만한 제대로 된 인식을 문장의 형태로 적어 보존하는 거야. 그런 행동이 왜 의미 있을까?"

"모르겠습니다."

"무수한 이유가 있겠지만 두 가지만 델게. 첫째, 말은 그 순간에만 나타났다가 날아가지만 글로 새로운 인식을 적어두면 그것이 그 사람만의 인식으로 보존돼. 둘째, 우리가 반드시 묻고 넘어갈 문제가 머릿속에서 섞여버리지 않도록 우리가 우리 자신과 삶과 사람들의 일에 대해 제대로 알고 다음 인식의 단계의 입구에 도달하게끔 도와줘."

"다음 인식의 단계라는 건 뭐죠?"

"이를테면 지금 네 머릿속을 네 시선대로 정리한 후 네 스스로 찾은 네 성장의 다음 방향."

루시오스는 린지를 빤히 쳐다보았다. 엷은 속눈썹 아래 눈이 생기가 돌았다.

"선생님, 잠시 의자에 앉아 계세요. 제가 지금 적을 게 좀 있어서요. 다

적고 나면 읽고 검토해주시고 제 지식에서 다음 방향을 메모해 주세요."

린지 홀은 루시오스가 스프링노트를 펼치고 볼펜을 꺼내 무언가를 적는 걸 바라보다가 부란티노의 바닷가와 선원들과 그리고 그녀의 책을 산 신사분을 생각했다. 그분은 리브타뉴에 사는 생각이 깊은 분이었다.

루시오스는 세 페이지의 작문을 완성했다. 그건 조그만 이야기였다. 두 명의 소년이 별을 따는 시합을 하는 데 결국, 별이란, 빛나는 것이란 서로가 외로울 때 상대방에게 위로의 반짝임을 보내는 것이라는 내용이었다.

"세상을 비유적으로 이해하는 건 좋은 일이야. 하지만 직접 적은 사물의 본질이나 사물 간의 관계에 대한 분석을 배우지 않으면 비유의 바다에 빠져 세상을 볼 때 비유적으로만 보게 되어 사물의 본질이나 사물 간의 관계가 명확한 지식으로 다가오지 못하는 위험이 있어. 마치 꿈의 바다에 빠진 것처럼 말이야. 이제 사물의 본질에 대한 파악이나 사물 간의 관계에 대한 분석을 천천히 해보자꾸나. 하지만 하나의 이야기를 만들어 별이나 반짝임, 사람들 사이의 소중한 것을 발견한 너의 시선은 상당히 좋았어."

린지 홀은 그렇게 평가하고 다음 공부에 대해 노트에 조금 더 적어주었다.

"오늘 수업은 여기까지 해도 될까요?"

"그러도록 하자. 덕분에 나도 내일 수업할 내용을 준비해야 해서."

린지가 루시오스의 방문을 열고 나가려고 하자 루시오스는 배웅해주겠다며 계단을 내려오고 현관문까지 열었다. 루시오스는 정원에 나와 숨을 한 번 들이쉬고 내쉬었다.

"레튼의 집에 사세요?"

"레튼의 집?"

루시오스가 손으로 린지 홀이 머무는 집을 가리켰다.

"그래. 그런데 저곳이 왜 레튼의 집이지?"

린지는 그가 오랜만에 밖으로 나온 걸 알고 있었기에 좀 더 말을 시켰다.

"저 집에는 그냥 그 이름이 어울려서 제가 지은 거예요. 멋있죠?"

"레튼의 집이라……. 멋진 이름을 가진 집이로구나."

린지는 눈을 크게 뜨고 고개를 연신 끄덕이며 감탄해주었다.

뒤뜰에 있던 샘튼 부인이 놀란 표정으로 달려왔다. 린지는 머쓱해서 인사했고 샘튼 부인은 한껏 기분이 좋은 듯했다.

"선생님, 쉬세요. 내일도 뭔가를 써서 보여 드릴게요. 아, 그 사물의 본질에 대한 분석은 선생님께서 먼저 해주세요. 그건 제가 시작하기에는 너무 어렵거든요. 이렇게 공부하다가 음……. 뭔가를 할 수 있을 것 같아요."

린지는 루시오스가 똑똑한 아이임에는 분명하지만, 너무 앞서 가서도 안 된다고 생각했다. 그저 루시오스가 희망에 찬 말을 내뱉었을 때 그녀는 그녀의 머릿속에서 루시오스를 지도하는 방법을 여러모로 수정하고 있었다. 린지가 미소를 보여주자 루시오스도 씩 웃었다. 샘튼 부인이 감격한 듯 보였을 때 린지는 두 모자(母子)를 두고 그녀가 머무르는 곳으로 천천히 올라갔다. 거실 한쪽 옆의 개수대에서 손을 씻고 책상에 앉아 필요한 것을 간단히 썼다.

닐은 올스의 바퀴 구조에 대해 생각하다가 문득 날짜를 확인했다. 잠시 생각에 잠겨 있던 닐은 몇 가지를 메모하고 그걸 서류가방에 넣은 뒤 랄프의 사무실을 찾아갔다. 어떤 말이 오갈지는 닐의 뒷모습에도 씌어있지 않았다. 닐은 랄프의 비서의 인사에 그도 가볍게 대답하고는 랄프의 사무실 안으로 들어갔다.

랄프는 얼굴이 약간 붉은 것이 열이 있어 보였다.

"병원에 가야 할 얼굴이로군."

닐이 입을 열었다.

"아니야. 가벼운 몸살일세."

"나이가 들면 사소하고 작은 일에도 몸이 쉽게 말을 듣지 않으니 연구도 사업도 적당히 하시게."

"내가 그럴 위인이 되지 못한다는 걸 자네가 더 잘 알 테지?"

"물론."

닐이 웃었다.

"올스 개발에 열심이신 닐 크라우스 씨께서는 어떤 진척이 있는가?"

"물론, 있지."

"들어보고 싶군."

랄프가 자세를 바로 하며 앉았다.

"올스의 바퀴에 대해서야. 기본 네 바퀴에 속도를 올리려면 철로 된 뼈대에 나무 조각을 덧대서는 안 될 것 같네. 동부의 탐험기에 따르면 나라스트로디아라는 풀 있지 않나. 그 풀을 끓이면 점성이 나타나면서 탄력성 있게 굳는다고 되어 있어. 나라스트로디아는 동부의 슬로모트 근방에서 자라는 풀이니 자네가 확보할 수 있을 걸세. 물론, 자전거 바퀴의 뼈대에도 지금의 나무 조각을 덧대는 방식이 아니라 나라스트로디아로 만든 고리 모양의 속은 공기로 채운 그런 구조를 뼈대에 장착하여 바퀴를 만드는 방식이 훨씬 좋을 듯해. 자전거의 속력과 소리가 개선될 수 있을 걸세. 게다가 탄력성이 좋아 자전거를 타도 훨씬 편할 걸세."

"나라스트로디아라……."

랄프는 잠시 생각했다.

"좋아. 역시 자네로군. 필요한 만큼 그 풀을 구해오지. 육상 교통의 발전에 기여 한다면 무엇이든지 할 준비가 되어 있어."

"요즘 검은 공작새들 때문에 집안에 사람이 없어."

닐이 말했다.

"그렇지?"

"그나저나 린지 홀 양은 리브타뉴에 도착했는지 모르겠군."

닐이 가벼운 이야기를 꺼내듯 말했다.

랄프는 닐을 넌지시 바라보고는 이내 표정을 바꾸었다. 랄프가 보기에 린지 홀은 닐과 말이 잘 통할 여자였다. 랄프는 뭐라 조언해줄 말이 생각나지 않아 샘튼 씨 사무실로 전화를 걸었다. 잠시 샘튼 씨와 통화하던 랄프는 전화를 끊고 멋쩍은 표정을 지었다.

"선생이 첫 수업을 마치자마자 루시오스가 정원까지 나왔다는군."

"그런가?"

"그래, 어쨌든 린지 홀은 리브타뉴에 잘 도착했다는군. 더 알고 싶은 건 없나?"

"일종의 책임일세. 내가 연결되어 린지 홀 양이 리브타뉴까지 왔는데 잘 도착했는지 적응은 잘하는지 확인해 봐야 될 것 아닌가."

하긴 그렇겠다고 랄프가 고개를 끄덕였다. 닐은 나라스트로디아를 확보해달라고 한 번 더 말하고서 랄프의 사무실을 떠났다. 랄프는 비서를 불렀다.

며칠 뒤 검은 공작새들이 반으로 나뉘어 북쪽과 남쪽의 도시로 떠났다. 도렌 부인은 검은 공작새들에게서 산 물건을 정리했으며 크라우스 부인은 남편의 저녁 식사 준비에 평소보다 더 공을 들였다. 닐은 식탁에서 아이들과 부인과 조용히 식사하고 저녁에는 서재에서 책을 읽었다. 린지 홀은 리브타뉴의 서풍이 사막에서 불어오는 동풍으로 바뀔 무렵 루시오스를 대학으로 돌려보냈다. 짧은 기간이었지만 린지 홀은 그녀의 인식을 이용하여 루시오스의 고민을 최대한 풀어주었고 루시오스는 바로 대학의 다음 학기를 준비하러 남쪽의 도시로 떠났다.

가을의 차갑고 메마른 바람이 모모켄트 사막에서 불어오기 시작하고 린지 홀은 샘튼 부인에게만 말하고 리브타뉴를 떠나 부란티노로 가는 배에 몸을 실었다. 린지 홀이 떠났다는 소식은 랄프가 닐에게 말해주었다. 랄프와 닐, 그들 모두 개인적으로 린지 홀을 리브타뉴에서 만난 적이 없었다. 린지 홀이 다시 부란티노로 떠났다는 랄프의 말에 닐은 무덤덤하게 반응할 뿐이었다.

"자신의 할 일을 모두 했으니 돌아가는 것도 무리는 아니지."

랄프는 닐이 린지의 인식이나 사고방식에 관심이 있는 줄 알았으나 랄프가 지켜본 바에 의하면 닐은 그저 그때 린지 홀이 무사히 도착했는지 그것만 단 한 번 물었을 뿐이었다. 그녀의 안전한 도착에 자신의 책임이 있다며 말이다. 랄프는 자신이 닐에 대해 괜한 걱정을 했다고 생각했다.

해마다 가을 무렵이면 사막을 넘어온 메마른 바람이 점점 차가워지면서 긴 겨울이 된다. 아직 리브타뉴는 가을이었지만 시내의 잿빛 콘크리트 건물들 때문에 더욱 황량하고 차가워 보였다. 닐 크라우스는 항구가 내려다보이는 그의 사무실에서 리브타뉴에서 출발하는 배들을 보고 있었다. 1층의 연구개발실로 내려가 나라스트로디아를 끓여 만든 분홍색의 탄력성 좋은 자전거용 바퀴를 보고는 올스의 무게를 감당하게끔 설계되고 있는 두꺼운 두께의 나라스트로디아 바퀴의 설계도를 검토했다. 지금 해결해야 하는 문제는 올스의 동력기관과 동력원이었다. 닐은 밤이 늦도록 동력기관 설계에 매달렸고 겨우 특정한 정도로 옥수수 알코올과 동력기관의 관련성을 생각해냈다. 다시 2층의 사무실로 올라온 닐은 입을 꾹 다물고 랄프에게 긴 편지를 썼으나 그것은 완성된 직후 찢어져 휴지통으로 들어갈 뿐이었다. 닐은 코트를 입고 퇴근했다.

다음날 닐은 배를 타고 부란티노의 공장으로 내려갔다. 부란티노의 통조림 공장에 도착한 닐은 공장을 시찰하고 문제점이 없는지 꼼꼼하게 질문한 뒤, 새로운 제품 개발을 위해 노력해달라는 일반적이고 두루뭉술한 요청을 루반 홀 공장장에게 했다. 루반 홀은 연신 고개를 끄덕이며 한류성 어족은 1년 내내 잡히고 또 대부분이 통조림으로 만들어지고 있다고 닐도 아는 사실을 되풀이했다. 닐은 불쑥 린지 홀에 대해 물었다.

"여동생이 생각보다 일찍 리브타뉴를 떠났다는데, 그녀는 요즘 뭘 하고 지내는가?"

"그러게 말입니다. 좀 더 오래 그 부잣집에서 일하면 좋았을 텐데요. 한꺼번에 다 가르쳐줘서 자신에게 이득 될 게 뭐가 있는지, 이해할 수가 없습니다. 요즘은 저녁 시간에만 가끔 아이들을 가르치고 낮에는 공부하거나 글을 쓰고 있지요. 그래도 그 부잣집에서 제법 돈을 벌어와서 제게 생활비 명목으로 제법 큰돈을 준 건 좋은 데 말이지요."

"알겠네."

닐은 공장의 서류를 모두 검토하고 저녁이 된 것을 알았다. 아내는 부란티노의 공장으로 내려온 걸 알고 있으니 일정이 족히 일주일은 걸릴 거라는 걸 알고 있을 터였다. 닐은 서류에 모두 서명하고서 그걸 루반 홀에게 넘기고 부란티노의 항구로 나왔다. 이곳에도 사막에서 넘어온 차갑고 메마른 바람이 불고 있었다.

"혹시 크라우스 선생님이세요?"

목소리, 여리지만 분명한 목소리에 닐이 돌아섰다.

"홀 양 아니오?"

린지 홀은 체크무늬 밤색 롱스커트에 낡은 코트를 입고 있었다. 그녀는 무언가 종이 다발을 안고 있었는데 그것이 하나씩 떨어지는 바람에 닐이 종이를 주워 린지에게 건넸다.

"공장에 오신 건가요? 일은 다 마치셨어요?"

"그렇소. 리브타뉴에는 잠깐 왔다가 가버리셨더군요. 인사도 하지 못했소. 차일피일 미루다가 연구 때문에 말이오."

"아니에요. 할 일 만큼만 하고 다시 제자리로 돌아와야죠. 새 소설을 쓰고 있어요."

"소설 제목이 무엇인지 물어봐도 될까요, 홀 양?"

"『존 아워의 사랑』이라는 소설이에요. 정신적인 사랑만을 하는 남자와 그 남자의 비극을 쓰고 있어요."

린지 홀은 수줍은 듯 그렇게 말했다.

"정신적인 사랑이라……"

닐이 생각에 잠긴 듯 되뇌었다.

"몇 시 배인가요? 리브타뉴 행은 아직 한 편 남은 것 같아서요."

닐은 잠시 머뭇거렸으나 이내 대답했다.

"오늘 밤 마지막 배 맞소. 리브타뉴로 가서 다시 북부의 공장에 서류를 검토해야 하오. 그리고 다시 요즘 개발하는 기계에 대해 할 일이 많기도 하오."

린지는 손목시계를 돌려서 시간을 확인했다.

"일이 있나 보군요."

"아이들 가르치는 시간이 다 되어서요. 하지만 30분 정도는 시간을 낼 수 있어요. 배 시간이 그 정도 남았으니 말동무라도 되어 드리는 것이 부란티노의 예의니까요."

닐은 고개를 끄덕였다.

"그 부란티노의 예의 받아들이리다. 잠깐만 기다리시오."

닐은 항구 매표소로 가서 표를 끊었다. 린지는 닐이 이미 표를 샀다

고 생각했기에 의아해했다. 표를 가지고 돌아온 닐은 그런 린지의 표정
을 읽어냈고 그것에 대해 간단히 설명했다.

"낮에 항구에서 표를 사놓은 걸 지금 다시 받아온 거요. 뭘 잘 잃어
버려서 말이오."

물론, 닐은 지금 표를 산 터였다. 린지 홀은 닐이 낮에 돌아갈 표를
미리 사두었구나, 라고 생각했다. 표를 외투 안주머니에 넣으며 닐이 린
지를 쳐다보았다. 이전에 보았을 때보다 더욱 아름다웠다. 눈이 깊어졌
고 온몸에서 린지 홀이라는 존재를 말해주는 그녀만의 분위기랄까 그
런 것도 더욱 분명해졌다.

"남자들하고는 주로 무슨 이야기를 하오?"

닐이 불쑥 물었다. 두 사람의 거리는 제법 떨어져 있었다. 닐은 린지
를 한 번씩 보면서도 시선은 어둑어둑한 바다에 두었다. 린지는 종이
묶음을 안고 구둣발로 흙을 툭툭 차다가 가끔 닐을 응시하고 고개를
숙이곤 했다.

"어떤 남자들을 말하는 건가요?"

린지가 되물었다.

"그대와 같은 종류에 속하는 남자들 말이오."

린지는 말없이 구둣발로 흙을 꾹꾹 눌렀다.

"서른둘에 소설을 쓴 남자의 자부심이란 얼마나 대단하겠어요? 소위
영웅 심리라는 것도 있을 테고, 그런 남자는 저를 거들떠보지도 않을 걸
요? 게다가 사유하고 시를 쓰고 소설을 쓰는 남자들은 뭐랄까, 자존심
도 무척 강하고 그럭저럭한 여류 작가 따윈 그들의 대화 상대도 안 된
다고 이미 그렇게 생각해버렸을 거예요. 그리고 전 제가 하는 일에 대해
사람들이 어떻게 평가하든 상관하지 않아요. 제가 원해서 합법적인 테
두리 안에서 일을 하고 있고, 사람들이 원하는 걸 쓰지 않아도 제가 알

고 싶었던 것들, 듣고 싶었던 것들, 보고 싶었던 새로운 인격을 소설에
서 만나는 게 좋아서요. 이젠 시를 쓰지 않아요. 오직 소설, 소설만 쓸
거예요. 지금은 뭐랄까, 존 아워를 이해하고 사랑하려고 애쓰고 있어요.
그러니 현실 속의 남자들과 어떤 이야기를 나누든 그저 일상의 적당한
무게를 공유하고 이해하는 것뿐이지 남자들과의 대화에서 그러니까 특
별한 걸 기대하지는 않아요. 지루하셨죠? 대답이 길어서 죄송해요."

"아니오. 재미있었소."

닐이 가볍게 미소 지었다.

"남자들이 느끼는 슬픔에 대해서는 이야기할 줄 아시오?"

"지금 쓰고 있는 소설 속에서 존 아워는 이렇게 말해요. '그래요. 당
신이 나를 이해하지 못해도 좋소. 당신을 사랑하는 내 방식이 당신에게
오히려 상처를 주어도 좋소. 그러나 나는 당신을 너무도 사랑하기 때문
에 내 마음속에 당신의 모습을 온전히 채우기를 바라는 것이오. 나의
육체가 당신을 삼키는 것을 나는 용납하지 못하는 것이오. 다시 당신에
게 지옥과 같은 시간을 주고 싶지 않소. 남자의 사랑이 육체를 탐하여
당신이 상처 속에 파괴되었기에 나는 그렇게 하지 않을 것이오. 당신을
만지고 안고 키스를 퍼붓고 싶소. 하지만 나는 그리하지 않을 것이오.
하지만 당신을 언제까지나 사랑할 것이오.'"

린지 홀은 무언가를 열정적으로 말하다가 갑자기 멈춘 것처럼 정지했
다. 잠시 정적이 흘렀다. 항구에 배가 한 척 들어오고 사람들이 내리면
서 시끌벅적해졌다.

"소설 제목을 『존 아워의 슬픔』이라고 하시오. 곧 배가 들어올 거요.
이야기 잘 들었소."

닐은 중절모를 가볍게 이마 쪽으로 내리며 린지에게 인사했다. 닐이
항구 쪽으로 내려가도 린지 홀은 그의 뒷모습을 지켜보며 자리에 서 있

었다. 이를 모르는 닐은 아니었으나 그의 얼굴에는 이미 깊은 슬픔이 차올라 있었다. 붉어진 얼굴을 여자에게 보여서는 안 되는 것이리라. 닐은 곧 들어온 배를 타고 부란티노 항구를 떠났다. 배가 멀어질 때까지 린지 홀은 항구에 서 있었다. 닐은 그녀를 지켜보다가 선실로 내려갔다.

닐은 리브타뉴로 돌아와서 북부의 공장 시찰을 가지 않고 오히려 올스 개발에 매달렸다. 옥수수 알코올로 움직이는 동력 기관의 여러 모형을 만들어 보았으며 올스의 겉을 둘러싸는 넓은 면을 제작하느라 랄프에게 얇은 철판을 부탁했으며 스스로 용접까지 하면서 올스 제작에 매달렸다. 그럴듯한 디자인의 올스의 몸체가 완성되고 닐은 올스의 크고 작은 부품에 대해 구상하기 시작했다. 물론 부품을 하나씩 만들면서 전체 움직임과의 상관을 조사해 메모해두고 그것의 규격을 메모해두었다. 닐은 올스에 들어갈 부품만 해도 천 가지가 넘을 거라고 예상하고는 우선 올스 한 대를 제대로 만들어 보는 편으로 방향을 결정했다.

랄프는 요즘 닐의 편지가 부쩍 뜸해 심심하기도 했지만 닐이 보고해오고 요청하는 것들을 보면서 올스 개발에 열심이어서 자신에게는 이득이 된다고도 생각했다. 랄프는 북부 해안의 몇몇 거점 항구 개발에 손을 대고 있었다. 서부의 도시들에서 대륙 북부를 통과해 동부의 미개척지로 배를 보내고 동부는 점차 자원과 산물의 공급지로 개발되고 있었다. 동부의 깊은 숲 속에는 몇몇 소수 부족민이 있을 뿐 수가 많고 거친 레프타족에 비하면 유순하고 회유를 쉽게 할 수 있는 부족민들이었다. 랄프는 부족들의 땅을 건드리지 않으면서 동부를 조사하고 일정 부분 개발하자고 다수의 자본가와 실업가들에게 제안했으며 그들도 이에 고개를 끄덕였다. 이제 슬로모트에서는 철을 캐기 시작했고 제철소도 움직이기 시작했다. 동부에서 돌아온 랄프는 닐을 찾아갔다. 닐은 여전히 연구개발실에서 무언가를 만드는 중이었다. 랄프가 안으로 들어섰다.

"자넨가?"

닐이 랄프를 문득 쳐다보았다.

"무척 바쁜가 보군."

"일이 잘 진행되고 있을 뿐일세."

"호오, 이건!"

랄프가 본 것은 올스의 뼈대 위에 입혀진 올스의 외양이었다.

"상당히 예쁘군!"

랄프가 던진 한마디였다.

"예쁜가? 그 모습이 기본 구조야. 그건 사람을 운송하는 올스야. 만약 짐을 실으려면 뒷부분을 좌석 대신 빈칸으로 두면 되네. 바퀴도 거의 완성이야. 만드는 과정을 상세하게 노트해 두었으니 염려 말게."

랄프는 올스의 외양 아래편에 자리 잡은 핑크색의 바퀴를 보았다.

"튼튼하게 받치고 있군."

"나라스트로디아 말이야. 자전거 바퀴에도 빨리 적용해야 하지 않겠나?"

닐이 말했다.

"올스 이후에 적용하는 것이 바람직하지."

랄프가 대답했다.

"아니야. 자전거 바퀴에 나라스트로디아 제품을 장착하도록 하게. 내가 제작에 대한 기본 메모를 주도록 하지. 벌써 동부에 서부의 자본가들과 사업가들이 손을 대기 시작했어. 나중에 나라스트로디아 제품에 대해 특허권을 갖고 물고 늘어지면 자전거 만드는 데에도 쓸데없는 비용을 지불해야 한다고."

"닐. 자네가 나라스트로디아로 바퀴를 만드는 것에 대해 특허권을 내게. 그건 내가 개발한 것이 아니니."

“그러지.”

“뭐 도와줄 건 없나?”

“내가 봐도 놀라울 정도로 일이 잘 진행되고 있네. 전에 말했듯이 크고 작은 부품이 천 개는 넘을 걸세. 우선 한 대의 기본 올스만 내 손으로 직접 만들어 본 뒤 성능 실험을 할 거야. 그 후에 기능이 서로 다른 몇 대의 올스를 더 개발하고 올스에 들어가는 부품을 표준화할 거야. 그리고 규격화된 부품을 따로 생산하는 기계를 만들어야 하네. 그때 자본이 많이 들 터이니 돈이나 많이 벌어두게. 분명히 말하지만 이번 건은 자네가 사고친 거네.”

닐이 웃었다.

랄프는 닐의 웃음 속에 깃든 슬픔을 읽어냈다. 마치 무언가를 잊으려는 듯이 일에 집중하고 자신의 시간을 써버리려는 것 같았다. 하지만 무엇 때문에 닐의 모습에 슬픔이 깃들어 있는지 랄프는 알지 못했다.

이전에 닐이 자신의 나이에 대해 고민하고 무언가 새로운 내적인 성장을 바란 일이 올스 개발로 더 이상 진행되지 못하고 닐의 내부에서 꽉꽉 쌓여 닐을 괴롭히는 건 아닌지 랄프는 괜히 죄책감이 들었다. 사실 랄프나 닐의 나이가 되면 자신의 삶에 대해 확고한 자신만의 시선을 가지는 것이 필요하나 그들 세대는 기계 발명의 1세대로서 짊어져야 할 시대 속의 남자로서의 사회적 요구에 떠밀리듯 발명과 실험 그리고 성공에 쫓겨 여기까지 숨 쉴 틈 없이 달려온 것도 사실이었다. 그들의 젊은 시절 자신과 삶에 대해 생각하는 건 사치였으며 리브타뉴의 남자는 관념적이어서는 안 된다는 사회적 통념이 그들을 여기까지 이끌어온 것이다.

그리고 돌연 닐은 자신의 삶에 대해 질문하기 시작했고 랄프가 올스 개발에 그를 끌어들이자 그런 닐의 고민도 다시 닐의 내부로 들어가 버린 것이다. 랄프는 닐의 고민이 사라지지 않았을 거라고 생각하며 마치 실연당한 남자의 냄새가 나는 그의 눈빛에 한숨을 내쉬고 돌아섰다.

'자네 내부에서 꿈틀거리는 것이 사라진 게 아니야. 자네가 사유한 딱 그만큼의 모습과 구조와 무게로 그건 자네 속에 불완전한 채로 자리 잡고 있군. 그런데 그 불완전한 것이 무엇 때문인지는 몰라도 흔들리고 있어. 내가 두려운 건 닐 자네의 내부를 흔드는 그 무엇이지. 다른 사람은 몰라도 난 알아.'

랄프는 닐의 연구실을 나서서 자신의 사무실로 돌아왔다. 닐이 올스의 동력원으로 제시한 것은 다름 아닌 옥수수 알코올이었다. 잠시 생각해보았을 때, 알코올은 깨끗한 에너지원이 될 수는 있을지 몰라도 큰 배를 움직이기에는 무리였다. 순간 랄프의 머릿속에서 떠오른 생각은 여러 종류의 기름이었다. 식용 기름과 어린 시절 해안가에 나타났던 기름 띠도 떠올랐다. 레프타인 하인은 그 기름이 바다 밑에서 조금씩 올라온 것인데 북부 해안의 땅 근처에도 늪처럼 검은 기름이 고여 있다고 했다.

'세상에 쓸모없는 거라곤 없지. 호기심으로 조사를 해보는 것도 나쁘진 않아.'

랄프는 외투를 입고 비서에게 북부 해안을 개발하러 파견돼 있는 직원들에게 연락해 이전의 레프타족 거주지를 중심으로 '검은 연못'을 찾아보라고 지시했다.

"검은 연못 말씀이십니까?"

비서가 의아한지 되물었다.

"그래. 말 그대로 검은색의 연못 말이야. 냄새가 나는. 검은 연못물을 두 통 정도 리브타뉴로 보내라고 하게. 그리고 연못에 빠지면 안 되니 조심히 구해오도록 지시하고. 칸디나디아 북부와 동부는 아직 위험한 곳 투성이라고."

비서는 랄프의 위협적인 언사에 전화기를 바로 들었다.

"지시하고 퇴근하도록. 아, 오늘은 마차를 불러오도록 해."

랄프는 이례적으로 퇴근길에 마차를 불렀다. 두 마리의 말이 천천히 움직이는 마차 안에서 랄프는 올스가 개발되면 또다시 시대가 바뀔 것이고, 대륙을 오가는 배가 일상화된다면 그 또한 시대가 달라질 거라는 생각을 했다. 시대가 바뀌는 중심에 랄프 자신이 놓여 있었고, 그리고 자기 자신은 어떤 모습으로 바뀔지 혹은 바뀌지 않을지 생각에 잠겼다. 마부는 랄프의 집 앞까지 도착했으나 생각에 골몰한 랄프의 모습에 리브타뉴 외곽을 한 번 더 돌았다. 다시 집 앞에 도착한 마차에서 랄프는 생각을 끝낸 듯 문득 일어나 마부에게 가볍게 인사를 건네고 집으로 들어갔다.

아이들과 아내와 함께 단란한 저녁 식사를 마치고 랄프는 어머니 방에 들러 어머니가 좋아하시는 카스텔라와 커피를 탁자 위에 놓고는 이불을 덮어드리고 복도로 나왔다. 랄프의 어머니는 랄프가 돈을 벌고부터 가족과 함께 식사하지 않았다. 생계를 책임지는 것에서 놓여난 어머니는 옛날에 멈춘 그녀의 시간 속으로 들어가 그 속에서 살았으며 랄프는 더욱 힘을 내어 돈을 벌었다. 서재로 들어가 책장을 응시하던 랄프는 린지 홀의 소설을 꺼내들었다. 부분 부분을 넘겨 읽으면서 든 생각은 이런 문장 속에 들어있는 생각은 보통의 서른둘의 여자가 쓸 수 있는 게 아니고 또 이런 정신적 폭풍과 황폐함을 작가 스스로 선택한 것처럼 보이는 것에 대해 린지 홀이 가엾어 보이기조차 했다.

'닐이 그러는 건 린지 홀의 책 때문이 아니야. 인간으로서 누구라도 한 번은 자신에게 던지는 질문이고 대답을 기대할 수 없는 질문인 거지. 린지 홀은 그걸 서른둘이 되기 전에 겪었고 닐은 지금 겪는 것뿐이야. 그럼 나는? 나는 어떻게 겪어볼까?'

52

랄프는 다음날 사무실로 출근해서 닐에게 부란티노의 공장 전화번호를 물었다. 닐은 이유를 묻지 않았다. 루반 홀과의 통화에서 2년 계약직으로 린지 홀을 두 번째 비서로 일하게 하고 싶은 데 실제로 린지 홀이 하는 일은 비서의 업무가 아니라 한마디로 그녀에게 소설을 쓸 시간을 보장해주고 일주일에 두 시간 정도 랄프의 철학적 질문에 린지 홀이 답해주는 것이라고 했다. 루반 홀은 물론 동생을 보내겠다고 했고 제발 동생이 리브타뉴에 오래 머물 수 있게 해달라고 부탁하기까지 했다. 랄프는 샘튼 씨에게 전화를 걸어 린지 홀이 머물렀던 집을 빌릴 수 있겠느냐고 물었고 샘튼 씨가 흔쾌히 대답하자 전화를 끊었다.

'뭘 그렇게 어렵게 생각하지? 우리가 하지 못했던 젊은 시절의 폭풍을 겪고 싶다면 그걸 해본 사람을 불러와 매 순간 떠오르는 걸 물어보면 되잖나. 닐, 책도 그만큼 읽었다면 더 볼 게 없겠고 살아있는 싱싱한 말, 대답을 듣는 게 더 현명해.'

오후에 랄프의 사무실에 전화벨 소리가 울렸다.

"도렌 씨 부탁합니다."

상냥하지 못한 여자 목소리였다.

"내가 랄프 도렌이오."

"저는 린지 홀이라고 합니다."

"그래요? 제안에 대해서는 생각해 보셨소?"

"리브타뉴의 몇몇 좋으신 분들이 저에 대해 알고 있다는 건, 저도 알고 있습니다. 하지만 도렌 씨께서 제안하신 일은 불분명한 일이고 제가 눈에 보이는 성과로 무엇을 어떻게 할 수 없을 것 같아서 리브타뉴로 갈 수 없음을 말해드립니다."

"불분명한 일이라……. 왜 그렇게 생각하는 것이지요?"

랄프가 쥔 수화기 너머에서 잠시 침묵이 흘렀다.

"그 일로 돈을 받을 수는 없어서요."

"나에게는 그 일이 돈을 지급할 만큼 도움이 되는 일이라도 거절입니까?"

"죄송합니다. 불분명한 성격의 일이에요. 저는 할 수 없음을 말해드립니다. 사업과 가정에 평안을."

그리고 전화는 끊어졌다. 랄프는 자존심이 상한 것보다 린지 홀이 이전보다 더 마음에 들었다. 그건 확실히 불분명한 일이었다. 랄프 개인의 인격에 더 많이 닿아 있는 일이었고 그래서 위험한 일이었다. 린지 홀이 과거에 어떤 정신적 폭풍을 겪고 성장했는지 구체적인 건 모르지만, 그로서는 이제 한 명의 성숙한 여인이 된 여자와 대면했다고 느꼈다. 더 이상 불안정하지도 않고 결코 평범하지도 않으며 자신이 가치라고 선택한 것에 안전하게 자리할 줄 아는 그런 여자라는 느낌이 린지에게서 묻어났다.

랄프는 닐에게 전화를 걸어 린지 홀이 요즘 무엇을 하고 지내는지 물었다. 루반 홀에게 전화하는 것보다 닐에게 전화하는 것이 더 재미있었기 때문이다. 닐은 자신이 아는 바로는 린지 홀이 새 소설을 집필하고 가끔 아이들을 가르친다고 있는 그대로 말해주었다.

"루반 홀이 말해주던가?"

랄프가 물었다.

"공장 시찰 때 그가 말해주더군."

닐이 대답했다.

"자네가 일부러 그녀에 대해 물었나?"

"원래 루반 홀은 말이 많네. 묻지도 않은 잡다한 얘기를 많이 하지. 특히 집안 얘기는 나한테 모두 하는 편이야. 그래서 린지 홀의 책을 사게 된 것이지."

닐은 조용하면서도 천천히 대답했다.

전화를 끊고 랄프는 약간 서글퍼졌는데 그것은 결국 린지 홀을 대하는 일이란 그녀가 쓴 글자들을 이어보는 것이 전부일 거라는 생각이 들어서였다. 한 번 들은 목소리와 한 권의 소설책, 책 속의 먼 곳을 응시하는 여자의 사진이 전부인데도 랄프는 닐의 사유가 자신에게도 전염되어버렸고 그 자신이 예전과는 다른 새로운 무언가를 원하고 있다고 생각했다.

퇴근 후 랄프는 린지 홀의 시집 두 권을 모두 읽고 오랜만에 그의 머리는 자본과 기계, 사업에서 놓여나 하얀 구름 속에 파묻힌 것처럼 편안했다. 랄프는 여자가 갖추어야 할 치명적인 자질에 대해 생각이 머물렀고 일어서서 창문 밖 어두운 세계를 오랫동안 지켜보았다.

해가 바뀌고 겨울은 막바지에 접어들었다. 사막에서 넘어오는 바람은 유난히 더 차갑고 메말랐으며 그 겨울의 리브타뉴의 거리는 사람이 없이 황량해 보였다. 나무로 만든 주거를 위한 집과는 달리 사무실과 상점이 밀집한 리브타뉴의 중심가의 건물들은 거의 대부분 회색의 콘크리트로 마감되어 있을 뿐이었다. 그들은 사무실 벽에 벽돌을 덧대거나 페인트를 칠하지 않았는데 그것은 시대를 개척한 남자들의 근본정신이 이 잿빛 콘크리트에 담겨 있기 때문이라고 믿었기 때문이었다. 그들이 달려온 시간만큼이나 그들의 나이와 잿빛이라는 색은 어울렸다. 그리고 달려온 시간 속에 잃어버린 그 무언가는 그들의 욕구 기저에 남아있는지도 몰랐다. 그들은 사막의 바람이 차갑고 메마를수록 집에서 떠나 일과 사업에 몰두했으며 가끔 모임을 가지면서도 혼자만의 시간을 갖곤 했다.

사막의 바람이 그들의 슬픔을 거두어가고 바다로부터 습윤한 바람이 불어와 비가 내리기 시작했다. 차갑고 우중충한 비가 한동안 이어지더니 검은 공작들이 때맞추어 왔으며 부녀자들과 아이들은 그들의 공인된 놀이 속에 흠뻑 빠져들었다. 닐은 기본 구조의 올스에 필요한 부품들을 거의 다 만들었고 그걸 여러모로 조립해보고 있었다. 랄프는 북부에서 가져온 검은 기름을 끓여서 성분을 분리해보았다. 그는 검고 끈적이는 부분보다는 투명한 액체에 관심을 가지고 그걸 사용해보기로 했다. 랄프는 오히려 배와 올스의 동력 기관을 이루는 원리가 비슷한 만큼 기관을 움직이는 연료 또한 비슷할 수 있다는 생각을 하고는 검은 기름에서 분리한 투명한 액체 한 통을 가지고 닐을 찾아갔다.

"확실한 건 아닌데 한 번 시험해 봤으면 좋겠네. 이 물질로 올스가 움직일 수 있는지 말이야."

랄프가 기름통을 놓으며 말했다.

"어디서 구해온 건가? 이 물질은?"

닐이 궁금해했다.

"북부의 레프타족 이전 거주지 근처에서 가져온 것이네. 아직 확신할 수는 없지만 연료로써의 가능성을 검토해 주게. 그럼 난 이만."

랄프의 돌아서는 모습이 쓸쓸해 보이자 닐은 할 말을 입안에서 거두었다. 랄프가 돌아가고 닐은 사무실로 올라가 오랜만에 랄프에게 편지를 썼다.

랄프,

자네가 싫어할지는 모르겠지만, 오늘따라 자네가 무척 우울해 보이는 건 내 눈에도 보이니 펜을 든 것이네. 우리 모두 사업과 일과 혁신이 우리들의 업무이긴 해도 그건 남자로서의 의무에 가까운 것들이네. 오히려 우리를 성립시키는 보다 많은 요소는 아쉽게도 여성적인 것들이지. 누군가에게 사려 깊음을 받는 대상이 된다는 것, 펜을 들고 생각을 정리해

보는 것, 가끔 이루어지지 못할 사랑에 들뜨는 것, 시를 쓰는 것 등등 그러한 여성적인 모습들 속에 우리가 인간으로서 놓치고 살아온 부분들이 있기에 남자들의 일만으로는 채워지지 않는 그 약간의 부분이 모모켄트 사막에서 불어오는 겨울바람처럼 차갑고 메마른 슬픔으로 우리의 일부분을 채워주기를 바라고 있는 것이네. 그래서 우리가 외롭게 혹은 내면적으로 우울하게 되는 걸세.

랄프 자네로서는 삶에 대한 인식과 자신의 고통스런 경험에 대해 눈물을 흘려본 적이 없는 강인한 남자이지만 우리 남자들에게도 가끔은 여성적인 모습으로의 표출이나 여성적인 것으로의 통로가 필요하다는 걸 그건 부끄러운 일이 아니라는 걸 알아줬으면 하는 것일세. 살아오면서 우리가 한 번도 상처받지 않았다면 그것이 오히려 더 이상한 일이지 않겠나. 다만 우리는 눈물을 흘려야 할 때, 고통으로 가슴을 찢어야 할 때, 그저 묵묵히 일과 사업에 매진한 것뿐이네.

제법 우리가 시간을 사용한 방식이 성과를 보이고 있는 지금 다시금 걸어온 삶과 지금의 우리 자신과 앞으로의 삶에 대해 어쩌면 루시오스 녀석까지는 되지 못하더라도 약간의 시간적 여유를 마음속에 둔다면 우리는 좀 더 유연하고 우리의 웃음과 슬픔에 의미를 담을 수 있는 존재가 될 걸세. 난 올스를 개발하면서도 늘 마음속에는 조금의 여유를 두어 나에 대해 생각했네. 결국, 엄격한 나로 돌아오기는 했지만 그 개인적인 시간들을 통해 나는 진정으로 내 삶에 의문을 갖지 않게 되었네. 사업가로서의 나와 한 명의 인간 그리고 남자로서의 나에 대해 말이네.

저런, 마음 상하지 않기를.

언제까지나 랄프의 동료, 닐로부터.

　랄프가 닐의 편지를 찢어버린 건 당연한 일이었거니와 랄프는 현학적인 말로 랄프 자신의 심리 상태를 설명하려는 닐의 시도에 침을 뱉고 싶을 지경이었다. 게다가 랄프는 아직 자신이 시도조차 하지 않은 내면적 질서를 세우는 일을 닐이 서둘러 마치고 닐 자신의 엄격함으로 벽을 쌓아버린 모습도 마음에 들지 않았다. 분명히 뭔가가 비뚤어진 게 틀림없었다. 그 모양새를 보이면서 담담하게 훈계하는 모습이란 닐이 불쌍해 보이는 걸 넘어서서 바보스럽기조차 했다. 랄프는 그날 결재할 서류를 놔두고서 일찍 퇴근해 자신의 서재에 처박히고는 커튼을 모두 쳐버렸다. 검은 가죽 의자에 걸터앉아 책상에 오른손을 올리고 스스로가 무슨 생각을 하는지도 감이 잡히지 않았다.

　'내가 뭘 생각하고 있는 것이지?'

　랄프는 자신답지 않게 허튼 생각을 하고 있다고 생각하고는 침실로 가서 이불을 덮고 누웠다. 랄프는 아내와 아이들이 검은 공작들에게 간 걸 알고 있었다.

　'닐, 여성적인 일 자체가 문제가 아니야. 같은 남자라도 우리가 취급하지 않는 인간이 있듯이 여성 자체가 고상해야 여성의 일이나 취미도 고상할 뿐이야. 그리고 대부분의 여성이 눈에 보이는 반짝거리고 화려한 걸 좋아하는 건 자네도 알잖나. 가끔 그녀들이 수필을 쓰고 시를 써도 그건 신세 한탄의 또 다른 표현일 뿐일세. 린지 홀처럼 표현에는 완전히 능숙하지는 못해도 자신이 온전히 인식한 걸로 서툰 표현이지만 그렇게 가는 게 고상한 여자의 자질이야. 다만 그렇다는 걸세. 그녀의 이번 소설은 첫 소설보다 나을 테고 그다음 소설은 내 자신의 세월보다도 나을 걸세. 확신하지.'

　랄프는 눈을 감았다. 다음 날 아침 비가 내리고 있었다. 아내와 아이들이 깊이 잠든 아침 랄프는 직접 달걀프라이를 만들고 그걸 빵 속에 넣어 커피와 함께 먹었다. 하녀가 송구스러워했다.

"가끔 책을 읽도록 해. 일만 하다가 늙어버리지 말고."

랄프는 하녀에게 말하고는 우산을 쓰고 사무실까지 걸어갔다. 이번 비로 겨울 동안 리브타뉴에 쌓였던 사막의 먼지들은 다 씻겨 내려갈 모양으로 비는 오후까지 내렸다. 랄프는 오전 동안 서류를 결재하고 비서에게 넘겼을 뿐 오후 내내 비 내리는 리브타뉴 항구를 바라보고 있었다.

비서의 노크 소리가 들리고 랄프는 우편물을 건네받았다. 린지 홀이 보낸 그녀의 새 소설이었다. 린지 홀이 랄프에게 그녀의 소설을 보낼 줄은 생각도 하지 못했던 터였다. 이제 나는 쉰여덟, 닐은 쉰여섯, 그리고 이 사유 속에서 살고 있는 젊은 여인은 서른셋이었다. 묘한 우정이로군, 하고 랄프는 책을 꺼냈다.

'『존 아워의 사랑』이라……'

랄프는 가죽의자에 앉아 린지 홀의 새 소설을 읽기 시작했다. 우편물에는 소설 외에 다른 메모나 편지는 없었다. 비서가 퇴근하고 난 뒤 랄프는 사무실을 나섰다. 항구를 거닐다가 존 아워가 선택한 사랑의 방식을 비웃기에는 자신이 좀 더 존 아워의 모습에 가까워졌다고 느꼈기 때문에 소설 속의 안타까운 사랑 이야기를 비웃지 못했다. 한 명의 인격이 창조되고 그것이 다른 사람의 이미 형성된 인격에 영향을 줄 만큼 글을 쓴다는 건 그로서는 접근하기 어려운 문제였다.

'린지 홀의 다음 소설을 보는 건 왠지 두렵군. 나의 청춘 시절 의무 중 하나를 내가 비웃었을 때 그녀는 그녀의 청춘 시절 중 내가 선택한 쪽을 비웃었을 테니. 하지만 린지 홀, 나는 성공해야 했어. 사유하고 또 그래서 얻게 될 결과로 나 자신을 성립시키기엔 나는 자본을 만들어내는 사회적 성공이 더 절박했다고.'

랄프는 순간 자신이 린지 홀에게 말을 걸었다는 생각에 자존심이 상했다. 랄프는 『존 아워의 사랑』 같은 이야기와 등장인물의 흐름과 작가의 의지를 통하여 나타나는 정신적 우월감 같은 요소를 그녀에게 보여줄 수 없었다. 인생에 있어 어느 부분만큼은 그가 서른셋에게 졌다는 걸 인정하고 다시는 린지 홀을 거들떠보지 않기로 마음을 먹는 순간 자신도 닐처럼 완고한 벽을 세우는 것으로 자신의 사유를 정리한 것 같아 괜히 씁쓸해졌다.

린지 홀은 출판사에서 책을 받고는 오직 두 사람에게만 책을 보냈다. 리브타뉴의 랄프와 닐에게 말이다. 그리고 그녀는 그들이 이 소설을 읽고 감동하기보다는 완고해질 거라고 예상했으며 다시는 그들과 만나지 못하리라는 것도 예상했다. 랄프와 닐 모두 성공한 사업가지만 그들에게서는 공통적으로 약간은 밋밋하며 냄새가 나지 않는 사유의 공허가 느껴졌기 때문이다. 린지 홀은 사유의 공허는 대부분 사람들에게는 문제시되지 않는다는 걸 알고 있었다. 그러나 린지 홀이 보기에 랄프와 닐의 경우에는 그들의 젊은 시절 사유의 공허를 느끼면서도 채우기를 바라면서도 해야 할 의무를 붙들고 지금까지 왔으며 게다가 아직까지 사유의 공허가 그들에게 빈 통으로 남아있다는 느낌을 지울 수가 없었다. 린지 홀은 십대가 끝나갈 무렵 사유의 공허를 붙들고 그 속으로 들어가 살았으며 사유의 공허의 텅 빔과 채워짐 그 양면의 모습으로 그녀의 본질을 만들어갔다. 린지 홀은 어떤 때는 모든 것을 텅 빈 것처럼 느꼈으며 어떤 때는 논리와 사유 그리고 감정이나 의지 따위가 모두 연결되고 채워진 것처럼 느꼈다. 그런 양극을 오가며 그녀는 스스로의 인식을 세우고 또 계속적으로 성장해왔다. 그리고 그 사유의 공허는 다른 사람이 대신 해결해 줄 수 있는 게 아니라서 누군가가 그걸 이미 갖고 있는 것처럼, 완성한 것 같은 모습을 보인다면 사유의 공허를 해결하지 못한 자존심 강한 그 누군가는 사유의 공허를 완성한 사람에게 등을 돌리게 되리라는 것이었다.

린지 홀은 이번 소설에서 존 아워가 사유의 공허를 느끼고 또 그것을 자신만의 사유와 인식으로 인격화한 뒤 그가 사랑에 대해 지킨 자세를 자세하고도 세밀하게 표현해냈다. 이전 소설의 문제점이었던 인식의 지나친 추상성과 표현력의 결여를 그녀는 이번 소설에서 말끔히 해결한 것이다. 린지 홀은 랄프와 닐이 더 이상 연락해오지 않기를 바라면서 내일 수업을 준비하기 위해 몇 가지 개념을 신문지 빈 칸에 적었다.

1층의 술집은 노동자들이 술을 마시고 떠드는 소리로 시끄러웠으나 그녀는 오히려 그런 소리의 한가운데에서 삶의 진동을 느끼고 있었다. 나무 계단을 올라오는 발걸음 소리가 요란하고 디피오가 조그만 상자를 가져왔다. 디피오는 그녀가 가르치는 학생들 중의 한 명으로 이 술집의 아들이다. 디피오는 씩 웃으면서 그녀를 방에서 데리고 나와 1층으로 연결되는 계단 위에서 술을 마시고 있는 어떤 금발 머리 남자를 지목했다. 그는 린지 홀을 보고는 맥주잔을 린지 홀을 향해 들고 한 잔 쭉 들이켰다. 누군가 싶었더니 선착장에서 하역 일을 하는 레오 더플씨였다. 린지는 상자를 열어보았다. 만년필이었다. 린지는 레오가 있는 쪽으로 내려갔다. 레오는 올해 스물여덟 정도 되었을 것이다. 탁자에는 레오만 있고 다른 일행은 없었다.

"레오, 왜 혼자 술을 마셔요? 그리고 이 만년필은 뭔가요?"

"부란티노에서 제일 멋없는 여자에게 주는 선물이오. 오해는 하지 마시오. 못생긴 건 아닌데 눈에 안 띈다니까. 제기랄."

레오는 그녀에게 주려는 듯 빈 잔에 맥주를 채웠다.

"마실 거요?"

"디피오는 얼른 숙제하러 올라가."

린지가 말했다.

디피오는 눈치를 살피더니 2층으로 올라가버렸다.

"레오, 이건 뭔가요? 비싼 물건이에요."

"3년 동안 당신을 알고 지냈건만 당신이 뭐하는 여자인지 난 오늘 알았소. 이런 허름한 술집엔 왜 있는 거요? 그 루반 홀인가 뭔가는 잘 살던데 말이오. 게다가 어울리지 않는 곳에 있다는 말이오, 내 말은."

린지는 잠자코 있었다. 레오가 말을 이었다.

"서점 같은 델 가봤어야 알지 않겠소? 워낙 배운 게 없어서 글자도 잘 읽지 못하오. 그래도 이건 읽어보려고 생각하고 있소."

레오가 꺼내 든 책은 『존 아워의 슬픔』이었다. 이번에 린지는 두 권의 소설책을 썼다. 『존 아워의 사랑』과 『존 아워의 슬픔』 말이다. 다만 린지는 『존 아워의 사랑』 한 권만 랄프와 닐에게 보내준 것뿐이었다. 이 두 권의 책을 자비 출판하느라 린지 홀은 가지고 있던 돈을 거의 다 써버렸고, 이제는 아이들을 가르치며 조금이지만 돈을 벌어야 했다.

"나는 뭐 고상한 사랑을 하는 남자가 되어보지 못해서 말이오. 그래도 적어도 여자를 상처주진 않소. 아니, 여자들이 날 거들떠보지도 않고 그래서 사랑인지 뭔지 그걸 해본 적도 없지만."

"모든 남자는 존 아워예요, 레오. 물론, 레오도요. 내 말 이해할 거예요. 그리고 만년필은 고마워요. 레오가 선물해줘서 더욱 고마워요. 잘 쓸게요. 내일도 일이 있을 테니 적당히 마셔요."

레오 더플은 덥수룩한 금발의 곱슬머리를 매만지더니 책에 사인을 해달라고 했다. 린지 홀은 레오가 선물한 만년필의 뚜껑을 열고는 그가 사온 책에 레오에게, 라고 적고는 그녀의 이름을 그 밑에 적었다.

"레오, 난 사인 같은 것에 익숙하지 않은 초보 작가예요."

린지 홀은 정말이지 부끄러운 듯한 표정을 지었다. 레오의 덥수룩한 머리에 먼지와 거미줄이 엉켜있었다. 그녀는 그의 굳은살 배인 손과 흙이 묻은 가죽 신발과 땀 냄새가 묘한 조화를 이루고 있다고 생각했다. 레오가 취한 것 같아서 린지는 디피오의 아버지를 불러 그를 그의 집으로 데려다달라고 부탁했다.

닐은 린지로부터 소설을 받았을 때 포장을 뜯어볼 엄두도 나지 않았다. 닐도 어떤 면에서는 생각을 제품으로 실현시키는 사람이었지만 젊은 여인이 자신의 생각을 하나의 글로 써낼 수 있다는 걸 보는 것이 그에게는 적잖이 놀라운 일이었다. 게다가 닐은 린지 홀이『존 아워의 사랑』을 완성하지 못할 거라는 생각을 하고 있었다. 남자가 여자를 사랑할 때 가장 고귀한 모습으로 대하는 걸 남자도 아닌 여자가 그것도 제대로 사랑도 해보지 못한 여자가 어떻게 그 거룩하고도 고독한 심리를 그려낼 수 있겠는가라는 생각이 들었던 것이다. 게다가 존 아워의 사랑의 모습을 그린다 하여도 젊은 남자의 여자에 대한 자기 착각 내지는 감상적 몰입에 지나지 않는 글을 썼을 거라고 생각했다. 닐은 괜히 린지 홀의 새 책에 대한 생각이 복잡해지자 특별한 기대를 하지 않고 책을 감싼 종이를 뜯어냈다. 책속에는 어떤 메모도 편지도 없었다.

앉은 자리에서 책을 다 읽은 닐은, 자신이 세상의 모든 여자를 보는 시선이 각각의 여자에게도 적용되어왔던 지난날의 습관적 관점에 대해 그걸 어느 정도 특별한 경우에 있어서는 수정할 필요가 있다고 느꼈다. 그저 그런 글이었다면 그럴 필요가 없었을 것이다. 여자들이 취미로 글을 쓰고 감상에 빠지고 세상의 온갖 이야기에 빠져드는 걸 경계하며 보았던 닐이었다. 사유와 글에 대하여 제대로 가고자 하는 자에게 나타나게끔 되어있는 그 깊은 인식의 표지를 닐은 확인하고 부란티노의 공장으로 전화를 걸었다.

루반 홀은 간단히 공장 일을 보고하려 하였으나 닐은 린지 홀의 새 책에 대해 물었다.

"이번에도 홀 양이 책을 자비로 출판한 건가?"

"그렇습니다. 린지에게 상속된 유산도 거의 바닥이 났죠. 출판하기 전에 이 오빠 집에서 먹고 살 생각은 꿈에도 하지 말라고 경고까지 줬는데 두 권이나 출판해버렸죠. 정말 비현실적이고 대책 없는 녀석이지요. 지금 '라피에르'라는 술집 2층에 살면서 또 노동자 계층의 아이들을 가르치고 있어요. 그나마 다행인 건 이제 돈이 없어 더 이상 출판하지 못할 거라는 현실이지요."

"두 권을 출판했다고? 그건 무슨 말인가?"

닐은 루반 홀의 대답에 언짢아졌으나 그가 받은 책은 한 권이었기에 다시 물었다.

"사랑 이야기를 다룬 소설을 하나 출판했다고 들었고 그 사랑이 이루어지지 못해 고통스러워하는 남자의 슬픔을 다룬 소설을 하나 더 출판했다고 말하더군요. 제목도 웃기지요. 『존 아워의 사랑』과 『존 아워의 슬픔』, 이 두 권이라고 얼핏 들었습니……."

닐은 루반 홀이 말을 끝내기도 전에 전화를 끊었다. 닐은 정신이 고급이면서도 드러내지 않고 자신을 둘러싼 몰이해와 현실적 한계 속에서 또다시 방향을 찾아나가는 한 명의 살아있는 여자를 보고 있었다. 앞으로 루반 홀에게 다시는 린지 홀에 대해 묻지 않기로 했다. 루반 홀을 통해 린지 홀에 대해 듣는 건 아름다움이 현실의 기름찌꺼기를 입어 사라지는 것처럼 느껴졌다.

닐은 루반 홀이 직원들을 관리하는 데 있어서는 효율적인 관리자일지 모르지만, 생선 통조림을 만들고 판매하는 것 외에 그를 또 다른 무엇이라고 느끼게 할 만큼의 그 무언가는 전혀 없으며 앞으로도 그럴 것이라 짐작했다. 그러나 린지 홀은 그녀의 눈 속에, 마음속에 그녀 자신을 담고 있어서 세상의 모든 걸 그리고 남자를 사랑하고 있었다. 그런 그녀와 자신은 둘 다 살아있는 여자와 남자였지만 이미 지나온 시간 속에 그들 각자가 초래한 그 무언가의 원인으로 가까워질 수 없었다.

닐은 리브타뉴의 서점마다 전화를 걸었지만, 린지 홀의 책이 있는 곳은 없었다. 닐은 부란티노의 한 서점에서 린지 홀의 책을 찾을 수 있었고『존 아워의 슬픔』을 가장 빠른 배편으로 보내달라고 주문했다. 닐은『존 아워의 사랑』을 흡수하듯 한 번 더 읽고는 책상의 맨 아래칸 서랍에 넣어두었다. 머리에서 열이 나고 심장이 두근거렸다. 존 아워는 30대의 닐 자신이었다. 서른이 훌쩍 넘어 사랑에 타협점을 찾은 것이 결혼이었다. 그리고 지금껏 충실히 의무를 이행해왔으며 나름대로 아내의 잠든 모습을 사랑했다. 닐은 마치 자신이 결혼하기 전, 사랑에 대해 진지하게 고민하던 자기 자신이 글 속에 똑같이 그려져 있다는 것에 놀라웠다. 그리고 그러한 사랑이 고통과 슬픔으로 끝날 수밖에 없다는 소설의 결말처럼 그건 그가 마흔이 되기 전 현실적인 결혼을 선택한 이유가 되었다는 걸 그는 알았다.

『존 아워의 슬픔』이 도착하기까지 닐은 남자의 정신적인 고뇌와 성장에 대해 관심 없는 여자들에 대해 생각했다.

'그래서 그대들께서 최고의 신랑감들을 다 차지하고 난 뒤, 그대들은 최고의 신랑감들 속에 들어있는 마음에 대해서 얼마나 생각해보셨죠? 아무 의미도 없는 수다를 떨며 남편의 외면적인 능력을 수다 속에 넣어 맛있게 느끼는 동안 남편은 어디를 헤매고 있는지 그 예쁜 얼굴로는 왜 한마디도 돌아보지 않는지 묻고 싶소. 이유를 대도 이미 핑계일 뿐이오. 이제 그 예쁜 얼굴은 이빨도 없고 주름으로 뒤덮인 흉측한 노파의 얼굴 같소. 당신과의 시간이 한순간도 의미가 없었다는 걸 이제 와서 깨달은 것만큼 어리석은 게 없을 거요. 자, 나는 이제 눈을 감겠소.'

그리고『존 아워의 슬픔』이 가져다준 소식은 린지 홀의 죽음이었다.

린지 홀은 하역꾼 레오 더플에게 강간당하고 목 졸려 살해되었고 레오 더플의 자수로 사건은 종료되는 듯하였다. 그러나 시신이 유기된 산에서 오른손 손가락 다섯 개가 잘려나간 린지 홀의 시신이 발견되어 그녀는 부란티노에서 화제가 되었고 그 후 그녀가 무명작가였다는 사실이 알려지면서 몇 달간 그녀의 책이 잘 팔렸다. 루반 홀은 법정상속인으로서 인세 수입으로 제법 큰돈을 갖게 되었다.

다시 가을이 돌아온 리브타뉴에서 닐이 부란티노의 공장으로 전화를 걸어 루반 홀을 해고했을 때 루반 홀은 별말 없이 사직했다. 닐은 그의 목소리를 듣고 동생이 죽은 것보다는 어느 여류 작가의 비극적 죽음으로 사람들의 관심을 끌어 동생의 책이 잘 팔림으로써 그가 평생 먹고 살 돈을 매달 받음으로 순간 느껴지던 슬픔은 이미 잊혀졌으며 동생이 남겨놓은 매달 들어오는 유산이 그에게는 새로운 현실이 된 것이라고 생각했다.

닐은 기능별로 다른 올스 몇 대를 완성한 상태에서 그 모든 제작 과정과 설계도, 그리고 부품에 대한 것을 랄프에게 넘기고 자신에게 있는 특허권 절반도 모두 포기한다는 문서까지 작성해 비밀로 보관하라고 했다. 닐은 북부와 남부에 있는 그의 공장을 팔고 아내에게 일방적으로 이혼소송을 제기했다. 판사가 개입한 자리에서 닐은 이혼의 사유에 대해 아무것도 대지 않았으며 아내가 신청한 아내의 자녀 양육권을 인정하고 재산의 절반을 아내에게 주는 서류에 아무 말 없이 도장을 찍었다.

닐은 이혼 소송을 끝내자마자 랄프에게 짧은 서한을 보내고 리브타뉴를 떠났다. 랄프는 이 모든 과정을 지켜보면서 머리가 텅 빈 것 같은 느낌을 받았으며 그의 중요한 것을 잃어가는 것처럼 느꼈다. 닐이 떠나고 랄프는 늦은 밤 사무실에서 가끔 흐느꼈다. 랄프는 선박에 대해서는 완전히 손을 떼고 자전거 사업도 조금씩 정리해갔다. 닐이 떠나고 2년 뒤 랄프는 닐이 남긴 마지막 과제인 부품 만드는 기계를 모두 생산했으며 이미 리브타뉴에는 대규모 올스 생산 공장이 가동되고 있었다. 올스는 랄프를 칸다나디아 대륙 최고의 갑부로 만들어주었다. 이미 리브타뉴를 중심으로 서부 해안 도시 간에는 도로가 건설되었고 올스를 이용해 사람과 물자의 수송이 쉽고 원활하게 이루어지게 되었다. 점차 북부와 남부로 도로 개발이 확대되고 대륙의 동부까지 이를 날도 얼마 남지 않았다.

예순하나의 랄프는 최근 올스의 특허권에 대해 제기되었던 문제에 대해 닐이 모든 걸 해결해주었다는 걸 알게 되었다. 판사에게서 받은 닐이 보낸 서류들에는 올스의 개발은 랄프와 닐이 공동으로 추진했으며 닐은 자신의 권한을 이미 2년 전에 포기했으며 올스 개발의 유일한 특허자는 랄프라고 분명히 밝혀놓았다. 이번 소송은 닐의 전(前) 부인이 올스의 개발에 대한 전(前) 남편의 기여를 탐정을 이용해 알아본 결과 이혼 당시 남편이 추진 중이던 연구의 결과에 대해 미래에 발생할 경제적 이득을 계산하지 않았다는 내용의 소송이었다. 판사는 올스 개발에 있어 닐의 전 부인의 기여도를 인정하지 않았고 닐이 2년 전에도 지금도 분명히 랄프에게 개발권의 전권을 위임했으므로 닐의 전 부인이 랄프에게 건 소송은 랄프의 승리로 끝이 났다.

소송은 어디에 있는지 모르는 닐의 신속한 대처로 회사 직원들에게 랄프의 명예도 실추되지 않은 채 끝날 수 있었다. 랄프는 소송은 아무래도 상관없었다. 그가 바라던 올스는 개발되었고 그의 꿈이 거리에 실제로 움직이고 있었기 때문이다. 특허권을 절반 넘겨주고 비용을 일부 지불하는 것 자체도 상관없었으나 그는 닐의 전 부인이 지독히 미웠다. 이혼 전에는 세상에서 남편을 가장 소중히 여기는 것처럼 굴더니 이혼 소송 때는 돈을 원하는 만큼 받지 못할까봐 혈안이 되어 있었고 이제는 탐정까지 고용해 닐이 비축해둔 가능한 모든 돈을 빼가려 하고 있었다.

랄프가 퇴근하고 집에 갔을 때 그의 아내 또한 닐이 불쌍하다고 그리고 닐의 전 부인이 그렇게까지 랄프에게 악독하게 굴지 몰랐다고 이를 갈았다. 랄프는 아내를 보고 피식 웃었다.

"만약 내가 아무 이유 없이 당신에게 이혼하자고 한다면 어떻겠소?"

아내는 망설이지도 않고 대답했다.

"해야죠. 위자료가 엄청날 텐데."

아내는 농담하듯 말했으나 랄프는 그 순간 린지 홀이 떠올랐다. 그는 서재로 가서 『존 아워의 슬픔』을 꺼내 천천히 그녀가 글을 써내려간 속도로 책을 다시 읽기 시작했다. 새벽, 책을 모두 읽은 후 랄프는 종이를 꺼내 무언가를 작성하고 1년 전에 돌아가신 어머니의 방에 들어가 잠시 흐느끼다가 집 밖으로 나왔다. 올스 생산 공장을 가진 칸디나디아 대륙의 최고 갑부 랄프 도렌의 이혼 소송이 부인 측의 모든 요구를 들어주고 끝난 것에 대해 그리고 랄프가 최고 경영자 자리를 사임하고 사실상 회사에서 물러난 것에 대해 칸디나디아가 한동안 시끄러웠다.

랄프는 트렁크 가방 하나만을 든 채 부란티노로 가는 배에 몸을 실었다. 가방 속에는 린지 홀이 쓴 두 권의 시집과 세 권의 소설, 예금 증서와 만년필, 여벌의 옷이 들어있었다. 배에서 첫날 저녁 그는 배의 직원으로부터 노란 봉투를 받게 되었다. 봉투를 여는 랄프의 손이 떨렸다.

랄프, 이제 그토록 무겁던 사업과 아내로부터 놓여났는가.

미안하네. 지금 마음이 심란할 텐데 내가 농담하듯 말했네. 혹시 부란티노로 온다면 나를 찾아와줄 텐가? 어쨌든 우리는 올스의 개발을 완수했으니 늦었지만, 축하주라도 나눠야 하지 않겠나. 부란티노 남쪽으로 내려오면 이브모트 마을이라고 있네. 그 마을에서 닐 버렐을 찾아오게. 마을 사람들은 나를 닐 버렐로 알고 있네. 그럼, 이 마을에서 가장 오래된 와인을 준비해놓겠네.

이젠 자네의 벗일 뿐인 닐로부터.

겨울이 막바지에 접어든 부란티노의 한적한 농촌이었다. 순박하게 생긴 마을 사람이 랄프를 데려다 준 곳은 조그만 집에 넓은 정원이 있는 곳이었다. 랄프가 황량한 정원으로 들어섰을 때 엉켜있는 장미 덩굴 너머로 허리를 펴며 일어서는 남자를 발견했다. 눈이 마주친 두 사람은 잠시 말이 없었다.

"린지 홀이 우리에게 가져다준 것이 불행이라고 생각한다면……."

랄프가 입을 뗐다.

"불행히도 진실을 보는 눈을 가져다줬지."

닐이 대답했다.

"들어가지. 남자 하인을 한 명 쓰고 있어. 저기 봐. 나도 자네 몰래 올스 한 대를 구입했지. 주로 제프가 시내에 볼일 보러 나갈 때 운전하지만. 편지가 도착한 걸 알고 때맞춰 저녁 식사를 준비해뒀네."

그들은 식사하는 내내 별말이 없었다.

"그때 특허권 소송 때 고마웠네."

랄프가 말했다.

"올스는 그 여자의 것이 아니야. 부품 하나도 말이지. 올스는 나와 자네의 것이고 공식적으로는 완전히 자네의 것이지."

"아직 남은 돈이 많으니 뭘 개발하는 데 써볼까?"

랄프가 농담을 던지듯 장난스럽게 말했다.

"늦기 전에 용기를 가지는 마음, 시간을 돌리는 법, 죽은 사람을 살리는 법, 이런 걸 개발하도록 하게. 물론, 자본을 가지고.”

그렇게 말하며 입에 스테이크 조각을 넣는 닐의 분위기에 진한 슬픔이 배어있었다.

“찾아갔어. 그 레오 더플이라는 자를.”

“그 사람을 찾아갔다고? 무슨 진실을 더 알고 싶어서?”

“린지 홀이 어떻게 죽었는지 알아야 했어. 면회를 신청하고 만난 그는 살인자 같지 않았어. 그저 평범한 젊은 성인 남자였고 자신이 죽을 거라는 사실에 두려워하고 있었지. 나는 나에 대해 적당히 말하고는 천천히 말을 꺼냈어. 왜 린지 홀을 죽였습니까, 라고 말이야.”

“그래서 대답은?”

“처음에는 죽일 생각이 없었다고. 린지 홀이 친절하기도 해서 관심을 좀 가진 것뿐이고, 같이 언덕 위에서 고함이라도 지르자고, 재미있는 일이지 않겠냐고 해서, 린지 홀과 언덕을 올랐고. 그만 그가 린지 홀에게 키스하고 말았고, 린지는 오히려 괜찮다고, 어두워질 거 같다고 내려가자고 말했을 때 그만 무엇에 홀렸는지 린지의 얼굴을 마구 때려서 그녀가 쓰러졌고 숲으로 끌고 가서 강간했고. 그녀가 다시 기절하자 목을 졸랐다더군. 그러면서 판사를 제외한 다른 사람에게 모든 걸 다 이야기하고 나니 후련하다고 말하더군.”

“하아?”

랄프는 고개를 저었다. 그러더니 또다시 물었다.

“그런데 왜 손가락은?”

“린지가 그에게 그녀의 책에 사인해서 줄 때 만년필을 쥔 손이 너무 아름다웠다더군. 그리고 손가락을 자를 때에는 또 뭔가에 홀린 듯 뭘 하는지조차 몰랐다고 했지. 산속에 구덩이를 파고 린지 홀의 시신을 유기하고 내려와서 방 안에 처박혀 있다가 이틀 만에 자수했지.”

"순진한 여자를 데리고 언덕에 올라갔고 주머니에는 칼이 있었다?"

"그런 셈이지."

닐은 벽장으로 가서 독한 술 한 병을 가져오더니 그걸 단숨에 열었다. 술을 잔에 가득 따라 쭉 들이켰다.

"린지 홀이 순진한 게 마음에 걸리더니 기어코."

닐은 잠시 눈을 꾹 감았다.

"운이 안 좋았어."

랄프가 술을 끌어다놓고 자신의 잔에 따랐다.

"그리고 난 판사를 매수해 5년 뒤 집행될 사형을 6개월 만에 집행시켰어. 적어도 레오 더플이 자신의 죽음에 대해 정리할 시간을 줘서는 안 되었지."

닐이 울기 시작했다.

곧 봄이 오는 부란티노에는 세월을 입은 랄프와 닐이 서로의 무게를 짐작하고 있었다. 그들이 리브타뉴에서 싣고 온 사막의 바람은 이제 그들이 선택한 슬픔의 누게와 결합해 더욱 무거워졌으며 그들은 출구 없는 곳에 서 있었으며 오히려 그들은 지금 그들에게 출구가 없기를 더욱 바라고 있었다.

어려운 대화

랄프가 문득 새벽에 깨어 1층으로 내려왔을 때 닐의 서재에 등이 켜져 있음을 발견하였다. 그는 닐이 좀처럼 잠을 이루지 못했거니 싶었고 그저 다시 2층으로 올라와 그 역시 등을 켜고 동이 터오는 넓은 들판을 바라보며 생각에 잠겼다. 어떻게 보면 그들은 린지 홀과 어떤 특별한 관계도 아니었다. 아니 그저 아무런 관계도 아니었다 라고까지 말할 수 있었다. 다만 그녀가 인식과 삶에 대해 그들 스스로 애써 묻어두었던 스스로에 관한 무언가를 끄집어내게 했으며 그들이 살아온 방식의 뿌리를 격렬하게 흔들었던 것이다.

이 모든 걸 물어보고 싶은 사람은 이제 살아있지 않았다. 랄프는 트렁크에서 린지 홀의 책을 꺼내 뒤척이다 그녀의 모든 책 속에 그녀가 담겨있다는 걸 느꼈고 목소리로 들었던 그녀가 이 세상에 없다는 사실이 지금의 그에게 좀 더 그녀를 대할 때 그녀의 본질에 성실하게 대했더라면 이라는 후회를 남겨주고 있었다.

아침이 되고 제프가 커피와 구운 빵을 가지고 올라왔다.

"닐은 늘 저렇게 새벽에 깨어있는가?"

"주인님께서는 지난 2년간 늘 무언가를 쓰셨지요. 늦은 밤부터 아침이 되기까지."

"저런."

고통이 닐을 감싸고 있었던 것이 분명하다. 랄프는 린지의 죽음과 닐의 고통을 묵묵히 지켜보면서 올스가 대량생산되도록 그 목표를 이룬다는 일념 하에 달려왔고 그것이 이루어진 때 닐처럼 그의 모든 외면적인 성공을 내려놓았다. 닐과 같은 사유의 세계로 들어가기 위해서가 아니라 그 자신이 그때 그의 삶에서 내려야 했던 결단이었다.

"주인님께서는 몇 달간 동부로 여행을 떠나셨습니다."

잠시 생각에 잠겨있던 랄프에게는 뜬금없는 소식이었다.

"닐이 새벽에 떠난 건가?"

"예정되어 있던 일이었습니다. 리브타뉴에서 친구가 오면 할 말을 다 하고 잠시 떠나있겠다고 하셨습니다."

"동부라면 어디를 말하는 건가?"

"그저 동부의 이곳저곳을 돌아보시면서 다음 순간의 삶의 모습을 결정해오시겠지요."

"음……."

랄프는 닐의 행동이 이해되지 못하는 바는 아니었다.

"닐이 쓴 것들을 내게 가져오겠나?"

"알겠습니다."

랄프는 닐이 남긴 긴 기록을 모두 읽을 수가 없었다. 그저 몇 장을 읽었을 뿐인데도 극도로 밀려오는 고통에 그만 눈물을 머금고 기록을 내려놓았다.

'내가 그때 자네의 내면적 인식의 고통이 자네에게서 표면화되어 나타

났을 때 비웃었듯이 자네의 고통이 내게 고통이 될 줄이야.'

랄프는 제프를 불러 닐의 기록을 누가 읽어서는 안 되는 닐만의 고귀한 것이므로 다시 닐의 서재에 가져다 놓고 잘 보관해달라고 부탁했다.

'그래, 서른의 닐이 서른의 린지에게로. 내가 서약해주겠네.'

랄프는 짐을 챙기고 닐의 집을 나섰다. 이브모트 마을에서 부란티노 시내까지 제프가 운전했다. 제프도 랄프도 특별히 말을 주고받지는 않았다. 제프는 랄프를 항구에 데려다 주고 돌아갔으며 랄프는 부란티노 항구에 즐비한 술집을 보고는 잠시 먼바다를 응시하였고 리브타뉴행 배를 탔다.

랄프는 아직 동부의 슬로모트에 철광석 광산 이권을 가지고 있었고 서남부의 이루네라에 금광을 가지고 있었다. 게다가 올스에 대한 특허권과 올스 생산으로 번 막대한 자본을 가지고 있었다. 랄프는 리브타뉴에 도착하자마자 조그마한 집과 올스를 구입했다. 그리고 그날 저녁 샘튼 씨를 찾아갔다. 샘튼 씨의 정원 앞에 서 있었을 때 린지의 죽음으로 루시오스가 겪었을 고통을 생각하니 그것도 한쪽 가슴에 멍이 든 깃처럼 욱신거렸다.

샘튼 씨 역시도 그 당시 루시오스가 방황할 거라 생각했지만 의외로 루시오스는 담담하게 그 사실을 받아들이고 대학에서의 학업에 열중했다는 것이었다. 샘튼 씨는 우선은 다행스러운 일이나 루시오스에 대해 한 번 겪은 적이 있는 샘튼 씨로서는 언제 모든 게 뒤집힐지 모른다는 우려가 그의 말에 섞여 있었다. 랄프는 의외로 선박 사업에 대해, 요즘 나오는 배의 성능에 대해 몇 가지를 묻고는 돌아갔다.

랄프는 다시 선박에 대해 연구하기 시작했다.

'가끔 시간이 우리를 시험할 때가 있네. 우리가 무엇을 위해 우리의 시간을 썼고 또 아무런 변화 없이 그렇게 무신경함으로 또 그렇게 시간을 쓰다가 갑자기 놓쳐 버린 시간이 미칠듯한 후회를 선물로 줄 때 우리 생의 남은 시간들도 모두 의미 없게 되어 버리고 열심히 살아왔던 지난날들도 모두 소멸되어 버리는 그런 시험 말일세. 그리고 우리 남자의 대부분이 그 시험에서 이길 수 없음은 우리들의 숙명적 나약함을 비웃고 있네.'

닐의 기록 속의 말은 닐 특유의 다정한 목소리로 바뀌어 랄프의 귀에 맴돌고 있다. 다정한 말 속에 깃든 깊은 슬픔을 느끼고 랄프는 소리 내어 울었다.

랄프는 리브타뉴 북부의 해안 부지를 매입하고 연구소를 짓고 선박 전문가 수십 명을 영입하는 것으로 그의 선박 사업을 시작했다. 랄프가 선박업에 손을 댔다는 소식이 전 리브타뉴로 퍼지고 샘튼 씨가 전화를 걸어왔으나 랄프는 소형 선박이 아닌 대륙 횡단 목적의 대형 선박만을 제조할 것이라고 샘튼 씨를 안심시켰다. 랄프는 4층 높이의 콘크리트 건물 맨 위층의 한구석에 자리한 자신의 사무실에서 슐레브 바다의 수평선을 바라보고 있었다.

'보다 따뜻한 땅. 그래서 위안도 녹아버리는 땅.'

랄프는 두 눈을 질끈 감았다.

랄프가 선박 회사를 사들이지 않고 연구 인력만으로 사업을 완전히 처음부터 시작한 이유는 첫째, 랄프 자신의 성향이 남이 원래 하던 일을 받아서 하지 않는 성미였고, 둘째, 그는 그의 마지막 꿈인 대륙을 횡단하는 튼튼하고 안전한 거대 선박을 제조하는 것을 처음부터 자신의 지휘 아래 이루고 싶었기 때문이다. 랄프는 직접 선박을 연구하지는 않았지만, 기계에 대한 그의 전문적인 지식과 지도력으로 연구원들을 이끌어나갔다. 조금씩 해안에 배의 모양이 갖춰지더니 붉은빛의 아름다운 배가 완성된 것은 랄프가 예순넷이 되던 가을이었다.

랄프는 그 기념비적인 배의 이름을 '크라우스'라고 지었다. 그때 이브모트 마을에서 닐을 본 것이 마지막이었다. 그의 사업과 남자로서의 인생 전체에 걸쳐 닐과의 거리 없는 우정은 그를 지금껏 지탱해주고 있었다. 그는 닐의 성(姓)을 따서 배의 이름으로 하고는 첫 출항 일정이 표시된 달력을 바라보고 있었다. 배는 강철로 입혀져 있었고 폭풍우에도 뒤집히지 않을 수 있었으며 항해 속도도 빨랐고 식품저장고와 객실 모두가 넉넉했다.

랄프는 '크라우스' 호의 첫 출항에 닐이 나타날 거라 믿었다. 이번 출항은 '크라우스' 호가 칸디나디아에서 출항하여 슐레브 바다를 건너 탄디누디아 대륙에 잠시 도착한 뒤 다시 북쪽의 란게디티 대륙에 도착해서 리브타뉴로 돌아오는 일정이었다. 이미 샘튼 씨 부부가 예약했으며 리브타뉴의 웬만한 인사들 내외는 예약을 끝낸 상태였다. 출항 이틀 전에도 탑승객의 목록엔 닐도, 루시오스도 없었다. 랄프와 그의 수석 연구원이 출항 전날, 배의 설계도를 보며 배의 상태를 점검했고 항상 기계에 있어서는 모든 요소가 논리적으로 맞아떨어져야 결정을 내리는 랄프의 날카로운 눈에도 모든 건 완벽했다. 랄프는 출항 전날 밤 사무실 한쪽에 접이식 침대를 펴면서 생각에 잠겼다.

'오지 않을 것 같군. 상처로부터 도망가기보다 그걸 안고 고통스러워하는 쪽을 택할 위인이니.'

다음날 '크라우스' 호에 오른 랄프는 얼핏 많은 사람 중에서 닐의 냄새를 맡을 수 있었다. 연회실에서 많은 사람이 랄프를 축하해주었다. 밤이 깊어지면서 파도가 약간 거세어졌지만 '크라우스' 호는 문제 없이 제대로 운항되고 있었다. 뱃전에 나와 서성이던 랄프는 어둠 속 멀리 그 어딘가를 응시하고 있었다. 누군가가 랄프의 손을 부드럽게 잡았다. 랄프는 닐의 손을 감지했다.

"오지 않을 줄 알았네."

"이름을 바꿨을 뿐이네. '로더 안시'라고 도매업을 하는 자라고 기록되어있을 걸세."

"그 방법을 예상하지 못했군."

랄프는 의외로 예상했다는 듯이 말했다.

"의자가 있군. 편해 보이는 데 가서 앉자고. 할 이야기가 많아."

닐이 말했다.

"그래, 무슨 이야기부터 하지? 모든 걸 다? 아니면……."

"아니면……?"

닐이 되물었다.

"아닐세. 그저 얼굴을 마주하면서 자네와 이야기하고 싶었네."

조명이 켜져 있는 갑판 위로 바람이 불고 지나가더니 파도가 잔잔해졌다. 배의 동력기관 소리가 가끔 들려올 뿐 조용한 밤이었다. 사람들이 한두 명씩 갑판 위로 나오더니 밤바다를 구경하고 이야기를 나눴다.

"그저 그녀의 환영(幻影) 속에서 살고 있었을 뿐이네. 그녀에게 말을 걸 수 있는 내가 들어가 버린 방에서 나는 지금껏 살았네. 그리고 나는 그녀가 나를 사랑했다고 확신하네. 내가 감추려고 했던 걸 그녀는 보고 슬픔을 느꼈던 것이고, 다가올 수 있는 범위 밖에 서서 그저 나를 이해해주었던 거야. 그런데 그건 모든 사물을 대하는 그녀의 방식이었어. 그녀가 짧은 시간 지나치는 모든 사물과 존재를 대하는 그녀만의 방식인 거지. 그런데 그건 습관화될 수 있는 자질이 아니라서 매 순간 그녀는 상대방에게 집중하고 있는 거야. 이를테면 무언가를 도와주려는 거지. 왜냐하면, 그녀가 인식의 깊은 어둠 속으로 들어갈 때 아무도 그녀 곁에 없었던 것을 그것이 얼마나 고통스러운가를 잘 알고 있기 때문이었어. 그래서 어떤 날은 날 이해하는 눈빛으로 웅크리고 물끄러미 나를 쳐다보고 있는 그녀에게 난 그렇게 보지 말라고 소리치기까지 해. 제발 돌아오라고. 내 곁에 있어달라고."

닐은 갑자기 말을 멈추었다. 랄프는 이제 닐을 이해할 수 있었다. 그리고 그의 60대가 체념 따윈 모르고 오히려 삶을 이해하고 알며 움직일 수 있도록 50대의 닐이 문제를 제기해주었던 지난날이 고마웠다. 랄프는 닐의 린지에 대한 사랑을 이해할 수 있었다.

"린지 홀이 나를 대하던 자세가 비록 다른 사물과 존재를 대하는 방식들 속에 있었다 하더라도 내가 나에 대한 그녀의 사려 깊음을 깨달은 이상 그녀는 내게 첫사랑이 되었어. 그녀의 시와 소설 속의 말들도 거의 모두가 그녀 스스로 쌓아올린 인식의 산물이라서 아무리 읽어도 닳아 없어지지 않았지. 그 인식의 층위가 다면적이라 다시 읽을 때마다 감추어진 무언가를 더 읽을 수 있었고 그럴 때마다 슬픔에 묻혀버릴 만큼 절망했다네. 그리고 그걸 치유하는 것도 그녀의 말이었어. '다시 돌아올 수 없다는 걸 잘 알죠? 내가 어디 있는지 당신은 잘 알 테죠? 존재의 흐름이란 끊어지지 않아요. 죽음 속에서도. 사랑한다고 말해줘요. 그럼 나는 행복할 테니까.' 그녀의 첫 소설에서 여주인공이 한 말이지. 나는 그녀가 사랑이나 결혼에 대해 절망했다기보다는 오히려 더욱 갈망했다고 생각되네. 그녀의 말을 끊어 내치지 않는 그런 남자를 원했으나 아무도 그렇게 하지 않은 것이지. 알잖나. 젊은 남자들이 여자에게 원하는 것이란, 말하는 것이란 얼마나 수준이 낮은 것들인지. 그녀가 원한 사랑은 소설 속의 사랑이 아니었어. 아주 사소한 것, 즉 그녀의 존재 방식을 이해하고 알고 그녀를 지켜주는 그런 남자를 바랐던 거야. 이제 나의 비참함을 자네도 알 거라고 생각하네."

닐은 그렇게 말하고서 다시 조용해졌다.

"자네가 결혼할 때 행복해지기 위해서 하는 게 아니라고 했었지? 그저 지금은 어쩔 수 없는 떠밀려진 선택을 하는 것이고 그러나 이에 책임을 질 거라고 말일세."

랄프가 조용히 물었다.

"마음속에 간직한 그 무엇의 형상조차 보이지 않던 시절이었네. 내게 있어 사랑이란 현실 속에 존재하지 않는다고 생각했네. 랄프, 나를 바라보게. 나는 어떤 남자로 60대를 맞이한 것 같은가?"

랄프는 닐을 쳐다보았으나 머뭇거렸다.

"더는 삶에서 기대할 것이 전혀 남아있지 않은 것 같군. 항해는 길 테니 내일 또 이야기하지. 얼굴이 안 좋아."

닐이 다시 먼바다를 응시하자 랄프는 닐의 어깨를 툭툭 치고는 선실로 내려갔다. 다음날 랄프가 닐을 찾았을 때 그는 배의 어디에도 없었다. 랄프는 선주(船主)의 자격으로 동력실과 짐칸까지 모두 샅샅이 수색해보았으나 닐은 그 어디에도 없었다. 랄프는 모든 직원에게 닐 크라우스 또는 로더 안시 씨를 찾으라고 긴급 명령을 내렸다. 그리고 잠시 후 직원이 로더 안시 씨의 객실 서랍 위에 놓여있던 것이라고 노란봉투를 랄프에게 내밀었다. 랄프는 숨이 가팔라졌다.

항해가 끝나면 그 자리에 무엇이 남아있을까. 삶은 긴 항해라는 데 항해가 끝나도 내게, 내 손에 아무것도 잡히지 않을 것 같네. 시간을 쓰는 방식을 좀 더 바꾸어 보고 사는 곳을 바꾸고 책을 읽고 누군가와 이야기를 해보아도 나는 결국 깨달았네. 지금 내 심장의 색은 잿빛인 것을. 천천히 그리고 천천히 그건 죽어가고 있다는 걸 느끼네. 놀라지 말게. 아직 칸디나디아에서 멀리 오지 않았어. 나는 자네의 거대한 배에 비치된 비상용 배 한 척을 내리고 다시 리브타뉴로 돌아갈 것일세. 만나 이야기할 사람이 있어. 어쩌면 그 사람도 고통을 내색하지 않고 살아가는지도 모르지. 이런! 심장이 검어지고 있어. 이런 상태는 어떤지 모르겠군. 자네의 항해 후 다시 연락하도록 하지.

닐로부터.

랄프는 비상용 구명 배가 지금 몇 대 있는지 세어오라고 지시했다. 직원이 닐이 머물던 객실에서 나가자 랄프는 숨을 크게 내쉬었다.

'걱정을 끼쳐도 이 정도면 심한 편이야. 닐, 그래도 고마워.'

직원은 155대 중에서 한 대가 빈다고 보고했다. 랄프는 직원을 탓하기는커녕 조종실로 갔다.

랄프의 두 신대륙으로의 성공적 항해가 칸디나디아 대륙을 들뜨게 했으며 랄프는 돌아와서 닐을 수소문했다. 닐은 랄프가 거주하는 거리에서 가까운 곳의 2층 목조주택을 구입한 걸로 되어 있었으나 집은 비어있었다. 닐이 집을 구입한 날짜가 랄프의 첫 출항 날짜 이후라서 랄프는 안도했다. 조만간 닐에게서 연락이 오겠지, 하고 생각했으며 샘튼 씨로부터 축하 전화를 받았다. 랄프는 루시오스에 대해 물었는데 마침 루시오스가 두 개의 학위를 받고 돌아와 리브타뉴의 집에서 쉬고 있다고 했다. 랄프가 루시오스가 받은 학위에 대해 묻자 샘튼 씨는 선박 설계와 문학 두 개의 학위를 받았다고 대답해주었다. 랄프는 공부하느라 힘들었을 텐데 좀 쉬게 두라고 그렇게 말하고는 전화를 끊었다.

'문학이라고? 이런, 마음이 한구석은 비어버린 게로군. 루시오스가 스물여섯 살이나 되었군.'

랄프는 자신의 아이들과 닐의 아이들에 대해 생각해 보았지만, 그 애들 중에는 자의식에 대해 탁월할 정도로 고민하는 아이들은 없고 또 그 애들의 엄마들이 받아간 돈만으로도 보통은 넘는 교육을 받고 상위의 생활수준을 유지할 수 있을 거라는 생각을 하며 결국 그 애들이 받는 교육도 결국은 쓸모가 없을 거라고 생각하고는 매정한 아버지가 되기로 마음먹었다.

며칠 후 샘튼 씨로부터 랄프에게 전화가 왔다. 닐 크라우스 씨가 루시오스를 만나 제법 오래 이야기를 하고 돌아갔다는 것이다. 랄프는 닐이 구입한 빈집을 찾아가보았으나 그 집은 이미 닐의 소유가 아니었다. 또 어딘가로 떠나버린 닐이었다.

랄프는 루시오스와 만나볼까 생각했지만, 그 생각을 접고 이번 대륙 횡단 항해에서 구상한 탄디누니아 대륙과 란게디티 대륙의 동부 해안에 항구를 건설하는 계획을 실현에 옮기고자 회의를 열었을 뿐이다. 회의 결과 두 대륙의 항구 건설이 신대륙을 개발하는 바탕이 된다는 데 수긍하고 그들은 자재를 실어 나르는 선박을 한 척 더 건조하기로 했다. 첫 출항에서 크라우스 호는 해안에 직접적으로 닿을 수 없었다. 크라우스 호는 해안 가까이에서 정박하고 크라우스 호에서 소형 배를 내려 몇몇 남자들이 두 신대륙에 발을 디딘 것 그것이 전부였다. 랄프의 회사 직원들 모두 두 신대륙의 동부 해안에 항구를 건설하는 것이 다음으로 해야 할 중요한 업무라고 입을 모았다.

랄프는 이만하면 자신의 꿈을 모두 이룬 셈이었다. 직원들은 잘 교육되었고 신대륙 개척과 새로운 기계 발명에 대한 꿈과 야망이 있었다. 그 모든 것을 구체적으로 실현시키는 자세를 랄프를 통해 그들은 배웠고 랄프 또한 그런 그들을 꿰뚫어 보고 있었다. 더 이상 랄프 자신이 필요하지 않은 그의 조직을 랄프는 보고 있었다. 사무실에 앉아 거대한 크라우스 호를 보며 랄프는 그의 선박 회사를 팔기로 결정했다. 가장 높은 금액을 제시하지는 않았지만, 그는 루시오스에게 기회를 주고자 샘튼 씨에게 회사를 팔았다. 어차피 랄프의 선박 회사는 랄프의 소유였기 때문에 랄프의 결정에 대해 누구도 뒷말을 할 수 없었다.

리브타뉴의 자신의 집에서 랄프는 혼자 지냈다. 청소도 혼자 했으며 식사도 스스로 준비했고 외출할 때 올스도 자신이 직접 운전했다. 그럼에도 랄프는 이상하게도 전혀 외롭지 않았고 하루에 한 번 리브타뉴 중심가에 있는 서점에서 책을 사고 카페에서 커피와 샌드위치를 먹으며 책을 읽었다. 혁신과 개척 정신으로 살아온 지난 세월이었고 이제 랄프 세대가 이룩한 모든 것을 후세대가 받아들이고 또 다음 시대를 이끌어 가야할 터였다.

사막에서 불어오는 바람이 더 메마르고 차가워지면서 해가 바뀌어 랄프는 예순다섯이 되었다. 루시오스 샘튼이 찾아온 것은 예상치 못한 일이었다. 루시오스는 훤칠한 키에 정장을 입고 뜨거운 커피와 치즈케이크와 장미 한 다발을 준비해왔다. 랄프는 루시오스가 그를 찾아온 것에 깊은 감동을 느끼고 있었다. 어릴 때 몇 번 보았을 뿐 자신의 지성에 정직하기를 요청했던 열아홉의 젊은이는 이제 삶의 모든 면을 균형 있게 보고 행동할 줄 아는 스물일곱의 청년으로 성장해있었다. 그저 랄프의 사람에 대한 통찰로 루시오스를 보고 단번에 그렇게 느낄 수 있었던 것이다. 잠시 루시오스를 문 앞에 세워둔 랄프는 정신을 차렸다.

"들어오게. 응접실이 있긴 하지만 먼지가 좀 많네. 이해하게."

루시오스는 랄프의 집에 하인이 없는 걸 보고 자신이 직접 화병을 찾아내 장미꽃을 식탁에 꽂아두었고 가져온 케이크를 접시에 담았으며 커피를 컵에 담아 응접실 탁자에 내려놓았다. 랄프가 흡족한 미소를 띠고 소파에 앉자 루시오스도 정장 윗도리를 벗고는 그걸 소파 팔걸이에 얹으며 랄프의 맞은편 소파에 앉았다.

"아버지로부터 말씀을 많이 들었습니다. 제가 직접 아는 분이 아니시라 찾아오기까지 시간이 많이 걸렸습니다."

"아버지의 선박 회사는 자네가 맡아야 하네. 자네가 해야 할 시대적 혁신을 자네는 감당해내야 하네. 나는 어쩌면 그 모든 결정에서 자네를 선택한 것일 수도 있으니. 나로서는 내가 꿈꾸었던 실현시키고자 했던 두 가지의 일을 모두 해냈네. 편한 노후야. 아주 편한 노후."

"칸디나디아에서 가장 큰 선박 회사를 저희 아버지께 넘기신 것은……. 왜 저를 선택하셨습니까?"

"어려운 대화가 될지도 모르지만 아마 그때부터 일이 시작된 것 같네. 자네가 고등학교를 졸업하고 집안에만 틀어박혀 있을 때 샘튼 씨가 자네 문제로 내게 찾아왔지. 나는 그때 새로운 선박에 대해 구상하는 중이었고 샘튼 씨가 내 사무실로 들어오자 나는 얼른 내가 하고 있던 새로운 배의 동력기관에 관한 작업을 서랍 속으로 숨겼지. 자네 아버지는 소형 선박 설계의 전문가였으니 나의 새로운 시도가 유출되어서는 안 되었으니까. 그런 내가 나의 선박에 대한 꿈 –대륙 간 이동 선박– 을 실현하자마자 그 모든 걸 자네 아버지에게 넘겼으니 이상할 만도 하지. 하지만 이 모든 이야기의 사이에는 린지 홀과 닐 크라우스, 그리고 그들과 얽혀든 내 자신의 삶 전체가 있었네. 괜찮은가?"

랄프는 린지 홀의 이야기가 나와서 루시오스가 힘들어할까 걱정했다. 루시오스는 잠자코 고개를 끄덕일 뿐이었다.

"나는 마침 닐로부터 어느 여류 시인이자 소설가의 책을 받아 가지고 있었어. 나는 그런 것을 쓸 수 있는 사람이 너를 휘몰아가고 있던 새로운 인식에로의 갈망과 자의식의 혼돈으로부터 널 지켜줄 수 있을 거라고 생각했지. 그리고는 닐에게 부탁해 그 여자를 너의 개인 가정교사로 들인 거야. 바로 그녀가 린지 홀이지. 그리고 그 여자에 대해 닐과 나는 둘 다 어느 정도의 모호함 속에 가둬져 그 여자에 대해 어떤 특별한 조처도 할 수 없었어. 그리고 그녀가 죽고 나서 닐과 내가 깨달은 건 삶의 진실이었고 그녀를 향한 후회였지. 난 확신하네. 닐은 그녀가 죽기 전 이미 그녀를 사랑하고 있었다고. 닐이 아무 이유 없이 이혼하고 나도 무언가를 깨달아 이혼했지. 그리고 나는 나의 마지막 꿈을 실현시켰어. 신기한 건 이전에는 그 모든 것이 야망과 결합되어 있었지만, 이 모든 걸 겪고 난 뒤의 난, 그저 순수하게 꿈을 실현시키고자 하는 생각밖엔 없었던 거야. 그리고 이상하게도 삶에 대해 용감해지고 나면 모든 것이 간단해지고 혼자 있어도 외롭지 않게 돼. 그래, 왜 내가 나의 선박 회사를 자네 아버지에게 넘겼냐면, 물론 자네 때문일세. 자네, 린지 홀이 사유하는 방식을 기억하나?"

"그 방식을 사랑했으니까요."

루시오스가 또박또박 대답했다.

"바로 그것 때문일세. 자네가 선박 설계와 문학을 전공했다고 들었네. 당시의 루시오스 자네에게 문학적 영향을 끼칠 수 있는 사람은 린지 홀뿐이었어. 자네는 이전에 배운 모든 걸 버렸으니까. 그리고 린지 홀과의 수업 시작 후 몇 달 뒤에 보란 듯이 대학에 들어가지. 자네의 바라는 바를 린지 홀은 최선을 다해 보여주었고 자네의 사유에서 깨어진 조각들을 부드럽게 이어주었으며 그리고 자네의 존재 자체를 아꼈지. 아닌가?"

"맞습니다. 선생님은 제 존재의 전부를 아껴주었습니다."

"그래서 린지 홀이 자네에게 쏟은 시간을 고려하고 린지 홀과 닮은 방식을 사랑하는 자네에게 다음 시대를 맡기고 싶어서네. 자본 획득과 양적인 성장만을 위해 자신의 존재가 비어버리는 사업가가 되는 건 아무것도 아니네. 자네가 린지 홀의 마음을 사랑하고 아끼기 때문에 또 자네 자신이 린지 홀을 닮은 사람이기에 나의 그녀에 대한 사랑을 이런 식으로라도 갚고 싶은 것이라네."

"랄프 도렌 씨도 린지 홀 선생님을 사랑하셨습니까?"

"사랑했지. 지금에야 알 수 있는 일이 되었지만. 자, 내 설명은 충분할 테고 이제 자네가 알고 있는 린지를 내게 들려주겠나? 그렇다면 내 오늘밤 감는 눈 속에 그녀가 들어올 듯하네."

"린지 선생님이 닐 크라우스 씨와 랄프 도렌 씨께 미친 영향에 대해 저는 이해할 수 있습니다. 저도 단 몇 번의 수업 만에 선생님을 사랑한다는 감정을 느낄 수 있었으니까요. 비 내리는 날은 이야기를 많이 들려주셨어요. 아주 옛날에 엘페수스와 지아나의 이야기를, 신의 잃어버린 사랑 이야기를, 우주의 흐름에 대해서 말이죠. 선생님께서는 직접 의문을 제기하고 늘 한 페이지씩 직접 그 점에 대해 논술해주셨어요. 어느 순간 저도 모든 것에 대해 논술할 수 있게 되었어요. 이를테면 선생님은 학생의 능력을 시험하지 않고 사려 깊게 먼저 자신이 표본 학습을 해주었어요. 논술이 완성되자 저는 시를 길게 쓰는 법을 배웠고 그로 인해 복잡한 감정을 표현하는 출구를 얻게 된 것 같았어요. 그리고 다시 책을 공부하기 시작했지요. 선생님이 오시기 전에는 책들에 멀미 날 지경이었지요. 선생님께서 골라오는 책들을 읽으면서 저는 글자를 어떻게 받아들이는가에 대한 방법을 배웠어요. 그러한 방법 중 하나는 책에서 어느 부분에서 말하는 바를 적당히 이해하고 넘어간 다음 책을 다 읽은 후 여러 가지 모습으로 내용을 정리하는 법이었죠. 비평처럼 써보기도 했고 그저 요약하기도 했고 감상하기도 했어요. 그리고 선생님은 보다 여러 종류의 책을 가지고 오셨는데, 그 모든 걸 읽고 머릿속에 정리하고 그것과 관련된 문제를 논술하는 데 어려움을 겪지 않게 되었어요. 제가 딱 그 정도의 수준에 이르자 린지 홀 선생님은 수업을 끝내시고 부란티노로 돌아가셨던 거예요. 그리고 저는 용기가 저절로 나왔고 짐을 꾸려 대학으로 간 겁니다."

"그래서 대학에서 돌아와 선생님과 결혼하려고?"

"그러고 싶었죠. 그러나 제가 어떻게 선생님의 상대가 되겠어요? 게다가 선생님은 그때에도 결혼해야할 나이였죠."

"자네와 나, 닐에게도 문제는 그것이었어. 우리가 린지 홀의 존재를 알았을 때 당장 해야 할 일은 모든 걸 때려치우고 우리 중의 한 명이 린지와 결혼하는 일이었지. 절실하게도 말이다."

"선생님이 저와 결혼하려고 했을까요?"

"자네가 강력하게 의지를 갖고 당신을 사랑한다, 라는 모습으로 돌진했다면 린지 홀은 흔들릴 여자다."

"아……."

"지나가 버린 일이지만 루시오스, 그녀를 기억해다오. 그리고 결혼을 하게 된다면 린지와 자네의 아내를 생각하는 마음만큼은 칸을 분리해 린지 홀이 자네의 마음속에 있었으면 해. 내 요구가 잔인한가?"

"저는 결혼하지 않아요. 언제까지나 결혼하지 않을 거예요."

"린지 홀 때문에……?"

"꼭 그렇지만은 않아요. 린지 홀 선생님이 결혼해서 잘살고 있다고 해도 저는 결혼하지 않아요."

"왜 그렇지?"

"그 어두운 시절에 제 곁에서 함께 어둡게 있어준 존재는 제가 마음을 열 수 있는 유일한 존재로 각인되었거든요. 그 존재를 이젠 어둠 속에서도 찾아볼 수가 없네요. 이런, 가야겠어요."

정장 윗도리를 쥔 채 뛰어나가는 루시오스의 얼굴에 눈물이 비쳤다. 랄프는 커피를 마저 마시고 2층으로 올라갔다. 음악 소리가 들리는 듯 싶었으나 곧 조용해졌다.

랄프 도렌의 죽음으로 온 리브타뉴는 그의 유산이 누구에게 갈지 관

심을 보였으나 그의 장례가 끝난 후 리브타뉴의 은행에서 그의 유언을
발표함으로써 사람들의 관심은 그에 대한 존경으로 바뀌었다. 재산의
절반을 신대륙의 항구 건설에 사용해달라고 자신의 전(前) 회사에 맡겼
으며 나머지 절반은 어려운 이웃을 위해 써달라고 한 것이다. 랄프 도렌
의 막대한 재산은 그렇게 나뉘어졌고 정작 그의 장례식에 닐은 오지 않
았다.

　루시오스는 매일 퇴근 후 랄프 도렌의 묘에 장미꽃을 놓았다. 그리고
자신 앞으로 배달된 편지를 읽어본 루시오스는 랄프가 죽기 전날 닐이
죽었다는 것을 알 수 있었다. 루시오스는 이루 말할 수 없는 슬픔에 휩
싸였다. 눈물로 닐의 마지막 기록을 한 번 더 읽었다.

　랄프,

　내게 시간이 없다는 것을 느끼고 있네. 마음이 베어지면 육체가 견딜
수 있는 시간조차 함께 베어진다네. 마지막으로 이브모트의 집에서 자네
와 대화를 하고 싶네. 자네를 보러 갈 만큼의 상태가 아니니 종이에 우리
의 대화를 이어보겠네. 내 마지막 인사일세. 이 편지는 아마 제프가 루시
오스에게 부칠 걸세. 나는 루시오스가 우리에 대해 좀 더 알길 바라네.
루시오스는 새 시대를 살아갈 테니, 이전의 걸어온 자들의 삶이 어떠했
는지 알 필요가 있겠지. 여기에 담길 내용은 이미 자네도 모두 알고 있는
것들이야. 우리의 오랜 교류를 자네는 이미 마음에 담고 있을 테니.

　"처음 만났을 때 닐, 자네가 우릴 빗대어 한 말 기억하는가?"
　"물론, 기억하지. 랄프 자네는 모모켄트 사막으로부터 온 사람, 나는
저 멀리 슐레브 바다로부터 온 사람이라고 했었지. 그 이유에 대해 나
는 다만 자네에게는 메마른 사막의 바람이 느껴지고 나로부터는 차가

운 바다의 온도가 느껴진다고 했었고 자네는 나더러 미친놈이라고 내뱉
고 우리는 웃으며 동료가 되었지."

"기계를 연구해야 하는 길 외에는 없다고 내가 말했을 때 자네가 고
개를 끄덕였었지. 그리고 눈앞에 보이는 기계에 대한 연구부터 시작하
되 아주 어려운 기계에 대한 연구가 우리 앞에 놓인다 해도 연구하기로
했었지."

"물론 자네는 혼자 연구하는 걸 좋아했지만 어떻게 보면 하나로 이어
지는 연구를 서로 분산해 연구한 걸세. 우리는 올스에서 다시 만났지
않는가. 그 즈음 내가 자네에게 나의 내면적 우울을 드러냈었지."

"오, 닐. 그때 자네를 탐탁지 않게 생각한 점 용서해주게. 자네의 내
면적 사유가 결국 나를 구원했네. 삶을 바라보되 그 안에 쓸려가지 않
고 생을 마칠 수 있을 것 같네. 두려움과 후회 같은 것은 없네만 간혹
미치도록 슬퍼질 때가 있네. 자네와 린지 홀을 생각할 때 말일세."

"모든 건 지나갈 걸세. 린지 홀을 기억하는 우리들의 시간과 기억도
말일세. 그러고 나면 저 사막에서 불어오는 바람과 저 바다에서 불어
오는 바람이 만날 때면 자네와 나를 그 바람들이 기억해주겠지. 그리고
린지 홀은 책을 남겼으니 우리 보다 사람들 사이에서 좀 더 많은 이야
깃거리가 될 테고."

"이야깃거리라……. 닐, 자네 슬퍼진 것 같군. 우리가 우리의 감정에
대해 이렇게밖에 이야기를 나누지 못한다는 것은 여자들이 서로 간에
가지는 만남 속에서의 아무렇게나 이야기하고 울고 위로하고 하는 모습
이 우리에게는 전혀 없었다는 것이 남자들의 자존심을 지켰는지는 모
르나 이 순간에조차 서로의 가슴에 대고 눈물을 흘릴 수 없다는 것이
어떤 위안도 되지 못하고 있네. 자네를 안아주고 싶군."

"랄프, 자네, 린지 홀을 사랑했는가?"

"그녀를 여자로서 생각한 적은 없네. 다만, 자네가 고통 속에 몸부림
치며 읽어주는 이야기 속에 나오는 주인공인 린지 홀은 사랑했네. 자네
의 시각으로 재탄생된 린지 홀이라는 애초에 존재한 적도 없는 그 여자
를 사랑하기는 했네. 하지만 그것도 지나가 버렸어. 자네는 그 린지 홀
이 이야기 속에서 죽어버렸다고 했거든. 난 죽음을 잘 몰라. 죽음 속에
그녀가 있다면 내가 찾아갈 길이 없어. 내가 죽는다 하여도 사람의 죽
음은 각기 다르니까 난 죽음이 뭔지 모르니까 내가 그녀를 찾을 수 있
을지도 모르는 거야."

"그랬군. 자, 랄프. 손을 내밀어 보게."

"뭔가?"

"내 약속하지. 우리가 미지(未知) 속에서 어떻게든 기계를 만들었던
것처럼 내가 죽고 나서 어떻게든 내 의식의 조각을 끼워 맞추어 린지와
그리고 자네를 찾아 죽음으로 인해 흩어진 자네와 린지 홀의 조각을 끼
워 맞추겠다고. 랄프, 난 올스의 개발자야. 날 믿으라고. 자네가 그토록
두려워하는 죽음, 린지 홀을 찾을 수 없을 것 같다던 죽음, 그 죽음이
이제 내게로 다가오고 있네. 내가 린지의 흩어져버린 조각을 끼워 맞추
고 자네의 조각을 끼워 맞출 날을 기다리겠네. 시간이 다 되어가네. 여
기에서의 생에, 육체에 작별을 기할 시간이 오고 있네. 그러나 나는 내
죽음 속에 존재해 린지와 랄프 자네가 사라진 그리고 사라질 그 자리
를 맴돌며 우리들의 기억을 끌어모아 새로운 존재자를 만들 걸세. 사실
죽음으로 모든 걸 포기하려고 했었네. 그러나 나는 내 죽음의 세계에
서 내 의식을 끌어 모을 것이고 하나의 장소를 만들어내 린지와 자네를
살게 할 걸세. 그리고 언제까지나 나에게 린지, 그리고 자네에게 닐이고
싶네. 더 이상 만년필을 쥘 수 없네. 쉬어야겠네."

추신: 루시오스, 랄프와 나의 세계 그리고 린지 홀의 세계를 기억해주
게. 사막의 바람이 불어오는 이 황량한 리브타뉴에 랄프와 닐이
존재했고 그들의 사랑인 린지 홀도 있었다고 기억해주게.

닐의 기록 외에 한 장의 메모가 더 있었다.

닐 크라우스 씨의 죽음을 알려드립니다.

그분은 이 편지가 루시오스 샘튼 씨에게 전달되기를 바라셨으며 그분
은 부란티노의 이브모트 마을에 안장되셨습니다. 관에는 랄프 도렌 씨와
찍은 사진과 닐 크라우스 씨의 만년필, 그리고 린지 홀의 다섯 권의 책이
함께 들어갔습니다. 언제고 다녀가십시오. 유산에 대한 유언은 부란티노
의 은행에 보관되어 있습니다.

닐 크라우스 씨의 하인 제프 도널로부터.

인간의 조건

　스물여덟 살이 된 루시오스는 이제 사막의 슬픔을 간직한 사람들을 기억하고 있는 건 자신 밖에 남아있지 않다고 생각했다. 샘튼 씨의 회사는 랄프가 남긴 자본으로 신대륙의 거점 항구 두 곳을 개발했으며 대륙을 오가는 화물선 두 척도 건조했다. 루시오스는 샘튼 씨가 기획하고 있는 자원수송선의 설계에 투입될 예정이었다. 루시오스는 마음속 깊이 둔 슬픔을 슬픔의 자리에 그대로 넣어두고 자신의 슬픔과 일을 분리해서 생각했다. 랄프가 죽기 전 그에게 해줬던 말은 그가 무너질 것 같을 때에도 배를 자신의 남자로서의 일로 묶어두도록 했다. 사막의 메마른 바람과 차가운 리브타뉴에서 문명을 발전시키고 사랑을 잃은 채 떠나야했던 최고의 두 사업가를 기억하는 건 그리고 그들의 사랑을 자신의 사랑으로 기억하는 건 새로운 세대가 기억하지도 알지도 못할 일이었다.

　닐의 유산이 루시오스 샘튼에게 모두 상속된 것에 닐의 전(前) 부인이 루시오스를 만나러 오려고 했으나 완고한 샘튼 씨와 샘튼 부인이 닐의 전 부인이 루시오스를 만나지 못하도록 했다. 샘튼 씨 부부도 왜 닐이 루시오스에게 유산을 상속했는지 그 이유를 물었지만 루시오스는 대답할 수 없다고 딱 잘라 말했다.

루시오스는 회사에서 필요한 말 외에 다른 직원과 사적인 대화도 없었으며 '슐레브'라는 별명까지 얻었지만 루시오스 자신은 '차가운 바다'라는 그런 별명이 있는지 조차 모르고 있었다. 공공연하게 루시오스가 선박회사의 후계자라는 사실을 모르는 사람이 없었고 루시오스는 선박에 대한 전문성도 뛰어나 사람들은 그러한 일에 대해 함부로 말할 수 없었다. 게다가 루시오스는 닐의 유산을 상속받았기에 적다고 할 수 없는 돈을 가진 젊은 부자였으며 이에 리브타뉴의 젊은 여인들에게 루시오스는 동화 속의 왕자님이었다.

루시오스는 수송할 수 있는 자원의 상태에 따라 자원수송선의 내부 구조 및 외부의 모습이 달라진다는 것에 대한 보고서를 샘튼 씨에게 막 제출한 뒤였고 고체로 안정한 자원보다는 액체이면서 발화성이 있거나 기체이면서 폭발성이 있는 자원의 수송에 대해서는 다른 건조 방식으로 접근해야 한다며 보고서의 결론을 냈다. 지금 신대륙과 칸디나디아 대륙 동부의 자원이 개발되기 시작하여 그것들을 가공지인 칸디나디아 대륙 서부 해안의 도시들로 가져올 필요가 있었다. 샘튼 씨는 루시오스의 보고서를 읽고 세 대의 서로 다른 자원수송선을 만들어 볼 필요를 느꼈으며 세 대를 동시에 건조하기에는 자본이 부족했기에 자원수송선이 필요할 것으로 예상되는 석탄과 철광석, 구리 탄광을 가진 르메 씨와 올스의 연료로 사용되는 액체 루탄을 개발하는 슈머 씨와 기체 루탄 개발에 착수한 아서 라미르 씨와 만나 세 종류의 자원수송선 건조를 성사시켰다.

자원수송선에 대해 샘튼 씨의 회사는 세 팀으로 나뉘어졌고 루시오스는 그 세 척의 배가 건조되는 과정을 모두 관할했으며 문제점이 나타날 때마다 직접 연구하거나 연구원들에게 제대로 방향을 지시했다. 루시오스의 머릿속에는 세 척의 배가 각각 제 기능을 하도록 설계되어 가고 있었다.

고체이면서도 비교적 안정한 물질을 수송하는 배는 가장 기본적인 자원수송선의 형태로 싣고 내리는 데 편리하도록 층별로 육면체의 연쇄적 모양으로 설계하되, 층별로 칸을 접을 수 있는 구조로 설계했다. 액체 루탄처럼 액체이면서 발화 가능성이 있는 자원을 수송할 때는 그것이 우선 바다에 유출되지 않도록 여러 통의 육면체를 배치하되 각 통마다 용접에 대해 확실히 점검하고 게다가 각 통은 세 겹의 철판으로 되어 있어 바깥쪽 철판과 중간 철판, 그리고 중간 철판과 안쪽 철판이 그것이었고 철판들 사이에는 물을 넣어 액체 루탄이 뜨거운 대기에 가열되는 것을 막는 구조로 설계되었다. 기체 루탄처럼 기체이면서 폭발 가능성이 있는 자원을 수송할 때는 고정된 큰 구체의 통 여러 개에 기체 자원을 담고 지붕이 있지만 사면이 뚫린 통풍이 잘 되는 구조가 필요했다. 지붕으로 햇볕에 기체가 가열되는 것을 막고, 기체 보관 돔 위는 바람이 잘 통할 수 있었다. 온도 상승과 밀폐로 인한 화재를 막기 위한 설계가 필요했던 것이다.

루시오스는 이 모든 생각의 핵심에 서 있었으며 자원수송선만의 특이한 요소에 대한 부분이 모두 해결되자 나머지는 대륙 횡단 선박을 건조한 경험이 있는 연구 인력들이 사소한 요소들을 해결해 나가며 배의 건조에 매달렸다. 자원수송선 세 척의 모습이 갖추어지자 선주(船主)들이 와서 시찰했으며 루시오스는 르메 씨와 슈머 씨 그리고 라미르 씨에게 배의 모습과 기능에 대하여 전문적이고도 자세하게 설명해주었다.

고체 자원의 수송을 위한 대륙 횡단 선박이 가장 먼저 완성되었고 르메 씨는 남은 비용을 모두 지불하였고 이어서 액체 자원의 수송선과 기체 자원의 수송선도 완성되었고, 샘튼 씨의 회사는 세 척의 배로 자본을 두둑하게 벌어들였으며, 배의 건조에 대한 새로운 방법들을 축적했고, 여러 자본가와 사업가들의 선박 주문이 이어졌으며 루시오스의 회사 내 입지도 튼튼해졌다. 무엇보다 루시오스는 배에 대한 전문 지식이 있으면서 새로운 방법을 개척할 줄 알았고 연구원들을 이끌어갈 수 있었다.

루시오스는 스스로도 남자라면 해야 할 일에 대한 생각이 분명했고 무엇보다도 그의 남자로서의 면에 영향을 준 랄프의 말을 생각했으며 그의 인간성에 관해 영향을 준 닐을 생각했다. 루시오스는 남자로서의 외적인 해야 할 의무를 최대한 다 하되 가끔 그 자신만의 자리에 서서 지나가는 구름을 바라보았다. 무엇보다도 린지 홀에 대한 그의 자세는 거룩함에 가까워서 그는 그 누구하고도 린지 홀에 대해 이야기를 나누지 않았다.

아서 라미르 씨는 자신의 기체 연료 수송선을 보며 루시오스에게 칭찬을 아끼지 않았고 자신의 여동생의 딸을 소개시켜주고 싶다며 샘튼 씨를 곤란하게 만들었다. 물론 이번에도 루시오스는 거절했고 이에 자존심이 상한 그 댁의 숙녀가 샘튼 씨 집을 찾아와 루시오스를 만나게 해주지 않으면 라미르 씨를 모독한 걸로 소문을 내버릴 거라고 했다. 이에 루시오스가 2층에서 내려와 몇 마디로 이 숙녀를 조용히 시켰으며 며칠 뒤 이들은 리브타뉴의 어느 카페에서 만났다.

"리사 엘봄, 멋진 이름이군요."

"부르탕의 음악. 62번가 리브타뉴. 새드 쏘의 소설을 좋아해요. 당신은요?"

"어떤 음악도 어떤 거리도 어떤 소설도 좋아하지 않소."

"오직 선박 설계에 관심이 있다고 하기엔 문학은 왜 전공하셨죠?"

"남의 뒷조사나 하는 건 조신한 숙녀가 할 행동이 아닐 텐데요."

"어머! 뒷조사라뇨! 리브타뉴에 사는 모든 숙녀들이 모두 아는 사실을. 그리고 하나 더 말해주죠. 당신이 여자를 만나지 않는 이유를요. 그건 당신의 가정 교사였던 린지 홀 때문이라는 걸."

루시오스는 담담히 시계를 보며 자리에서 일어났다.

"약속한 10분이 지났으니 다시는 내게 찾아오지 마시오."

자리에서 일어나 몇 발자국 걸어가던 루시오스가 돌아서며 리사 엘봄에게로 다가왔다.

"린지 홀 선생님과 내가 어떠하다는 소문이죠?"

리사 엘봄은 미소를 지었다.

"20분 더 줘요. 그러면 그 소문에 대해 말해줄게요."

루시오스는 고개를 끄덕이고는 자리에 앉았고 시간을 확인했다.

"부르탕의 음악은 넓은 지평에 저음의 편안함을 선사해주죠. 62번가 리브타뉴는 가장 깨끗하고 사람이 적으며 분위기가 있어요. 새드 쏘의 소설은……. 아니 린지 홀의 소설은 감상적 자기만족이에요. 됐죠?"

그녀는 자리에서 일어나더니 핸드백을 들고 나가면서 루시오스의 뒷모습에 대고 말했다.

"감상적 자기만족 따위에 묻혀 사는 건 당신도 똑같아. 다시는 연락하지 않겠어요. 남은 18분은 혼자서 감상에나 빠지시지."

루시오스는 대뜸 자리에서 일어나 성큼성큼 걸어가 리사 엘봄의 팔을 세게 잡고 그녀의 뺨을 수차례 때렸으며 그녀를 넘어뜨리고는 의자를 들고는 말했다.

"선생님을 모독하지 마. 너 같은 건 깔리고 깔렸어. 이 의자의 모서리로 네 눈을 박아버리지 않은 걸 다행스럽게 생각해."

루시오스가 호흡을 가다듬으며 의자를 내려놓자 리사 엘봄은 소리를 지르면서 카페를 나갔다. 모든 게 순식간에 일어난 일이라 카페 직원들과 손님들은 멍청히 이 광경을 지켜보고 있었다. 물론, 리사 엘봄이 리브타뉴의 법률 관할소에 신고하러 갔고 그러나 이미 루시오스가 목격자를 데리고 진술이 끝난 상황이었고 라미르 씨와 샘튼 씨가 이 상황을 알고 왔을 때, 라미르 씨는 오히려 버릇없는 조카딸이 루시오스의 민감한 부분을 건드렸음을 알고 조카딸에게 화를 내며 훌쩍이는 그녀를 데리고 법률 관할소를 나갔을 뿐이다.

샘튼 씨에게 루시오스는 단 한마디 했을 뿐이다.

"그러니까 이런 일을 앞으로는 만들지 마십시오."

루시오스 샘튼과 리사 엘봄 사이의 일은 리브타뉴 전역으로 퍼져나갔고 대개의 경우 사람들은 두 영역으로 나뉘어졌다. 루시오스를 동정하는 영역과 숙녀를 대하는 예의가 결여된 즉 루시오스를 비난하는 영역이 그것이었다. 어떤 여자들은 루시오스의 린지 홀에 대한 존경과 사랑의 자세에 대해 빠져들었으나 다른 여자들은 루시오스가 잔인하고 차가운 남자라고 혹평했다. 그러나 그 어느 쪽도 이번 사건을 정확하게 본 건 아니었다. 소문이라는 것이, 사람들의 혀라는 것이 얼마나 자기 변형을 잘 하며 혀를 거듭할수록 그 사건의 본질에서 멀어져버리는가를 말이다.

루시오스 샘튼은 다른 법률적 조처를 받지 않았다. 리사 엘봄은 억울하다고 소리를 꽥꽥 질러댔지만 라미르 씨는 이전에 샘튼 씨와의 대화에서 린지 홀이 루시오스에게 어떤 의미 인지를 대충 들었기에 오죽하면 점잖은 루시오스가 자신의 조카딸을 때릴 만큼 린지 홀에 대해 모독을 받았는지 짐작하고도 남았다. 라미르 씨가 리사 엘봄의 고소를 재차 취하하자 리사 엘봄은 온 리브타뉴에 자신의 억울함을 토로했고 그리하여 그 사건에 대해 소문이 확대된 것이었다. 그러나 시간이 흐를수록 리사 엘봄의 입지는 약해졌고 루시오스의 입지는 남자들과 그리고 여자들 사이에서도 높아졌다.

서른이 된 루시오스는 여전히 혼자였고 사람들로부터도 여전히 혼자였다. 샘튼 씨는 루시오스가 회사를 물려받기를 원하고 있었으나 그에 대해 루시오스는 묵묵부답이었다. 랄프 도렌의 묘를 다녀와서 그는 아버지를 찾아갔다.

회사를 직원들의 공동 소유로 하고 회사의 운영진들도 직원들이 선임하도록 하자는 제안을 했으며 자신도 더 이상 선박 설계에 몸을 담고 싶지 않다고 했다. 보다 새로운 일을 개척하고 싶기도 하고 아직 그 일이 표면으로 나오지 않았을 뿐이라고도 했다.

샘튼 씨는 선박 설계에 관한한 아들을 따를 자가 없다고 생각했지만 언제나 그랬듯이 루시오스가 자신이 판단한 일에 대해서는 어떻게든 그것을 긍정적으로 승화시켰기에 아들을 믿어보기로 했다. 어떤 새로운 일이든 루시오스는 개척하고 해낼 준비가 돼 있는 것처럼 보였다. 샘튼 씨는 점차적으로 선박회사를 주식회사의 모습으로 바꾸어갔으며 샘튼 씨 회사의 변모는 다른 회사에도 점차 영향을 미쳤다.

샘튼 씨 부부가 죽고 막대한 유산은 모두 루시오스에게 상속되었다. 루시오스는 여전히 부모님이 살던 집에 살고 있었으며 하인이나 하녀를 들이지도 않았다. 루시오스는 무언가를 연구하여 개발하여 이루는 일에 대해 회의하고 있었고 다시 그의 발걸음은 문학의 세계로 들어가고 있었다. 서른여섯의 루시오스는 여전히 혼자였으나 린지 홀의 책을 모두 양장본으로 내고 린지 홀의 다섯 권의 책에 대해 각각 다섯 권의 해설서를 냈지만 정작 린지 홀의 전기문은 쓰지 않았다. 다섯 권의 해설서를 발간한 루시오스는 자신이 린지 홀로부터 떨어져 나왔다고 생각되었다. 그러자 한없이 밀려오는 슬픔을 가눌 수가 없었다.

서른일곱이 되고 루시오스는 인문대학과 사회과학대학이 있는 종합대학을 리브타뉴에 세우기로 마음을 먹었다. 이전까지 리브타뉴에는 기술 대학만 두 곳이었다. 그는 리브타뉴에 대학을 세우는 데 그의 전 재산을 쓰기로 했다. 그의 전 재산을 대학 설립을 위해 은행에 위탁한 다음 루시오스는 마흔둘이 되기까지 집안에서 나오지 않았다. 식료품이 가끔 집안으로 배달될 뿐 루시오스는 다시 열아홉의 어둠 속으로 들어가 버린 것이었다.

루시오스가 마흔둘에 죽은 뒤, 리브타뉴의 북부에 세워진 대학은 홀 대학이었다. 루시오스는 아무도 린지 홀과 닐 크라우스, 랄프 도렌, 그리고 자기 자신 사이에 얽힌 이야기를 모를 거라고 생각했지만 홀 대학에 임용되어 리브타뉴로 온 교수들마다 루시오스와 린지에 대해 궁금해했으며 그들과 관련된 이야기를 수집하면서 그들과 관련된 사람들에 대해서도 궁금해 했다. 이때 제프 도널이 닐의 기록을 대학 도서관에 맡기자 교수들은 그것의 복사본을 돌려보았고 산업혁명을 막 끝낸 리브타뉴에서 시작된 운명의 고리들을 발견했으며 그 모든 일들의 끝에 홀 대학이 세워진 것을 알게 되었다. 홀 대학은 인문대학, 사회과학대학, 자연과학대학으로 세워졌으며 사회과학대학에 지리학과와 자연과학대학에 지질학과와 기후학과가 세워짐으로써 대학의 설립이 마무리 되었다.

신입생을 받는 봄 학기까지는 시간이 있었다. 문학부에 임용된 카를센트 교수는 대학 안에 랄프 도렌과 닐 크라우스, 린지 홀, 그리고 이 대학의 설립자 루시오스 샘튼의 묘를 조성하자고 제안했으며 이는 무리 없이 진행되어 대학의 '기억의 길'이란 곳의 볕이 잘 드는 안쪽에 랄프 도렌, 닐 크라우스, 린지 홀, 루시오스 샘튼, 이 네 명의 묘가 순서대로 놓이게 되었다.

　문학부의 카를 센트 교수는 닐의 기록을 정리해 『인연에 대하여』라는 제목으로 세 권의 두꺼운 에세이집을 발행하였고 닐의 에세이집과 관련해 닐의 자녀들이 인세를 요구한 것에 대해 카를 센트 교수는 순순히 그들의 권한을 인정하였으나 그날 독한 술을 마시며 이미 죽어버린 닐과 대화했다.

　린지 홀에 대한 닐의 기록과 루시오스가 남긴 린지 홀의 작품에 대한 해설서를 통해 칸디나디아 대륙 최초의 최고 갑부였던 랄프 도렌의 삶까지 이 넷 모두의 이미 지나가버린 삶이 홀 대학에서 부활하고 있었다. 그들의 모든 것이 엉켜들면서 삶의 진실을 말하고 있었고 살아있는 사람들은 이미 기록뿐인 네 사람의 삶의 의미와 그리고 남겨진 자들의 삶이 어떻게 펼쳐질지 그 운명의 고리들을 연결해 보면서 자신들의 삶의 모습을 가늠해보고 있었다.

　홀 대학의 설립 후 린지 홀의 책은 더욱 많이 팔려나갔다. 카를 센트 교수는 린지 홀에 대해 해설한 루시오스와 린지 홀을 정신적으로 사랑한 닐에 대하여 그리고 그 틈에 있는 랄프 도렌에 대하여 『린지 홀의 인연』이라는 제목으로 그들의 이야기를 다룬 책을 한 권 냈다. 카를 센트 교수는 안타까운 사랑이 말해주는 것은 우리가 삶과 존재에 대해 진지했다는 것이고 한순간도 사랑하는 사람을 잊은 적이 없다는 것이라며 그의 책을 끝맺었다.

　홀 대학의 첫 학기가 지나는 동안 학생들은 점차 린지 홀과 루시오스를 잊어갔으며 교수들 또한 그러하였으나 문학부의 카를 센트 교수와 지리학과의 제라드 핀불러 교수는 종종 점심 식사를 함께 하면서 린지 홀과 세 남자에 대해 이야기하곤 했다. 방학 동안 카를 센트 교수는 '린지 홀'에 대한 모든 것을 전집으로 간행할 생각이었고 제라드 핀불러 교수는 지질학과와 기후학과 교수들과 함께 모모켄트 사막으로 연구차 떠날 예정이었다. 기말 시험을 마친 대학은 순식간에 한산해졌고 교수들 또한 자신이 방학 동안 할 일을 찾아 떠났다. 여전히 대학에 남아 대학 출판사를 괴롭히는 건 카를 센트 교수뿐인 것 같았다.

제라드 핀불러 교수는 망원경과 나침반, 지도와 함께 모모켄트 사막 속에서 방향을 표시하는 기기를 챙기고 커피가 든 통과 설탕이 든 통까지 챙겼다. 땔감은 물론이고 올스의 연료통은 충분할 만큼 챙겼고 2주 일정의 사막 여행에서 필요한 물과 식료품까지 챙겼다. 모모켄트 사막의 개척자인 이전의 지리학자들이 오아시스 지도를 남겨주었다 해도 그는 물통을 지나치게 많이 올스에 실었다. 그는 사막을 통과해 동부의 중심부에 있는 닐마주라는 소도시에서 배를 타고 리브타뉴로 돌아올 예정이었다. 제라드 핀불러 교수에게 이번 탐사 여행은 철저히 지리학적이었다. 사막의 지형에 대한 혹은 지질에 대한 혹은 지도 제작에 대한 것이 목적이 아니었고 그저 인간과 사막이 그 주제였던 것이다. 함께 가는 동료인 지질학과의 밀 볼롭 교수는 모모켄트 사막의 지표 토양을 수집하고 지면에 드러난 단층을 조사할 목적이었으며 기후학과의 이피넘 온드리고 교수는 모모켄트 사막의 국지적 바람의 방향과 세기를 조사할 목적이었다.

각자의 목표가 있는 것만큼 세 교수는 상황에 따라 충분히 헤어질 수도 있었다. 다만 가장 모호한 목표를 가진 제라드 핀불러 교수는 그럭저럭 아무하고나 함께 끝까지 여행할 수도 있었고 사막의 중부가 아닌 다른 지점으로 나와서 동부의 어느 지점에 도착하여도 올스로 동부의 중간 지점인 닐마주에 도착할 수 있었다.

이른 아침부터 모인 세 교수들은 준비물을 점검하고 칸디나디아 서부의 해안 도로를 타고 달리기 시작했다. 사흘을 꼬박 달려 대륙 남서부에 도착한 그들은 베이거스 산맥이 시작되는 줄기를 가볍게 넘어 대륙의 중심부로 가는 길로 접어들었다. 하루를 꼬박 가자 평평한 지대의 건조 지역이 나타났다. 건조 지역의 평평한 땅 위에는 간헐적으로 모래 사구가 나타날 뿐이었다. 다시 하루를 더 이동하자 얇은 층의 사구가 좀 더 많이 나타났다. 모모켄트 사막의 중심부를 향해 그들은 이동하고 있었다. 저녁이 되고 그들은 통조림 속의 닭고기와 콩을 먹고 커피를 마셨다.

"내일부터는 본격적인 조사야."

밀 볼롭 교수가 말했다.

"지층에 붙은 진드기에 놀라지 말라고. 그걸 화석으로 여기면 곤란해."

이피넘 온드리고 교수가 농담하듯 말했다.

"바람이나 신경 쓰시게. 난 사막에 핀 꽃을 찾고 있어."

밀 볼롭 교수가 말했다.

"사막에 핀 꽃?"

제라드 핀불러 교수가 궁금한 것 같았다.

"사막에서 피어난 사랑 말일세. 내게는 단층을 발견해 과거에 여기가 어떤 지각 변동을 겪었고 어떤 시기에 단층이 형성되었고 과거에 이 지역이 어떤 지역이었는지 밝히고 싶은 그런 사랑 말이야. 일종의 직업병이지."

밀 볼롭 교수가 멋쩍은 듯 웃었다.

"사막에서 핀 꽃이라……. 멋진 표현이로군. 그런데 자네들 보게. 사구가 많지 않은 지역은 관개 시설만 잘 해놓는다면 우리가 온 여기까지 인간의 주거가 가능해."

제라드 핀불러 교수가 말했다.

"그렇군. 아주 좋은 발견일세. 내 사막의 꽃처럼."

밀 볼롭 교수가 커피를 다 마셔버렸다.

다음날 그들이 탄 세 대의 올스가 사막을 통과하고 있었다. 사막은 여전히 평평한 지면이었고 그러나 상당히 메말라 있었으며 사구는 다시 간헐적으로 나타나기만 했다. 그러다가 갑자기 큰 사구가 나타나면 그들은 차를 세우고 기기를 사용하지 않고 지도와 나침반과 태양을 보며 그곳의 위치를 가늠해 보곤 했다. 그리고 일주일이 지났다. 이피넘 온드리고 교수는 각 지점마다 바람의 세기와 방향을 측정해 지도에 표시해 오고 있었으며 밀 볼롭 교수는 지표의 자갈과 모래 샘플을 채취하고 모양이 이상하게 생긴 돌을 줍거나 했다. 밀 볼롭 교수는 특이한 지형을 찾고 있었지만 눈에 띄는 지형은 그 어디에도 없었다. 그들은 오아시스 지도를 따라가기도 하였고 그로부터 벗어나 그들의 길을 찾기도 하였다. 다만 제라드 핀불러 교수는 그저 사막을 보고 느끼는 듯 했으며 무언가를 수집하거나 측정하거나 하지 않았다.

어느 오아시스에서의 밤이었다. 잠이 밀 볼롭 교수와 이피넘 온드리고 교수를 재워버리고 제라드 핀불러 교수가 생각에 잠긴 채 모닥불 앞에 앉아 있을 때 문득 그의 앞에는 어떤 낯선 여자가 두꺼운 옷을 입고 앉아 있었다. 제라드는 순간 멈칫 했으나 곧 호흡을 가다듬었다.

"이 밤중에 사막에 그것도 여자가, 당신은 누군가요?"

"린지 홀이라고 해요. 여기가 어디쯤 되죠?"

"설마 당신이 그 린지 홀이란 말이오?"

제라드는 놀라서 일어설 뻔 했다.

"부름이……, 부름이…… 이어지지 않았어요. 그 사람이 간절히 부르는 것 같았는데……. 손이 너무 아파요. 글을 쓰고 싶은 데 쓸 수가 없어요."

린지 홀은 왼손으로 오른손을 가리면서 몽환에 잠긴 듯 말하고 있었다. 제라드는 벌떡 일어났다. 꿈이었다. 모닥불 가에는 아무도 없었다.

다른 두 교수는 올스 안에서 잠들어 있었다. 바람이 모래를 흩트리며 지나갔다.

다음날 그들은 모모켄트 사막의 동부로 진입했음을 지도 상으로 그리고 위치확인용 기기로 확인하고는 밀 볼롭은 고동 나팔을 꺼내 불었으며 이번 일정에서 단층을 발견하지는 못했지만 소금 호수를 보았기에 기분이 좋았다고 사막 바람을 맞으며 외쳤다. 이피넘 온드리고는 그 와중에도 위치를 확인하면서 바람에 대해 기록하고 있었다. 이제 사막의 동부로 진입하면 며칠 만에 일정이 끝날 터였다. 그날 밤 모닥불 가에서 다시 린지 홀의 유령이 나타나 투덜댔다.

"그래요. 당신이 누군지는 모르지만, 그 젊은 나이에 그것도 여자가 인간의 조건 따윈 생각해서는 안 되는 것이었어요. 그것이 결국 모든 걸 망쳐놓았어요."

"그래서 결국 그것에 대해서 결론을 얻었소?"

제라드는 이번에는 놀라지 않은 듯 물었다.

린지는 입을 다물었으나 다시 이야기했다.

"서로 다른 색깔의 목소리들이 어둠 속에서 날 찾고 있어요. 하지만 나는 그 누구에게도 가지 못해요. 이젠 그들에게 난 내 손으로 글을 쓸 수 있는 린지가 아니니까요. 왜 내가 당신에게 나타났을까요? 그것에 대해 결론을 얻었냐구요?"

"그래요. 인간의 조건이 무엇인지 말이오."

제라드가 고개를 까딱했다.

린지는 뭉툭한 그녀의 오른손을 보여주었다.

"오른손 손가락이 없이도 작가의 의지를 가질 수 있는 유령이라면 인간의 조건을 가진 거겠죠. 전 그들에게 가지 않을 거예요. 누구 하나 그렇다는 걸 알면서도 시간에게 져서 용기 내지 못했거든요."

"린지…… 린지…… 홀?"

제라드는 다시 잠에서 깼다. 모닥불은 꺼질듯하고 엷게 이는 바람에는 장미 냄새가 섞여 있었다. 생각이 깊어진 밤이었다.

다음날 그들은 동부로 줄기차게 갔으며 밀 볼롭 교수는 이제 단층의 발견을 포기하고 토양 자료만 수집하는 듯 했으며 이피넘 온드리고 교수는 성실하게 각 위치마다 바뀌는 바람의 방향과 세기를 조사하고 있었다.

다시 저녁이 찾아오고 그들은 꽁치와 콩으로 식사를 끝냈다.

"사막의 서부와 중부 그리고 동부의 바람의 방향이 달라. 아무래도 중부는 분지형태로 약간 오목하니 바람이 내려들어가 회전하면서 방향이 일정치가 않아. 그리고 지금은 여름이니 서풍이 불고 있는 것이 사막의 서부에서는 확인되지만 국지적으로 바람의 방향은 상당히 다양하게 나타나고 있어. 동부는 동풍이 불고 있어."

이피넘 온드리고 교수가 말했다.

"거대한 단층군이 나타나주기를 바랐지만, 아쉽지만 다음번에는 북부 모모켄트를 탐험해 보겠어. 중부 모모켄트 만큼 단조로운 곳이 또 있을까. 지평선이 지긋지긋하다고."

밀 볼롭 교수가 말했다.

"자네들 인간의 조건에 대해서 생각해 본 적이 있나?"

제라드가 물었다.

"아주 오래전에. 갑자기 그건 왜 묻나?"

밀 볼롭이 대답하고 되물었다.

"그래서 결론은?"

"그걸 쭉 생각해오다가 교수가 된 것 같군."

밀이 대답했다.

"나도 그런 것 같군."

이피넘도 말했다.

"자네는 어떻게 생각하는가, 인간의 조건?"

밀이 물었다.

"사랑에의 의지라고 생각되네. 우리 대학의 설립과 관계된 세 명의 남자들 중에 한 명이라도 이 의지를 가졌더라면 우리 대학은 설립되지 않았겠지만 적어도 린지 홀이 다시 부란티노로 가는 걸 막았을 테지."

그리고 제라드는 덧붙였다.

"결국 세 남자 모두가 사랑에의 의지를 가졌기 때문에 우리 대학이 설립되었는지도 모르겠지만 말일세."

다른 두 교수는 모순처럼 들리는 제라드의 말에 고개를 끄덕일 뿐이었다.

며칠 뒤 그들의 사막 여정이 끝나고 그들은 무사히 칸디나디아 동부의 해안 도시 닐마주에 도착했으며 리브타뉴로 돌아가기 위해 배를 기다렸다. 이틀 뒤 그들은 샘튼 사(社)에서 건조한 배에 올스를 싣고 닐마주를 떠났다. 그들은 북부 항로를 통과해 리브타뉴에 도착했다.

제라드는 카를 센트 교수를 찾아가 린지 홀 전집 작업에 대해 물었으며 카를 센트 교수는 그간 학생들을 많이 고용해 활자 인쇄 작업이 거의 끝났다고 말해주고는 린지 홀이 남긴 시집들과 소설들 총 5권과 루시오스 샘튼이 남긴 린지 홀의 작품에 대한 해설서 5권과 닐 크라우스 씨의 린지 홀과 그 자신의 삶에 대한 고찰이 담긴 에세이 3권 그리고 카를 센트 교수 자신이 쓴 린지 홀에 관한 책 1권 이렇게 14권의 책이 나올 거라고 말해주었다.

제라드 핀불러 교수는 자신도 린지 홀의 책들을 모두 갖고 있지만 전집이 나오면 그것도 모두 구매하고 싶다고 말했다.

"홀 대학의 교수들은 아마 저 고드릭 라우스 교수 외에는 다 살 걸세."

"그럴 만도 하네."

제라드가 웃었다.

"수학에 관련된 것 외에는 읽지도 연구하지도 않는다지. 어쨌든 자신의 분야에서는 능력 있는 자임에는 틀림이 없지."

"주머니칼 중에 접이용 칼과 접이용 톱이 함께 들어있는 물건이 있지?"

"그렇지. 린지 홀의 손가락을 자를 때 사용한 물건."

카를 센트 교수는 어떤 표정의 변화도 없이 대답했다.

홀 대학에서 다시 새로운 학기가 시작되고 사막에서 바람이 불어오기 시작했다. 카를 센트 교수에 의해 린지 홀 전집 14권이 발간되었으며 제라드 핀불러 교수는 인간과 자연환경 강의에서 칸디나디아 대륙의 지역별 자연환경과 이에 대응해 인간이 문명을 형성해온 과정을 강의했으며 수업 시간에 가끔 여름 동안의 사막 여행 이야기를 들려주었으나 린지 홀에 대해서는 이야기하지 않았다. 제라드 핀불러 교수는 주말에 시간을 내 린지 홀 전집 14권을 모두 읽었으며 그 후 린지 홀의 유령은 그의 앞에 나타나지 않았다.

랄프와 닐로부터 시작된 혁신의 움직임으로 칸디나디아 대륙은 보통의 사람들 또한 원거리를 이동하고 자신의 노력 여하에 따라 수많은 물질의 혜택을 누릴 수 있는 개방된 문명 사회로 바뀌었고 랄프와 닐이 더 이상 존재하지 않아도 사람들은 다음 혁신 즉 새로운 자본을 생산할 수 있는 다음 혁신을 찾아 나아갔다.

샘튼 선박 회사는 다양하고 많은 배를 건조했으며 리브타뉴에는 전에 없던 업종들의 회사가 우후죽순처럼 생겨났으며 제품에 대해 지속적인 혁신이 필요한 경우 제품 개발에 실패했을 때 많은 회사들이 문을 닫곤 했다. 도렌 올스 사(社)는 신형 올스 개발에 열심이었고 샘튼 선박 회사처럼 리브타뉴 지역의 수많은 노동자들이 올스 생산 공장에서 일하고 있었다. 칸디나디아 대륙의 도로를 잇는 작업은 오래전부터 도렌 올스 사(社)가 해오고 있는 사업 중의 하나였고 샘튼 선박 회사는 칸디나디아의 대부분의 항구를 개발했다.

도렌 올스 사(社)와 샘튼 선박 회사는 주식회사로써 사장은 3년에 한 번씩 교체되었다. 칸디나디아 전체에서 가장 큰 회사가 바로 도렌 올스 사(社)와 샘튼 선박 회사였다. 이 모든 건 랄프 도렌의 머릿속에서 시작되어 그의 동료인 닐과의 우정에서 비롯되고 루시오스로 이어져서 이루어진 결과였다.

몇 해가 더 지나고 랄프 도렌은 완전히 과거의 사람이 되었고, 닐 크라우스도, 루시오스 샘튼도 그리고 린지 홀도 마찬가지였다. 린지 홀이 남긴 글은 대중적이지 않아서 일반 사람들은 흥미로 샀다가 몇 페이지도 읽지 않고 책장에 꽂아두고는 그 책이 있는지 조차 잊어버리는 일이 허다했다. 한 존재의 자의식이 탄생되는 시초에서 시작되어 인식의 과정과 삶과 존재의 탐구가 그녀의 책에 망라되고 있었다. 시나 소설 또한 감상 혹은 흥미를 위해 씌어진 것이 아니었고 흐름과 이야기 속에 그녀의 인식이 심어져 있었고 보통의 사람들은 그것에 대해 진지하게 생각해보기에는 그들이 시간이 없고 생활에 시달리기도 했거니와 가장 중요한 이유는 그들은 도무지 그런 것에 관심이 없었기 때문에 린지 홀의 책은 대중에게 인기가 없었다.

그러나 카를 센트 교수와 제라드 핀불러 교수와 같은 이들은 린지 홀의 불완전하게 서 있는 인식의 떨림을 아낄 줄 알았다. 그럼에도 린지 홀은 사람들 사이에서 그다지 논의되지 못했으며 린지 홀을 비롯한 세 명의 남자들은 살아있는 사람들의 기억에서 점차 잊혀져갔다.

새로운 산업 시대가 열리고 있음이 칸디나디아 대륙 곳곳에서 나타나고 있었다. 홀 대학의 학생들이 시험 삼아 어떤 기계를 만들고 프로그램을 짜서 기계를 조작하면서 그 기계들 간의 무선 통신이 성공했다. 리브타뉴의 리치퍼그 기술 대학에서는 움직이는 영상을 담은 화면을 만들었고 리브타뉴의 전신 회사가 원거리의 무선 전화 통신을 성공했다. 생각을 산업으로 발전시켜 경제적 이익이 창출되는 제품으로 만드는 정신은 리브타뉴에 거주하는 사람이라면 의례히 가지게 되는 정신이었다.

사회는 급속도로 발달하기 시작했고 수많은 작은 회사가 나타났으며 실패를 거듭하면서 실질적으로 회사를 꾸려나갈 수 있는 회사들이 자유 경쟁에 의해 선별되었다. 그런 회사들이 새 제품을 내놓을 때마다 사람들은 작고 멋진 기계들에 놀라며 언제나 신제품이 나오기를 기다렸고 리브타뉴 전신 회사는 그런 작은 기기들을 이용해 칸디나디아 대륙 전체의 무선 통신 시대를 열었다. 몇몇 입출력이 편리한 기기가 개발되고 그것을 이용하여 사람들은 사무를 보거나 문서를 작성했고 그 기기는 사무실의 모습을 많이 바꾸었다. 회사들은 앞 다투어 보다 빨리 새 기기들을 내놓고 있었으나 사회가 보다 편리하고 신속해질수록 사람들은 삶에 끌려가는 것처럼 보였다.

로터 엔더스는 홀 대학에서 기계 공학과 철학을 전공하고 듀이 형제가 운영하는 프로그램 회사인 듀이 사(社)에 입사했다. 올고스 듀이와 로티넘 듀이는 로터의 대학 시절 선배들로서 소형 통신 기기나 사무기기와 그것들을 움직이는 프로그램 언어 개발에 관심이 있었고, 이에 창업하게 되었으며 창업한 지는 이제 2년차에 접어들고 있었다. 로터가 입사했을 때 그들이 전략적으로 연구하고 있던 프로그램은 여러 사업의 영역에서 전문화된 관리 운영 체제를 개발하는 일이었다. 그들은 학교와 사무실 그리고 병원의 운영 체제 개발을 그들의 주요 업무로 개발하고 있었다. 로터는 개발 중인 프로그램을 자신의 기기에 설치하고는 모든 요소를 검토하는 것에서 그의 일을 시작했다.

로터는 듀이 형제가 개발하고 있는 프로그램의 전체 체제가 생각보다 간단하고 실제 학교나 병원, 사무실을 운영하는 데 문제점이 제법 발생할 수 있을 거라 판단했다. 로터는 기기를 잘 알아야 이를 사용할 수 있는 점도 이 프로그램의 문제점이라고 생각했다. 프로그램의 기본 체제부터 바꿔야겠다는 생각이 든 로터 엔더스는 자신의 생각을 듀이 형제에게 말했다.

"네가 무얼 말하는지는 알지만 지금 우리가 가진 기기 언어로는 이 정도 밖엔 만들 수가 없어."

"그러면 기기의 체제 구성 언어를 새로 만들면 되지 않습니까? 섣불리 미완성 제품을 시장에 내놓으면 우선은 적용해서 사용하겠지만 다른 누군가는 새로운 체제 구성 언어를 발명할 것이고 우리의 제품보다 훨씬 좋은 제품을 내겠지요. 훨씬 정밀하면서도 사용하기에 편리한 그런 제품을요. 그러면 우리는 경쟁사보다 더 나아가기 어렵게 될 겁니다. 경쟁사는 이 부분에 대해 특허를 내놓을 테니까요."

"개발할 수 있겠어? 시간은 얼마나 들겠나?"

올고스 듀이가 물었다.

"기본적인 구성 원리는 형들이 짜놓은 프로그램으로 숙지를 했고요. 집중한다면 두 달 정도면 학교, 병원, 사무실 그리고 기타 체제 관리가 필요한 업체에 공통으로 적용할 수 있는 사무 체제 언어를 개발해서 프로그램까지 할 수 있을 것 같습니다. 작업하는 동안은 회사에서 살아야지요."

듀이 형제는 로터 엔더스가 대학 1학년 때 린지 홀의 책에 빠져 사는 걸 보고 졸업한 터라 그가 이렇게까지 성장할 줄 몰랐다. 듀이 형제는 이란성 쌍둥이로 둘 다 기계 자체와 기계가 움직이는 원리에 미쳐 홀 대학에서 공학을 전공했었다.

로터 엔더스는 샌드위치를 물고 프로그램 언어의 명령과 조건화 작업을 새로운 언어로 구성하고 있었다. 손가락을 뻗어가며 커피를 더듬다 커피를 쏟을 뻔 했으며 열 시간을 집중한 뒤 린지 홀의 시집에 키스를 한 번 하고 자리에서 일어나 체조를 한 뒤 다시 열 시간을 새로운 언어를 만들어가며 그걸 이용해 프로그램 체제를 구성에 매달렸다. 의자에 앉아 4시간 정도 새우잠을 잤으며 그 결과 두 달 후에는 기본 형태의 업무 처리 프로그램을 개발하고 그걸 적용해서 학교, 병원, 사무실에서 사용할 수 있는 프로그램까지 개발했다. 물론, 검토는 듀이 형제가 했으며 그들은 이동식 저장 장치에 로터가 개발한 프로그램들을 저장하고는 기본 형태의 프로그램을 '린지 블루'라고 이름 붙였다. 물론, 그 이름은 로터 엔더스가 강력하게 주장한 것이었다. 린지 블루에 대한 특허권이 인정되고 듀이 형제의 회사는 린지 블루를 응용한 프로그램들을 학교, 병원, 사무실뿐만 아니라 다양한 개인 사업체까지도 적용되도록 매일을 프로그램 구성으로 시간을 보냈으며 듀이 사(社)가 소규모 사업체 임에도 엄청난 수입이 들어왔으며 로터 엔더스에게는 거액의 보너스가 주어졌다. 로터 엔더스는 그 돈을 부모님의 집을 사는 데 썼으며 그의 어머니는 깜짝 놀라 말을 더듬을 정도였다.

"돈이란 게, 어머니, 이럴 때도 있는 겁니다."

로터 엔더스는 평생 가난하게 살아오신 부모님께 자신의 노력으로 그분들이 쉴 수 있는 집을 마련해드렸다는 생각에 집을 사드리고 난 날 자신의 방에서 잠을 이룰 수가 없었다.

리브타뉴에 가을이 찾아온 어느 날 회의에서였다. 프로그램 언어는 개발되면 누구나 사용할 수 있지만, 프로그램의 내용을 구성하는 것이 다양하면서도 수준이 높은 그 무언가를 보여줄 수 있다면 그건 정말로 기기의 프로그램을 구성하여 그들이 달성하고자 하는 어떤 흥미를 사람들에게 보여줄 수 있지 않을까 한다는 의견을 로터가 제시했다. 이를테면 기기 사용자 스스로 어떤 이야기를 기기의 프로그램을 통하여 인물이나 소품, 장소를 선택해 가며 만들 수 있는 프로그램을 개발하고 또 그런 프로그램을 담는 기기의 개발이 어떠한지에 대한 구체적인 의견도 제시했다.

"그런 창의적이고 다양한 이야기판을 기본적으로 어떻게 구하지? 작가들?"

"제가 할 수 있습니다. 이래보여도 꽤 한 이야기 하거든요."

"로터, 자네는 이야기도 공부했나?"

"한 사람을 깊이 알고 오래 생각하면 그 사람의 마음속에서 세상의 모든 이야기가 떠오르지요."

"자네, 사랑하는 사람이 있었나?"

로터는 그의 책상 위에 놓인 린지 홀의 시집을 들고는 씩 웃었다. 듀이 형제는 어이없어했으며 이전에도 그의 무모한 도전이 성공했듯 그의 '이야기 집' 프로그램이 개발될 수 있기를 바랐지만 안 된다고 해도 상관없었다. '이야기 집' 프로그램이 완성된 것은 그로부터 4개월 후였다. 그것은 사용자가 프로그램을 사용해 이야기를 만들어 가면 그 이야기가 몇몇 장면들로 저장도 되면서 구체적인 언어적 기술(記述)로 이어져 바뀌는 프로그램이었다. 그 프로그램으로 사용자들은 자신만의 재미있는 이야기를 스스로 만들어 글로도 읽을 수 있었다.

듀이 형제가 보기에 그것은 로터가 완전히 초대형으로 사고를 친 것이었다.

"작가들은 뭘 먹고 살게?"

로티넘 듀이가 놀라며 물었다.

"작가가 프로그램에게 져서는 안 되지요, 물론."

로터는 간단히 대답했다.

이 프로그램은 누구든지 판타지 이야기 속에서 자신의 이야기를 만들어갈 수 있었고 시각적인 면에서 놀이도 가능했으며 그 흐름이 언어로 바뀌어 이야기로 만들어진다는 점에서 의미 있는 개발이었다. 듀이 형제는 로터에게 두 달의 휴가를 주었고 로터가 돌아올 즈음에는 '이야기 집'이 기기 속에 들어가 이미 판매될 거라고 말해주었다. 기계 자체에 관한한 듀이 형제는 믿을 만 했다.

로터는 한 달에 한 번씩 운항하는 배를 타고 신대륙으로 여행을 떠나고자 표를 예매하고 회사에 전화를 걸었으며 듀이 형제가 '그 집'을 '로터 엔더스'의 명의로 샀다는 것을 사무 직원에게서 들었다.

'레튼의 집'

탄디누니아 대륙은 지나치게 단조로웠다. 몇몇 숙박 시설이며 생선과 장신구를 파는 원주민들과 밤에 펼쳐지는 원주민들의 불춤을 보며 탄디누니아에서 로터 엔더스는 자신은 이방인 일뿐이라고 느꼈다. 가장 빠른 배로 다시 칸디나디아의 리브타뉴로 돌아온 로터 엔더스는 로티넘 듀이에게 전화를 걸었다.

"그 집, 이번의 매출액에 대해 미리 주는 것이네. 열쇠와 계약서를 받으러 회사로 오게. 아니, 내가 항구로 가지."

로티넘 듀이는 올스에 로터 엔더스를 태우고 '레튼의 집'까지 가서 2층으로 통하는 바깥 계단을 올라 열쇠와 계약서를 주고 사라져버렸다.

로터 엔더스는 현관 앞에 서 있었다. 열쇠로 문을 열고 들어서자 그곳은 바로 어제까지만 해도 사람이 있었던 곳처럼 깨끗하고도 온기가 돌았다. 그는 거실의 탁자를 만져보았으며 커튼을 걷어 과거에 린지 홀이 창밖을 내려다보던 방식을 상상했다. 식료품 선반에는 접시와 컵이 있었다. 로터는 컵을 꺼내 만져보았다. 서재의 책장은 비어있었으며 루시오스 샘튼이 밝혀놓았듯이 그가 그곳을 '레튼의 집'이라 부른 건 그 자신이 당시 갈망하던 레튼 즉, 루시오스가 스스로 정의하여 이름 붙인 그 레튼은 자신의 꿈의 뿌리이자 존재 의미의 뿌리라는 의미로 정의된 루시오스 만의 단어였다. 로터 엔더스는 홀 대학에 입학했을 때 레튼의 집에 대해 알게 되었고 자신이 돈을 벌면 두 번째로 할 일이 이 집을 구입하는 일이었고 또 그걸 이루어냈다. 그는 린지 홀에게 빠져들었고 수시로 린지 홀을 읽었다. 그는 철학적 사색은 무엇이든지 좋아했으며 린지 홀에는 그러한 사유의 흐름이 담겨 있어 더욱 빠져들었던 것이다. 그리고 그도 한 발은 사유에 딛고 있었지만 리브타뉴의 다른 남자들처럼 다른 한 발은 혁신으로 제품을 생산하는 실용주의 노선에 딛고 있었다.

로터가 레튼의 집에 머물면서 두 달의 휴가가 끝났다. 회사에 복귀한 로터는 일상적인 업무 처리를 맡아할 뿐 기기를 움직이는 프로그램을 개발하는 업무로부터는 떨어져 있었다. 곧 '이야기 집' 프로그램이 장착된 기기가 대량 생산되고 판매되었다. 기기에 대한 홍보와 지속적인 프로그램 및 기기의 검토 작업이 이어지고 그 기기는 6개월이 지나자 회사에 큰 성공을 안겨주었다.

이미 듀이 형제도 예상하던 바였고 성공적인 프로그램 개발자로 검증된 로터는 그들의 회사를 나와 혼자서 자신만의 회사를 차렸다. 그는 회사라는 조직의 구조를 알아야 했고 프로그램 개발과 기기 개발 사이의 관련성을 실무로 배워야 했기에 듀이 사(社)를 선택했던 것이다. 그리고 자신의 능력을 어느 정도 검증하고 회사의 흐름을 파악한 뒤에는 다른 것이 더 필요하지 않았고 어쨌든 자신의 프로그램 개발의 성공으로 어느 정도의 자본을 듀이 사(社)로부터 획득했다.

로터의 회사명은 레튼이었다. 로터는 우선 통신 기기든 사무용 기기든 기기의 모양이 모두 비슷비슷하고 무거운 것에 감안해 레튼의 집 1층에 얼마의 자본을 들여 연구개발실을 만들고 고심했다. 시간이 흘러도 로터는 스스로 기기 생산의 문제를 해결할 수 없다는 것을 깨닫고 듀이 사(社)를 찾아갔다.

듀이 형제는 통신 기기와 사무용 기기의 정밀한 부품에 대한 개발을 어느 정도 진행 중이었고 다양한 모양의 소형 기기들이 생산될 수 있을 거라고 했다. 이에 로터는 그 다양한 기기 안에 담을 내용을 자신이 개발할 수 있도록 제안했고 듀이 형제는 새롭고 이전보다 더 시각적이며 사용하기 편리한 프로그램 개발이라면 환영한다고 대답해주었다.

로터는 레튼의 집으로 돌아와 1층의 연구개발실에 있던 기기들을 팔아버렸으며 1층의 공간을 깨끗하게 청소하고 예전처럼 비워놓았다. 2층으로 올라온 로터는 부엌에서 커피를 타 마시며 창밖을 내려다보았다.

문득 인기척이 느껴져 탁자 쪽을 보자 탁자에는 린지 홀이 걸터앉아 왼손을 마구 흔들어대고 있었다. 로터는 깜짝 놀랐지만 린지 홀의 유령이 오히려 더 놀랄까봐 그녀를 지켜보았다.

"왼손으로 글쓰기를 시작했어. 한 글자 한 글자가 어린 아이가 단어를 배우는 것처럼 서툴기만 해."

린지 홀은 로터를 한 번 쳐다보지도 않고 희미해지더니 사라져버렸다. 로터는 밀려오는 슬픔에 부엌의 수도꼭지를 틀고 눈물을 흘렸다.

듀이 사(社)는 다양한 종류의 소형 전자 제품을 만들었고 그 속에 들어가는 많은 프로그램 제작을 레튼 사(社)가 맡아서 했다. 린지 홀의 환영을 본 이후 로터는 일에 더욱 매달렸고 1년이 지난 후 로터는 창의적이며 노력하는 1인 기업인으로서 유명해지게 되었다. 어느 순간 로터는 레튼의 집 1층을 응접실로 꾸며 놓았고 2층의 그가 거주하는 곳은 아무도 출입하지 못하게 했다. 로터가 여전히 듀이 사(社)의 기기에 댈 프로그램을 개발하고 있을 때 다시 린지 홀이 나타났다. 그녀는 로터가 사용하는 프로그램에 손을 댔고 프로그램은 갑자기 어느 문서를 불러냈다.

"왼손으로 써낸 소설이야. 제목은『사막』이야."

그녀의 유령이 다시 사라져버리고 로터는 소설을 그 자리에서 처음부터 끝까지 읽었다. 그가 마지막 문장을 읽었을 때, 기기는 퍽 하는 소리를 내더니 고장나버렸다. 문서가 들어있던 그 기기를 고친 후에 프로그램을 열고 문서를 불러오는 명령을 실행하여도 그 속에는 아무것도 없었다. 로터는 그가 읽은 이야기를 써보려고 했지만 그의 생각은 문장으로 입혀지지 않았다.

듀이 사(社)와 경쟁적으로 여러 첨단 기기를 생산하는 사업체들이 고급 인력을 확보하는 데 총력을 벌이면서 레튼 사(社)의 1인 기업인인 로터와 손을 잡고자 하였으나 로터는 듀이 사(社)의 최신 기기에 대한 프로그램을 개발할 뿐이었다.

그리고 로터는 서른이 된 어느 날에 '레튼의 집'을 팔고 사업에서 물러났다. 그에게는 새로운 프로그램을 개발하는 일이 너무 일상화되어 있어서 자신이 마치 '프로그램 개발 기계'가 되어버린 것은 아닌지 회의가 차올랐기 때문이었다. 그리고 린지 홀은 여전히 과거 속에 살고 있는 여자였고 자신이 그 무엇도 그녀를 위해 그녀의 부분이라도 바꿔줄 수 없다는 것을 깨닫고는 루시오스 샘튼의 세계를 과감히 버렸다. 로터는 얼마의 현금과 예금 증서를 가지고 칸디나디아 남쪽으로 갔으며 그는 칸디나디아 최남단의 어느 절벽에서 예금 증서를 찢어 바닷바람에 날려 보냈다. 그 뒤 2년이 지나고 듀이 사(社)로 그는 복귀했다. 그는 시커멓게 탄 얼굴에 심하게 길어버린 구레나룻에다 지독한 냄새를 풍겼기에 회사 경비원이 처음에 그를 쫓아내기까지 했다.

듀이 형제는 그의 사원증을 만들어주고 단독으로 프로그램을 개발할 수 있는 권한을 주었으며 회사에 출근해서 로터가 무엇을 하든 그건 그의 자유였다. 그만큼 듀이 사(社)의 성장에 로터의 기여는 엄청난 것이었다.

듀이 사(社)는 통신과 관련한 첨단 기기를 생산하는 전문 기업으로 사업 영역을 제한하고 신제품을 낼 때마다 새로운 프로그램을 시도했으며 그 중심에는 언제나 로터 엔더스가 있었다. 그는 녹슬지 않은 그의 실력으로 같은 동료 프로그램 개발자들의 부러움과 질투를 동시에 샀다. 로터 엔더스는 다시 자신의 능력으로 돈을 벌어 모으기 시작했으며 새로운 회사를 차리거나 엉뚱한 추억의 장소 따위를 위해 그의 돈을 쓰지 않았고 그저 그의 생활과 불확실한 미래를 위한 자금으로 그가 버는 돈을 착실히 모았다.

듀이 형제는 로터의 개인적인 프로그램 개발 재능을 다른 직원들에게도 일종의 로터만의 영감을 주기 위해 로터에게 프로그램 개발 부서를 이끌어가는 위치를 주었다. 로터는 그에게 추가된 교육적인 일에 긍정적인 반응을 보였다. 로터는 다음 세대 통신 기기의 프로그램 개발 과정을 부하 직원들에게 모두 보여주었으며 프로그램의 흐름을 잡는 법을 확실히 보여주었고 실제로 그 과정에서 로터가 만든 프로그램이 다음 세대의 통신 기기에 적용되었다.

로터가 몇 번에 걸쳐 없는 것에서 완전히 새로운 것을 만드는 기술을 설명해주었을 때 그 모든 과정은 매번 전혀 새로운 것이었고 그러한 것을 계속 쏟아내는 로터 엔더스라는 자에 대해 직원들은 질투조차 할 수 없는 능력이라며 경탄했다. 듀이 형제는 수많은 직원들 전부 보다 로터 엔더스 한 사람이 내는 성과가 더 확실하다는 데 생각을 굳혔다. 아무리 로터 엔더스가 프로그램에 대해 직원들에게 여러 번 설명해줘도 매 프로그램 마다 새롭게 나타나는 문제를 새로운 방향으로 해석하여 푸는 능력 같은 건 다른 직원들이 로터처럼 가질 수 있는 능력이 아니었다. 듀이 형제는 로터를 교육자와 이끌어가는 자의 위치에서 빼서 다시 그를 스스로가 통제하는 자유로운 개발자의 자리로 돌려보냈다. 듀이 형제는 프로그램에 필요한 요소가 있을 때마다 그걸 로터에게 주문하면 며칠 후 그것은 기기 상에 현실이 되어 나타났다.

그럼에도 듀이 형제는 프로그램을 개발하는 다른 직원들을 해고하지 않았는데 그 이유는 잡다한 문제 해결은 직원들의 몫으로 할당되어도 좋았으며 회의 결과 요청되는 새로운 프로그램 개발은 로터가 하면 되었고 또 로터의 프로그램에 대해 다른 직원들이 제대로 알아야 다음 세대로의 발전이 협력적으로 지속될 수 있다는 판단에서였다.

어느 날 로터 엔더스는 잘 연마한 나무 도막을 가지고 와서 듀이 형제에게 보여주었다. 나무 도막의 크기는 그들이 생산하고 있는 통신 기기의 크기와 같았다.

"삭막한 분위기 외에 다른 걸 시도해 보죠. 기기의 외양을 나무로 해보면 어떨까요? 나무에서 화면이 뜨고 사람의 목소리도 들을 수 있고 노래도 나오잖아요. 저는 멋있을 것 같은데 선배님들의 생각은요?"

"멋진 생각이야. 올고스, 추진해 보는 게 어떻겠나?"

로티넘 듀이의 말에 올고스 듀이도 고개를 끄덕였다.

통신기기의 외형으로 사용될 재료로 나무 도막은 갈라지지 않고 잘 부서지지 않게 가공되었고 잘 연마되었다. 그러한 나무 도막이 기기의 생산 공장으로 들어가더니 곧 나무에서 화면이 뜨는 기기가 생산되기 시작했다. 리브타뉴에서 나무로 된 통신 기기는 단숨에 인기를 끌게 되었고 로터 엔더스는 예금을 확인하고는 듀이 사(社)를 그만두었다.

"아무래도 저에게는 이 일이 습관적이라 회사에 계속 머무는 것이 무의미합니다. 그리고 회사도 충분히 발전했고 다들 역량이 있으니 저는 제가 떠난 후의 자리를 걱정하지 않습니다."

듀이 형제는 그를 회사에 계속 두고 싶었으나 그가 회사에 해준 것이 너무 많아 그를 붙잡을 수가 없었다.

"그러해도 언제라도 회사에 다시 올 수 있으니 자신의 마음을 엄격하게 가지지는 말게."

로티넘 듀이가 말했다.

로터 엔더스는 예금의 절반을 부모님께 보냈으며 리브타뉴를 떠나 신대륙 탄디누니아로 가는 배에 몸을 실었다. 그는 탄디누니아에 닿자마자 낯설지만 따뜻하면서도 달콤한 기류를 느꼈으며 다시는 칸디나디아로 돌아오지 않았다.

린지 홀의 사후 100주년이 되는 해, 리브타뉴의 모습은 100년 전과 완전히 달라져 있었다. 초고층 빌딩이 들어섰으며 세련된 다양한 종류의 올스들이 시내의 넓은 도로를 누볐고 시내의 사람들은 스틱형 무선 전화기로 통화를 했으며 트럼프 카드만한 얇은 기기에 플라스틱 펜으로 문서를 작성해 바로 전송하고 있었다. 칸디나디아 대륙의 모든 육로가 빽빽한 망처럼 연결되었으며 랄프 도렌이 그 개발의 가능성을 비웃던 비행선의 개발은 이미 성숙한 단계여서 세 대륙 간의 거점 도시들에서는 승객들을 실어 나르는 비행기가 정기적으로 운항되고 있었다.

그들이 살고 있는 행성은 행성 규모 분류 다섯 계급 중에 네 번째 규모에 해당하는 소규모의 해턴 행성이었다. 그들은 별을 연구했으며 그들의 기원을 묻지 않았고 그들은 할 수 있는 일의 한계 범위를 설정했으며 그 범위 내에서 미래를 예측하고 그들의 현재 행동의 방향을 정해 나갔다. 문명은 발달했으나 사람들은 여전히 과거의 사람들처럼 추억을 기억하는 걸 좋아했다.

홀 대학의 대학 도서관 특실에 전시된 유리관 속의 린지 홀 전집 초판은 세월을 입어 표지의 붉은색이 주홍색으로 바랬으며 대학 도서관의 린지 홀의 책은 내지가 누렇게 변색되고 많은 사람들이 빌려보았는지 모서리 부분이 너덜너덜 닳아있었다.

이번에 홀 대학에 입학하는 린지 엔더스는 아버지인 랄프 엔더스의 바람대로 홀 대학의 문학부에 입학했다. 그녀는 이미 린지 홀의 책을 모두 읽었지만 아직은 부분적으로 밖에 이해하지 못했다. 랄프 엔더스는 그의 딸이 소설가가 되기를 바랐으며 홀 대학의 문학부를 졸업하기를 소망했다. 그 소망의 첫 단추를 린지 엔더스는 홀 대학의 문학부 합격으로 아버지께 기쁨을 안겨주었다. 린지 엔더스는 그녀가 홀 대학의 문학부에 입학하게 되면 기숙사가 아닌 혼자 지낼 수 있는 집을 요구했었고 랄프 엔더스는 그 요구를 당장 들어주었다.

랄프 엔더스는 그의 아버지 로터 엔더스로부터 물려받은 재산으로 탄디누니아 대륙의 부동산 업계에서 성공한 거물이었다. 랄프는 어린 린지가 태어났을 때 뛸 듯이 기뻐했으며 여느 부잣집 딸들처럼 부유하게 키우지 않았다. 물질은 필요보다 약간 더 허락했을 뿐이었다. 말의 논리를 알아들을 정도로 자랐을 때부터 린지 엔더스는 항상 무언가를 그녀의 힘으로 해내야 그녀가 가지고 싶은 것을 가질 수 있었다. 홀 대학은 칸디나디아 대륙 최고의 명문 대학이었고 린지는 어릴 때부터 아버지로부터 홀 대학에 대해 귀가 닳도록 들어와서 열아홉 살이 된 린지는 홀 대학 외에 다른 대학의 입학에는 스스로도 무관심했다.

홀 대학에 입학하는 것은 무척 까다롭고 어려운 일이었으나 린지는 그 스스로가 홀 대학의 문학부에 대한 소망을 갖고 있었다. 대학 입학으로 아버지에게서 자신이 원하는 걸 얻기 위해서도 아니었고 그녀가 좋아하는 기계조립과 설계를 하며 평생을 보내고 싶지도 않았다. 소설가들이 읽어내는 삶의 단면들과 소설가들이 보여주고 싶으며 동시에 문제 삼는 세상에 대해 그 속의 수많은 부품과 다양한 도면과 그리고 완결되는 하나의 이야기에 매력을 느꼈다. 그래서 열아홉 살의 린지는 최선을 다해 공부했고 홀 대학의 문학부에 입학했다.

그녀는 탄디누니아 대륙의 해안 도시 아카피추에서 비행기를 타고 칸디나디아 대륙의 리브타뉴까지 날아갔으며 그녀가 살게 될 리브타뉴의 집에 도착했다. 집은 도시 외곽에 있는 2층으로 된 목조주택이었고 학교까지는 제법 멀어 올스를 타고 가야 했다. 물론, 그녀는 올스 운전면허가 있었다. 그녀의 유모 아레이 보드로가 벌써 집을 깨끗이 청소해놓고 그녀를 기다리고 있었다. 그녀는 2층으로 트렁크를 들고 올라갔으며, 그녀가 챙겨온 것은 책과 그녀의 물품이 전부였다. 그녀는 그녀의 방으로 꾸며진 넓은 방을 돌아보고는 트렁크 속의 물건을 정리했다. 침대에 걸터앉아 그녀는 닐의 기록을 읽었다.

내가 슬프다고 말하지 말게

랄프,

시간은 멈춘 듯하다가도 아무 의미 없이 하루하루가 가기를 반복하고 있네. 내 시간 속에 얼마나 되는 의미의 생성이 있었는지는 나로서도 확인할 수 없네. 다만, 지금으로서 나는 시간을 돌리기를 내가 그때 좀 더 나 자신을 이겨내서라도 그녀를 지켜야 했다는 뒤늦은 후회를 접하고 있네.

여자의 의미란, 내게 있어 한 여자의 의미란, 꿈속의 여인도 아니고 사상과 인식으로 가득 찬 자신감 있는 여자도 아니었네. 다만 자신 앞에 놓여있는 자기 존재 의미에 물음을 가지면서도 불확실한 인식을 붙들고 자신 속의 언어들을 자신이 할 수 있는 한 끌어올려 자신의 언어로 말하고 그러한 과정을 소중히 여기는 여자에 대한 의미였어. 그리고 내 인식의 결과 린지 홀은 내게 있어 여자의 의미를 갖춘 내가 만난 첫 번째 여인이었지.

내가 지금 슬프다고 말하지 말게. 나는 내 생애 단 한 번이라도 그런 여자를 만나 짧았지만 이야기를 나눌 수 있었던 운명에 감사하네. 운명이라고? 그런 게 있다면 비틀어서 꺾어버리고는 불쏘시개로 사용해버리고 싶네. 그 모든 건 운명이 아니었네. 나의 안일함과 무신경함이었으며 깐깐한 자존심이었네. 그래, 나는 지금 슬프다네. 모든 것을 되돌릴 수가 없어서도 린지 홀이 죽어서도 아니라 린지 홀에게 내 안에 일고 있던 감정들에 대해 그 모든 걸 숨긴 내 자신이 비참해서 슬픈 것이네. 아니, 그 모든 것이 슬프다네. 그러나 랄프, 지금만큼은 내가 슬프다고 말하지 말게. 그렇게 하지 않으면 나는 여자들이 흔히 감정에 무너지는 것처럼 무너질 듯한 온몸의 표지를 느껴서이기 때문이네.

무너지고 싶지는 않네. 한순간이라도 말일세. 나는 죽은 린지마저도 사랑하고 있네. 우리가 그녀를 너무 쉽게 본 것도 사실이네. 그녀의 소설은 『존 아워의 사랑』에 이르러 원숙했으며 어떤 흠도 없네. 그리고 『존 아워의 슬픔』에서 리브타뉴의 남자들 모두를 사랑한 그녀의 승화된 모습이 감춰져 있네. 그녀는 분명히 랄프 자네와 나를 사랑했을 것이네. 그러나 현실적인 벽은 우리가 식사를 나누고 사소한 대화를 하는 것조차 방해했으며 우리들마저 그녀에게 심술궂게 대한 것도 사실이네. 그토록 순수하면서 열정이 있고 인식을 추구하며 삶과 사랑에 대해 진실하고자 하는 여인은 이제 없네. 그 어디에도. 그녀의 무덤 속에 누워있는 그녀는 이미 표정을 상실했네. 그녀가 지을 수 있는 모든 표정들 중에서 나에게 보였던 그 수줍음과 단어 하나에도 보였던 진지함은 이제 사라지고 없네.

그러나 내가 슬프다고 말하지 말게.

나는 슬픔이 무엇인지조차 깨닫지 못한 빈곤한 자이니.

바보처럼 계속 랄프 자네에게 쓰는 이 편지가 어떻게 될지는 나도 잘 모르네만 이 기록을 써내려가지 않고는 밤의 시간을 견딜 수가 없네.

랄프, 나는 슬프네. 여전히 슬픔에 잠겨 있네. 뒤늦게 알게 된 것이지만 린지 홀은 내가 인식하고자 하는 모든 것을 설명해주고 있었네. 내 존재 자체에 닿아 흐르던 그러한 깊음 속의 무질서를 그녀는 있는 그대로 긍정해주며 하나씩 그녀의 시각을 보태어 인식해 설명해주고는 내 죽음을 가볍게 해주었지.

그러나 내 죽음은 내게 들어온 그녀의 의미 때문에 더욱 무거워졌네. 훌훌 털어버리고 세상을 하직할 수 없는 걸세. 지금은 린지 홀에 대해 좀 더 생각하고 싶네. 그것이 지금 내가 나에게 허락하는 위안일세. 이제 내가 슬픈지 슬프지 않은지조차 구분할 수 없으니 내가 슬프다고 말하지 말게.

린지 엔더스는 닐의 슬픔의 무게를 가늠하려고 애썼고 그만 눈물이 왈칵 났다.

'내가 슬프다고 말하지 말게.'

린지 엔더스는 닐의 말을 계속 생각하고 있었다. 갓 스물이 된 그녀에게 엄습하는 나이든 남자의 지독한 슬픔의 무게를 그녀는 한 번에 이해할 수 없었고 또 감히 이해한다고 말해서도 안 되었다. 린지 엔더스는 순간 소설가가 되고 싶다는 강렬한 욕망을 느꼈으며 그러나 그녀는 당장 펜을 들고 무언가를 쓸 수는 있어도 지금은 쓰지 말아야 한다는 걸 알았다. 그녀가 지금껏 알고 있는 언어들은 그녀 자신이 경험하고 해석하고 의미를 재구성해서 가진 것이 아니었고 게다가 그녀는 삶 속에서 슬픔으로 인해 느끼는 고통을 거의 느껴본 적이 없었다. 린지 엔더스는 그러한 자신의 결함에 대해 그저 어깨를 으쓱했을 뿐이고 나이가 드는 건 슬픔을 경험하고 또 거기에 익숙해지는 과정임을 어렴풋이 느낄 수 있었기에 아주 나이가 들어 소설을 쓰게 되더라도 괜찮은 일이라며 닐처럼 느끼는 일을 짧은 시간에 도둑처럼 얻지 않겠다고 생각을 가다듬었다.

린지 엔더스는 린지 홀 전집에서 닐 크라우스가 쓴 기록을 가장 좋아했고 닐의 시선으로 린지 홀의 소설을 보았을 때 느껴지는 그 감동은 이루 말할 수 없었다. 린지 엔더스는 할아버지가 자신의 딸이 태어나면 이름을 린지라고 지으려고 했던 사실을 알고 있었고 아들이 태어나자 그 아들에게 아들이 자랄 때까지 온통 린지 홀에 대해 이야기해 주었으며 랄프 엔더스는 딸이 태어나자 딸에게 린지 엔더스라는 이름을 주었다.

로터 엔더스의 기록에는 '순간 존재했으나 사라져버린 잃어버린 이야기'를 다시 읽고 싶다는 바람이 적혀 있었다. 갑자기 그 기록이 생각난 건 할아버지의 기록도 닐의 기록처럼 잃어버린 린지 홀에 대한 슬픔이 배어있었기 때문이었다. 린지 엔더스는 앞으로 시간이 많이 흐른 후에 꼭 '순간 존재했으나 사라져버린 잃어버린 이야기'와 같은 소설을 쓰리라 마음먹었다. 그러한 일을 할 수 있도록 걸어가는 과정은 모든 걸 다시 사유하고 제대로 느끼도록 그녀를 몰아댈 것이 분명했지만 그저 그런 적당히 전개되고 마무리되는 소설을 쓸 것이었다면 홀 대학의 문학부를 선택하지도 않았을 린지 엔더스였다.

린지 엔더스는 할아버지가 어떻게 '순간적으로 존재했다가 사라져버린 잃어버린 이야기'라는 표현을 쓰게 된 배경이 궁금했지만 어느 존재에게 단 한 번 나타났다가 사라져버려서 더는 볼 수 없게 된 그 무엇에 대해 그리움과 집착을 느끼고 그걸 다시 보기를 소망한다는 건 인생에 있어 단 한 가지의 소원을 이루는 것과 같을 거라고 생각했다. 린지는 그러한 이야기를 쓰는 소설가가 되고 싶었다.

그녀는 일어나 1층으로 가서 달걀 프라이를 만들어 빵과 먹었으며 커피를 마시고 밖으로 나갔다. 봄이 오는 리브타뉴에는 슐레브에서 불어오는 바람이 막 린지 엔더스의 뺨을 차갑게 스치고 지나갔으며 자신이 서 있는 곳에서 살았던 사람들의 이야기가 순식간에 머릿속에 떠오르면서 자신이 굉장한 곳에 서 있다는 느낌에 사로잡혀 정원에서 잠시 꼼짝도 하지 않았다. 잠시 후 린지는 숨을 크게 내쉬었다.

'너무나 아름답게 굳어버린 도시.'

린지 엔더스는 닐과 랄프의 시대가 끝날 무렵 리브타뉴의 모든 것도 아름답게 굳어버려서 자신이 보고 있는 지금의 리브타뉴는 그저 계절이 지나면서 옷만 바꿔 입은 것에 불과하다고 생각했다. 리브타뉴를 리브타뉴답게 하는 그 본질적 특질들은 이미 랄프와 닐이 시작했고 완성했다는 데 린지 엔더스는 강하게 긍정하고 있었다.

'시간이 그렇게나 많이 흘렀는데도 여긴 잿빛 콘크리트 건물이 서 있는 메마른 슬픔의 도시 리브타뉴 같아.'

린지 엔더스는 그녀가 가볍게 여기는 모든 요소들이 여기에 오자 물을 가득 머금은 듯 무겁게 되어버린 것처럼 느껴졌다. 그녀는 시간 속에 잠들어 있는 리브타뉴를 그녀 자신의 도시로 부르고 있었다.

학기가 시작되고 그녀는 '문장론' 강의가 있는 강의실로 향하고 있었다. 첫 수업에서 키가 크고 마른 남자 교수는 날카로운 눈빛으로 강의를 시작했으며 '의미장'에 대한 설명으로 한 시간을 채웠다. 의미장이란 어떤 단어나 구절이 글을 쓰는 사람에 의해 선택되고 그것이 사전적인 의미와는 별도로 글을 쓰는 사람에 의해 창조된 새로운 의미들의 범위로 재의미화되고 예를 들어 특정한 단어의 의미장은 그 단어를 사용하는 의도, 방식, 전체, 위치 등으로 실제 사전적 의미보다 심층적이거나 전혀 다른 의미로 사용되는 걸 뜻했다. 좋은, 훌륭한 작가가 되려면 모든 언어 속에서 개별 형태를 지닌 단어들의 의미장을 그 스스로 만들어보는 훈련이 필요하다며 키가 크고 마른 교수는 수업을 마쳤다. 학생들은 때때로 질문을 했고 어떤 학생들은 그저 처음 들어 보는 내용을 경청하거나 필기를 했다.

다음 수업까지는 두 시간여 남아있었다. 린지 엔더스는 아버지에게 전화를 했으며 첫 수업에 대해 말해주었고 대학에서의 공부가 마음에 든다고 말했다. 랄프 엔더스는 모든 것이 흡족한 말투였다. 그녀는 도서관에 올라가 넬 퍼드로의 『문장론』을 찾아 읽었으며 다음 수업 시간이 다 되자 그 책을 빌려서 가방에 넣은 뒤 '언어구조학' 강의를 들으러 갔다. 커피를 마시며 강의실로 들어온 여교수는 은빛 테두리의 안경에 스카프를 매고 있었다. 그녀는 커피를 마시면서 수업을 하기 시작했고 구조란 어떤 사물의, 그것이 추상적인 것이든, 어떤 사물을 지탱하고 있는 뼈대의 모습이라고 설명한 뒤 무질서하고 수많은 사용되고 있는 언어들에 파묻혀서는 안 된다고 강조한 후 언어의 뼈대를 세우는 기본적인 작업을 통해서 우리는 비로소 구성된 의미로써 유의미한 언어를 사용할 수 있게 된다고 했다. 그녀는 설명 후 간단한 예를 여러 개 들면서 사용되고 있는 습관적이고 복잡한 언어의 구조를 분석하는 것보다 자신에게 유의미한 문장 구조를 스스로 창조하면서 그러한 문장의 구조를 분석하는 것이 성숙한 언어 사용자로서의 모습이라고 하고는 강의를 마쳤다.

오후에 있는 '개별문화요소'라는 교양 강의가 휴강되고 린지 엔더스는 학교 내의 카페 중 하나인 '디스트로디아'에 가서 오후 내내 『문장론』을 읽고는 머릿속에서 내용을 되새기며 그녀는 린지 홀의 문장도 좋지만 닐 크라우스의 문장이 더 멋지다고 생각했는데 린지 홀은 아직 젊음의 들뜸이 가라앉지 않은 문장이었으나 닐의 문장은 그 모든 젊음을 겪어내고 자신의 삶에 대해 그것을 자신의 어조로 구성하고 자신만의 의미로 써낸 문장이라는 생각이 들어서였다. 린지 엔더스는 자신이 문장을 쓸 수 있게 된다면 아마 그 구조와 의미장이 닐의 그것과 닮아있기를 바랐다. 카페에서 일어나 다시 도서관에 가서 『문장론』을 반납하고는 주차장에 세워둔 올스를 타고 리브타뉴의 거리를 생각에 잠긴 채 몇 번 돌고는 집에 도착했다.

유모는 으깬 감자와 치킨 샐러드와 커피를 준비해놓았으며, 린지 엔더스는 혼자서 그걸 맛있게 먹어치웠다.

홀 대학의 문학부 신입생은 모두 50명이었으나 그들은 학기가 시작되고도 모임 같은 자리를 만들지 않았고 그저 강의가 시작되기 전에 가까이 앉아있는 학생들끼리 이름이나 서로 알려주거나 했다. 나중에 안 사실이지만 문학부 자체가 개인적인 성장과 발전을 중시하는 전통을 가지고 있어서 강의를 듣거나 과제 작성, 논문을 쓰는 일 조차 모두 학생 개인이 자신의 성장과 관련해 알아서 해야 할 일이었던 것이다. 선배들도 강의를 듣고 과제를 작성하는 걸 모두 혼자서 하고 있었으며 도통 신입생들의 입학에는 관심도 없이 각자 개인이 할 일을 알아서 하기만 했다. 문학부의 강의 자체도 교수와 개별 학생 간의 수업이나 마찬가지였고 단체 과제나 협력 활동 같은 과제는 교수가 학생들에게 일체 요구하지 않았다.

시간이 좀 흐른 뒤 피터 보나펫이라는 문학부의 선배를 강의실에서 알게 되었는데 그가 들려준 이야기가 상당히 흥미로웠다.

"문학의 본질은 홀로 서있음이고 그것에의 자각이야. 문학에 대해서 무언가를 이루려고 해도 그것도 철저히 개인 내부의 사고의 흐름이 요구되고 또 개인이 할 일이지. 그렇다고 우리들 모두가 시인이 되거나 소설가가 되려고 문학부에 들어온 건 아니야. 우리는 그저 우리의 시간을 이러한 일 즉 삶과 문학에 대해 사유하는 것을 그 자체를 하기 위해 이 시간에 여기에 있는 것이지. 이 일이 세상에서 의무적인 일을 하는 데 그다지 도움이 안 된다는 건 알지만, 이 일은 개인의 존재 자체에 의미 있는 일이고 또 우리가 이 일을 하는 데 우리의 시간을 쓰는 것뿐이야.

집안 형편이 어려운 학생들도 모두 그러한 정신으로 이 대학의 문학부를 다니지. 이 일이 실용적이다, 이지 않다, 를 떠나 여기에서의 시간은 우리들의 존재 본질과 밀착해 흐르고 있고 우리는 그게 필요할 뿐이지. 이를테면 홀 대학 문학부만의 실용주의 노선인 셈이지."

각자가 다른 학생들에게 무신경해 보이는 것도 이유가 있는 셈이었다. 그들은 각자가 자신을 이루어가고 있었고 그 과정에서 그들은 필요한 것을 강의실에서 듣고 사유했으며 스스로 도서관에서 책을 찾아보았고 무엇보다도 자기 존재에 대해 진지했으며 또 서두르지도 않았다. 문학부의 분위기를 파악한 린지 엔더스는 함께 모여서 시를 읊고 문학에 대해 좀 안다고 잘난 체하는 그런 시끄러운 모임이 없다는 것이 차라리 마음에 들었다. 문학을 공부하는 대학생에게는 침묵이 오히려 문학에 접근하는 데 더 필요한 요소라고 생각되었다. 점차 그녀의 동기들도 문학부의 이러한 분위기에 다소 의아해하면서도 적응하던 태도를 넘어서서 자신만의 시간의 흐름을 갖기 시작했으며 강의를 듣고 혼자서 스스로 할 일을 만들어갔으며 이 조용한 조화로운 흐름은 그 누구의 사유의 흐름도 끊지 않고 학기 내내 이어졌다.

방학이 되고 린지 엔더스는 중간 이상의 성적을 받았으나 랄프 엔더스는 린지의 성적에 그다지 상관하지 않았다. 리브타뉴로 날아온 랄프 엔더스는 그저 그의 딸이 홀 대학 문학부에 다니는 것이 마냥 행복할 뿐이었다. 린지 엔더스는 대학을 다니는 5년 내내 그저 리브타뉴에 머물고 싶다고 했고 랄프 엔더스는 그것을 공부에 대한 진지한 자세로 판단해 흡족해했다. 홀 대학의 학과는 4년 내지는 5년으로 1년에 2학기를 원칙으로 교육과정이 운영되고 있었고 문학부는 5년간 10학기를 이수해야 졸업할 수 있었다. 랄프 엔더스는 리브타뉴에서 이틀을 머물고 다시 탄디누니아 대륙으로 돌아갔다.

방학 동안 그녀는 자주 공원을 산책했으며 닐의 기록을 모두 베껴 썼다. 그럼에도 그녀는 닐이 사유하는 방식을 가질 수 없었으며 닐의 깊이와 문장을 따라갈 수도 없었다. 그녀는 자신이 무언가에 쫓기고 있다고 생각했으며 그것은 글을 쓰는 것이었고 린지 홀의 문장도 닐의 문장도 아닌 그건 자기 자신만의 문장이었으며 그러나 서둘지 말자고 자신에게 타일렀을 뿐이다. 홀 대학의 문학부에서의 첫 학기는 그녀를 아무것도 모르는 소녀에서 생각하는 어린 여자로 바꾸어놓았다고 그녀 스스로도 느꼈다. 어느 샌가 문득 습관적으로 말하지 않고 생각해서 말했으며 삶에 대한 진지함이 손에, 피부에, 온몸과 정신에 배어들고 있었고 그녀는 그러한 변화를 스스로에게 긍정적인 것으로 받아들였다. 방학의 끝에서 그녀는 린지 홀을 한 번 더 읽었고 삶에 대해 진지한 여성이 서른의 나이에 쓸 수 있는 글에 대해 생각했고 린지 엔더스가 보기에 린지 홀은 나이 때문에 오는 약간의 불안정한 테두리의 균열 외엔 오십 대의 여자가 쓸 수 있는 글을 썼다고 생각했으며 그러자 갑자기 린지 홀에 대해 서글퍼졌다. 린지 홀의 비극적인 죽음 때문도 아니었고 그건 서른 살의 여자가 자신이 겪지도 않은 세월의 고통과 무게를 스스로 선택해서 겪으며 그리하여 세월이 지나도 낡지 않을 소설을 써낸 것 때문이었다.

린지 엔더스는 자신이 없어졌다. 그러나 학기가 시작되고 다시 강의를 들으며 자신은 겨우 세상을 알아가는 스무 살이고 그래서 이 나이에 린지 홀의 시각을, 사유를 가지려고 한다는 건 지나친 욕심이고 또 자신에게 주어진 과제는 린지 홀이나 닐 크라우스처럼 쓰는 것이 아닌 자신이 이룩한 자기 자신이 쓰는 그녀만의 구조와 의미장을 갖춘 글이어야 한다고 생각했다. 이번 학기에는 '인식론', '생활 세계의 분석', '진리와 미에 대하여', '문학에 대하여', '사유의 과정', '상상과 현실', 그리고 '인식과 표현'이라는 강의를 수강했다.

　그녀는 인식이라는 단어를 배웠으며 그 단어에 대한 사유가 그녀의 한 학기를 지배했다. 그 학기 마지막 시험을 치르고 나오면서 린지 엔더스는 개별 인식자들의 개별 인식이라는 말이 그녀에게 얼마나 중요한지 깨달았으며 모든 사유할 수 있는 대상들과 그것들의 관계에 대해 자기 자신이 어떻게 생각하는지가 자신의 삶을 결정할 정도로 큰일이고 또 삶에 대한 책임성도 그러한 사물에 대한 자기 스스로의 인식이 바탕 되기에 가능한 것도 알게 되었다.

　다시 방학이 되고 그녀는 홀 대학에서의 두 학기를 마쳤다. 린지 엔더스는 자신의 인식이 어느새 조금 단단해진 것을 느끼고는 놀랐으며 그러나 아직 글을 쓸 수 있다고는 생각하지 않았다. 펜을 잡고 글을 쓰든, 혹은 기기의 장치를 이용해 자판을 두드리며 글을 쓰든, 어떤 글이든 나오기는 했고 제법 두꺼운 무언가를 쓸 수 있을 것도 같았다. 그러나 그런 방향 없는, 통제 안 되는 글쓰기, 무의식적인 흐름의 지속의 다발을 '글'이라고 생각하기는 싫었다. 그녀는 그녀의 인식이 탑을 이루고 마침내 융해되어 자기 구조를 스스로 가지는, 그녀가 작품성이 있다고 말할 수 있는, 그런 글을 쓰고 싶었고 그녀는 소설에 대해 생각했다.

　방학이 끝날 즈음에 그녀는 아버지에게 전화를 걸어 '소설을 쓰고 싶지만 아직 실력이 안 된다. 그러나 언제고 소설을 쓰겠다.'고 말했고 랄프 엔더스는 새삼 홀 대학의 문학부의 저력을 느꼈으며 감격했을 뿐이다.

　2학년 1학기가 시작되고 신입생들이 들어와도 린지를 비롯한 그녀의 동기들은 신입생들에게 눈길 한 번 주지 않았다. 곧 신입생들도 문학부의 전통을 따르기 시작했고 린지 엔더스는 두꺼운 노트를 들고 다니며 무엇이 생각나든지 간에 그걸 적어보았다. 생각의 단편들은 어느 순간 이어지면서 하나의 그녀 자신이라는 체계를 보여주었고 스물한 살의 린지 엔더스는 자신이 어떠한 사람인지에 대해 스스로 어느 정도의 앎을 가지게 되었다. 그리고 도서관에 앉아 소설에 대해 분석했으며 다양한 기호로 특이한 형태의 시를 써보기도 했다. 그리고 린지 엔더스가 관심을 가진 분야는 지리학과 심리학이었고 그 학기 동안 대충 그 분야에 대한 책을 읽었고 의문점을 상세하게 메모해 그것들을 큰 묶음의 질문으로 바꾸어 직접 지리학과와 심리학과의 교수연구실을 찾아가 각각 2시간여 동안 교수들을 괴롭혔으며 학기가 끝날 무렵 린지 엔더스는 그녀의 머리가 인식으로 더 단단해지고 이러한 앎으로 인해 마음의 조각들도 제자리로 찾아 끼워 맞춰진 것 같다는 느낌이 들었다.

방학으로 인해 그녀의 삶의 모습이 크게 달라진 건 아니었다. 자주 학교에 나가 도서관에서 소설과 문학 평론들을 읽었으며 카페에 앉아 린지 홀의 시를 산문의 형태로 바꾸어 보거나 했다. 방학이 끝날 무렵 그녀는 그녀 스스로 부족할 것이 없는 환경에서 자란 그녀가 문학의 창조 자리에 설 수 있을지 의구심이 들었으며 문학 속에서 말하고 있는 고통이나 슬픔조차 그녀 스스로 그러한 것들을 느낀 경험이 없었기에 오히려 지금껏 그녀는 소설 속의 삶의 고통을 자신은 느낄 수 없는 그들의 객관적인 표현 정도로 여기고 생각한 것이 대부분이었고 그리하여 슬픔과 고통에 대한 직접적 경험의 부족을 느끼고 절망 속으로 빠져들어갔다. 그럼에도 이미 그녀는 문학 속으로 너무 들어온 탓에 그로부터 빠져나갈 수도 없었다. 학기가 시작되기 전 그녀는 아버지에게 전화를 걸어 유모를 탄디누니아로 다시 데리고 가고 집과 차를 팔아달라고 했으며 랄프 엔더스가 걱정을 하든 말든 그녀는 약간의 돈으로 학교 앞의 학생들이 세를 얻어 사는 건물의 2층에 조그마한 방을 하나 얻었다.

가난과 슬픔과 고통에 대한 적절한 인식을 얻을 수는 없겠지만 그녀는 보통과 보통 이하의 생활의 모습을 선택함으로써 문학을 대하는 그녀의 모습이 조금은 정직해졌다고 느꼈다. 학기가 시작되고 그녀는 순

수 문학의 세계 설정 범위와 환상 문학의 세계 설정에 대해 배웠고 실제로도 순수 문학의 조그마한 세계를 노트에 완성해보았다. 환상 문학의 작법은 의외로 쉽게 할 수 있었는데, 미지의 세계 속의 주인공들과 그들이 공동으로 추구하는 목적을 찾아내자 전체 구성과 스토리가 느껴졌고 하나의 존재하지 않는 세계가 그녀의 손끝에서 느껴졌다. 그러나 그녀는 환상 소설을 구상 수준에서 더 이상 진전시키지 않았는데, 그 이유는 지금 그녀는 인간과 인간이 얽혀있는 삶과 삶의 진실성조차 파악하지 못했고 그래서 섣불리 소설의 응용인 환상 소설에서 제대로 된 작품을 쓰기에는 역부족이라는 것을 알았다.

그녀는 또 그 학기에 물리학을 배웠다. 움직임의 원리와 힘의 작용에 대해 배웠고 운동 법칙들의 성립과 그녀가 실제로 살고 있는 세계에서의 사람들의 한계를 느끼고는 슬픔에 잠겼다. 모두가 죽음 즉, 소멸로 향해 가고 있었다. 그걸 돌이키고 바꿀 만한 힘은 그들 인간에게는 없는 것이다. 어느새 린지 엔더스는 인간의 근원적 슬픔에 다가서고 있었다.

2학년 2학기가 끝날 무렵 린지 엔더스는 그녀의 유년기와 청소년기의 느낌들과 잔재들을 모두 잊었으며 그때 과연 행복하고 즐거웠는지 생각해보아도 특별한 모습이 떠오르지 않았다. 그녀는 본질이라는 단어가 마음속에서 맴돌며 자신을 쳐다보고 있다는 생각이 들었다. 방학이 시작되고 그녀의 조그마한 방과 학교를 걸어서 오가며 부단히도 철학책들을 많이 읽었지만 아직 본질 자체에 대해 기술해놓은 책은 없는 것 같았다. 무언가 알고 싶은데 그에 대한 책이 없기는 이번이 처음이었다.

'내 스스로 찾아내야 하는 건가?'

그녀는 어려운 문제에 봉착해 있는 자신을 발견했지만, 이상하게도 느낌은 뒤로 물러서야 한다는 것이었고 본질에 대한 생각을 내려놓았다. 그녀는 며칠을 몽롱한 생각 속에 빠져 살았고 어느 날은 린지 홀의 환영(幻影)을 본 것 같았으며 겨우 아버지에게 전화를 걸어 아프다고 했다. 랄프 엔더스는 당장 비행기를 타고 리브타뉴로 날아와 딸을 탄디누니아의 궁전 같은 집으로 데리고 갔다. 집에서 휴식을 취하며 며칠을 쉬니 머릿속에 엉켰던 복잡한 실타래가 풀리면서 린지는 괜찮아졌다. 린지 엔더스는 아버지에게 부탁했다.

"린지라는 이름은 어떤 의미가 있어서 좋지만 과거의 그들과 제가 운명처럼 엮여있는 것 같아서 지금 저는 그들의 것을 뛰어넘어야 하기에 이름을 바꾸고 싶어요. 아니면 마치 그들이 살던 장소, 생각, 비극 모두에 저 또한 머물 것만 같아요. 저는 저고 그들은 그들이니까요."

랄프 엔더스는 린지의 말에 일리가 있다고 생각하고는 꼬박 하루의 고민 끝에 딸의 이름을 브록이라고 다시 지었다. 특이한 이름이었지만 린지는 단단한 힘이 느껴지는 그 이름을 좋아하게 되었다. 랄프 엔더스는 관할 기관에 가서 린지 엔더스를 브록 엔더스로 바꾸었으며 다시 학기가 시작되어 3학년이 되었고 강의실에서 브록 엔더스라고 출석을 불렀을 때 동기들 몇 명이 린지를 쳐다보긴 했지만 워낙 개인적인 학교생활에 익숙한 홀 대학의 문학부 학생들은 그녀가 린지이든 브록이든 별로 상관하지 않았다.

다만 브록은 그녀의 새 이름이 마음에 드는지 새 이름을 노트에 몇 번씩이나 써보았다. 본질이라는 단어 자체가 주는 열병을 앓고 난 뒤의 브록 엔더스는 보다 깊어진 눈빛으로 강의를 듣고 생각에 잠기곤 했다. 그리고 브록은 여전히 학교 앞 2층의 자신의 조그마한 방에서 살고 있었다. 랄프 엔더스는 걱정이 이만 저만이 아니었으나 보다 건강해지고 여성스러워진 딸의 모습을 보고 그녀를 믿으며 낡고 좁은 곳에서 사는 딸의 의지를 존중해주기로 했다.

브록 엔더스는 강의를 잘 듣고 그 외에 필요한 공부도 찾아서 했으며 가끔 카페에서 단편적인 생각의 조각이 아닌, 그녀가 지금껏 가지고 있는 인식의 흐름 속에서 길어 올린 사물의 본질에 대한 생각을 노트에 몇 장이고 써내려갔다. 그 학기 내내 그녀는 감상주의를 배격하고 동시에 냉소주의도 거리를 두면서 인식에 대한 보다 객관적이고 어떤 면에서는 합리적 주관을 일관해서 보여주는 그 자체로는 어떤 글의 종류에도 해당하지 않는 그런 자신의 생각의 흐름을 노트 속에서 이어갔다. 뭔가를 너무 많이 썼다 싶으면 그녀는 노트를 덮고 커피를 마시고는 창밖의 거리를 물끄러미 보곤 했다. 그 학기에서 그녀가 강의 속에서 얻게 된 중요한 인식은 '인간은 생각하는 한 존재한다.'였고 그녀는 그 명제로부터 그녀에게 앞으로 오랜 기간 충분히 생각하는 시간이 필요할 거라는 걸 느꼈다. 조금씩 모든 건 분명해졌지만 그녀는 아직도 생각할 거리를 책에서 길가의 가로등에서 아무렇게나 버려진 플라스틱 조각에서 찾고 있었다. 그리고 한 가지에 대해 너무 오래 생각하는 걸 그녀 스스로 금지했다. 그건 답이 나올 문제가 아니었고 정신을 혹사하여 병에 이르는 길이었으며 우리는 생각과 생각 사이에 쉼이나, 식사, 수면과 같은 일종의 끊어짐이 필요한 생물로서의 존재라는 걸 그녀는 또한 인식했던 것이다. 이러한 점은 '본질'에 대해 생각하다 너무 아파버렸던 기억 때문이기도 했지만 지금의 브록 그녀에게 오래 생각해도 어느 정도의 결론적인 인식이 주어지지 않는다면 그건 비합리적인 일이거나 생각할 가치가 없는 것이 많았기에 생각이 저절로 생각을 잇는 걸 그녀는 의식적으로 막았다.

브록은 다시 방학을 맞이했으며 여전히 리브타뉴에 머물러 있었고 다음 학기가 끝나면 어쩌면 소설을 시작할 수도 있겠다는 전망을 내놓았다. 그럼에도 소설 시작에 대한 이야기를 아버지에게 꺼내지 않았으며 그녀는 느긋하게 머릿속에서 글자들이 배열되는 걸 느끼며 여전히 그녀가 아끼는 닐의 기록을 읽으며 방학을 보냈다.

이미 지나가버린 일에 대해 자신이 그 일을 막을 수 있었다는 가능성
이 100에 1이라도 있다면 그 모든 건 후회로 남는다. 잘못된 일과 그것
에 대한 후회 없이 사는 사람은 존재하지 않겠지만 그것이 나에게 나의
경우에 해당되기 때문에 지금 나에게 문제가 생기는 것이다. 그녀가 잘
지냈다하여도 그녀에게 그 사건이 일어나지 않았다하더라도, 이미 처음
그녀를 만나고 그녀가 집중해서 이야기하는 것들을 들은 순간부터, 그녀
가 후에 소설가로서 성공하고 잘 살아가더라도 이상하게도 나는 내 안에
무언가 후회와 고통 같은 것을 안고 살았으리라고 확신한다. 얼마나 모순
되는 감정이 한데 어우러져 있는가. 그러나 막을 수 있었던 일에 대한 후
회가 더 적극적인 후회라면 그녀가 잘 지내고 있는 상황에 대한 미련은
소극적인 후회인 것이다. 사랑하고 있다. 나의 린지를. 우리가 얼굴을 마
주본 두 번의 짧은 시간에도 너무도 사랑했으며 그녀가 책을 남겨주어서
그래서 그녀를 시간의 흐름에 보내지 않을 수 있어서 그녀의 마음을 느
낄 수 있어서 그래서 더욱 사랑한다.

홀 대학의 새 학기가 시작되기 며칠 전부터 리브타뉴에는 비가 추적
추적 내리고 있었다. 브록은 닐의 기록을 아무 데나 펼치고 어느 부분
을 읽기를 계속해 오고 있었다. 커피를 타고 창문을 열고 비 내리는 거
리를 지켜보았다. 브록은 그녀가 닐처럼 생각하고 글을 쓰고 싶다는 사
실을 알게 되었으며 그다지 가난과 고통 그리고 슬픔 자체에서는 배울
점을 찾지 못했다. 닐은 가난하지 않았지만 진정으로 슬픔과 고통을 느
낄 줄 알았으며 자신의 남자로서 해야 할 사회적 일들도 제대로 해낸
인간이었다. 그렇기에 닐이 불행해진 것인지 브록은 잠시 생각했다. 브
록은 닐처럼 쓰고 싶다는 생각이 더욱 간절해졌고 아버지에게 전화를
해서 학교 근처의 집 하나를 빌렸으며 올스는 사지 않았다. 올스가 없

는 동안 그저 걸어 다니며 생각하는 것이 좋았던 것이다. 브록은 인식 없는 표현은 껍질만 화려할 뿐 속은 빈 것이라고 생각했고 표현 없는 인식 또한 귀중한 내용을 성의 없이 내놓는 일이라고 생각했다. 그러나 그러한 두 구분에 속하지 않는 닐의 글, 그 생각의 흐름 속의 진정성, 을 가진 글을 간절히 쓰고 싶은 브록이었다.

3학년 2학기가 시작되고 나서도 브록은 집을 꾸미는 데 시간을 쓰고 있었다. 자잘한 꽃무늬가 그려진 연노랑의 벽지를 발랐으며 집 안의 계단과 복도와 바닥의 목재를 다시 깔았다. 화려하지 않은 진갈색의 가구를 배치했으며 계단 벽이나 침실 벽에 조그마한 유화 그림도 걸어놓았다. 학교를 다니면서 그녀는 그 집을 자신이 머무르는 집답게 꾸며놓았고 집안 꾸미기가 끝나고 그녀 스스로도 만족했다. 인간이 너무 사유적이어서 외부의 세계를 망각하고 자신의 세계 속에서만 사는 것도 바람직하지 못하다고 그녀는 생각했다. 자신이 원하는 대로 집도 꾸미며 자신의 공간을 잘 관리해 나가고 또 어느 정도 자신이 만족할 범위 내에서 자신의 공간을 가지고 유지할 줄 아는 것이 인간에게 필요한 자질이라고 생각했지만 지나친 물질 추구는 인간에게 오히려 자신에 대해 생각할 시간을 완전히 빼앗아 돈을 벌고 모으다가 결국은 죽게 되는 일이 발생하며 그가 인간으로서 자신의 존재 의미 따위를 찾지 못하고 죽는건 전적으로 그의 책임이며 그리고 그에게 있어 불행은 자신을 아는 일을 해내지 못한 것이 아니라 죽는 순간까지 돈을 들고 갈 데가 없어 분통이 터지는 일 바로 그것이었을 거라고 브록은 꾸며진 집을 보며 잠시 생각했다.

'사유와 행동의 균형, 그건 무척 중요한 거야.'

브록은 '경제적 요소들과 비경제적 요소들'이라는 강의를 들으면서 그러한 생각을 더욱 굳히게 되었는데 인간의 삶을 형성하는 두 요소를 경제적인 가치를 지닌 물질의 확보와 인격 형성, 서로 간의 대화, 개인의 존재 의미 발견 등의 비경제적 요소로 보았을 때, 이 두 가지가 조화로운 삶이 인간에게 필요한 삶의 모습이라 강의하시는 노(老)교수의 말에 전적으로 공감했다. '심리의 가능적 조합들'이라는 강의는 어떤 경우에는 사람이 자신의 특수한 인격을 형성하는 것을 생각해 보지도 않고 시간 속에 저절로 형성된 성격을 그대로 받아들이고 그러한 성격을 일관되게 일생동안 이어갈 수도 있고 성격이 시간이 지나면서 바뀌는 경우도 있지만 일단 성격이 형성되고 어떤 일에 대해 느끼는 감정의 변화가 단시간에 다양하게 변하고 그 기복이 심할 경우 그것은 심리적인 병적 상태로까지 진단할 수 있다고 했다. 또한 청소년기에 접어들면서 자신이 원하고 따르고자 하는 대로 성격이 형성될 수도 있으며 브록은 심리와 성격 형성의 자기 결정권이 인간에게 어느 정도 주어질 수 있다는 것에 대해 만족감을 느꼈다. 브록은 그 수업에서 자유 주제 과제로 내준 것에 '소설 속 인물들의 성격 형성'이라는 주제로 작성해서 제출했다.

브록은 문학 수업 시간 중에 표현, 묘사, 기술(記述) 등의 방법적인 면을 배웠으나 비유를 쓰거나 기타 방법으로 글을 화려하게 만드는 것은 불필요하다고 생각했으며 새로운 교수에게서 '인식론'을 한 번 더 배우자 뭔가 자신이 생각하고 있던 모든 것들이 혼돈에서 정리되는 것처럼 느껴져서 기분이 좋아졌다. 3학년 2학기도 그녀의 사유의 흐름과 함께 끝나고 그녀는 상점에 가서 커피와 설탕을 몇 통 사는 것으로 겨울 방학을 시작했다. 그녀는 습작을 할 생각이 없었다. 바로 작품으로서의 소설을 써낼 생각이었다. 겨울 방학 혹은 이듬해를 넘겨서라도 장편 소설을 하나 완성하려는 생각을 굳혔고 아버지에게 전화를 걸어 겨울 동안의 자신의 계획을 말했다. 닐의 기록도 읽으며 자신의 생각을 적어나가던 어느 날 아버지께서 보내주신 소포가 도착했다. 그것은 『존 아워의 슬픔』의 린지 홀의 친필 원고였고 따로 천에 싸여있는 것은 한 장의 낡은 종이였다. 브록은 린지 홀의 친필 원고에 놀라서 할 말을 잃을 지경이었지만, 나머지 종이 한 장을 읽어갈수록 더욱 놀라는 브록이었다.

당신이 부둣가에서 제가 그 내용을 읊어준 소설의 제목을 『존 아워의 사랑』이 아닌 『존 아워의 슬픔』이라 하라고 하셨지요. 실상 존 아워의 사랑도 존 아워의 슬픔이고 존 아워의 슬픔도 존 아워의 슬픔입니다. 어떤 남자에게는 사랑을 대하는 그의 자세가 사유에만 머물 때와 행동에 나타날 때가 모두 다 슬픔인 것입니다. 그 누구가 과연 자신의 본질과 닮은 사람과 현실적으로 사랑하고 또 결혼할 수 있을까요? 또 그러한 일이 남자에게는 여자에게서보다 더 큰 불행이 되는 남자들이 존재한다는 것이 저에게 존 아워를 만들게 한 원인이었습니다. 존 아워가 언제부터 잉태되었는지 당신은 아실지도 모르지만 그건 당신이 저를 처음 본 그때, 생애에서 중요한 질문만을 던지던 당신에게 대답하던 그때, 문을 나서면서 그 순간 존 아워의 씨앗이 제 마음에 심어졌음을 저는 알고 있습니다.

널 크라우스 씨, 당신을 나의 닐이라 부르는 건 금지되어 있고 또 버릇없는 일이라는 것도 잘 알고 있어요. 그럼에도 나의 닐, 저는 막 두 권의 소설을 다 썼습니다. 『존 아워의 사랑』과 『존 아워의 슬픔』을요. 리브타뉴에서 늘 당신을 생각했습니다. 그리고 다행인 것은 당신을 소설 속에 묻은 채 당신만을 사랑하며 혼자 살 수 있을 것 같아서예요. 당신은 영원히 모르겠지요. 당신이 얼마나 불행한지를. 내가 얼마나 불행한지를. 나의 닐, 소설을 쓰는 것 밖에는 내 안에서 일렁이는 당신을 가둘 곳을 찾지 못했어요. 당신이 소설 제목을 『존 아워의 슬픔』이라 바꾸라 던지듯 말하셨을 때 저는 또 다른 일렁임을 느끼고 그걸 쓸 수밖에 없었어요.

나의 닐, 이 두 소설 속에 당신을 가두어버렸다고 하지만은 더욱 그리움이 강렬하게 느껴집니다. 그러나 저는 다시는 리브타뉴로 가지 않겠어요. 저를 숨기며 태연한 척 하며 당신을 기억하는 시간들이 제게는 타인들이 말하는 사랑에의 시간이 되겠지요. 제가 당신에게 느끼는 것을 아무도 모르게 하겠습니다. 당신이 그 사실을 알아버리는 것조차 제겐 두려운 일입니다. 이렇게 머물기를 바라는 저를 부디 당신과 제가 죽은 뒤에라도 용서해주세요. 아니, 저는 죽은 후 당신을 원망할 겁니다. 결국 원망할 거라는 걸 알면서도 저는 부란티노에 남아 혼자서 소설을 쓸 것입니다. 나의 닐, 나의 닐…….

브록은 린지 홀의 기록을 읽고 커피를 타서 한 잔 마신 후 린지 홀의 원고를 깨끗한 상자에 조심스럽게 넣은 후 책상에 앉아 린지 홀의 기록을 필사한 후 린지 홀의 기록도 천에 감싸서 원고 위에 올리고는 상자 뚜껑을 닫았다. 브록은 문학부의 교수들에게 전화를 걸고 학교 강의실로 가서 교수들이 모이기를 기다렸다. 올 수 있는 교수들은 모두 도착했을 때 브록은 상자 속에 든 것에 대해 말해주고 린지 홀의 기록을 읽기 시작했다. 교수님들의 얼굴에 놀라움이 교차하고 브록은 일부러 딱딱하게 읽으려고 했지만 어느새 그녀의 뺨에는 눈물이 흘러내렸다. 브록은 원고와 기록을 학교에서 맡아서 보존해달라고 하고는 그걸 교수님들께 넘기고 집으로 돌아왔다. 술을 마시고 싶은 밤이었으나 그녀는 커피만 세 잔을 마시고 다음날 아버지에게 전화를 걸었다.

"학교가 더 잘 보관할 수 있겠지요."

"너에게 갈 것이었으니 네 선택이 옳겠지."

랄프 엔더스가 늙은이처럼 말했다.

"원고와 기록은 어디에서 난 건가요?"

"네 할아버지가 비밀리에 수소문해서 넉넉한 돈을 지불하고 사들인 거란다."

"닐에 대한 린지 홀의 기록은요?"

"그건 원고 속에서 발견된 거란다. 원래 원고를 가지고 있던 홀 가(家)의 사람들조차 그런 것이 원고 속에 있으리라고는 생각하지 못하고 원고 전체를 그저 네 할아버지에게 넘긴 것 같구나. 그래, 글을 쓸 수 있을 것 같니?"

"아직은……. 아직은…… 쓸 수 없을 것 같아요. 저는 겨울 동안 좀 더 생각해 보아야겠어요. 죄송해요, 아버지."

"괜찮다, 애야. 천천히 하거라. 차라리 네가 뒤로 물러나주기를 바랐단다. 소설을 대하는 너의 자세를 나는 생각하는 거란다."

"무슨 뜻인지 알겠어요, 아버지."

전화를 끊고 브록은 아버지가 소설에 대해 결코 쉽게 생각하지 않으신다는 것을 느끼고는 아버지에 대한 오해를 풀었다. 돈에 대한 엄격함과 끊임없는 새로운 투자는 랄프 엔더스가 돈만 아는 사람이라고 생각하기 쉬웠다. 생각해 보니 브록 그녀에게 랄프 엔더스는 항상 자상한 아버지였다. 랄프 엔더스는 그 자신이 가지지 못한 정신의 고급을 딸이 가지기를 그래서 평생을 그러한 자질로 자신을 누리며 살기를 바랐기에 딸이 소설가의 길을 걷도록 주문했던 것이었고 딸이 처음 소설을 쓰겠다고 했을 때 소중히 간직해 온 린지 홀의 친필 원고와 기록을 주면서 섣불리 소설을 쓰려하기 보다는 소설에 대해 거룩하게 생각하라는 무언(無言)의 조언을 들려준 것이었다.

브록은 닐의 기록 사이에 끼워둔 린지 홀의 닐에 대한 고백을 한 번 더 읽고는 눈물을 흘렸으며 그해 겨울, 이듬해 봄이 될 때까지도 펜을 쥐지 않았으며 학기가 시작되자 강의에 출석했을 뿐이다.

브록은 빠짐없이 강의에 출석하면서 '도착지를 알 수 없는 여행, 모험, 미지에의 추구' 등이 없는 삶이란 어떤 것인지 저울에 올려놓고 재고 있었다. 인간이 알 수 있는 범위와 한계 내에서의 바람직한 사유와 행동 수준에 입각해서 살아가는 것 또한 저울에 올려놓고 재보았다. 현재의 지성 수준과 판단력으로 돌아오지 못할 수도 있는 정신력의 파동을 그녀는 스스로 일으키고 싶다는 생각이 들었으나 곧 두려움이 들어 그 생각을 지워버렸다. 무엇인가 그녀 속에 꽉 찬 사유의 밀도를 뺄 수 있는 길은 어떤 연구를 하여 그에 관한 책을 쓰거나 소설을 써서 삶에 대한 이해력을 높이는 수밖에 없다고 생각되었다. 그녀는 주제를 설정하고는 그에 대해 두세 페이지씩 쓰기 시작했다. 삶을 이해하는 수준을 높여 사유의 밀도를 줄이려는 시도는 소설 쓰기를 수단화하는 것 같아서 싫었다. 그녀 속의 꽉 찬 사유가 잘게 부수어져서 조그마한 덩어리가 되어 상자에 담겨져 차곡차곡 쌓여나갔고 학기가 끝날 즈음 그녀는 그 수많은 논술들을 찢어 버렸으며 머릿속에서도 비워버렸다.

방학이 되자 매일 차가운 커피를 만들어 마시면서 닐의 기록을 읽고 또 읽었다. 오직 그것만을 읽기 위해서 태어난 사람처럼 브록은 닐과 닐의 기록을 사랑했다. 브록이 자신의 이름을 다시 린지로 바꾸어 관할 사무소에 신고한 것에 대해 랄프 엔더스는 드디어 린지라는 이름이 어떤 의미인지 린지 스스로가 알게 되었다고 기뻐했다. 린지 엔더스는 닐을 사랑하고 있었고 스스로 살아있는 린지 홀이 되고 싶었으며 그래서 린지라는 이름을 스스로 선택했다.

'닐, 나의 닐.'

린지 엔더스는 조심스럽게 오래전에 죽어버린 연인을 부르듯 마음속으로 닐의 이름을 불렀다. 린지 엔더스는 그해 여름 닐에게 보내는 수많은 편지들을 썼으며 학기가 시작되고 딸에게 이틀 간 연락이 닿지 않아 리브타뉴로 날아온 랄프 엔더스에 의해 4학년 2학기가 휴학처리 됐으며 린지 엔더스가 복학했을 때 그녀는 다시 브록 엔더스가 되어 있었고 1년 반이 흐른 후 홀 대학 문학부를 졸업한 브록 엔더스는 아버지가 소개시켜주는 남자와 만나 결혼을 했으며 그녀의 집에는 린지 홀과 관련된 어떠한 책도 꽂혀 있지 않았다.

슐레브 바다의 파도 위에서 은빛의 무언가가 빛난다. 망원경은 파도 위에 앉아서 변해버린 리브타뉴를 잠시 응시하더니 다시 파도 속으로 들어가 버린다. 때는 4월, 슐레브에서 불어오는 서풍이 리브타뉴를 한창 차갑고 습윤하게 만드는 때다.

잿빛 콘크리트 건물의 리브타뉴는 기술이 발전하고 자본이 모이면서 초고층 건물 시대로 접어들었으나 우아한 리브타뉴를 원하는 사람들이 늘어나면서 회화와 건축에서의 새로운 면을 맞이하고 있었다. 회화에서는 황량한 과거가 아닌 선과 면의 조화 속에 부드러운 느낌과 따뜻한 느낌을 강조하면서 절제된 화려함의 문양이 반복적으로 표현되었으며 건축에서는 우아하며 절제된 외관을 강조하는 5~6층 높이의 건물이 리브타뉴 외곽에서부터 상류층의 거주지로 나타나고 있었다. 소위 리브타뉴의 전에 없던 예술 시대로의 도래가 그것이며 리브타뉴의 초고층 건물의 중심가에는 아직까지도 곳곳에 산업 혁명 시대의 콘크리트 건물들이 남아 있었으며 그곳은 집세가 싸서 젊고 가난한 예술가들의 터가 되었다.

마흔 살의 브록 엔더스가 낸 그녀의 첫 번째 장편소설 『다시 어둠이 오기 전에』는 출간 즉시 베스트셀러가 되었으며 그녀는 탄디누니아의 아카피추에서 비행기를 타고 리브타뉴로 날아와 한 서점에서 진열되어 있는 그녀의 책을 샀다. 그녀는 카페에 가서 커피를 마시며 소설책을 처음부터 끝까지 읽었으며 이 소설을 쓰기까지 그녀로서는 무려 이십 년에 가까운 시간이 흘렀다는 것을 느끼고 다시 어둠이 오기 전에 마리

를 데리러 온 랜의 용기에 그녀는 그녀의 내부에서 흐르고 있던 린지
홀 소설의 결단 없는 불행의 무거움을 이제야 넘어섰다는 생각이 들었
다. 브록은 그녀가 지원하고 있는 리브타뉴의 화가 2명과 소설가 지망
생 1명에게 부칠 돈을 은행에서 보내고 난 뒤 다시 가까운 카페에 가서
커피를 마셨다.

넘을 수 없을 것 같던 린지 홀과 닐의, 시간을 덮고 흐르는 무력한 고
독의 숲에서 나와 겨우 숨을 내쉬는 기분이었다. 사람이 사람을 대하
는 모습이 복잡해지기 시작하면 나올 수 없는 숲에 갇힌 것과 다름없
다고 생각되었고 숲의 여기저기를 살펴본 끝에 여기가 어떤 숲인지 알
게 되고 그리고 출구를 찾아 용기 있게 나가든지 아니면 숲을 덮고 있
는 무력한 고독의 안개 속을 헤매며 계속 혼자 모든 걸 생각 속에 두든
지 그러한 것이라고 브록 엔더스는 생각했다.

브록은 용기 있게 나가는 쪽을 선택했고 '이 세상에는 다른 세상으로
부터 널 지킬 나와 오직 이 세상에는 우리 둘 밖에 존재하지 않으며 단
지 가끔씩 다른 세계의 사람들과 접촉할 뿐'이라는 랜의 말로 자기 자
신의 어두운 세계에 갇혀 사는 마리의 마음을 돌릴 수 있었고 아마도
랜이 그렇게 하지 않았더라면 그 후에 일어날 어떤 돌이킬 수 없는 사
건을 막을 수 없었는지는 모르는 것이다.

브록은 마리의 자살과 랜의 후회를 예상하고 있었으나 자신에 대한
관념이 약해질 대로 약해진 마리에게 랜이 그녀를 지켜주겠다는 확고
한 의지를 제대로 표현함으로써 마리는 마침내 랜의 어깨에 자신을 기
댔던 것이다. 랜이 원한 것도 그의 마리에 대한 사랑도 마리가 지고 있
는 그녀의 존재 무게를 랜이 나누어지는 것이었고 랜은 마리라는 여성
을 잃을 지도 모른다는 것을 느꼈으며 자신에게 주어진 얼마 안 되는
시간 동안 그는 한 여성을, 정신적이면서도 무력한 여인을 지키기 위해

그 스스로의 헌신을 선택한 것이었다. 물론, 둘 다 젊기에 가능했던 일인지도 모른다. 아마 랜과 마리가 둘 다 젊기 때문에 서로를 선택해도 되기 때문에 린지 홀의 경우와 닐 크라우스의 경우가 탄생하지 않은지도 모른다. 생각이 여기에까지 이르자 브록은 갑자기 만난 그 순간부터 사랑하게 되었지만 만난 그 순간부터 그들은 이루어지지 못할 사랑이라 깨달은 두 사람이 갑자기 존경스러워 보였다.

'다시 어둠 속으로, 인가?'

그녀는 메모지를 꺼내 순간 떠오른 차기작의 제목을 적었다. 브록은 출구 없는 사랑을 그리고 싶었다. 『다시 어둠 속으로』가 집필되려면 한 시간 가량 남았거니와 그녀는 탄디누니아로 돌아가는 비행기를 1시간 뒤에 타고는 메모지 위에 소설을 쓰기 시작했다.

어둠 속에서 잉태되는 모든 것을 생각했으며 모든 걸 이룩하고 양지에서 다시 음지로 다시 어둠 속으로 들어가는 이들에 대해 생각했다. 닐의 기록을 핸드백에서 찾아보았으나 그건 리브타뉴의 카페에 두고 온 것 같았다. 브록은 다시 어둠 속으로, 다시 어둠 속으로, 를 몇 번이고 반복해서 쓰고는 그녀의 어둠 속에 살고 있는 닐의 존재를 여전히 느끼고 있었다. 린지 홀에 대한 적대감이 생겨났다고 생각되었지만 이내 고개를 젓고 비행기의 창문 너머로 구름만 가득한 것을 보았다.

브록은 4개월이 걸려서 그해 8월에 『다시 어둠 속으로』의 집필을 완료했으며 이 소설은 곧 단행본으로도 그리고 『다시 어둠이 오기 전에』와 함께 묶어서도 판매되었다. 이 소설 속 인물 유형은 린지 홀과 닐 크라우스에게서 가져온 것이었다. 지금쯤이면 두 사람들 사이에 오해가 풀리고 조심스럽게 이야기를 건네고 그들은 세상과는 점점 더 멀어지고 그들만의 어둠 속으로 들어갔기를 원하며 브록은 이 소설을 써내려갔던 것이다. 브록은 『다시 어둠 속으로』를 다 쓰고 나서 닐에 대한 그녀의 감정을 버리기를 마음먹었고 아카피추의 집에 있는 닐의 기록을 상자 속에 넣어 가구 안에 넣어두었다.

두 명의 아이들에게는 유모이자 가정교사가 있었고 남편은 금광과 다이아몬드 광산을 가진 재력가였다. 그녀의 남편은 폴 러핀이라는 이름을 가진 인물로 어린 시절부터 반짝거리는 광물을 좋아해 그 스스로 노력하여 광산을 개발하여 성공한 사람이었고 아카피추 시내에서 가장 큰 보석가게를 개업해 운영하고 있었으며 실내 디자인의 고급과 맞춤형 디자인으로 재력 있는 젊은 남녀들이 선호하는 가게였다.

폴 러핀은 아내가 홀 대학의 문학부를 졸업한 건 알고 있었지만 가사일을 관리하고 독서를 가끔 하는 것만 알았지 그녀가 직접 소설을 쓸 줄은 상상도 해본 적이 없었다. 그만큼 브록 엔더스는 소설 집필에 대해 남편에게 한마디도 해본 적이 없었고 이십대 후반을 넘기고 삼십대 초반에 들어설 때까지만 해도 소설을 쓸 수 없을 거라고 생각했다. 폴 러핀은 아내가 첫 번째 소설을 쓸 때 그저 일기를 쓰려니 하고 생각했으나 그건 소설이었고 두 번째 소설을 쓸 때는 알아채고 집안일과 사업을 그가 모두 관리하여 브록의 고상한 활동을 지지해주었다. 왜냐하면 아내의 첫 번째 소설은 너무나도 훌륭했던 것이다. 그런 멋진 일을 하는 아내가 아이들에게 시달리거나 가계부의 항목을 하나하나 관리하는 건 그로서는 안 될 일이었다. 그런 면에서 폴 러핀은 어느 정도 낭만적이었다.

브록 엔더스는 다시 리브타뉴를 방문해서 서점에서 『다시 어둠 속으로』를 사서 카페에 가서 그걸 모두 읽고는 커피를 다 마시고 이 작품으로 그녀는 절필할 것을 알았으며 돌아오는 비행기에서 그녀는 '닐의 세계와의 완전한 이별, 그리고 완전한 절필.'이라고 메모하고는 두 눈을 감았다.

초고층 건물이 즐비한 리브타뉴 시내에는 산업 혁명 시대의 2층짜리 콘크리트 건물들이 아직 남아있었고 그곳은 집세가 싸서 가난한 예술가들이 그곳에 많이 거주하고 있었다. 매달 브록 엔더스로부터 생활비를 지원받고 있는 닐 세레이스는 우연히 브록에게 보낸 그의 두꺼운 생각의 단편들이 적힌 종이 묶음으로 인정을 받아 브록으로부터 전화를 받게 되었고 닐 세레이스는 소설가를 지망하는 홀 대학의 공학부 졸업생이라고 자신을 밝혔으며 이에 브록이 이것저것을 물었을 때 닐 세레이스는 성실하게 대답했고 그리고 브록은 닐 세레이스에게 그가 서른다섯 살이 될 때까지 지금부터 10년간 생활비를 대주겠다고 한 것이다. 이 후원에 대해 닐 세레이스가 해야 할 일은 한 달에 한 번 그가 세상에 대해 혹은 자의식에 대해 느끼는 것을 써서 브록에게 보내는 것이었다. 브록은 그가 보내는 편지에 대해서 답장을 보내지 않았고 그저 매달 정확한 날짜에 그의 한 달 생활비를 부쳐주었다. 부족하지도 넘치지도 않는 항상 적절하게 생활할 수 있는 수준의 돈이었다.

닐 세레이스는 그가 거주하는 낡은 콘크리트 건물의 2층에서 내려와 빵집으로 가서 빵과 우유, 그리고 커피를 사고 집으로 돌아왔으며 얇은 매트리스가 얹혀있는 철제 침대에 앉아 식사를 하고 꼬박 한 달 동안 쓴 첫 번째 소설을 검토했다. 하루 종일 아무리 생각해보아도 그것은 세상에 내놓을 만한 소설이 아니었다. 그는 책상에 앉아 브록에게 안부를 묻는 말을 쓰고는 불완전한 원고를 보여드립니다, 라고 썼다. 그는 탄디누니아 대륙의 아카피추로 항공 우편을 보내고는 이번 소설에 대한 열정과 미련까지도 비행기가 이륙함과 동시에 날아가 버렸다고 느꼈다.

얼마 뒤 그는 엽서 한 장을 받았으며 그것은 브록 엔더스에게서 온 것이었다.

닐 세레이스 군.

세레이스 군의 발전을 보게 되어 기쁩니다. 물론 이 소설은 소설이기
는 합니다. 하지만 주인공은 아직 성격이 불확실하고 불안정한 모습을
보입니다. 배경 또한 하나의 완전한 세계로 보기에 어렵고 사건도 우연적
이며 또 결말에 이르러 사건을 모으는 힘도 없는 것처럼 보입니다. 결말
이 흩어져버리는 것도 문제이지만 아직 소설 속 인물들이 분명한 자신만
의 색채가 없이 그저 산문의 흐름 속에 섞여버린 것이 가장 큰 문제라고
보입니다. 하지만 장편으로의 시도는 감탄할 만하고 어쨌든 하나의 이야
기를 해낸 것에 점수를 드리고 싶습니다. 이 소설은 완성된 습작으로 생
각하고 —어쩌면 다음 작품도 습작이 될 수도 있을지도 모르는 사실을
창작의 고통으로 생각하고— 더욱 정진해 주십시오.

브록 엔더스로부터.

닐 세레이스는 브록 엔더스의 정확한 평가에 감사했으며 노트를 꺼내
어 여러 인물을 다시 구상해보았다. 저녁이 되고 그는 빵집에 가서 빵
과 커피를 사와서 먹었으며 밤이 늦도록 몇 장의 산문을 썼다. 닐 세레
이스는 그저 생각하고 걷고 단순한 삶이 좋았고 그리고 삶을 이해하고
알고 자신의 삶을 자신의 것으로 만들고자 했으며 자신의 일이 소설을
쓰는 일이기를 대학을 졸업할 무렵 깨달았다. 닐 세레이스는 어느 소설
가의 소설을 닮기 보다는 자신의 색을 담은 소설이 태어나기를 바라고
있었으며 작품이 태어났을 때 작품 자체는 스스로 서는 어른으로서 그
것을 태어나게 한 작가와 떨어져 존재하는 자기 인격을 갖춘 그 무엇으
로 완성되어야 한다고 생각했다. 이번 장편소설로의 첫 시도는 아직 글
의 흐름 속에서 인물들이 살아 움직이지 않았고 브록 엔더스의 나머지

지적대로였다. 닐 세레이스는 브록으로부터 온 엽서를 한 번 더 읽어보고 어깨를 으쓱하고는 그걸 서랍 속에 넣고 자리에서 일어나 불을 끄고 침대에 누웠다.

닐 세레이스가 두 번째와 세 번째로 쓴 소설도 브록의 조언을 받았고 세 번째로 쓴 소설은 매우 관대한 평가를 받았지만 둘 다 브록이 출판을 만류했다.

스물일곱 살이 된 닐 세레이스는 그 자신으로서는 네 번째 작품에 착수했다. 리브타뉴에 11월이 왔을 때 완성된 그 작품은 『사막』이었고 산업 혁명이 막 끝난 리브타뉴에서 두 사업가와 춤추는 여인 사이의 이야기였다. 춤추는 여인은 그들의 관념 속에서만 존재하는 그들의 청년기적 이상적 여인의 투사였고 실제로 춤추는 여인을 불러 대화를 시도했을 때 그들의 환상이 깨어짐으로 이야기는 끝나게 된다.

닐 세레이스로부터 소설을 받은 브록 엔더스는 우선 그녀가 아버지로부터 들어온 『사막』이라는 소설 제목과 '순간 존재했으나 사라져버린 잃어버린 이야기'의 한 조각을 찾은 것 같아 매우 기뻤으며 바로 닐 세레이스의 소설 『사막』 출판을 추진했다. 브록 엔더스가 추천의 글을 써준 닐의 소설은 이듬해에 출간되어 적당히 만족할 만한 수준으로 팔려나갔다. 닐이 받는 인세와는 상관없이 브록 엔더스는 이전과 마찬가지로 그에게 매달 생활비를 지급했다. 브록은 황송해하는 닐에게 언제 또 곤궁이 올지 모른다며 서른다섯이 될 때까지 더 정진하라는 말을 남겼을 뿐이다.

스물아홉에 닐이 발표한 『수직선 위의 사람들』이라는 소설을 낼 때 선인세로 꽤 많은 돈을 받은 닐은 브록에게 감사의 편지를 썼으며 더 이상 생활비를 받지 않아도 된다고 덧붙였다. 그와 동시에 브록 엔더스는 다른 예술가들을 지원하는 일을 그만두었고 닐 세레이스의 경우에 그녀는 허탈감을 느끼고 있었다. 닐 세레이스는 그녀의 마음속 사랑인 닐 크라우스가 아니었다. 후원 신청서에 그의 이름이 오직 닐과 같다는 것만을 보고 그를 후원하기로 마음을 먹었던 브록이었다. 그녀는 깊은 슬픔을 느끼며 닐의 기록을 꺼내 가슴에 안았다. 마치 그녀 자신이 린지 홀이 된 느낌을 저버릴 수 없었고 그녀는 린지 홀로 돌아가 닐 크라우스에게 긴 편지를 썼다. 일상의 숨 막힘의 연속, 돌이킬 수 없는 닐에 대한 오랜 사랑을 그녀는 썼다. 그리고 그에 대한 대답을 닐의 기록에서 찾을 수 있었다.

린지…… 린지 홀,

그대가 삶의 고뇌에 차서 나에게로 달려오기를 바라고 있었소. 나라는 인간은, 남자는, 용기가 결여되어 있으며 오래전에 사랑이라는 것을 결혼과 동시에 잃어버렸소. 그러나 그대가 용기가 있기를 바라는 건 아니오. 벌써 돌이킬 수 없는 길에 우리는 들어섰고 나는 당신이 남긴 책으로 당신을 찾아 헤매고 있소. 그대가 없는, 그대를 찾을 수도 없는 일상은 암흑이오. 무겁게 나를 짓누르는 것 같은 암흑이오. 부디 은혜를 베풀어 나를 구원해 주시오. 당신의 품 안으로. 그 아름다운 눈동자가 없는 현실이 너무 가혹하오. 다시 한 번만 웃어주겠소? 내 마음속에서?

몇 달 뒤 브록은 이유 없는 이혼을 하고 리브타뉴로 왔다. 랄프 엔더스가 이혼의 이유를 물었지만 그녀는 대답하지 않았다. 곧 랄프 엔더스는 재산의 상속에 관한 서류를 작성해 그의 모든 재산을 딸인 브록 엔더스에게 상속했다. 브록은 리브타뉴 외곽의 5층 규모의 정원이 있는 저택을 구입했으며 일주일에 한 번 청소해 주러오는 사람들 외에 저택에 아무도 들이지 않았다. 그녀는 매일 죽어버린 닐 크라우스에게 편지를 썼으며 그걸 상자 속에 차곡차곡 넣어 보관했다. 그녀는 더 이상 소설을 쓰지 않았으며 오직 글로써 닐에게 말을 거는 것만이 그녀의 일상의 전부였다. 가끔 정원을 산책하고 스스로 올스를 몰고 시내에 나가 식료품을 사왔고 그리고 집안에서는 닐에게만 매달렸다.

슬픔이 여물고 딱딱하게 굳으면서 떨어져 나간 자리에는 부드러운 마음의 새살이 돋아있었다. 그녀는 닐에게 쓴 편지를 모아 한 번 더 읽어보고는 정원의 한구석에서 그 모든 걸 불에 태워 재로 만들었다. 새살에는 그러나 이유 모를 상처가 일면서 다시 딱지가 앉고 곪으면서 그녀는 황폐해져갔다. 식료품을 사러 나가지 않았고 식사를 제대로 챙겨먹지 않았다. 쓰러져 있던 그녀를 발견한 사람은 닐 세레이스였다. 그는 그녀를 병원으로 옮겼고 몇 주 간의 치료 끝에 그녀는 회생했다.

"세레이스 군, 저의 상태를 아시고 저의 집에 불쑥 온 것이었습니까?"

브록 엔더스가 닐 세레이스에게 물었다.

"이상하게도 뭔가가 느껴졌어요. 위급하다는 것. 반드시 가보아야 한다는 것. 그래서 무작정 선생님의 집을 찾았고 달려와 보니 선생님은 쓰러져 계셨어요."

브록은 닐 세레이스가 보기 드문 감수성에 위험을 감지하는 능력이 있고 또 그걸 행동으로 옮길 수 있음을 알았다.

"책은 잘 팔리고 있나요?"

"제가 생각했던 것보다 잘 팔리고 있어요. 모든 것이 너무 풍족해서 할 말을 잃을 정도예요."

"지금 살고 있는 곳은?"

"버렐 가 46번지예요."

"아직도 리브타뉴의 산업혁명기에 지어진 집에서 살고 있는가 보군요."

"집을 살 돈을 모으고 있는 것뿐이에요. 내년이면 시내 외곽의 2층

목조 주택을 구입할 수 있을 것 같아요. 모든 것이 선생님 덕분이에요.”

브록은 피식 웃었다.

병원을 나선 그녀는 닐 세레이스에게 운전을 부탁했다. 닐은 직접 브록의 차를 운전해 그녀를 그녀의 집까지 데려다 주었고 브록은 택시를 불러 닐을 태워 보냈다.

‘닐 크라우스보다 용기 있는 닐이로군.’

그녀는 갑자기 멍해졌다. 닐 세레이스는 닐 크라우스의 한계를 넘는 행동을 자신에게 보여준 것이었다. 그리고 그날 이후 브록은 닐의 기록을 보는 시각이 달라졌고 닐이 감상적 자기 위안에 빠져있다고까지 생각되었다. 새로운 세대는 행동할 줄 알았던 것이다. 닐 세레이스는 브록 자신의 정신적·육체적 폭음을 막아주고 무언가를 제대로 보여주었던 것이다.

그녀는 다시 리브타뉴의 예술가들을 지원하는 사업을 하기로 했으며 이번에는 아버지께서 물려주신 유산으로 더욱 규모도 크고 체계적으로 예술가들을 지원하기로 했다. 시인과 소설가, 화가, 음악가 지망생들이 후원 신청서를 냈고 그녀는 그들이 가지고 온 작품을 보고 지원 규모와 기간을 정했으며 그녀는 리브타뉴의 거의 대부분의 예술가들을 지원하게 되었다. 그들은 시를 몇 장 적어서 그녀에게 부쳤으며 캔버스에 그린 유화를 가져왔고 소설 습작을 보여주며 그녀에게서 조언을 얻었다. 그녀는 그 모든 것에 즐거움을 느꼈으며 그녀 속에는 더 이상 닐 크라우스와 그와 관련된 사람들의 어두운 그늘이 존재하지 않았다. 그건 구름이 몰려가듯 완전히 그녀 안에서 사라져 버렸다. 그녀는 젊은 예술가들에게서 새로운 시대의, 과거를 뛰어넘는 새로운 작품들이 나오기를 기대하며 그들을 계속 지원했다.

닐 세레이스가 그의 새 소설을 가지고 브록을 찾아왔다.

"선생님의 새 소설을 읽고 싶습니다."

"전 절필했어요, 세레이스 군."

"그 모든 과거적 요소를 품고 있으면서도 새로운 가능성을 제시하는 소설은 선생님만이 쓸 수 있으세요."

그녀는 닐 세레이스의 소설을 받아 몇 장을 읽어나갔다.

"좋은 소설이로군요. 출판사를 찾는 데 어려움이 있다면 말하도록 해요."

"출판사는 이미 정해졌고 편집 작업에 들어간 상태입니다."

"군이 가져온 화두에 대해서는 생각해 볼 테니 지금은 물러가도록 해요."

닐 세레이스가 가고 그녀는 커피를 가득 타서 조금씩 다 마셨다.

'닐의 마음이 사라져버린, 제거돼버린 지금 내가 소설을 쓸 수 있을 까?'

그녀는 다시는 소설을 쓸 수 없다고 생각했고 그 마음을 굳혔다. 모든 과거적 요소를 다시 생각하며 새로운 가능성을 제시하는 그런 소설에 대한 시도 혹은 써냄도 이미 미래 세대에 속해 있었다. 그녀는 그저 머릿속이 가벼워진 지금이 좋았고 그녀가 지원하는 예술가들이 보내오는 시와 그림, 이야기들과 음악가들이 가끔씩 찾아와 바이올린을 켜 주는 것 따위가 좋았다.

10년 후 브록 엔더스가 죽을 때까지 이어진 그녀의 예술가들에 대한 지원은 그러나 결과적으로 실패에 끝났으며 리브타뉴에는 예술 시대가 열림과 동시에 끝나버리고 말았다. 생계에 쫓기지 않는 예술이란 무의 미한 것이다, 라는 말로 어느 시인이 결국 자괴감에 빠져버렸듯이 위대한 예술은 배고픔을 안고 오랜 시간을 걷는 일 자체에서 탄생되는 것이었다. 쉽사리 얻어지는 물질의 지속적인 지원은 그들의 예술가적인 정신을 갉아먹었고 그들의 예술적 재능은 향락으로 변해 그들의 본래적 정신마저 퇴색해 버리고 만 것이었다. 브록의 지원을 받는 예술가들의 대부분이 무너져가는 모습을 브록은 가만히 지켜보고 있었다.

브록 엔더스는 방송을 통해 남은 전 재산을 『사막』의 작가 닐 세레이스에게 남긴다고 하였고 닐 세레이스는 브록이 죽을 때 한 말을 기억했다.

"예술이 이루어져 가는 과정을 실험을 통해 확인하고 싶었어. 내게 지금 남은 것? '사막' 속으로 가고 있는 거야. 거기에는 닐 크라우스 씨와 린지 홀 양이 있겠지? 그들이 나에게 끝나지 않을 이야기를 들려줄 거고 나도 그들에게 끝나지 않을 이야기를 들려줄 거야. 필요한 건 조그마한 등불이야."

브록 엔더스는 눈을 감았다.

많은, 남자들의 일

가을이 찾아온 리브타뉴였다. 마흔두 살의 닐 세레이스는 브록 엔더스의 전(前) 남편과의 소송에서 그저 그와 그의 자녀들 몫으로 브록이 그에게 남긴 재산의 절반을 내주었고, 그리고도 브록의 돈은 조금이라도 사용하지 않았으며 은행에 두고 있었다. 사실 그는 브록이 자신에게 전 재산을 남긴 것에 대해 제법 생각해보았으나 답을 얻지 못했다. 다만 그분이 쓰러져 있을 때 그때 그분을 구한 것 때문일까 라고도 생각해 보았지만 여전히 답은 브록 엔더스만이 알고 있으리라고 생각했고 그리고 그분은 이미 이 세상 사람이 아니었다.

닐 세레이스는 존재와 의미의 탐구가 자신의 선에서 어떤 분명한 모습을 보이는 지금 그에게 더 이상의 소설 쓰기는 기교의 발전 내지는 기계적 변형에 지나지 않는다고 생각했다. 그리고 오늘날의 리브타뉴를 만든 리브타뉴적(的)인 남성상에 대해 잠시 생각했다. 그는 여전히 독신이었고 리브타뉴 외곽의 조그마한 2층의 목조 주택에서 혼자 살고 있었다. 그는 결혼이란 인생에서 필수 과정이 아닌 선택 사항이라 생각하고 있었으며 그저 그의 젊은 나날 동안 혼자서 글을 쓰는 것이 좋았고 글만을 생각하며 걸어왔던 것에 대해서는 어떤 후회도 없었다. 더군다나 여자에게 관심을 가지고 또 여자와 이야기를 나누는 것은 그에게 어떤 흥미에도 속하는 일이 아니었다. 그러니 자연스럽게 그의 곁에는 여자들이 없었으며 마흔두 살이 된 지금까지도 그의 곁에는 여자가 없었다. 그는 단지 소설 쓰기를 제외하고 앞으로 리브타뉴에서 무슨 일을 할 수 있는지 생각해 보았다.

'나에게 의미란 내가 하는 일이 그 순간에 의미를 가지는 것일 뿐이지.'

홀 대학에서 공학을 전공하면서 리브타뉴의 발전 과정을 배운 그였다. 닐 세레이스는 지금 그에게 의미가 있을 만한 일을 찾고 있었고 관념에 머물지 않는, 무언가를 생산해서 물류의 흐름 속에 그 무엇이 움직이며 소비되기를 원했다. 그는 자신의 집 1층을 연구실로 꾸미고 기초 기계 원리를 응용하여 원리가 1~2개 정도만 들어간 조그마한 물건들을 만들기 시작했다. 그는 겨울이 가기 전에 사무 보조 도구들과 통신 기기의 보조 도구들 그리고 기타 쓰임새가 다양한 도구들을 개발해냈다. 그는 마흔셋의 봄이 되어서도 그것들을 판매할 생각은 하지 않았다. 그는 계속해서 생활과 일 전반에 걸쳐 필요한 작은 도구들을 개발하는 데 재미를 느꼈으며 개개의 도구는 그것의 작용 원리가 1~2개의 기초적인 기계 원리로 이루어져 있어서 만들기도 사용하기도 고치기도 쉬웠다. 그는 여름이 되기까지 약 200여 가지의 생활 보조 도구를 만들었고 한꺼번에 특허 출원을 냈으며 몇 가지를 제외한 나머지 모두의 특허권을 인정받았다. 남은 일은 이 모든 도구들을 대량 생산하는 공장을 짓는 것이었다. 그리고 닐 세레이스에게는 브록 엔더스가 물려준 어마어마한 돈이 있었다.

그는 자신의 소설로 벌어들인 돈으로 조그마한 공장을 짓고 각 제품을 생산하는 설비들을 조직해 만들었으며 공장에 배치하고는 기초 재료를 사들였고 생산·영업·관리에 각각 6명, 2명, 2명의 직원을 고용했다. 닐 세레이스는 제품을 생산하는 방법을 가르쳐주고 봉급에 대해서도 그와 직원들 사이의 적절한 합의를 도출해냈다. 다시 가을이 찾아온 리브타뉴에서는 세레이스 사(社)의 제품이 막 생산되었다. 영업 사원들이 발로 뛴 까닭에 겨울이 되기 전 칸디나디아 서부 해안 도시들에 있는 대부분의 생활 용품 가게들에는 세레이스 사(社)의 제품이 진열되었다.

수익이 꾸준히 창출되는 것을 보면서 닐 세레이스는 좀 더 많은 제품을 개발했고 다시 가을이 되었을 때 세레이스 사(社)가 생산하는 생활 물품은 500여개로 늘었으며 그동안 벌어들인 돈으로 큰 공장을 하나 더 짓고 직원을 더 뽑았다. 그리고 리브타뉴에 '세레이스'라는 세레이스 사(社)만의 제품을 파는 가게를 열었으며 재미있으며 실용적인 제품을 좋아하는 이들이 많이 방문했으며 주부들도 작동이 간편한 실용적인 제품들을 많이 사갔다. 이듬해 봄, 세레이스 사(社)의 공장은 모두 세 곳으로 늘어났으며 생산하는 물품의 가짓수가 700여개에 이르게 되었다. 서부 해안 도시들에는 거의 대부분 '세레이스' 가게가 생겨났다. 닐 세레이스는 소수의 연구직 인원을 뽑았으며 어떻게 제품을 개발하는지에 대한 교육을 1년간 그가 직접 가르쳐 주고는 닐 세레이스 자신은 제품 개발에서 손을 뗐다. 동시에 세 곳의 공장의 공장장을 통해 공장의 상황을 보고받았으며 결정내릴 사항을 결정했고 연구 직원들의 제품 개발 보고에 적절한 반응을 보이고 생산 지시를 내리기만 했다.

닐 세레이스는 그가 리브타뉴에서 남자로서의 일을 해냈다는 생각에 기분이 좋았다. 그는 자신의 2층 목조 주택이 그의 사무실이자 연구실이라고 생각했으며 연구 업무를 모두 연구직에게로 넘기기는 했지만 가끔 그가 1층의 연구실에서 무언가를 만들기는 했으나 그는 그걸 그 자체의 즐거움으로 두었고 제품 개발로 연결시키지 않았다.

마흔여섯이 되던 봄, 닐 세레이스는 '브록 엔더스 문학상'을 제정하고 브록 엔더스로부터 받은 돈을 전부 내놓았다. 브록 엔더스 문학상은 1년에 1번 단 한 명의 수상자가 나오며 상금은 10만 루안으로 지금까지의 문학상 중에서는 단연 최고의 금액이었다. 그렇게 브록 엔더스 상은 제정되었고 닐 세레이스는 자신의 스승이자 후원자였던 브록 엔더스에 대해 할 일을 다 한 것 같아 오랜만에 가벼워진 마음이었다.

닐 세레이스는 지금의 자신의 사업에서 스스로가 혁신적으로 할 일이 소멸되었다는 것을 깨달았고 사장으로서의 업무 외에 남는 시간에는 다른 사업가들과 어울리지도 않았으며 다시 소설을 쓰지도 않고 그저 커피를 마시며 쉬거나 생각에 빠져 지냈다. 첫 번째 브록 엔더스 문학상 수상자가 그해 가을에 발표되었을 때까지도 그는 그저 생각을 하거나 쉬고 있었으며 수상식에는 참여도 하지 않았다.

마흔일곱이 되던 봄, 닐 세레이스는 새로운 사업을 시작했다. 그의 집 1층 연구실에서 닐은 무언가를 조립하고 기록하고 검토하곤 했다. 회사의 서류 결재는 공장장들이 와서 받아가곤 했으며 제 4공장을 건립하는 데 대하여 서명했다. 닐 세레이스는 그때부터 그 자신도 월급을 받는 직원 중의 한 명이라고 못 박았으며 회사를 설립해서 그가 벌어들인 거의 모든 자본을 세레이스 사(社)의 자본으로 변환해 은행에 예치했으며 제 4공장이 건립되고 리브타뉴에는 생활 보조 용품 전문 회사인 세레이스 사(社)의 본사가 세워졌다.

닐은 여전히 기계류를 연구하고 있었으며 그는 기본 기능이 리모컨으로 작동되는 장난감 로봇을 완성했으며, 자신이 소유한 자본만으로 조그마한 생산 공장을 만들어 스스로 부품을 만들었으며 생산 직원 5명을 뽑아 도면대로 조립할 것을 지시했고 포장 회사에 두꺼운 로봇 상자를 대량 주문했으며 언론에 로봇 장난감을 공개했다. 주문이 폭주하고 그는 몇몇 미비점을 보완해 완제품을 생산했으며 그의 장난감 로봇 사업은 번창해갔다. 그는 여러 종류의 장난감 로봇을 개발하느라 바빴으며 동시에 세레이스 사(社)의 사장직을 사임했다.

'자신이 쌓아온 것에 연연해하지 않을 때도 있는 법이지.'

닐의 장난감 로봇 회사는 닐스 사(社)라는 사명(社名)으로 장난감 로봇을 생산·판매했다. 닐스 사(社) 본사 건물을 지었을 때 닐 세레이스는 막 오십 세를 넘어서고 있었다. 본사는 온갖 재미있는 것들이 가득했으며 많은 공학도들이 일하고 싶어 하는 회사가 바로 닐스 사(社)였다. 닐 세레이스 스스로도 수많은 장난감 로봇을 개발했지만 그는 이번에도 어김없이 회사가 잘 돌아가는 것을 확인하고는 회사를 그만두었다.

닐 세레이스는 집에 머물며 오랜만에 책을 읽었으며, 빈 노트를 가져와 무언가를 썼다. 그건 소설도 일기도 아니었고 자신이 삶의 단편적인 모습들에서 인식한 무언가를 적은 것이었다. 닐 세레이스는 그가 공학도로 시작해 자신의 존재와 삶의 의미를 찾고자 소설가가 되었고 또 남자의 일에 대한 삶의 책임의식으로 닐 크라우스처럼 살아보기도 했으며 그래서 지금 닐 크라우스가 기록을 남기는 것처럼 자신도 자신의 삶에 대해 기록하고 있는 건지도 모른다고 생각하고 있었다. 닐 크라우스가 그랬던 것만큼 사랑한 여자도 없었고 소설도 써보았고 남자로서의 일도 해보았으며 그 모든 것에 연연하지 않았다. 남자의 일은 많으며 계속 만들어가야 할 성질의 것이었으며 동시에 궁극적으로는 공허함을 안고 있었다. 닐 세레이스는 그가 무슨 사업을 더 계획하고 해내며 자본을 얻게 될지를 생각해 보았으나 그는 자신이 해낸 사업에 만족하면서도 앞으로의 사업에 대해 기대하기도 하면서도 결국 그건 자신이 언제고 내려놓아야 할 일임을 깨달았다. 여전히 많은 남자들은 제품을 개발·생산하며 자본을 벌어들여 새 제품 개발에 투자하는 일을 끊임없이 하고 있었고 또 그것으로 남자로서의 사회적 인정이 주어지는 데 대하여 그는 슬픔을 느꼈다.

닐 세레이스는 예금 계좌에 들어있는 돈을 확인했으며 그 금액이 그가 남은 생애 동안 충분히 쓸 수 있는 돈이 된다는 걸 알았고 그날 밤 열이 높게 올라 새벽에 깨서 거실에 나온 순간 파란빛의 누군가를 본 것 같았다. 분명히 여자였으며 그녀는 조그마한 소리로 '닐'이라고 불렀다.

다음날 그는 서점에서 린지 홀의 책을 찾아 그녀의 사진을 확인했다.

'파란빛의 여자, 린지 홀?'

집으로 돌아와 다시 새벽 열이 높이 올랐고 눈을 뜬 그는 그의 침대 끝에 앉아있는 파란빛의 환영(幻影)을 보았다. 그녀는 슬픈 눈으로 그를 쳐다보고 있었다. 창문에서 비치는 가로등 빛으로 그녀의 얼굴을 확인할 수 있었다. 그녀는 린지 홀이었다.

"린지 홀, 왜 여기에 있는 거요?"

두려움이라곤 없는 목소리의 닐이었다.

"나의 닐이 나를 거부하고 있어요. 저는 그의 사랑을 받을 가치가 없는 여자라며 돌아가 버렸어요."

문득 잠에서 깬 닐 세레이스는 땀에 젖어있었다. 닐 세레이스는 잠시 숨을 고르고 난 뒤 닐 크라우스가 느꼈을 슬픔에 대해 생각해 보았고 그에게 기회조차 주지 않고 마음대로 죽어버린 린지 홀에 대해서도 생각했으며 닐 크라우스가 린지 홀에 대해 너무 생각한 나머지 린지 홀이 도리어 역겨워진 것이 아닌지 싶었다. 다행히 린지 홀의 환영은 더 이상 나타나지 않았다.

널 세레이스는 소설이 아닌 그저 일기처럼 자신의 일상과 그에 대한 느낌이나 인식을 매일 적어나갔으며 적당한 수준의 산책을 했다. 그의 건강에 이상이 왔을 때 그는 자신의 기록을 모두 태워버렸으며 산책할 때 자주 마주쳤던 할아버지에게 일주일에 한 번 자신의 집을 방문해달라고 제법 많은 돈을 건넸으며 '브록 엔더스 문학상'의 수여자로 에덴 질베트가 결정된 날, 그는 죽은 채로 발견되었다. 널 세레이스는 유서를 남기지 않았고 그가 남긴 재산은 자동적으로 그의 친척들에게 상속되었다.

모모켄트 사막의, 모래가 적고 평평한 주변지대는 검은 공작들로 대표되는 유목민들의 거주지로 조성되고 있었다. 조성 자금의 대부분은 검은 공작들이 오랫동안 떠돌면서 모은 것이었다. 시대가 바뀌어도 그들은 사막을 떠나지 않았으나 오랜 논의 끝에 정착하는 것에 동의하였고 베이거스 산맥에서 내려오는 물을 원천으로 하여 사막의 주변지대까지 지하 수로를 건설하였다. 그들의 거주지가 완성되었어도 그들은 사막에서의 밤처럼 여전히 밤에 모여 이야기를 이어갔으며 리브타뉴와 칸디나디아 서부 해안 도시들이 화려한 번영을 누리는 지금까지도 봄이면 어김없이 리브타뉴에서 시작하는 그들의 일을 계속하였다. 화려한 도심 속에 물건을 실은 당나귀들과 얼굴을 검은 천으로 가리고 검은 옷을 입은 무리들은 시간이 갈수록 더욱 풍성한 이야기와 매력적인 물품들을 가지고와서 사람들의 관심을 끌었다.

서른네 살의 에덴 질베트는 어려서부터 검은 공작들의 방문을 좋아하던 소녀였고 그들이 오늘 가져온 첫 이야기는 흥미롭게도 린지 홀에 관한 것이었다. 이마의 중앙에 검은 점을 찍고 화려하게 화장을 한 검은 공작이었다.

"널 크라우스도 죽음 속으로 들어가는 것에 고개를 끄덕였지만, 널 크라우스의 부름에도 불구하고 린지 홀은 이루지 못한 인식, 이루지 못한 그녀의 삶을 붙들고 아직도 살아있는 사람들 곁에서 머물고 있죠. 그 모든 혼란을 안고서 말입니다. 몇 번이고 닐이 그녀를 데리러 죽음 속에서 나왔지만 이제는 닐도 지쳐버린 겁니다. 더 이상 그들에게는 사랑도 남아있지 않으며 오직 서로에 대한 오해와 원망이 복잡한 감정 속에 얽혀있을 뿐인 것이지요. 린지 홀은 자신과 운명이 통하는 사람에게 나타납니다. 아무것도 더는 이룰 수 없다는 걸 알지만 서른셋에 살해된 꿈 많던 여류 작가는 아직도 죽음과 삶의 경계에서 그 무슨 미련으로 그 무슨 혼란으로 아니면 무엇을 더 이루려는 것인지 그 어디에도 속하지 못하고 머물러 있지요. 닐 크라우스는 죽음 속으로 긴 안식을 택했고 더 이상 그녀를 부르러 오지도 못하지요. 린지 홀은 어쩌면 오늘밤 우리의 이야기를 들으며 골똘하게 생각에 잠겨있을지도 모릅니다. 하지만 삶에 대한 미련이 지금껏 이어지고 있다면 아니면 글에 대한 미련이 지금껏 이어지고 있다면, 그냥 그녀를 그녀가 원하는 방식대로 두도록 해요. 삶 속에도 죽음 속에도 속하지 않는 자의 존재 방식을 우리는 인정하도록 해요."

다른 검은 공작이 이야기를 받아 사막의 지하 깊숙한 곳에 핀 신비스러운 꽃에 얽힌 이야기를 들려주었고 또 다른 검은 공작이 어둠 속에서만 빛을 발하는 원석을 보여주며 그에 얽힌 이야기를 들려주었다. 에덴 질베트는 그 모든 이야기를 듣고 새벽에 귀가했다.

그녀에게는 과분한 상이었다. 격려의 뜻이 더 많이 담긴 상은 그녀가 아껴 쓴다면 평생 쓸 수 있는 돈을 주었고 그 모든 것의 뿌리에 린지 홀의 비극이 있다는 것만큼 마음 아픈 일이 없었다. 어린 나이에 부모를 여의고 대학도 졸업하지 못한 그녀였지만 삶을 느끼고 표현하는 것에의 진정성은 문자로 감정을 배우는 이들의 표현을 일치감치 능가했고 세레이스 사(社)에서 생산직원으로 일하면서도 틈틈이 글을 썼다. 가끔 공장에 나타나던 소설가이자 사장인 닐 세레이스는 그녀의 동경의 대상이었다. 그녀가 가장 좋아하는 소설인 『사막』에서 그녀는 닐에게 의미 있는 춤추는 여인이 되고 싶었다. 그녀는 『사막』을 스무 번이나 읽어서 그 내용을 머리에 몸에 마음에 모두 담고 있었고 『사막』과 같은 소설에의 동경은 그녀가 '브록 엔더스 문학상'을 수상한 그녀의 첫 번째 소설인 『약속』을 태어나게 하는 데 큰 기여를 했다. 『약속』은 지켜지지 않은 하나의 약속으로 인해 두 연인의 삶이 어긋나는 모습을 순간의 감정 하나하나까지도 세밀하게 그려낸 작품이었다.

에덴 질베트는 일찍 일어나 검은 공작들이 머무는 해안의 천막을 찾았다. 그들은 벌써 일어나 수정 구슬을 보거나 그림 카드를 맞추어보며 점을 치고 있었다. 아직 어린 검은 공작들은 당나귀에게 먹일 귀리를 포대에서 퍼내고 있었다. 에덴 질베트의 얼굴을 알고 있는 나이든 검은 공작이 그녀에게 부드럽게 미소를 짓고 에덴은 그에게 다가갔다. 그는 수정 구슬을 보고 있었다.

"자신의 운명을 보고 싶어서 온 건가요? 이미 운명의 반은 이루었군요."

에덴 질베트는 수정 구슬이 놓인 탁자 앞에 앉았다.

"제 운명의 나머지 반은 어떻게 이루어질까요?"

"운명의 절반을 이룬 자는 또다시 남은 반을 이룰 수 있지요."

그가 대답했다.

"운명이란 것이, 사람들을 희비극으로 이끄는 힘이 과연 존재할까요?"

"인간은 한 명이 아니라 여러 명으로 존재하므로 서로가 서로에게 영향을 미치는 것이고 다만 자신이, 개인이 할 수 있는 범위 내에서 자신을 실현해 나가거나 아니면 운명에 부딪혀 좌초되거나 그리고 그걸 극복하고 다시 자신을 실현하거나 하는 것이랍니다."

"그건 알아요. 하지만 삶은 보이지 않는 벽을 늘 제 앞에 세워둔 것 같은 기분이에요. 오늘의 내가 그 벽을 해체하고 미래가 보여 기뻐하면 내일의 나는 삶이 세워둔 또 다른 벽을 만나게 되고 말아요."

"그 벽을 볼 수 있는 자만이 운명을 이해하고 극복하고 앞으로 나아갈 수 있음도 아실 겁니다. 매일 당신 앞에 놓였던 그날그날의 넘어야 할 벽이 결국 당신의 삶에서 이뤄야할 운명의 반을 이루게 한 겁니다."

"알겠어요. 매일 제게 나타나는 벽을 두려워하지 않고 매일 해결해나가겠어요."

에덴은 그녀 속에서 뭔가가 분명해진 것 같았다.

"오늘은 별자리에 얽힌 사랑 이야기죠. 다소 지루할 수도 있는."

"아는 이야기를 다시 듣는 것도 좋아요. 분위기에 따라서 이야기의 맛이 달라지거든요."

"그대가 들었던 이야기는 아닐 겁니다. 밤하늘의 별자리는 사람들의 이야기보다 많지요."

검은 공작은 다시 수정 구슬에 집중했고 에덴 질베트는 아침식사를 하기 위해 카페로 갔다. 그날 밤 검은 공작들의 밤이 다시 열렸다. 그들의 거주지가 정해지면서 그들의 서부 해안 도시로의 정기적인 이야기와 수공예품의 행진은 점점 그 횟수가 줄어들었다. 리브타뉴에서 베이거스 산맥을 넘어 모모켄트 사막에 도착하면 그 주변부가 대부분 검은 공작의 거주지였다. 시간이 지나면서 검은 공작들은 잃어버린 무언가를 찾아 이야기로 들려주는 전통을 점점 잃어갔으며 검은 옷을 벗고 셔츠와 바지를 입었으며 포도와 대추 야자를 재배하였으며 사막 여행을 하고자 하는 사람들에게 돈을 받고 도움을 주거나 했다. 그들이 세월에 걸쳐 이룩해온 이야기는 스무 권의 책으로 정리되어 편찬되었으며 검은 공작들의 아이들은 자라서 리브타뉴와 서부 해안 도시에 있는 대학에 입학하는 것이 그들의 자부심이 되었다.

시간이 다시 흘러갔다. 자연이 자신을 두는 방식은 여전했으나 모모 켄트 사막을 간직한 칸디나디아 대륙의 사람들은, 압도적이며 그 전체적 흐름 속에서 살아날 수 있을 것 같지 않은 운명이라는 인간 사회를 둘러싼 망을 느끼지 않고 살고 있었으며, 그들은 린지 홀, 브록 엔더스, 닐 세레이스, 에덴 질베트를 읽으면서도 소설 속의 우연과 필연이 짜여 하나의 운명을 만드는 것을 그들은 머리로만 이해했으며 '브록 엔더스 문학상'의 수상자가 몇 해째 나오지 않은 칸디나디아 대륙은 아무도 어떤 것을 느끼지 않는 황량함이 대기를 채우고 있었다.

칸디나디아 대륙의 대륙판 아래로 섭입(攝入)하는 해양판의 섭입 속도가 갑자기 빨라져 대륙판으로 강력한 마찰을 전달했으며 대륙판 깊숙한 곳으로부터 지진이 대륙 서부 해안 전반에 걸쳐 발생했다. 더군다나 해양판과의 마찰로 대륙판 기저의 축이 어긋나 강력한 지진이 이어졌으며 이는 인접한 베이거스 산맥에 영향을 미쳐 산맥의 높은 봉우리에서 용암이 분출하며 막대한 화산재를 방출했다. 북부와 남부는 상대적으로 피해가 적었으나 리브타뉴를 비롯한 대규모의 서부 해안 도시들의 대부분이 지진과 화산재로 거의 다 파괴되었으며 베이거스 산맥 동부 아래의 검은 공작들의 터도 화산재에 덮이고 말았다.

레프타족도 보다 안전한 동부로 이동했으며 리브타뉴는 한 때의 번영을 뒤로 하고 자연 재해로 도시의 모든 것이 부정되고 파괴되었다. 보다 비극적이고 큰 운명의 소용돌이는 누구도 운명에 대해 생각하지 않고 또 무관심할 때 일어난다는 것을 살아남은 검은 공작들은 깨달았으며 그들도 여전히 활동하고 있는 화산을 피해 사막을 통과해 칸디나디아 동부로 갔다.

리브타뉴는 격렬한 지진으로 반나절도 되지 않아 모든 건물이 무너졌으며 살아남은 자들은 우왕좌왕하다가 베이거스 산맥의 화산들에서 분출된 화산재에 파묻혀버렸으며 다른 서부의 해안 도시들도 운명은 비슷했다. 지진이 일어나고 화산이 분출하기 시작한 그 한 달 뒤, 칸디나디아 대륙의 동부에서 배를 보내왔으나 항구도 모두 파괴되었고 모든 것이 거대한 잿빛 콘크리트에 갇혀버린 듯 했기에 동부의 사람들은 리브타뉴에 배를 대지 못하고 돌아갔다.

칸디나디아 대륙의 동부의 거점 중심 도시인 슬로모트에서는 주민 대표들과 사업가들이 모여 서부 해안 도시의 재건을 논의했지만 그들의 심리적 충격이 컸기 때문에 그저 서부의 번영과 멸망에 대한 탄식만이 이어졌다. 대대로 슬로모트의 철광석 광산을 소유하고 제철 회사를 운영해 왔던 동부의 라미르 가(家)의 더브 라미르 씨도 조상들의 개척지이자 고향이었던 리브타뉴를 잃었다며 대책 회의 중에 눈물을 보였다. 동부의 사람들은 대부분 서부 해안 도시에 아는 사람들과 친척들이 있었다. 그러나 서부의 지각(地殼)은 여전히 불안정해서 여진이 계속 나타나고 있었으며 베이거스 산맥은 서부 해안 지역으로 용암을 쏟아내고 있었다. 리브타뉴와 서부 해안 도시들이 완전히 파괴된 것은 이제 받아들여야만 하는 운명이었다. 그들은 인간의 삶이 허무하고 살아있는 동안은 그 미래도 보장받을 수 있는 게 아니라는 걸 느끼며 그들이 먹고 입고 즐기는 동안 온 인류를 엮어놓은 운명에 둔감했다는 것을 깨달았다.

리브타뉴에는 아무 소리도 들리지 않았다. 어떤 제대로 된 형태를 갖춘 건물도 없었고 사람이나 동물의 소리도 들리지 않았다. 화산재가 잿빛 눈처럼 내리고 있었으며 리브타뉴는 콘크리트에 덮인 듯 보였다. 어떤 소리도 움직임도 이곳을 빠져나가지 못했으며 리브타뉴의 지질 연구

소도 지진과 화산이 일어날 직전까지도 전혀 예측을 하지 못했던 재앙이었다. 그저 대륙과 바다 아래의 판들의 엇갈림이 인간이 오래도록 이룩한 문명을 잠재웠다.

동부의 사람들은 지진과 화산이 멈추기를 기다렸으며 그러나 재앙 후 몇 달이 지나고도 서부의 지반과 베이거스 산맥의 화산들은 불안정했다. 다행히 칸디나디아 대륙의 동부는 모모켄트 사막으로 인해 용암과 화산재가 닿지 않았다. 동부의 사람들은 서부의 문명을 뒤쫓기 위해 애를 썼지만 언제나 서부와 비교해서는 뒤떨어진 문명이었다. 동부의 사람들은 대재앙 후 문명에 대해서는 싹 잊은 것처럼 그들이 살아있다는 것에 놀라워할 뿐이었다. 그만큼 지진과 화산은 칸디나디아 서부 해안 도시들을 완전히 소멸시켰다. 동부의 사람들은 삶의 본질적인 면과 운명의 소용돌이를 이야기했으며 그러나 그 모든 자신들의 생도 어느 순간의 일로 부정될 수 있음을 느끼고는 눈물을 훔쳤다.

칸디나디아 대륙 서부의 심층 지하의 대륙판의 축이 더욱 기울어지면서 수차례의 강력한 지진의 동시다발로 서부 해안은 바다 속으로 잠기고 말았고 칸디나디아 대륙 서부는 용암에 뒤덮인 베이거스 산맥의 절벽이 바다를 마주하는 형상으로 지형이 바뀌었다. 결국 동부의 사람들이 리브타뉴에 대해 할 수 있는 일은 없었으며 리브타뉴는 바다 속으로 들어가 버리고 말았다. 그 모든 이야기를 안고 리브타뉴는 이제 존재하지 않았다. 화산 활동이 멈춘 뒤 동부의 사람들은 대륙 서부에 만들어진 길게 대상(帶狀)으로 분포하는 해안 절벽의 아름다움에 감탄할 수 없었다. 다들 화면에서 방송되는 서부 해안의 현무암 절벽을 보면서 맥주를 한 잔 하면서 한숨을 내쉬었다.

칸디나디아 대륙의 서부 해안의 대재앙 이후 수년 후 더브 라미르 씨는 올스 생산 공장과 선박 건조 회사를 세웠으나 그에게는 올스를 생

산하고 수출하고 선박을 건조하는 모든 것이 그가 전문성을 갖추지 못
해 걱정스러웠다. 탄디누니아 대륙과 란게디티 대륙으로의 수출과 칸디
나디아 대륙 동부의 내수용을 위해서도 그는 그의 철과 자본을 이용해
올스 생산 공장을 지은 것이다. 그는 기술자들과 연구 인력을 고용하고
주로 그들의 보고를 듣고 올스 생산이나 선박 건조에 대해 배우고 있었
다. 선박은 우선 화물선 건조를 자체 내에서 해보기로 결정했다. 대신
그의 광산과 제철회사를 동생인 리쿠에게 맡겼으며 그는 올스 생산과
수출에 대해 그리고 선박의 건조에 실패하지 않도록 열심히 그 일에 매
달렸다.

칸디나디아 대륙의 동부 해안은 봄과 여름에 레시브 바다의 난류와
난기류로 온난 습윤했으며 가을과 겨울에 사막에서 밀려오는 건조하고
차가운 바람에 한랭건조 했다. 칸디나디아 대륙 동부의 남쪽은 빙하에
서 올라오는 한류의 영향을 받긴 했지만 한류는 중부로까지는 올라오
지 않았다. 대륙 동부의 중간쯤 위치에서도 조금 더 북쪽에 슬로모트
가 있으며 슬로모트는 동부에서 가장 튀어나온 곳에 있는 도시다. 슬로
모트는 시간이 흘러도 철을 생산하고 제련해 서부 해안으로 실어 보내
는 일을 고집스럽게 이어온 곳이었다. 서부가 완전히 사라져버린 지금,
더브 라미르 씨는 서부에서 철을 재료로 생산하던 올스와 선박이 더
이상 칸디나디아에서 생산되지 않자 라미르 씨 스스로 팔을 걷어붙인
것이었다. 그러나 가시적인 성과는 좀처럼 단기간에 나타나지 않았다.

아직 초봄이라서 모모켄트 사막의 차고 메마른 바람이 가시지 않은
어느 날이었다. 리쿠 라미르는 철강의 생산 과정을 감독하고 더브 라미
르에게 찾아갔다.

"서부 해안 도시의 산업 혁명기 이후의 일들이 여기에서 다시 시작되
는 것 같습니다."

"자연이 인간 문명을 시기했던 거야. 그렇지 않고서야 이해할 수 있는 바가 아니지."

"그래서, 그들이 해야 했던 일을 형님께서는 하셔야 했습니까?"

"서부의 사내들이 더 이상 잇지 못한 문명을 늦은 감이 있지만 동부의 사내들이 이어야 하지 않겠나?"

"그렇군요."

리쿠 라미르는 좀처럼 마음이 편치 않았다.

서부의 베이거스 산맥의 화산 활동이 휴지(休止)기에 들어섰고 슐레브 바다와 마주한 베이거스 산맥의 현무암 절벽이 서부에 길게 늘어서 있었다. 그리고 봄과 여름에 슐레브 바다에서 불어오는 바람은 산맥을 넘어 고온 건조한 바람으로 바뀌었기 때문에 모모켄트 사막은 언제라도 그 자리에 있을 것처럼 변하지 않았다. 칸디나디아 대륙 서부 해안에 존재했던 그 모든 사람들과 그들의 문명은 동부로 그 흐름을 이어주고 바다 속으로 잠겨버린 것이다.

더브 라미르 씨는 그해 가을 처음으로 올스를 생산했으며 이듬해 봄 거대한 화물선을 건조하는 데 성공했다. 그는 그동안의 현장에서의 공부와 기술자들과 연구 인력들의 생각을 충분히 들었고 그래서 이제는 그 스스로도 올스 생산 공장과 선박 건조 회사에 대한 지도력을 갖출 수 있었다. 그가 생산한 올스는 그가 건조한 화물선에 실려 탄디누니아와 란게디티의 서부 해안으로 팔려나갔다.

그동안 탄디누니아 대륙과 란게디티 대륙은 칸디나디아 대륙 서부 해안과의 잦은 교역으로 슐레브 바다를 통해 탄디누니아 대륙과 란게디티 대륙의 동부 해안의 문명이 발달하였으나 칸디나디아의 서부 해안 도시가 사라진 지금 칸디나디아의 동부와 레시브 바다를 통해 탄디누니아와 란게디티 대륙의 서부로 배를 이용한 물류 이송이 시작된 것이다. 물론 탄디누니아와 란게디티 대륙의 동부보다 서부는 해안 도시의 수(數)도 적고 규모도 작았지만 큰 배를 닿게 할 만한 항구는 이미 발달해 있었다. 칸디나디아 대륙 동부에서 탄디누니아와 란게디티 서부 해안으로의 올스 첫 수출은 이루어졌다. 칸디나디아 동부의 노동자들은 일을 하면서도 잃어버린 이야기들을 간직할 줄도 알았다. 칸디나디아 동부의 사람들은 사람의 일을 노동과 의미로 구분해서 생각하지 않았으며 그들은 그들의 의미를 지속시키기 위해 수고했다.

그러나 칸디나디아 동부의 사람들의 기질은 혁신적인 일을 하기에는 알맞지 않았고 슬로모트에는 자본가나 사업가는 드물었고 그들이 만들어 놓은 공장에서 일을 하는 노동자가 다수를 차지했다. 소수의 자본가나 사업가들도 늘 서부의 혁신을 따라한 터라 그들만의 힘으로는 새로운 사업을 일구어낼 힘이 부족했으며 그것은 탄디누니아와 란게디티도 마찬가지였다. 그나마 지금 남아 있는 도시 중에서는 칸디나디아의 슬로모트가 가장 중추적인 일을 하고 있었다.

더브 라미르 씨는 사무실에서 도렌 올스 사와 샘튼 선박 회사의 발전 과정을 검토하고 있었다. 밖은 아직 동이 터오지 않은 어둠이었다. 그는 산업 혁명 이후 서부의 발전의 주역이었던 랄프 도렌과 닐 크라우스에 대해 그들의 혁신과 정신을 본받고자 했으며 그 역시 동부의 발전을 위해 최선을 다하리라 생각했으며 우선 그의 올스 생산과 선박 건조를 어느 수준으로 끌어올려야겠다고 마음을 먹었다.

그는 올스의 외형에 대해 다양한 시도를 해나갔고 주행에 있어서의 안전성 등을 실험을 통해 면밀히 검토했으며 동부의 도로망을 세밀하게 만드는 데에도 참여했다. 리쿠 라미르가 찾아와 동부의 전체에 대해 식품유통업을 해보는 건 어떠하냐며 물어왔을 때 더브 라미르 씨는 도로도 잘 되어있고 슬로모트에서 생산하거나 다른 곳에서 생산한 식품을

슬로모트에서 가공해 북부와 남부에 이르는 식품판매점을 내는 것도
아주 좋은 사업이라며 한 번 해보라고 했다. 그리고 리쿠 라미르가 식
품유통업 사업에 손을 댄지 3년 만에 그가 성공하자 더브 라미르 씨는
다시 제철 회사를 관리하게 되었고 리쿠 라미르 씨는 슬로모트에 과자
공장과 음료 공장을 지었다.

　동부의 사람들은 예전의 서부의 사람들보다 천천히 움직였다. 그들은
사물과 인간의 삶 모두를 관찰해가며 무엇이 인간에게 필요한지 찾고
또 천천히 그걸 이루어나갔다. 동부의 사람들은 비행기를 잘 이용하지
않았고 다른 대륙으로 잘 이동하지도 않았다. 그들은 그들의 낡은 올스
를 타고 마을에 있는 상점에서 버터와 빵과 참치 통조림을 샀으며 가끔
도시로 나가 책을 사거나 옷을 사곤 했다. 동부의 대부분의 사람들은
어부이거나 공장의 노동자였지만 그들은 그들이 벌어들이는 정직한 땀
방울의 무게를 소중히 생각할 줄 알았고 남는 시간에 그들의 의미를 추
구했다. 그들은 빠른 것에, 혁신하는 것에 그다지 필요를 느끼지 못했으
며 그들은 하루 일과를 마치면 닐 세레이스를 읽곤 했다. 동부의 사람
들은 급격한 변화를 싫어했고 그들의 일상을 사랑했다. 단지 그뿐이었
다. 그들은 자본가들과 사업가들은 몇 명만 있으면 될 뿐 그들이 일을
하는 공장에서조차 그들의 삶에 대한 생각은 변함이 없었다. 그들은 천
천히 걸었다.

　서부의 번영과 문명이 바다 속으로 사라지고 나서도 자신의 속도대로
동부는 천천히 움직였다. 서부의 문명이 사라진 후 동부의 자본가들과
사업가들은 서부의 모든 걸 재빨리 동부에 세우고자 하였으나 노동자
들은 그에 적당히 반응할 뿐 그들의 삶에 대해 다시 생각하고 있었다.
그리고 천천히 몇 년을 걸어왔고 동부의 사람들은 그들의 일상을 소중
히 여겼다.

리쿠 라미르 씨는 과자 공장과 음료 공장에서 생산된 제품이 그의 식품유통업에서 중요한 부분을 차지한다며 고개를 끄덕이고 있었다. 리쿠 라미르 씨는 칸디나디아 동부의 소규모의 마을마다 한 군데의 자신의 가게가 있을 정도로 사업을 확장했고 가게에 공급되는 물품을 자신이 생산해 보고자 노력했으며 그 결과 포장된 빵과 끓여먹는 수프, 생선 통조림과 과일 통조림 등을 개발하게 되었다. 그리고 나머지 물품은 다른 회사에서 사와서 가게마다 진열해 놓았다.

리쿠 라미르 씨의 사업이 날로 번창해가고 더브 라미르 씨의 올스 생산 공장과 선박 건조 회사도 제대로 움직이고 있었다. 어느 날 라미르 형제가 만나 술을 나누었다.

"우리 또한 한 번에 부정될 수 있는 존재들일세."

더브 라미르가 말했다.

"설사 그렇게 되더라도 남자들의 일을 해내야 하지 않겠습니까?"

리쿠 라미르가 조용히 말했다.

"내 말은 여기, 여기의 사람들처럼 천천히 가자는 것일세. 모든 것을 잃을 그 순간까지 돈도 돈이지만 의미 하나는 쥐고 있어야지."

리쿠 라미르는 형을 집에 데려다 주었고 다음날 형의 부고를 받았다.

'형님은 의미 하나는 안고 가셨습니까.'

형의 장례가 치러지고 아직 형의 자녀들이 어려서 경영 전선에 투입될 수 있는 상황이 아니었고 형수도 경영에 대해서는 전혀 몰랐기에 리쿠 라미르 씨는 제철 회사와 올스 생산 공장, 그리고 선박 건조 회사를 당분간 자신이 운영하기로 했다. 형이 개인적으로 남긴 돈도 만만치 않았기에 형수님과 조카들이 생활할 돈은 넉넉했다.

다만 리쿠 라미르는 겉으로는 그의 모든 일에 최선을 다하면서도 속으로는 집요하게 죽음의 문제에 매달려 있었다. 과연 인간의 삶이 무엇을 남기고 사라지며 과연 그것이 죽음 속으로 들어간 개인에게 어떤 의미를 남기는지 회의(懷疑)했다. 그는 개인이 자신의 그 어떤 죽음에 대해서도 개인 스스로가 삶에 대해 평소에 세워둔 그 진지함만큼을 가져가는 것일 거라고 생각했다. 그런 결론에 도달하여도 형은 이미 죽었고 자신도 그렇게 될 터였다. 갑자기 자신이 벌여놓은 사업과 형이 남긴 사업이 자신을 삼킬 것만 같았다. 그러나 리쿠 라미르는 자신에게 주어진 많은, 남자로서의 일을 해내고 동시에 일에 파묻히지도 말며 적절한 혁신을 자신 안에서 가지되 매일의 삶이 진지한 것이 되기를 그렇게 생각을 정리했다.

리쿠 라미르 씨는 올스 생산과 선박 건조에 대한 업무를 배우고 해내 갔으며 자신의 식품유통업도 자신의 중요한 사업으로 생각하여 필요한 사항을 노트해 사업에 적용했다. 그는 아직 스스로가 사업 경영에 대해 부족한 점이 많다고 생각하고는 매주 한 번씩 자신의 일에 대해 전문성을 갖춘 대학 교수를 만나 질문을 하고 중요한 점은 받아썼다. 물론, 그러한 일에 대해 교수에게 비용을 지불한 것은 물론이었거니와 리쿠 라미르 씨는 해가 바뀌고 다시 봄이 되었을 때 교수들에게 자문을 구하는 일을 그만두었으며 그동안 작성한 노트를 여러 번 읽고 그것을 머리에 새겼다.

동부의 하루는 천천히 시작되어 잠시 부산해지다가 다시 천천히 끝나고 여유로운 저녁 시간이 돌아오며 봄이면 집집이 정원에 심어둔 장미가 그 그윽한 향기를 발하기에 마을길을 걷기에 좋았다. 그들의 식사는 돼지고기 말린 것을 구워 포도주와 곁들이거나 삶은 감자와 구운 닭고기를 먹는 것이었다. 그들의 식생활은 복잡하지 않았으며 공장이나 회사에 갈 때의 복장도 집에서 편하게 입는 모습 그대로였고 학교에서도 점심시간이 두 시간 정도로 넉넉했으며 시험은 형식적이었고 학생들의 자율 탐구가 우선되었으나 목표 대학이 있는 아이들은 혼자서 열심히 공부했다. 모든 아이들이 경쟁에 놓일 필요는 없었으며 공장에서 일하는 아버지들도 과중한 노동은 하지 않았다. 그들은 삶에 여유를 두기를 그래서 서부가 그렇게나 발전할 때까지 그들에게는 제대로 된 마을 지선 도로도 하나 없었던 것이고 그러나 그들은 그것에 상관하지 않았고 오히려 빠른 것의 시대가 그들의 삶의 모습 자체, 여유를 앗아갈까 싶어 서부에서 보내오는 문명 확산 신호에 둔감하게 반응한 것이었다.

리쿠 라미르 씨는 올스의 다양한 모습을 도면으로 검토한 후 올스의 표준형 몇 대를 구상하고는 동력 기관과 외형 설계를 지시하고 아직 화물선 밖에 건조하지 못하지만 그럼에도 관계자들에게 특수선이나 유람선을 시공해보아야 한다며 압력을 넣었다. 그러던 차에 탄디누니아 대륙의 거부(巨富) 드몬 하이츠 씨로부터 칸디나디아 동부에서 탄디누니아 서부 해안을 왕복하는 대형 유람선 건조 요청이 들어왔으며 리쿠 라미르 씨는 이를 기회로 여겨 랄프 도렌을 생각하면서 매일 유람선을 건조해 나갔다. 시공에 착수한지 1년 만에 연보라빛의 아름다운 유람선이 완성되었고 이를 본 동부의 사람들이 술렁거리기 시작했다. 동부의 사람들은 무언가를 노력해서 이룬다는 것이 저토록 멋있을지 몰랐으며 또 이 일은 동부 사람들의 손으로 일궈낸 일이었다.

유람선은 탄디누니아로 떠났지만 동부의 사람들은 좀 더 노력하고 좀 더 혁신적인 것이 무엇인지 그래서 그 과정이 다소 힘들지만 얻게 되는 분명한 결과에 대해 다시 생각하고 있었고 그러한 생각으로의 전환은 특히 동부의 남자들을 자극하였고 남자들은 좀 더 자신의 남자로서의 일이 보이지 않는 곳에 쌓여 있다는 것을 감지하고 그 어둠 속에 있는 일을 하나씩 꺼내어 자기의 것으로 만들어 제품으로 만들어내는 것에 관심을 가지게 되었다.

리쿠 라미르 씨는 제철 회사와 올스 공장 그리고 선박 건조에 집중하고자 그가 개척했던 식품 유통업과 과자 공장 및 음료수 공장은 여동생인 에밀다에게 맡겼으며 동부에 있던 기존 자본가들과 사업가들의 지속적인 혁신 및 새로운 자본가들과 사업가들의 등장으로 슬로모트는 동부의 리브타뉴로 불릴 정도로 성장을 거듭했다. 도시는 활기차게 움직였고 노동자들은 열심히 노동하여 그들의 노동을 보상받았으며 남자들은 어둠 속에서 새로운 사업을 끄집어냈으며 성공하고 실패하기를 반복하면서 남자들은 일에서 자신의 의미를 찾았고 사랑의 감정에 대해서는 비켜서서 그것을 객관적으로 보았으며 사랑 받기를 원하는 여자들의 설 자리는 좁아졌다. 여자들도 남자들처럼 일을 하고자 세상 밖으로 나섰지만 마땅히 할 일이 없었다. 일에서의 성공은 남자나 여자나 그 일을 어둠 속에서 끄집어내어 자신의 것으로 만들고 세상 속에 내놓아 확실히 그것을 성공으로 이끌 때에만 의미 있는 것이었고 따라서 일은 여자에게나 남자에게나 똑같은 능력을 요구했으며 느릿함과 여유가 가신 동부의 슬로모트에는 남자들의 눈에는 많은 일이 주어졌으나 여자들은 대낮에도 등불을 켜고 일을 찾아야 할 만큼 그들은 가정 속에 너무 오랫동안 싸여 있었다.

슬로모트의 여름이 다가왔다. 레시브 바다에서 뜨거운 바람이 불어왔다. 에밀다 라미르는 식품유통업에 대한 사업 수완이 뛰어나 벌써 빙과류 공장과 즉석 식품 공장을 세웠다. 빙과류의 가짓수는 아직 적었지만 시작이 이만큼이면 되었고 즉석 식품은 보다 다양한 종류의 음식을 개발한 상태였다. 일찌감치 오빠에게 부탁했던 냉장차가 헨센 전자 회사의 도움으로 만들어지자 그녀는 동부의 그녀의 식료품 가게마다 즉석 식품 판매대를 따로 두었으며 헨센 전자 회사에서 주문한 냉동고에 빙과류를 가득 채워 넣었다. 동부 전 지역에 걸쳐 있는 에밀다의 식료품 가게에는 에밀다의 회사에서 생산한 제품들로 가득 채워졌다.

마흔 살의 리쿠와 서른여섯의 에밀다는 아직 결혼을 하지 않았다. 더브 라미르 씨가 살아있을 때 그들은 결혼의 한계와 존재의 한계에 대해 들었으며 그리고 그에 공감했을 뿐이다. 서로의 존재를 생각하고 인정해주며 더욱 성숙한 관계에 이르도록 이끌어줄 관계는 또 그것이 가능하도록 하는 상대방은 어딘가에는 존재하겠지만 실제로는 만날 가능성이 희박하다는 것이 결혼해서 아이 셋을 둔 더브 라미르 씨의 생각이었다. 리쿠와 에밀다는 그런 더브 라미르 씨의 말을 이미 이해하고 있었는데 그것은 서부 해안 도시의 닐 크라우스와 린지 홀의 이야기를 그들은 이미 알고 있었던 것이었다. 리쿠도 에밀다도 닐 크라우스나 린지 홀 같은 사람이 아니라면 기꺼이 결혼을 포기할 생각이 있었고 그들은 정신적인 자질이 없는 사람들에게는 모든 게 흥미 투성이 일뿐 그런 사람들에게는 리쿠와 에밀다조차 흥미의 대상일 뿐이라고 생각하고는 이성(異性) 상대를 만나지 않았다.

그해 여름 에밀다의 가게는 빙과류와 냉장 음료 판매가 아주 실적이 좋았고 가을이 되면서 즉석 식품의 판매도 점차 늘었다. 에밀다는 식품유통업에 대한 기본 사업을 완료했다고 생각한 순간 리쿠 라미르 씨에게 전화를 걸어 회사를 리쿠에게 돌려주거나 매각하고 싶다고 말했다.

"더 이상 해야 할 일을 찾지 못하겠어. 제자리를 유지하는 건 성미에 안 맞아서."

"무슨 말인지 알겠다. 앞으로 할 일은 정했니?"

"아직 정해진 건 없어. 사업보다는 집에서 머무르며 책을 읽는 게 더 좋아. 오빠도 오빠 일로 바쁘니까 식품유통업까지 신경 쓰는 게 어려울지도 모르겠어. 매각이든 오빠가 관리하든 알아서 해. 어차피 오빠의 회사니까."

“그래, 알겠다.”

에밀다 라미르는 한 달 뒤 리쿠 라미르로부터 100만 루안을 받았으며 그들의 식품 사업은 매각되었고 그녀가 받은 돈은 그동안의 경영과 혁신에 대한 대가였다. 에밀다 라미르는 그 돈을 여러 은행에 분산 예치하고는 슬로모트 외곽에 집을 한 채 샀다. 그녀는 손수 올스를 몰고 식료품점에 들러 즉석 식품과 빵, 음료 등을 구입했고 슬로모트 대학의 교양 강의의 청강 자격을 신청했다.

그녀의 올스는 흰 색의 자그마한 것으로서 여대생들 사이에 인기가 높은 종류였다. 에밀다는 강의를 들으면서 친해지게 된 몇몇 대학생들과 학교 앞 식당에서 식사를 하기도 했다. 그리고 에밀다는 그녀가 보기에도 정신적인 수준이 높으며 사려 깊은 여대생을 알게 되었고 그녀와의 몇 번의 대화 끝에 그녀와 오빠를 연결해주었는데 그들은 만난 지 한 달 만에 결혼했다.

그해 겨울이 지나고 다시 봄이 되고 리쿠 라미르는 더욱 열정적으로 일에 매달렸고 에밀다 라미르는 가끔 시누이를 만나 이야기를 나누었다. 린다 올손이 본명인 린다 라미르는 예의가 바르면서도 지성적이었고 그리고 집안에 머물기를 좋아하는 여자였다. 린다 라미르는 아직 대학의 한 학기를 더 마쳐야 했으나 남편인 리쿠 라미르 씨가 굳이 졸업장은 필요 없지만 대학에서의 일은 린다 스스로 알아서 하라 했다고 해서 린다는 아직 대학에 다니고 있었다. 린다가 커피와 과일, 과자를 내왔고 에밀다는 린다와 여러 가지에 대해 대화를 나누고 싶었다.

“그때 닐 크라우스의 기록도 좋아한다고 했었지?”

짐짓 미소를 지으며 린다가 대답했다.

“무척요. 지금도요. 사실 오빠가 닐 크라우스 씨 같아서 결혼한 것일 수도 있고요. 참, 이런 얘긴 오빠에게 하면 안 되어요.”

그러고는 다시 웃는 린다였다.

"닐 크라우스의 기록을 요약해서 말해줄 수 있겠어?"

"삶과 존재의 본질을 탐구하고 좌절하고 무엇보다 자신의 사랑 앞에 무너진 한 남자의 비극이죠. 저는 그가 용기 있었다고 생각해요. 하지만 그 또한 삶과 운명 속에 속한 자고 그걸 인간인 그로서는 넘을 수가 없었을 뿐이에요. 우리는 늘 한계 속에 살아가고 있고 남자들은 그들의 아내와 자녀들, 가정을 지키기 위해 헌신하고, 아내들은 그녀들의 남편들과 자녀들을 보살피기 위해 헌신하고. 하지만 이 모든 흐름이 모든 경우에 있어 정상일 수는 없어요. 닐 크라우스라는 남자에게는 린지 홀이 필요했을 뿐이에요."

"그렇게 생각하는구나. 남자들의 일이란, 남자들의 삶이란 과연 무엇인지 물어봐도 될까?"

린다는 잠시 골똘히 생각하는 것처럼 보였다.

"사랑과 일, 존재 의미의 추구, 이 모든 게 남자들의 삶이지만 남자들은 여자들보다 더 사회적 일에 매여 있도록 만들어져 있고 일은 남자에게 있어 자신의 표현이고 이 사회를 움직이는 많은 일이 남자들에게 할당되어 있죠. 일만 하다가 끝나기에는 불행한 것도 남자들이죠. 그래서 자신만의 소중한 무엇을 가지려 하고 또 그걸 지키기 위해 일을 하는 거죠. 남자들은 분명히 많은 일에 매여 있어요. 그런데 뭘 위하여? 아마 이 부분에서 닐 크라우스의 절망이 있었던 것 같아요."

만족한 표정의 에밀다 라미르는 또다시 불쑥 물었다.

"오빠와의 결혼 생활은 행복해?"

린다는 부끄러운 듯 고개를 숙였다.

"서로에 대한, 존재에 대한 진정성, 서로의 인식 추구에 대한 귀 기울임, 이런 것이 리쿠 라미르 씨와 저의 결혼 생활을 이끌어 가고 있어요."

"완벽한 결혼 생활이로군."

에밀다는 감탄한 듯 했다.

"대학을 꼭 졸업하도록 해. 그리고 언제까지나 그 모습, 탐구하고 귀 기울이며 사려 깊은 모습으로 남아줘. 그렇다면 오빠는 린지 홀을 얻은 닐 크라우스가 될 테니까. 그럼, 이만 가겠어."

배웅하는 린다를 뒤로 하고 에밀다는 올스에 탔다. 오직 유일하게 눈에 띄던, 조용하고 소박한 아가씨였다. 그리고 에밀다의 생각보다 훨씬 더 지적이고 생각이 깊었다. 결혼하고 나서 연락 한 번 없는 오빠가 린다와의 대화에 빠져 사는 것이 이해는 되었고 오빠는 행운아라 생각될 정도로 오빠의 아내는 생각의 깊이가 있고 또 생각이 잘 정돈된 여자였다.

에밀다는 가까운 카페에 가서 다시 커피를 마셨으며 서른일곱의 그녀의 나이와 그녀가 가지고 있는 인식을 생각했고 동부의 남자 중에 교수를 직업으로 삼고 있는 이를 제외하고서 남자로서 자신의 일에 최선이면서도 정신적인 자질을 가진 사람이 있을까 하고 잠시 생각해 보았다. 남자들의 일과 정신적인 자질은 대극에 있는 것이어서 아주 탁월한 소수의 남자들만이 그 둘을 모두 갖고 있다고 생각했다. 에밀다는 리쿠 라미르의 경우 남자로서의 바깥 일은 잘 하지만 정신적인 자질은 아직 추구하고 있는 중이라고 생각되었고 이미 정신적인 자질을 내면화한 시누이 린다 라미르가 오빠에게는 보물일 거라고 생각했다.

에밀다는 그러한 생각의 끝에 자신의 자질이 무언가에 대해 생각하고 그걸 글로써 표현하는 데 있다고 생각했으며 메모지를 꺼내고는 그녀가 쓰고 싶은 주제나 책제목을 써내려갔다. 생각보다 그녀는 많은, 정선되지 못한 생각의 덩어리들을 가지고 있었고 그녀는 그녀의 인식의 축을 이용해 이들을 회전시켜 제자리에 진열하고 싶었다.

그날로부터 그녀의 집에서 가까운 카페에서는 책을 쓰는 에밀다를 볼 수 있었고 에밀다는 집필을 시작한지 4개월 후『인식의 과정』이라는 소책자를 다 쓰게 되었다. 린다의 졸업과 에밀다의 책 출판으로 기분이 한껏 좋아진 리쿠 라미르 씨는 그의 넓은 정원에서 그들 셋 만의 파티를 열었으며 그들은 진담과 농담을 섞어가며 즐거이 이야기를 나누었다. 에밀다는 린다에게 소설을 써보라고 권유했고 분명히 잘 쓸 거라고 미리 격려까지 해주었다.

"아이를 갖게 된다면 소설 쓰기의 흐름이 끊어질까 봐요."

"이런, 소설을 써본 적이 있군."

에밀다가 고기를 구우며 말을 던졌다.

"작년에 한 번 시도는 해보았죠. 하지만 잘 안됐어요."

"리쿠 오빠, 아기를 갖는 게 좋아, 아니면 린다가 소설을 내는 게 더 좋아?"

에밀다가 멀찌감치 떨어져 숯불을 만들고 있는 리쿠에게 소리쳤다.

"둘 다 좋아."

리쿠의 간단한 대답에 두 여자는 크게 웃었다.

"괜찮아. 아이에게 무리가 갈까 걱정인 모양인데, 너무 무리하지 않기만 하면 돼. 한 번 써보라구. 시간이 지나면 네 정신을 소설에 박아두지 않은 걸 후회하게 될지도 몰라. 정신은 계속 인식하지 않으면 낡아버리거든. 그리고 그 사유한 것을 지속적으로 활자화할 것을 요구해. 네가 지금은 인식에 빠진 젊은 여자일지는 모르지만 인식에 대해 어떤 너 자신만의 노력을 하지 않은 채 서른이 되고 서른다섯이 되면 넌 아이들에게 고함만 꽥꽥 치는 여자가 되어있을 거야. 아이도 소중하지만 소설도 중요해. 게다가 시도도 한 번 해보았잖아?"

"에밀다 언니, 정말 정말로 소설이 쓰고 싶어졌어요."

에밀다는 눈웃음으로 린다에게 대답하고는 리쿠 쪽으로 갔다. 린다
는 생각에 잠긴 듯 했고 차가운 우유를 마셨다. 리쿠는 최상의 숯불을
유지하기 위해 불 피우기에 열중하고 있었다. 리쿠 라미르 씨는 그날 별
말은 하지 않았지만 에밀다가 린다를 지적(知的)으로 자극하고 또 그런
자극을 발전을 위해 긍정적으로 받아들이는 아내가 사랑스러웠다. 그
날 밤 침실 안쪽의 자그마한 책상에 앉아 린다는 노트에 한 페이지 분
량의 무언가를 썼으며 리쿠 라미르 씨가 씻고 침실로 들어왔을 때 깜짝
놀라 노트를 덮고 일어섰을 뿐이다.

"너무 무리하지는 말구려. 에밀다의 성격이 다소 몰아붙이는 것이니,
소설은 쓰고 싶으면 쓰시오. 하지만 솔직한 심정으로는 그대가 쓴 소설
을 읽고 싶소. 자, 이리 오시오."

리쿠 라미르 씨의 팔베개에 머리를 대고 누워있으면서도 린다 라미르
는 오늘 제시된 그녀의 삶의 어떤 전환점을 생각했으며 소설을 포기할
까도 했지만 자신의 발전을 위해서도 소설은 포기할 수 없는 일이었고
린다는 라미르 씨의 품안에 고개를 파묻고 잠들었다.

에밀다는 그해 가을과 겨울에 걸쳐 린다가 소설을 쓴다는 사실을 알
았지만 내용에 대해서는 전혀 모르는 상태였다. 미리 기대할 필요도 미
리 실망할 필요도 없었지만 에밀다는 린다가 자신의 가족이 되고 또 사
랑스럽게 발전해가는 것이 기분 좋았다.

서른여덟이 된 에밀다는 그녀 스스로도 소설을 쓰고 싶었지만 이내
그건 불가능한 일이라는 걸 깨달았다. 인문학적인 사유와 그것의 표현
에서 그녀는 머물러 있었다. 그녀는 자신이 생각하기에도 자신은 사람
들을 대할 때 차가우며 그들의 인격을 진정으로 생각한 적도 없으며 스
스로도 수많은 사람들이나 주변의 몇몇 사람들에게도 냉정했다. 에밀
다가 린다를 대할 때도 그러했지만 린다의 경우에는 에밀다의 냉정함에

있는 그대로 대하기보다는 에밀다가 요구하는 것에 대해 린다 스스로 최대한 성실했고 진심으로 대답하고 행동했다. 그러했기에 시간이 지나면서 에밀다는 린다에게는 덜 차가울 수 있었다.

에밀다는 『현실적 사유』를 쓰고 있었으며 봄이 되기 전 2월 린다가 원고를 가지고 에밀다에게 왔을 때 에밀다는 마치 딸이 처음 쓴 소설을 보는 듯 긴장되었다. 린다가 물러가고 에밀다는 린다의 원고를 처음부터 끝까지 단숨에 읽었다. 실망하지 않았다. 좋은 작품이었다. 질투가 나는 건 아니었다. 왜냐하면 좋은 소설이었기 때문에.

에밀다는 자신이 출판사를 정해 린다 라미르의 원고를 출판했으며 린다의 소설이 나온 날 리쿠 라미르 씨는 전 직원의 저녁 식사를 샀다. 결국 출판 비용보다 출판의 축제에 돈을 더 많이 들인 것이었다. 다음 날 결국 리쿠 라미르 씨는 계산기를 두드리며 사무실에 앉아있었지만 아내의 정돈되고 아름다운 글을 읽는 건 그에게는 상당히 기분 좋은 일이었다. 리쿠 라미르 씨는 퇴근 후 아내와 아내의 소설에 대해 이야기 하며 저녁을 보냈으며 린다에게 격려를 아끼지 않았다.

에밀다는 린다를 더욱 귀애(貴愛)했고 두 사람은 삶의 본질과 진지성의 견지에 대해 많은 대화를 나누었고 그해 가을 린다가 임신했을 때 에밀다는 최대한 그녀를 대화에 있어서도 배려해 주었고 다음해 린다는 남자 아기를 출산했으며 그 이듬해부터 새 소설의 집필을 시작했다.

린다는 그녀의 어머니를 데리고 와서 아이를 돌보아달라고 부탁했으며 운명에 의해 모든 것을 잃은 남자가 운명에 맞서 다쳐가며 모든 걸 쟁취하는 소설을 썼다. 에밀다는 그녀의 원고를 보고 실망했는데 소설의 모든 요소가 우연적이고 확대해석 되어 있으며 결론은 뻔했기 때문이다. 이번 소설은 린다가 새로운 소설을 시도하는 과정에서 좌초한 것이었다. 린다는 자신의 색과 맞지 않는 소설을 쓴다는 것이 결코 쉽지 않음을 깨달았고 또 자신이 가진 색깔도 초극(超克)되어야 할 무엇이라 생각했으며 글쓰기 훈련이 필요하다는 것을 깨달았다. 린다는 매일 새로운 주제로 이야기를 만들고 그것을 자연스럽게 잇는 작업을 해나갔다. 에밀다가 마흔의 봄을 맞았을 때, 린다는 『우주』라는, 인간과 세계의 관계를 비유적으로 보고 조그마한 이야기들이 연결되는 방식으로 한 편의 장편을 써냈다. 에밀다는 그 소설이 잘된 것이라는 평가를 내리고는 또다시 그녀가 출판사를 알아보고 린다의 『우주』를 출판했다.

그러나 린다는 자신의 성취에 특별히 반응하지 않았다. 에밀다 언니와 남편인 리쿠 라미르 씨가 좋아한다는 이유로 자신의 성취를 가족 아래에 두었다. 린다는 『우주』의 출간 후, 자신의 성향인 추상적이고 직관적인 경향에 훈련해서 얻은 노력인 구체적이고 정밀한 부분에 대한 묘사를 소설 속에 섞어 넣어 융해시켰다고 생각했다. 그러나 당장은 소설을 10년 동안 쓰고 싶지 않을 정도로 머릿속이 뒤숭숭했다. 에밀다가 소설에 대해 지적하는 점은 언제나 린다가 더 노력해야 할 점이었고 그것은 언제나 맞는 말이었다. 린다는 그런 에밀다가 왜 소설을 쓰지 않는지 궁금했지만 그건 에밀다의 약점에 속한 부분이었기에 그걸 파악한 린다는 에밀다에게 그런 질문을 하지 않았다.

마흔한 살이 된 에밀다는 『소수의 주장』이라는 책을 쓰고 있었고 린다 라미르는 책을 많이 읽으며 지금까지의 생각을 정리해 노트에 적고 있었다. 리쿠 라미르 씨는 헨센 전자 회사를 인수했으며 그의 모든 회사를 합쳐 라미르 사(社)라고 사명(社名)을 바꾸었다. 라미르 씨는 제철업과 올스 생산, 선박 건조 및 전자 제품을 생산하는 대기업이 되었다. 라미르 씨는 새로 벌인 전자 회사를 이끌기 위해 기술자들과 연구원들의 도움을 받았고 그러면서도 그 모든 걸 재빨리 익혀 전자 회사에는 가장 빠른 혁신이 요청된다는 것을 알았으며 기술자들과 연구원들에게 전자 제품 개발의 방향과 기한 한계를 정해주었다. 칸디나디아의 동부는 이전의 서부 해안 도시들처럼 사회 변화에서 속도가 민감해지기 시작했으며 그건 그들에게는 일종의 도전이자 다소의 거부감으로 작용했다.

린다 라미르와 리쿠 라미르 사이에서 태어난 남자 아이의 이름은 더본이었으며 그 아이는 글자를 천천히 혼자서 읽었으며 장난을 치면서도 그것이 잘못된 것을 아는 눈치였다. 리쿠 라미르 씨는 일에 바빠 집에 자주 머무르지 못해서 어린 더본이 아빠라는 말을 잊어버린 것도 무리가 아니었을 때 리쿠는 이를 섭섭하게 생각했지만 다시 더본에게 아빠라는 말과 그 대상이 자신이라는 것을 가르쳐주었다. 더본이 여섯 살이 되었을 때 에밀다가 올스 사고로 죽고 더본이 열 살 되던 해에 린다 라미르 마저 병(病)으로 죽었을 때 리쿠 라미르 씨는 매번 절망에 빠졌으나 그때마다 사업에 더욱 열중했다. 더본은 학교 수업 대신 가정교사로부터 개인 수업을 받으며 자랐고 더본이 열아홉이 되었을 때 리쿠 라미르는 그를 불러 말했다.

"남자로서의 일을 해야 해. 눈에 보이는 일은 물론이거니와 보이지는 않지만 곧 나타날 일을 먼저 개척하는 것도 남자들의 일이지. 그래서 남자들의 일은 많아서 남자들은 늘 무언가를 하는 듯이 보이지. 하지만 네 어머니의 품과 고모의 존재는 내가 일을 하는 원동력이었어. 여기 동부는 근성이 혁신적이지 못하고 그래서 결국은 한계가 올 거야. 탄디누니아로 떠나도록 하렴. 탄디누니아 서부는 기후도 좋고 공부하는 데 제격일 거야. 그리고 내 사업을 물려받으려면 사촌형들과 경쟁해야 할 거야. 새로운 땅 탄디누니아에서 새로운 걸 배우고 새로운 사업을 시작하거나 그곳에서 내 사업과 연결하거나 그건 남자로서 대학을 졸업한 후의 네 몫이라는 걸 기억하렴."

그렇게 말하는 라미르 씨의 얼굴은 슬픔과 피로에 가득 차 있었다.

더본 라미르는 대학 입학을 준비하고 스무 살이 되었을 때 탄디누니아 서부의 옐럿 대학에 합격했다. 더본 라미르는 정원의 한쪽에 있는 어머니와 고모의 묘에 꽃을 놓아드리고 트렁크 가방을 챙겨 집을 나섰다. 탄디누니아로 가는 비행기가 공중으로 떠오르고 구름 위의 망원경이 잠시 더본과 비행기를 지켜보았으나 망원경은 이내 구름 속으로 사라져버렸다.

사막의 계절

　　스무 살의 더본에게 모든 건 탄생하고 존재하고, 그리고 사라져버리는 것이었다. 어머니의 존재를 생각하기 시작했을 때 어머니가 그의 곁에 존재하고 또 사라져버렸듯이 그에게 다가오는 모든 존재는 그 순간 생겨났다가 어느 정도 그 안에서 존재하고, 그리고 사라져갔다. 더본은 어머니가 떠난 순간 감정을 말하고 나눌 사람이 사라졌으며 이제 눈에 보이는 일들을 그가 객관적 위치에서 해내고 또 그 성과만이 사람들과 자신 사이에 중요한 일이 된 것 뿐이라고도 생각했으며 그 예상은 실로 맞아떨어졌다. 가정교사인 필립은 공과 사를 구분할 줄 알았고 필립에게 더본의 교육은 공적인 일에 속했으며 아버지는 언제나 바빴고 아이는 그저 좋은 물질적 환경 속에 내버려두어도 잘 자란다는 걸 증명하고 싶은 것처럼 보였다. 어린 더본에게는 어둠이 차올랐으며 그 속에서 나는 소리는 더본 혼자 들을 수밖에 없었다.

　　더본은 자신이 탄디누니아로 가는 것이 저 성미가 사나운 사촌 형들과의 기업 계승 전쟁으로부터 자신을 보호하려는 아버지의 속뜻인 걸 알고 있었다. 아버지가 일찍이 더본이 어머니의 섬세함을 물려받은 걸 파악하고 더본에게는 기업을 물려주기보다는 좀 더 자유롭게 자신의 일을 스스로 찾아 개척하는 삶을 살기를 바랐던 것도 더본은 알고 있었다. 탄디누니아로 떠날 때 아버지는 대학에 다닐만한 돈과 어머니의 책에 대한 인세권을 더본에게 주었다. 그리고 더본은 이에 감사를 표시했다.

비행기에서 내린 더본은 햇볕의 따사로움과 건조한 날씨에 어깨를 폈다. 그러면서도 남자로서의 일을 해야 한다는 아버지의 말은 결국 아버지의 기업을 물려받으려는 마음을 버리고 새로운 개척으로 자신의 남자로서의 일을 일구어내라는 아버지의 조언으로 들렸다. 비행장은 한산했으며 그는 트렁크를 가지고서 사람을 목적지까지 데려다 주는 소형 올스 운전기사에게 옐럿 대학 앞의 그리나다 카페 앞으로 가달라고 요청했다. 세 대륙 간에는 화폐가 통일되어 있어서 환전이 필요하지 않았기에 더본은 탄디누니아에서 여러 가지를 쉽게 처리할 수 있었다. 공용어로 리브타뉴에서 쓰던 언어가 전 세계로 확산·교육된 지 오래고 더본은 리브타뉴에서 사용되던 말 외엔 다른 언어는 사용하지 않았다. 20여 분을 달려 그는 그리나다 카페 앞에 트렁크를 가지고 내렸고 운전기사에게 감사의 표시를 했다. 그리나다 카페의 2층의 공간을 아버지께서 구입해둔 터라 그는 우선 짐을 풀고자 2층으로 올라가려했다. 그러자 카페에서 여종업원이 나오더니 그녀가 들고 있는 종이와 더본의 얼굴을 번갈아 보고는 더본에게 열쇠를 주었다. 더본은 여종업원에게 인사를 건네고 2층으로 연결된 계단을 올라갔다.

'개성의 추구, 그리고 정보의 활용.'

더본은 계단을 오르면서 그 두 가지에 대해 생각하고 있었다. 집은 넓고 벽지며 나무 바닥까지 모두 깨끗했다. 옷을 옷장에 넣고 필요한 물품들을 근처의 큰 가게에서 사왔으며 벽에 다트판을 붙이는 걸로 그는 집 꾸미기를 끝냈다.

학기가 시작되었다. 더본은 일주일 동안 도서관에 틀어박혀서 많은 책을 꺼내 필요한 부분을 필기하고 나서 학교를 자퇴했다. 그리고는 자신의 그리나다 카페 2층의 집에서 머물면서 프로그램을 만들었다. 검색해서 정보를 제공하는 프로그램은 이미 많았다. 더본은 그것과는 다른 프로그램을 만들고 있었다. 여름이 가기 전 더본은 '옷 입기'와 '정원 꾸미기', '집 가꾸기', '올스 주행', '신대륙 개척하기' 프로그램을 개발했고 이를 탄디누니아의 프로그램 회사에 팔았으며 이는 곧 정식 프로그램으로 상품화되었다. 이에 소식을 들은 아버지로부터 전화를 받았으나 더본은 아버지의 일과는 분야가 다른 것이기에 프로그램을 판 것뿐이라고 짧게 대답했다.

더본은 다양한 분야의 프로그램을 개발했으며 기업들로부터의 입사 제안을 거절했다. 더본이 개발한 프로그램 중에 '영화 제작 하기' 프로그램은 그에게 큰 부(富)를 안겨주었다. 더본은 열심히 한다기보다는 그것에 집중해서 다른 것에 영향을 받지 않을 정도로 일을 하는 편이었다. 더본은 22세가 되기까지 1,000만 루안을 벌었으며 이미 더본은 라미르 씨가 더본의 사촌형들을 제치고 더본에게 제철회사와 올스 생산 공장, 그리고 선박 회사의 경영권을 준다고 하여도 사양할 터였다. 더본은 그 스스로가 걸어 다니는 기업이었다.

더본은 그 무엇이든 개발할 줄 알았으며 생각을 프로그램으로 바꾸어 놓는데 시간은 그리 필요하지 않았다. 그럼에도 더본은 자신이 하는 일에 대한 어떤 확신을 가지고 있어서 일을 그만두려는 생각은 하지 않았다. 23세에 더본은 '우주 전쟁'이라는 프로그램을 발매하고 자신의 전 재산을 사회단체에 기부했다. 이에 대해 리쿠 라미르 씨와 사촌 형들의 질타가 이어졌지만 더본은 신경 쓰지 않았고 전화기를 꺼두었다. 더본은 기부하고도 자신의 몫으로 100만 루안 정도는 가지고 있었고 그걸로 옐럿 대학이 자리 잡은 니고트버에서 북쪽으로 올스로 1시간 거리인 메리트 마을에 있는 제법 큰 집을 샀다. 집을 사고 나자 돈이 얼마 없다는 것을 알고 더본은 다시 프로그램 개발에 매달려 '차원 여행' 프로그램을 개발했고 이 프로그램으로 200만 루안을 벌어들였다. '차원 여행'을 끝냈을 때 더본은 더 이상 프로그램을 개발할 필요를 못 느꼈으며 24세의 가을, 마을의 포도 축제에서 만난 순박한 아가씨와 결혼했다. 이미 그해 봄, 아버지 회사의 경영권이 사촌 형들에게 승계된 터였다.

더본이 결혼한 아가씨의 이름은 로즈 아널스로 스무 살이었고 그녀의 집은 포도원을 운영하는 전형적인 탄디누니아 대륙 서부의 농가였다. 그들은 저녁이면 모여 아널스 부인이 요리한 돼지고기와 감자, 포도주를 먹으며 밤늦게까지 이야기를 나누었다. 더본은 아널스 집안의 가족이 된 것에 기쁨을 느꼈으며 그들과의 이야기 속에 자신 안의 어둠을 비워나갔다. 더본은 낮이면 아널스 씨의 포도원 농사를 도왔고 저녁이면 그들과 식사를 맛있게 먹고 한껏 떠들었으며 장밋빛 뺨의 아내의 볼에 키스했으며 그녀의 행복을 지키기 위해 노력해야겠다고 아니 제 자신의 행복을 지키기 위해 노력해야겠다고 마음먹었다.

더본은 자신이 행복해지기 위해 하는 일이 남자로서의 일은 아니지만 가정 속의 일원을 거센 세상으로부터 보호하기 위해 새로운 일을 개척하고 이에 노력하는 건 고귀하다고 생각했다. 더본은 '포도 농사짓기' 등의 '농사짓기' 프로그램을 개발했고 이의 수입의 절반을 아널스 부부에게 주었다. 그들은 많은 돈에 굉장히 놀랐으나 그럼에도 그들은 매일 포도 농사를 짓고 그 가정의 저녁의 즐거움은 사라지지 않았다.

더본은 책을 사서 여러모로 공부하여 새로운 프로그램을 계속 개발해갔고 혼자서 공부하는 법을 지도해준 필립 선생이 지금에 이르러서야 고마웠다. 더본이 프로그램 개발에 열중하는 동안 밖은 이미 가을의 포도 축제였다. 더본이 스물다섯이던 가을이었다.

그해 12월 리쿠 라미르 씨의 장례식을 치르고 아버지를 어머니와 고모 옆에 안장하고 더본은 다시 탄디누니아로 돌아왔다. 리쿠 라미르 씨의 유산은 모두 더본 라미르에게 상속되었고 리쿠 라미르 씨의 회사는 그의 조카들에게 경영권 승계가 이루어진 뒤였다. 라미르 씨의 안장을 마치고 사촌 형들이 더본에게 말을 걸려고 했지만 더본은 올스를 타고 공항으로 향할 뿐이었다.

스물여섯이 된 더본 라미르는 생(生)과 사(死)의 문제는 평생 사유해도 그것을 어찌할 수 있는 바가 없기 때문에 마음속 어머니의 무덤을 아버지의 곁으로 보내 드렸다. 어머니의 냄새, 우아하고 부드러운 몸짓과 아름다운 말씨도 아버지의 곁으로 보내 드렸다. 더본 라미르는 자신이 지금 살아가고 있으며 자신의 아내와 곧 태어날 아이와 함께 죽음이 그들을 갈라놓을 그 순간까지 살아나가리라 생각했다. 살아있는 동안 먹을 것을 구하고 입을 것을 구하고 잠을 청할 곳과 쉴 곳을 만들고 서로 이야기하고 서로의 존재 무게를 나누며 살아갈 것이다. 더본 라미르는 그저 살아가는 것 자체 속에 담긴 인간의 삶의 모든 것을 뭉클하게 느꼈으며 좋은 남편이 되고자 좋은 아버지가 되고자 마음먹었다.

더본 라미르는 그해 여름에 태어난 여자 아이의 이름을 신디라고 지었으며, 신디는 금발에 장밋빛 뺨을 가지고 있었다. 더본 라미르는 장인인 아널스 씨와 함께 포도원의 땅을 사들였으며 이듬해 봄에는 포도나무를 심었다. 더본 라미르는 이 아름다운 포도원에서 신디가 자라며 자연의 색깔과 풍요로움을 저절로 배우기를 원했다. 로즈는 아이를 낳고도 매우 건강하여 포도원의 일을 도왔으며 가끔 마을 아이들을 불러와 일을 시키고는 과자 사먹을 돈을 주기도 했다. 로즈는 소설 읽기를 매우 좋아해서 더본 라미르가 잠이든 후에도 늦게까지 소설을 읽곤 했으며 그러나 아침에는 더본 라미르보다 더 일찍 일어났다.

더본 라미르는 신디와 로즈를 중심으로 그의 행동의 축을 잡았고 점차 더본 속에 자리 잡은 어둠도 더본 스스로 제어할 수 있는 것이 되었다. 더본 라미르는 그의 유년기에 시작되어 청소년기와 청년기의 앞부분을 차지했던 그를 덮고 있는 어둠을 모두 움켜쥐고는 조그마한 병에 넣고는 코르크 마개를 닫았다. 곧 어둠은 희미해지고 그는 코르크 마개를 열었다. 더본의 마음은 그러한 상징적 생각으로 인해 넓어졌으며 보다 많은 것을 이해하고 받아들일 수 있었다. 그러나 그는 여전히 세상의 일이 고통스러운 일이 많기에 그의 삶의 방식에 유머를 가질 수는 없다고 생각했다.

어느 날 포도원에서 돌아온 아내를 맞으며 더본 라미르가 물었다.

"어려운 질문일지는 모르겠지만 당신은 나의 아내이고 그래서 정말 궁금해서 물어보는 거요."

"무엇이든지 말씀해보세요."

"당신도 당신의 마음속에 어두운 무언가를 안고 살았던 시기 그러니까 폴 에스더가 말한 '사막의 계절'을 실제로 가져본 적이 있는지 궁금하오."

로즈는 두 눈을 깜빡이더니 고개를 끄덕였다.

"존재의 문제, 이런 걸 한창 탐구하던 시절이 있었어요. 천재들의 길을 따라 좇으며 그러나 아무리 생각해보아도 일상에의 충실과 인생에 자기가 설정한 과제를 하나의 의미로서 해낸다는 것 외에 다른 걸 발견하지 못했어요. 하지만 무언가를 해내기에 저는 미흡하고 부족하기 때문에 일상에 충실하며 웃는 것 쪽으로 마음을 돌렸죠."

그렇게 말하며 로즈는 더본에게 아름다운 미소를 지었다. 로즈가 물었다.

"더본, 당신은 사막의 계절 속에 있나요?"

"다행히도 사막의 계절은 지난 듯하오. 그러나 언제 그것이 변형되어 새로운 무거움으로 내 안에 자리 잡을 줄은 모르겠소. 그러나 사막의 계절을 한 번 겪어내 보았다면 두 번째 사막의 계절도 겪어낼 수 있지 않겠소? 그리고 우리의 소중한 일상을 함께 생각합시다."

더본은 아내가 말한 자신이 설정한 일생의 과제를 해내는 것에 잠시 생각이 머물렀고 그건 굉장히 중요한 것이라고 생각했다. 그들에게 저녁의 시간이 오고 2층에서 유모가 울고 있는 신디를 데리고 내려왔다. 로즈는 얼른 신디를 안고는 집안으로 들어갔다.

더본은 잠시 정원을 바라보았다. 그는 인간에게 있어 어둠과 밝음 중에서 인간은 자랄수록 어둠과 그것이 주는 무게를 감당하고 살며 밝음이란 그것이 밝음이라고 인식되지 못할 때 잠시 인간 곁에 머물렀다 사라지는 것으로 생각했다. 열 살 이전의 즐거웠던 기억은 더본에게 어머니의 냄새, 표정, 몸짓, 다정한 눈 등으로 기억되어 있을 뿐 어떤 구체적인 일도 기억에 남아있지 않았다. 더본은 열 살 이후 자신의 세계가 조금씩 침식되어 지금은 그것의 철골 구조물만이 앙상하고도 보기 흉하게 남아있을 뿐이라고도 생각했다. 더본은 다시 마음속에 어둠이 덮였다는 것을 알았다. 새로운 사막의 계절이 더본에게 나타난 것이다.

여름이 지나도록 더본 라미르는 포도원의 일에 매달렸다. 구리빛으로 탄 얼굴이 제법 그에게 어울렸다. 로즈는 모자를 쓰고 나와 그에게 과일과 음료를 주었으며 더본은 생각이 많아질수록 더욱 일을 많이 했다. 가을이 되기 전 수확한 포도는 작년보다 많았으며 마을 축제에 쓸 포도를 많이 내놓았다. 축제가 한창인 가을의 어느 날 밤, 더본 라미르는 자신의 방에 앉아 편지를 한 통 썼으며 편지와 은행에서 인출한 수표를 남기고 그 마을에서 사라졌다.

더본 라미르는 비행기를 타고 칸디나디아 대륙 동부의 슬로모트에 내렸다. 그리고 슬로모트에서 칸디나디아 남부의 이겐치치까지 날아가 거기에서 하룻밤을 묵고 올스를 구입하여 베이거스 산맥 동부의 남쪽에서 시작되는 도로를 따라 올라가기 시작했다. 리브타뉴가 사라진 지점을 찾아가는 길이었다. 리브타뉴가 사라진 근처의 산맥 아래에 올스를 대놓고 며칠 째 베이거스 산맥을 등산했으며 마침내 그는 리브타뉴가 이곳에 존재했다는 표지석을 발견하였다. 그곳의 위치를 파악해 메모해 놓고는 그는 슐레브 바다의 저 끝까지 바라보았다. 더본 라미르의 피는 리브타뉴에서 온 혁신의 피였으며 더본은 자신이 해야 할 하나의 의무를 느끼고 있었다.

리브타뉴, 그는 속으로 리브타뉴를 몇 번이고 부른 후에 간단히 식사를 챙겨먹고 다시 산맥을 내려왔다. 그는 올스에 기름을 넣고는 산맥 아래 여관에서 하룻밤을 쉬었다. 더본은 산맥의 안쪽을 따라 흐르는 긴 지역은 내륙이라 항구의 발달이 어렵겠지만 올스 도로 개발을 이루어나갈 경우 북부 해안과 남동부 해안으로 이어지는 길을 만들 수 있겠다고 생각했으며 리브타뉴가 사라진 그 지점에서 산맥을 넘어 내려오는 지점에 간이식 집을 짓고는 도로 건설 사업에 몰두했다.

2년 후 베이거스 산맥 안쪽의 긴 지역을 북부 해안과 남동부 해안으로 잇는 도로가 완성되고 더본은 예전의 리브타뉴가 있던 지점에서 베이거스 산맥을 넘어 수직으로 떨어진 지역에 잿빛 콘크리트 건물 몇 채를 짓고는 관할서에 그곳을 리브타뉴로 신고했다. 더본은 남은 돈으로 잿빛 콘크리트 건물 몇 채를 더 지었으며 그곳은 연구실이나 사무실로 사용될 예정이었다.

리브타뉴가 다시 건설되었다는 소식에 동부의 사람들이 찾아와 공항을 지었으며 대학을 졸업한 연구 인력들이 그저 열정만으로 더본이 지은 건물로 들어왔으며 더 많은 건축이 이루어졌다. 잿빛 콘크리트의 혁신의 도시 리브타뉴는 점점 새로운 자신의 모습을 갖추어 나갔다. 새로운 리브타뉴는 봄과 여름에 슐레브로부터 불어오는 차고 습한 바람이 베이거스 산맥에 의해 차단되고 또 남은 바람이 산맥을 따라 내려오면서 고온 건조 해져 그 영향을 받았고 가을과 겨울에는 사막에서 불어오는 차갑고 건조한 바람 때문에 한랭 건조했다. 표면적으로 리브타뉴는 건조한 도시였지만 지하에는 베이거스 산맥에서 흘러내려오는 물이 저장되어 있어 물이 부족하지는 않았다. 리브타뉴는 그 이름만으로도 청년들을 끌어오는 효과가 있었으며 리브타뉴에서 점차 성공하는 사람들이 늘어났다.

그들 중에서 예퍼 라우드라는 서른둘의 사업가는 그의 조상들의 고향이 리브타뉴이고 또 슬로모트에서 제지업과 문구류 사업을 이어받아 운영하는 그 분야에서 성실한 사람이었다. 예퍼 라우드는 자신보다 두 살 적은 더본 라미르를 진심으로 존경했으며 더본을 자주 저녁 만찬에 초대했다. 처음 예퍼 라우드가 더본 라미르에게 물었던 질문은 어떻게 리브타뉴를 재건할 생각을 가지게 되었느냐 였고 이에 더본은 마음속의 고향을 잃고 싶지 않아서라고 짧게 대답했다.

예퍼 라우드는 여러모로 더본 라미르와 생각이 통한다고 생각했으나 더본은 마음을 잘 열지 않았다. 그저 예퍼 라우드의 요청에 성실하게 반응하는 것뿐이었다. 더본 라미르는 리브타뉴의 재건이 어느 정도 마무리 되자 자신의 일을 구상하기 시작했다. 그 스스로도 자신이 온건하고 올바른 사업가이기를 바랐으나 그럴수록 탄디누니아에 두고 온 로즈와 신디가 생각났고 그들은 리브타뉴와는 맞지 않는 들뜬 열정의 소유자로서 더본은 그들을 리브타뉴로 데리고 오고 싶지 않았다. 예퍼 라우드는 일주일에 한 번 꼴로 더본을 방문했으며 예퍼 라우드에게 더본은 확실히 마음에 드는 사업가였다.

"해턴 행성의 시작은 리브타뉴의 사업가들이었고 그래서 상징적으로도 리브타뉴라는 이름은 사라져서는 안 되오."

더본 라미르가 강조했다.

"리브타뉴의 이야기처럼 말이오?"

예퍼 라우드가 말했다.

더본은 차가운 맥주를 한 잔 더 마시고 생각했다. 남자의 인생에 있어 최고로 살아내는 것이 과연 무엇이고 그것을 혼자 이룰 수 있도록 운명이 허락하는 가에 대한 문제가 그를 괴롭혔다. 하나와 닿아있다면 그건 모두와 닿아있는 것이고 그 모든 운명의 소용돌이에 언제라도 빠져서 나오지 못하도록 운명 지워진 모습을 그 자신에게서도 볼 수 있었다.

"이야기는 불분명한 것일 뿐이오."

더본 라미르가 말했다.

"리브타뉴는 사라져도 그들의 이야기는 남아있었잖소?"

예퍼 라우드의 말은 더본의 신경을 거슬리게 했다.

"난 이야기 때문에 리브타뉴를 재건한 것이 아니오. 산업 혁명의 시작과 완성이 그 시대의 고독한 사업가들에게 있었다는 말이오. 그만 일어나겠소."

"더본, 당신도 여자와 혹은 아이와 얽히기 싫어서 그러는 것 같군요."

예퍼는 취중 의도가 있는 것처럼 굴었다.

더본은 예퍼의 멱살을 잡고 들어 올리더니 다시 그를 놓았다. 예퍼의 주먹이 날아오고 두 사람은 술집 바닥에 나뒹굴면서 치고받고를 반복했다. 지역 치안 담당관 두 명이 와서야 두 사람은 싸움을 멈췄다. 다음

날 예퍼가 더본의 집을 찾았다.

"그저 알고 있었네. 자네에게 젊은 아내가 있고 딸이 하나 있다는 사실을 말일세. 그들을 버리고 자네가 여기까지 온 것도. 그 이유도 짐작되긴 하지만. 나는 탄디누니아에 거래처가 많거든. 자네는 탄디누니아에서도 이름 높은 사업가였더군. 프로그램 개발에서 그 창의성을 따라갈 자가 아무도 없을 정도의 그런 사업가 말일세. 그런데 왜 아내와 딸을 버렸나?"

"그들은 리브타뉴에 어울리지 않는 높은 온도의 소유자들이야. 나는 리브타뉴의 피를 물려받았고."

"그럼 왜 결혼했나?"

"마음을 둘 데가 없었어. 그리고 축제에서 춤을 추는 장밋빛 뺨의 높은 온도의 여자를 만난 것뿐이야."

"그래도 이혼 서류는 보내야 하지 않겠어?"

"그럴 생각이야. 리브타뉴의 남자들은 마음을 둘 데가 없다는 걸 나는 알았어. 그래서 끊임없는 혁신, 사업, 새로운 자본에 골몰하지. 나는 그 모습을 이젠 사랑하게 되었어. 끊임없이 외롭고 끊임없이 일해서 성과를 내는 것 말일세."

"마음속까지 완전히 리브타뉴의 남자로군."

2개월 뒤 더본 라미르는 이혼 서류를 탄디누니아로 보냈고 로즈의 동의로 그들의 이혼은 간단하게 끝났다. 돌이켜보면 로즈와의 결혼 생활은 일상에서의 일탈 내지는 자신이 할 일을 찾는 과정에서 그가 빠져버린 우물에서 하늘을 올려다보았을 때 보았던 여인의 의미였지 그와 로즈는 뼛속부터 다른 존재였기에 시간을 통하여 그들은 서로를 이해할 수가 없었다. 더본은 그것을 로즈도 어느 정도 이해하고 있으리라고 생각했으며 로즈는 매달리지 않고 그를 놓아주었다.

더본 라미르는 그에게 남은 자본이 얼마 없자 새로운 프로그램 개발
을 시작했고 서른넷이 되던 해, 그 일의 가시적인 성과가 나타나자 그가
벌어들인 돈으로 기기에 입력하여 사용하는 프로그램을 개발하는 회사
를 세웠으며 직원은 10명으로 시작했다. 사명(社名)은 '일루젼'이었으며
더본 라미르가 중점적으로 개발하기 시작한 프로그램은 만화 제작 기법
을 담은 프로그램이었다. 누구나 손쉽게 만화 인물들을 만들고 설정된
이야기판에서 만화 인물들의 이야기를 만들 수 있도록 하는 프로그램
이었다. 이 작업은 1년이 걸렸고 판매는 적당한 수준에서 성공이었다.

서른다섯의 더본은 두 명의 직원을 더 채용했고 자신은 일에서 좀 떨
어져 직원들을 이끌고 관리했다. 직원들은 자유로운 분위기에서 자신
의 생각을 발표하고 생각을 서로 공유하였으며 기획안을 짜서 발표했고
실제로 더본 라미르의 승인이 난 기획안은 직원들 모두가 애써서 프로
그램을 개발했다. 더본은 프로그램이 담긴 기기를 개발할 의도는 없었
는데, 그건 자본과 기술적인 혁신이 보다 많이 필요했고, 기기를 만드는
회사는 충분히 많았기에 그는 기기 속에 입력하는 프로그램에만 힘을
쏟았다.

더본은 이제 신디가 글을 읽을 수 있을 거라고 생각했다. 여러 번 망
설인 끝에 신디에게 편지를 보냈으며 신디로부터 조그마한 카드와 신디
의 최근 사진을 받을 수 있었다.

엄마는 아빠를 미워하지 않아요.

엄마는 아빠가 떠날 줄 아셨대요.

그저 이곳의 열기와 마법이 도시 사람을 마비시킨 것뿐이래요.

그리고 엄마는 아빠에게 감사한대요.

엄마에게 신디와 많은 돈을 줘서요.

또, 편지 써도 되죠?

다정한 신디가.

어린이가 사물을 보는 시각에 대해 잠시 생각해 보았지만 더본은 너무나 솔직한 편지에 웃음이 터질 지경이었다. 편지가 온 다음날 회사에 출근해서 여러 동물의 모습을 만들어내는 것과 관련된 '동물 공장' 프로그램의 개발 승인을 내리고 그는 하루 종일 신디의 사진에서 눈을 떼지 않았다. 신디의 사진을 사무실 책상 서랍에 넣고는 저녁에 있는 예퍼 라우드와의 식사를 기억해냈다.

더본과 예퍼는 리브타뉴 시내의 식당에서 만나 차가운 맥주를 병째로 한 병 마시고는 쇠고기 등심 구이와 감자를 주문했다.

"그래, 여전히 여자에는 관심이 없고?"

예퍼 라우드가 심술궂게 물었다.

"없어. 딱 한 사람 있긴 하지만."

더본이 말을 흐렸다.

"누구인지 물어봐도 되나?"

예퍼가 관심을 보이며 말했다.

"신디, 내 딸."

더본의 대답에 예퍼는 어이없어하며 손뼉을 쳤다.

"여자에 대해서는 아마 그것이 유혹적이고 여성적인 것에 속해있는 자질에 대해서는 나와 관계없는 일일 뿐이야. 설명이 되었는지 모르겠군."

더본이 말했다.

"무슨 말인지 알겠네만 그로 인해 불행하지는 않았으면 좋겠네."

"모든 사람은 자신만의 삶의 방식이 있어서 타인의 눈에 불행하게 보여도 자신은 최대한 괜찮게 사는 모습인 것일 수도 있어."

"알겠네. 남자는 행복에 기반하여 사는 존재가 아니니."

예퍼는 맥주를 한 병 더 마시고 곧 두 사람은 식사를 하기 시작했다.

"여자의 일과 남자의 일이 구분지어져 있다고 생각하나?"

예퍼가 물었다.

"남자든 여자든 구분 없이 그저 자신의 일이겠지. 그러나 여자는 자신이 가진 타고난 여성적 특질들로 일을 하려한다면 메스꺼울 수밖에."

더본이 대답했다.

"자네의 딸이 후에 그녀의 타고난 여성적 자질로 직업을 삼는다면?"

"저주해야 마땅하지."

더본은 아무렇지도 않다는 듯 대답했다.

사막과 더욱 가까워진 리브타뉴는 사막 속에 빛나는 차가운 푸른 별과도 같이 도도하고도 깊은 슬픔을 간직한 듯 그 빛을 사막의 바람에 흘려보내고 있었다. 리브타뉴의 사람들은 자신들의 일에 흡수되어 시간이 가는 줄 몰랐으며 바람의 온도를 감지하여 계절이 바뀐 줄 알 뿐이었다. 리브타뉴는 사막의 계절을 맞이하고 있었다. 차갑고 메마른 바람이 모모켄트 사막으로부터 불어오기 시작하는 가을이 된 것이다.

더본은 자주 모모켄트 사막 쪽을 바라보았으며 자신의 마음속 어둠이 다시 차올랐다고 느꼈고 이번에 그에게 찾아온 사막의 계절은 그로서는 전혀 알 수 없었고 다만 그것이 자신의 마음에 내렸다는 것만을 알 수가 있었다. 빛이 끼어들 틈이 없는 짙은 밀도의 어둠이었다. 더본으로서는 사막이 모래가 쌓이면 모래를 바람에 내어보내듯 자신속의 어둠을 해체하여 바람에 흘려보내고 싶었으나 자신이 스스로 그 어둠의 실체를 파악하기까지 결코 사막이 모래를 주변으로 내어보내듯 하지 못하리라는 것을 알고 있었다.

더본은 사무실에서 매일 결재 서류를 처리하고 한 시간씩 직원들과 회의를 하고 일의 진척 상황을 파악하거나 했다. 집에 돌아오면 뜨거운 커피에 데운 빵을 크림치즈와 곁들여먹고 책을 읽거나 음악을 듣고 메모할 사항을 메모하거나하고는 잠을 잤다. 그는 일상에 아무런 불만이 없었고 일에서 무언가를 성취해내서 기분이 좋은 건 아니었다. 그저 그가 선택하고 그래서 지금 누리고 있는 삶이 그저 아무런 불만이 없었을 뿐이고 이는 마음속의 어둠과 별개의 문제였다.

겨울이 되고 더본은 베이거스 산맥으로 겨울 등산을 떠났고 겨울의 산속을 걷고 헤매고 뛰거나 하면서 존재 궁극적인 무엇에 대한 질문으로 자신을 몰아대거나 괴롭혀서는 안 된다는 생각을 했으며 이번에 찾아온 그 안의 어둠을 찾아 헤매듯 눈 덮인 산속을 헤매고 다녔다.

서른여섯이 된 더본은 독서에 몰두했으며 읽을 만한 책을 모두 읽었을 때 자신안의 어둠이 그 껍질이 녹아내리며 그 안의 불분명한 것들까지도 눈 녹은 물이 계곡을 따라 세차게 흘러가듯 내려가 버린 것처럼 그에게도 그러하였으며 더본은 그의 일을 계속해나갔다. 슬로모트의 큰 프로그램 회사에서 합병 제안을 해왔지만 그는 거절하고 잠자코 그의 얼마 안 되는 일을 할 뿐이었다.

신디에게서 편지가 왔지만 그는 읽어보지 않았다. 예퍼 라우드로부터 더본은 표정부터 시작해 속까지 굳어있다는 지적을 받았지만 그의 직원들은 그에게 그런 평가를 내리지 않았다. 그는 직원들과 회의하고 지시를 내릴 때 그저 침착해 보였기 때문에 직원들은 사장이 원래 저러한 표정이나 행동을 보이는 거라고 생각했다.

더본의 마음은 개념의 파편이 여기저기에 꽂혀 있어서 복잡함 속에 있었다. 매일 개념을 재정의(再定義)해나갔으며 어떤 개념은 그 의미가 발전하다가도 소멸되었고 개념이 소멸된 빈자리는 새 살이 돋아 미끈해졌다. 더본은 생각하고 또 생각했으며 어느 순간 개념에 의해 매몰되지 않고 매 순간 자신의 생각과 판단으로 모든 것을 분석하고 행위 결정을 분명하게 내릴 수 있다는 것을 파악했다. 그러나 그럴수록 더본은 차가운 얼음벽 속에 갇혀버린 아기 사자처럼 그가 그러하다는 것에 대해 스스로도 알고 있었다.

'어머니, 저는 아직 유년기 속에 살고 있는 것 같습니다. 어머니께서 돌아가신 이후로 저는 발달하지 못한 것 같습니다. 어른이 가져야 할 사려 깊음과 용납함, 책임을 지는 것을 아직 저는 가지지 못했습니다. 저는 반쪽짜리 어른이고 앞으로도 그렇게 살아야 할까 두렵습니다.'

슬로모트의 큰 프로그램 회사에서 한 번 더 합병 제안이 들어왔을 때, 더본은 무슨 생각이 들었는지 그들의 제안을 수락하고 회사를 그들에게 팔았다. 회사를 팔고 술을 마시며 그는 인간이 복잡해지고 진리에 다가설수록 고상해지는 건 아니라고 생각했고 인간이 모든 것을 사유하고 난 뒤에도 인간이 할 수 있는 건 지금 하고 있는 일일 뿐이라고도 생각했다. 인간의 사유는 고급이나 현실은 빵 한 덩이와 고기 한 덩이를 위해 사는 것이 그가 내린 결론이었다.

더본 라미르는 다시 탄디누니아로 돌아갔으며 로즈는 그를 받아주었고 구김살 없이 자란 신디는 아빠의 볼에 키스를 했다. 더본은 축복 받은 포도원에서 육체의 노동을 하며 하루하루를 살기로 마음을 먹었으며 인간 안에 어둠이 싹트는 계절인 사막의 계절은 그에게서 또다시 사라져버린 것이 되었다. 포도원은 오랜 부재의 그를 아무런 질타도 없이 받아주었고 더본은 뜨거움과 열기로 뒤덮인 곳의 삶 자체를 긍정적인 것으로 받아들였다.

예퍼 라우드는 그즈음 제지 공장을 남동생에게, 문구 사업을 여동생에게 맡기고 자신으로서는 새로운 사업에 몰두하고 있었다. 그는 외형

(外形)이 오직 검은색과 황금색으로 된 고급 화장품을 기획하고 있었으며 고급 여성용 가방을 기획하고 있었다. 예퍼 라우드는 더본이 가족에게로 돌아가서 기쁘면서도 내심 그가 없는 리브타뉴가 이렇게도 허전한 건지 몰랐다. 어쨌든 예퍼 라우드는 실험적으로 화장품의 외형과 여성용 가방의 여러 형태를 만들어보았다. 화장품과 여성용 가방은 로고와 사명(社名)이 중요했기에 그는 우산 모양의 로고와 '엠베러'라는 상품의 이름 및 사명을 정했다.

예퍼 라우드는 화장품의 내용물도 물론 최고급이어야 하지만 화장품의 외형(外形)도 하나의 예술이라 생각했기에 여러 개의 외형을 만들어보면서 겉은 황금색으로 속은 검은색으로 화장품의 외형을 정했고 황금색 겉면에는 우산 모양의 엠베러 로고를 표기했다. 여성용 가방은 여러 종류로 나눠서 지갑까지 만들어보았으며 예퍼 라우드가 서른아홉이 되던 봄, 리브타뉴의 중심가에 엠베러 사(社)의 화장품과 여성용 가방의 두 매장이 들어서게 되었다. 만만치 않은 가격에도 여성들 사이에서 인기가 높아 예퍼 라우드는 제품을 만드는 직원들에게도 격려를 아끼지 않았다. 가을이 되기 전 매장은 화장품 2곳, 가방 3곳으로 늘어났으며 동부에서도 '엠베러'에 관심을 보이며 상점을 열고 싶다는 문의가 이어졌다. '엠베러'는 광고를 거의 하지 않았고 그저 몇몇 고객을 대상으로 사업을 시작하였으나 소문이 이어지면서 '엠베러'의 인지도가 상승한 것이었다. 예퍼 라우드는 계속해서 자신이 화장품의 외형을 만들어보기도 했으며 그러나 언제나 중요한 것은 외형의 겉면은 깨끗하고 빛나는 황금색이고 안은 깊은 검은색이라는 원칙을 지켰다. 그리고 예퍼 라우드가 자신이 만든 가방과 자신이 만든 외형의 화장품을 한정판으로 만들어 내놓으면 즉시 팔려나갔다.

예퍼 라우드는 탄디누니아에서 상점을 열고 싶다는 사업가들을 만나기 위해 비행기에 올랐다. 예퍼 라우드는 탄디누니아에 도착해서 사업가들과 만나 긍정적인 결론을 내렸으며 예전에 더본이 언급한 적이 있는 메리트 마을에 도착해서 가장 큰 포도원을 운영하는 집을 찾았다. 예퍼는 어렵지 않게 더본 라미르를 만날 수 있었으며 더본 라미르는 예퍼 라우드를 만나자마자 뜻밖의 기쁨이라도 되는 듯 어쩔 줄 몰라 했다.

더본 라미르는 예퍼 라우드를 집안으로 데리고 들어갔으며 어느새 꼬마 숙녀가 되어버린 신디를 예퍼에게 소개했으며 동시에 그의 아내인 로즈도 소개했다. 가벼운 인사 후 로즈는 신디를 데리고 2층 방으로 올라갔으며 더본과 예퍼 둘 다 할 말은 많아 보였지만 그들은 서로를 보고 웃을 뿐 좀처럼 이야기를 꺼내지 않았다.

"처음 자네를 봤을 때 얼굴은 얼어버린 듯 했고 굉장히 차가운 인상을 풍겼지. 하지만 지금은 온기로 부드러워졌네."

예퍼가 이야기를 꺼냈다.

"차가운 곳에 어두운 곳에 있기를 자처해도 결국 나오는 건 없으니까. 한 가지 알게 된 것은 따뜻한 일상이 소중하다는 것, 그건 알게 된 바이지."

"삶이 그렇게도 자네에게 잔인했었나?"

예퍼 라우드가 물었다.

"아니. 내가 나에게 잔인하게 굴었네. 이것저것에 대해 알아내라고. 제대로 알아내라고 나를 괴롭혔네. 그래서 매일 스스로 얼음 동굴을 파고 그 속으로 자꾸 들어갔지."

"그래서 결론은 뭔가?"

"따뜻함이 필요했어. 다행히 내가 오래전에 버린 가정은 내 자리를 지키고 있었고 나를 받아주었어."

"그래, 다행스럽군."

더본 라미르는 사막의 계절이 또다시 때가 되면 자신의 마음속으로 파고들어 모든 것에 대해 문제를 제기하여 또다시 자신을 어둠 속으로 얼음 속으로 몰아넣을지 모른다는 생각이 들었지만 그가 스스로 자신의 존재 무게와 사유 무게를 재보건대 사막의 계절이 다시 오더라도 그의 일상이 흔들리지는 않을 거라고 생각했다. 사막의 계절이 몇 번이나 지나간 더본 라미르에게 다시 올 사막의 계절은 멀리 있는 것처럼 보였다.

아무에게도
미안하다고 하지 말게

칸디나디아 동부에서 사막을 지나면 나타나는 도시 리브타뉴는 잿빛 콘크리트 건물로 뒤덮여 있는 사막의 도시였다. 낮에는 사막의 열기와 함께 열정이 움직였으며 밤에는 차갑게 식어 아무도 서로를 돌아보지 않았다. 쉰 살의 예퍼 라우드는 더본 라미르의 장례를 리브타뉴에서 치르고 그의 시신을 리브타뉴에 안장했다.

'사막의 모래가 가끔 자네를 툭툭 건드릴 터이니 심심하지는 않을 걸세.'

예퍼 라우드는 그 무렵 여성 소비재 사업계의 거물이었다. 그는 액세서리와 보석, 핸드백과 구두 그리고 화장품까지 두루 성공한 엠베러 사(社)를 이끌어온 존재였다. 신디 라미르가 엠베러 사(社)에 입사하기를 원했지만 예퍼 라우드는 더본 라미르를 생각하며 여성적인 일에 딸이 몰두하기를 바라지 않을 거라 믿으며 반은 농담, 반은 진담으로 퇴짜를 놓았다. 리브타뉴에 있는 엠베러 사(社)의 본사는 6층 높이의 건물이었고 1층부터 3층까지는 매장이었다. 예퍼 라우드는 섬세하고 더없이 미적(美的)이며 동시에 전문적인 기술이 필요한 자신의 일을 사랑하고 아꼈다. 언제나 유행의 경향을 만드는 것도 그였으며 신제품 개발에 지시를 내리는 자도 예퍼였다. 예퍼는 여성들의 치장에 압도적인 영향을 미쳤으나 그는 자신이 하는 일이 객관적 분석과 일에 대한 전문성으로 이루어지는 것이며 여성적이라고는 생각하지 않았다. 다만 여성을 그의 고객으로 생각할 뿐이었다.

더본 라미르가 병(病)으로 죽고 나서 예퍼는 리브타뉴를 재건한 인물이 이제는 존재하지 않는다는 생각에 한동안 우울했으나 일을 하면서 그러한 기분을 떨쳐냈다. 예퍼 라우드는 더본 라미르를 특별하게 생각했으며 더본을 전혀 닮지 않은 탄디누니아 서부의 아가씨인 신디가 괜히 밉게 보였다. 어쨌든 신디는 다시 탄디누니아의 그녀의 어머니 집으로 돌아갔으며 더본이 신디에게 남긴 재산도 제법 되어서 예퍼 라우드는 신디에 대해서는 걱정하지 않았다. 신디는 그녀 자신이 좋아서든 혹은 하고 싶은 일이 순식간에 나타났다가도 그 일을 정작 하게 되면 싫증을 내기 쉬운 나이였고, 그 일을 할 수 없게 되어도 잘 포기하고 다른 것에 몰두할 수 있는 나이였다.

예퍼 라우드는 아직 미혼이었다. 작은 키와 젊은 시절 여자 앞에 서면 발음이 어눌해졌던 몇 번의 경험이 그를 지금껏 혼자 지내게 한 것이었고 쉰 살의 나이에 이르러 그는 남자에게 있어 키가 작은 것도 흠이 안 되며 발음은 마음먹기에 따라 더 당당해질 수도 있다고 생각했다. 그는 회사 직원들 앞에서 연설을 할 때 떨리는 것이 전혀 없었으며 지금에 이르러 자신의 경력과 돈을 보고 어떤 여자가 결혼하자고 해도 그건 정말 우스꽝스러운 일일 거라고 생각했다. 그는 결혼하지 않은 것에 아무런 신경도 쓰지 않았다.

비가 거의 오지 않는 리브타뉴에 산맥으로부터 검은 구름이 몰려와

비를 뿌렸다. 예퍼 라우드는 퇴근하면서 새로 사둔 노트를 챙겼다. 그는 운전기사를 퇴근시키고 검은 우산을 썼다. 비 내리는 거리를 걷는 것은 리브타뉴에서 좀처럼 경험할 수 없는 일이었다. 그는 비 내리는 거리를 걸어 리브타뉴 외곽의 그의 집까지 도착했다. 그는 하인을 고용하지 않았고 일주일에 한 번 청소를 직원들에게 부탁했을 뿐이었다. 그는 검소하게 살고 있었다.

우산을 접어들고 그는 외투가 비에 젖은 것을 보고 만족했다. 커피를 타고 비 내리는 바깥 광경을 보며 그는 회사에서 챙겨온 노트의 페이지를 폈다. 예퍼 라우드는 무언가를 써내려가기 시작했다.

문이 하나 있네.

문의 주변은 조그만 빨간 호박과 그 덩굴로 장식되어 있고 주변은 환하게 밝지. 그러나 그 문은 한 사람에게 단 한 번 열리고 그 너머로 들어가 버린 사람은 더 이상 문 밖으로 나올 수 없네. 문 밖에 있는 사람들은 문 안으로 들어가 버린 사람들이 무엇을 하는지 알 수가 없어. 문 안에 있는 사람들이 무슨 생각을 하고 과연 문 안에 그들이 있기는 한 지 또 다른 곳으로 가버렸는지 등등의 생각을 하며 문 밖에서 문만 뚫어지게 쳐다보는 것이지. 그렇게 오랫동안 문밖에서 문을 지켜보고 있으면 결국은 지쳐서 문에 대한 관심을 거두고 문 밖에서의 생활에 몰두하지.

더본, 자네는 문 안으로 들어가 버렸고 나는 이렇게 문 밖에 있네. 자네가 들어간 문을 너무 오래 쳐다볼 수는 없네. 문 앞에 앉아있는 건 어떤 것도 알려주지 않으니까. 그러나 가끔 그 문을 떠올리며 결국 내가 생각하는 건 자네의 의미이지 않겠나. 언제고 나도 그 문으로 들어가겠지. 그러나 들어가더라도 달라질 건 없네. 오직 내가 살아있는 동안 문 안의 자네를 문 밖의 내가 기억해주는 것이 의미의 전부일 테니. 내가 문 안으로 들어가 버리면 우리들 모두가 소멸되고 문마저도 없어질 지도 모르니. 오늘은 리브타뉴에 비가 온다네. 관 속으로 스민 물이 얼굴을 적셨는지 모르겠군. 지금 내가 원하는 것은 조금 더 존재하고 싶다는 것일세. 욕심은 아니지. 다만 운명이 너무 매정하지 않기를 바라는 것뿐이야. 더본, 쉬게. 오늘은 리브타뉴에 비가 내리고 있어.

자네의 벗, 예퍼.

다음날 하늘은 개었으며 예퍼 라우드는 운전기사가 모는 올스로 출근했다. 서류를 검토하고 결재했으며 중역들과의 회의에 참석해서 의류 사업에는 진출하지 않기로 결정을 내렸으며 여성들이 엠베러 사(社)의 제품을 자주 구매할 수는 없게 그러나 단 한 번의 구매에도 최대한 만족을 얻을 수 있도록 기존 제품에 대한 고급화를 예퍼는 중역들에게 주문했다. 예퍼는 퇴근 시간까지 책을 읽었으며 퇴근 후 더본의 묘에 들러 장미꽃을 놓고는 잠시 서 있다가 그의 집으로 갔다. 그는 집 근처의 식당으로 가서 혼자 저녁을 먹었으며 집으로 돌아와서 반지의 형태와 목걸이 및 팔찌의 형태를 구상해보았으며 문자를 결합한 것 같은 반지의 형태가 마음에 들어 바로 제작에 들어갈 생각이었다.

'고급이어야 해. 최고급 말이야.'

예퍼 라우드는 여성들이 자기 존재 가치와 자기 허영을 엠베러 사(社)를 통해 가지기를 원했다. 마치 남성들이 고급 올스로 자신을 표현하는 것처럼 여성들도 그러기를 원했다. 시대는 인간으로서 자기 존재 의의를 추구하는 사람도 눈에 띄지 않았으며 또 추구한다하더라도 일반적으로 알고 있는 사실 너머의 인식을 할 수는 없었다. 그럴 바에야 제대로 만들어진 물건을 소유하고 자신에게 맞는 물건을 고름으로써 자기 인식과 표현이 어떤 면에서는 가능하다고 생각했다. 자신이 좋아하는 것, 선호하는 것을 가짐으로써 자신을 알고 표현할 수 있게 되는 것이다. 그러나 예퍼 라우드는 자기 존재 모색이 과도한 소비주의로 이어지는 것을 우려했다. 젊은 여성들은 자기 존재 모색이 무슨 말인지도 모르는 시대에 비싼 엠페러 사(社)의 제품을 온몸에 달고 다녔고, 예퍼는 제품을 더욱 고급으로 만들되 가격을 계속 올렸다.

예퍼 라우드는 원래의 리브타뉴에서 산업 혁명이 막 지난 시기에 살았던 린지 홀을 불러내 그녀에게 이것저것을 입히고 치장을 해주고 싶었다. 닐 크라우스가 묘사한 그녀의 옷부터 바꿔 입히고 새 구두를 신기고 반지와 팔찌를 착용하게 하고 목걸이를 해준 다음 마무리로 핸드백을 들게 하고 싶었다. 물론, 린지 홀은 그의 호의를 사양할 것이 분명했다. 보통 사람들의 눈에는 보이지 않는 자신만의 존재 의미 자각이라는 요소를 두 눈에 담은 린지 홀은 예퍼에게 아름다운 여자였다. 엠페러 사(社)의 그 모든 제품을 거부할 수 있기에 린지 홀이 빛나는 것이었다. 물론, 린지 홀이 요즘 사람이고 성공한 소설가라면 분명 엠페러 사(社)의 제품을 사리라 확신하는 것도 예퍼였다. 그러면서 예퍼 라우드는 여성 자체의 아름다움은 여성 스스로 만드는 것이고 외모만이 여성의 아름다움을 나타내는 모든 것이 아니라는 데 동의했다. 여자가 스무살이 되어 먼저 들어야 할 것이 화장 도구 상자가 아니라 두꺼운 책이라는 걸 그는 고개를 끄덕였다.

예퍼 라우드는 다음날 회의를 오랫동안 진행하였고 새로운 반지 형태를 제시했으며 여성의 아름다움에 대한 책을 쓰겠다고 했다. 새로운 반지의 형태에 대한 중역들의 반응이 좋았고 엠페러 사(社) 사장의 여성의 아름다움에 대한 철학을 담은 책의 구상도 중역들이 바라던 것이었다.

엠페러 사(社)의 중역들 중에 유일한 여성인 40세의 앨리버스 오닐드는 제품과 미(美)에 대한 혹독한 비평으로 유명했다. 그런 앨리버스가 예퍼 라우드가 쓰기로 한 책에 관심이 없을 수 없었다. 회의를 마치고 예퍼가 주스를 마시자 앨리버스는 예퍼 라우드 앞에 서서 할 말이 있는 듯 했다.

"무슨 일이오? 앨리버스 오닐드 양?"

앨리버스는 일을 위해 그녀의 젊음을 모두 쏟았던 것이다.

"사실은 제가 여성의 아름다움과 엠베러 사(社)의 제품에 대해 책을 쓰고 있어서요. 혹 사장님의 것과 내용이 겹친다면……."

"겹칠 일은 없을 거요. 난 여성의 내면적 아름다움에 대해서만 쓸 테니. 앨리버스 오닐드 양은 일반적으로 말하는 여성의 미에 대해 쓸 것 아니오?"

"그렇긴 합니다."

"앨리버스 오닐드 양의 책은 오닐드 양의 책대로 의의를 가질 것이고 내가 느끼는 여성의 미(美)에 대해 쓰는 책도 내 책대로 의의를 가질 터이니 신경 쓰지 마시고 자신의 일을 추진하도록 해요. 다시 말하지만 나는 여성의 아름다움에 대한 나의 철학을 그 내용으로 하니 엠베러 사(社)의 제품과 책 내용을 결부시키지 않을 거요."

앨리버스 오닐드는 사장의 저서 발표 계획에 혹여나 지금 집필하고 있는 자신의 책이 출판을 하지 못하게 될까 걱정했던 것이다. 그리고 역시 예퍼 라우드는 앨리버스의 상관(上官)다운 면모를 보여주었다.

앨리버스의 책이 나오는 것과 동시에 예퍼의 책도 나왔다. 앨리버스의 책이 여성의 미에 대해 객관적으로 분석하고 또 엠베러 사(社)의 제품과 고품격 미를 연결시킨 것과는 달리 예퍼 라우드는 정신으로서 스스로를 구원하고 매 순간 자신을 완성해나가는 여성의 모습을 제시하면서 오직 여성만이 가진 아름다움이란 자신이 여성이면서도 한 명의 인간으로 살고자 자신을 이끄는 모습이라고 그런 여성에게서 오직 여성만이 가지는 아름다움이 내면에서부터 발산된다고 하였다. 두 책은 관점이 달랐으나 엠베러 사(社)의 주요 인물들이 쓴 책인 것만큼 그리고 각자의 주제에 충실한 만큼 제법 팔려나갔다. 물론, 앨리버스 오닐드 양이 예퍼의 책을 읽고 수긍한 것은 예퍼에게 자신만의 미적(美的)인 태도가 있는 것이 분명했다는 걸 의미했다. 게다가 앨리버스 오닐드는 엠베러 사(社)의 사장이 지닌 미에 대한 철학이 형이상학적이고 그 내용에 있어서 고급인 것이 마음에 들었다.

쉰한 살이 된 예퍼 라우드는 정원사가 하던 일을 손수 맡아서 했으며 나무의 가지치기며 화분을 가는 것 따위를 여가 시간을 활용하는 방법으로 썼다. 앨리버스 오닐드는 그녀의 책이 썩 잘 됐는지 엠베러 사(社)를 떠나 핸드백 전문 회사인 오닐드 사(社)를 설립했다. 이에 예퍼 라우드는 그저 그녀의 전문성과 개성대로 그녀의 사업이 잘 되기를 바랐다. 예퍼 라우드는 정원에서 시간을 많이 보냈고 회사의 일은 흘러가는 대로 지켜보았다.

예퍼 라우드는 그의 정원에서 기른 장미를 꺾어 꽃다발을 만들고는 살아있는 동안 자신에게 마음을 연 적이 없던 친구 더본 라미르의 묘를 찾아갔다. 더본의 묘에 꽃다발을 올려놓고 예퍼는 마음속으로 여전히 차가운 더본과 이야기를 나누었다.

'지금 나의 살아있는 가운데 나의 많은 것들이 옛적이나 이미 죽어버린 것에 속해있다고 느끼네. 창조와 혁신보다는 낡은 편지지나 먼지 앉은 두꺼운 책을 선택하고 마음을 줄 사람들도 이미 과거 속에 있는 게 되어버렸지. 언제나 자네를 닮고 싶었네, 더본. 하지만 나는 자네만큼 능력 있지도 못했고 그래서 겨우 멋진 자네를 흉내 냈다는 것이 자네가 싫어하는 여성적인 것의 일이야. 하지만 나는 나의 일에 여성을 넣지 않았다고 확신하네. 나는 존재의 아름다움을 넣고 싶었을 뿐이야. 그래서 그런 고귀한 걸 여성들이 소유하기를 바랐지. 그럼으로써 존중받기를, 여성 한 존재 한 존재가 존재로서 최고의 가치인 미(美)를 소유하기를 바랐던 거야.'

더본의 묘를 다녀와서 예퍼 라우드는 '엠베러, 과거'라고 쓰고는 스케치북을 꺼내 과거의 잃어버린 것을 혹은 과거에 남아있는 것들을 그것들을 무늬로 표현해냈다. 한 달 뒤, '엠베러, 과거'라는 제목으로 세 가지 핸드백이 출시되었고 준비된 물량이 모두 소진되었다.

엠베러 사(社)의 중역들도 예퍼 라우드의 저력에 다시 한 번 놀랐으며 구체적인 아름다움은 미(美)를 느끼는 정신에서 온다는 예퍼 라우드의 말을 되새겼다. 지금껏 예퍼가 직접 기획한 제품들은 준비된 수량이 모두 매진되었고 그러한 예퍼의 능력은 그가 나이가 들면서 고급스러움을 더하며 더욱 빛났다.

예퍼 라우드는 가끔 회의를 진행하고 신제품의 생산에 대해 결정을 내렸으며 그러나 화장품의 외형은 황금색의 겉과 검은색의 안을 고수했다. 쉰둘이 되던 해 급격히 건강이 악화된 예퍼 라우드는 새로운 사장을 뽑는 일을 중역들과 직원들 몫으로 맡겼다. 엠베러 사(社)의 새로운 사장으로 중역들 중에 가장 젊은 마흔 살의 샘 오토미르가 확정되었다.

유언대로 예퍼 라우드는 더본 라미르 곁에 안장되었다. 장례식이 끝난 후, 샘 오토미르는 예퍼 라우드의 업무 처리 방식을 알기 위해 바로 사장실로 향했지만 사장실에는 특별한 서류도 메모지도 없었다. 샘 오토미르는 예퍼 라우드를 생각하며 엠베러 사(社)의 그 모든 것이 예퍼 라우드의 머릿속에서 생성되어 변형되어 제품으로 나타난 것이었으며 그래서 그가 더욱 특별해보였다.

최고 경영자가 교체된 엠베러 사(社)와 새로운 경쟁 업체인 오닐드 사

(社)의 맞대결은 불가피했다. 샘 오토미르와 앨리버스 오닐드는 그들이
엠베러 사(社)에서 함께 돕고 경쟁했던 시절에 대해 최종적으로 누가
능력상의 우위가 있는지 증명하기라도 하듯 비교적 짧은 기간에 두 회
사 모두 핸드백에서의 신제품을 내놓았다. 엠베러 사(社)가 무늬를 최
대한 생략하고 가죽과 세련된 형태에 승부수를 걸었다면 오닐드 사(社)
는 추상적인 형태의 무늬를 촘촘하게 박은 제품을 내놓았고, 엠베러 사
(社)가 수량을 조금만 내놓았기에 엠베러 사(社)의 핸드백은 모두 매진
되었고, 오닐드 사(社)의 핸드백 역시 반응이 좋았으며 많이 팔려나갔
다. 엠베러 사(社)의 경영자는 핸드백에만 시선이 머물러서는 안 되었
다. 샘 오토미르는 오닐드 사(社) 및 기타 관련 업체의 정보를 수집하면
서도 가장 독특하고 우아하며 아름다운 제품을 독창적으로 만들기 위
해 회의를 거듭했다. 샘 오토미르는 예퍼 라우드가 회사를 떠나면서 자
신의 회사에 대한 지분을 회사에 모두 남긴 것에 대해 문득 문득 엠베
러 사(社)에 대한 책임 의식을 느꼈다. 중요한 결정을 앞두거나 신제품
에 대한 생각이 잘 나지 않을 때면 샘 오토미르는 예퍼 라우드의 묘를
찾아 그의 친구였던 더본 라미르의 묘에도 꽃을 두었으며 그곳에서 한
참을 서있거나 했다. 예퍼 라우드와 함께한 시간이 그렇게 길었음에도
사장님의 혁신과 생각의 힘을 그는 도저히 흉내 낼 수 없다고 생각했
다. 그는 자신이 아직 사상이 부족하고 재해석의 힘이나 사물을 보는
눈이 자기 자신의 것이라고 할 만한 것이 없는 것 같았다. 예퍼 라우드
는 어떤 상황에서도 결론을 내리고 결정을 하고는 일을 진행해나갔고
다시 다음 일을 추진했다. 다음 일은 언제나 예퍼 라우드만의 해석과
생각이 담긴 일이었고 그는 그것을 해내고 찬사를 받았다.

어느 날은 샘 오토미르가 밤늦게 묘지를 찾아와 묘를 참배하게 해달
라고 묘지 관리인에게 부탁을 했을 정도였다. 샘 오토미르는 사장이 되

고 나서 예퍼 라우드에 대해 그의 내적으로 정돈된 강인한 힘을 조금이나마 느끼기 위해 시간을 가리지 않고 예퍼의 묘를 찾았고 이에 여러 번 귀찮아진 묘지 관리인은 자신의 열여섯 살 된 딸을 시켜 묘지로 그를 들여보냈다. 등(燈)을 들고 묘지로 들어서는 것이 익숙한 모양인지 관리인의 딸은 예퍼의 묘까지 그를 데려다 주었다. 관리인의 딸이 잠자코 등으로 묘를 비추어주었다. 한 시간이 넘는 예퍼와의 내면적인 대화 끝에 신제품에 대한 생각을 정리하게 된 샘 오토미르는 관리인의 딸에게 말했다.

"무엇 갖고 싶은 건 없니? 수고해줘서 고맙다는 거란다."

"여기 잠든 예퍼 라우드 씨께선 언제나 묘에 올 때마다 왕사탕 한 개와 이제는 읽지 않는다며 다 읽으신 책을 주셨어요. 아저씨는 뭘 줄 건데요?"

샘 오토미르는 순간 부끄러워졌다. 여성들이 원하는 모든 것을 외쳐대던 그였다. 소녀는 묘지 관리인의 딸로 엠베러 사(社)의 제품을 구경도 못해보았을 테고 살 엄두도 나지 않을 터였다. 아니, 아직 소녀에게는 사탕과 낡은 책이 더 필요한 건지도 몰랐다. 아무 의미 없이 단순히 허영으로 엠베러 사(社)의 제품을 쓰는 건 예퍼 라우드의 뜻과 어긋나는 것이었다. 샘 오토미르는 여성과 여성이 사용하는 제품에 대해 다시 생각할 것을 스스로에게 주문했다. 묘지 관리인의 딸이 심각해진 샘의 표정을 자꾸 훔쳐보았다.

"네게 줄 수 있는 게 있는 데 별로 비싼 건 아니야. 서운하니?"

"아니요. 선물은 무엇이든 좋아요. 게다가 오늘 저는 일을 했잖아요. 뭘 주실 건데요?"

"큐빅이 다섯 개 박힌 머리핀이야. 서운하니?"

소녀는 그녀의 긴 머리를 쓸어내리면서 미소를 지었다.

"정말 예쁠 거예요."

샘 오토미르는 올스 안의 한 쪽에 놓인 그의 가방을 열고 연습용으로 쓰려고 만든 머리핀에 자신이 직접 큐빅을 붙여서 금방 머리핀을 만들어냈다. 연습용으로 제작했다 하여도 머리핀의 모양은 엠베러 사(社)의 우아함을 그대로 나타내고 있었으며 곡선으로 이어진 큐빅이 그 우아함을 한껏 살리고 있었다. 한 쌍의 머리핀을 받은 관리인의 딸은 그걸 받아도 되는지 머뭇거렸다.

"그저 큐빅으로 된 것이고 고마움에 대한 대가일 뿐이야."

샘 오토미르가 부드럽게 말하자 소녀는 방긋 웃고는 올스로 가는 그에게 손을 크게 흔들어 주었다. 샘 오토미르는 묘지 관리인의 딸을 위해 큐빅 머리핀을 만들어준 것에 대해 예퍼 라우드가 그에게 수업을 한 것 같이 생각되었다. 소녀는 곧 아가씨가 될 테고 반짝거리는 것의 의미를 따라가기 시작할 터였다.

샘 오토미르는 제품 영역 전반에 대한 보고서를 직접 작성해 중역들과 오랜 시간 회의를 했으며 이 과정에서 생산적인 몇 개의 결론을 가지고 제품 생산에 들어갔다. 샘 오토미르는 더 이상 예퍼 라우드의 묘를 찾지 않았고 이미 자기 자신 안에서 차오르는 자신만의 생각으로 사물을 균형적으로 보고 또 업무 능력도 신장된 것을 알았다. 샘 오토미르는 오닐드 사(社)에 대해 별로 신경 쓰지 않았고 엠베러 사(社)만의 색깔과 분위기, 그리고 끊임없이 재해석되는 엠베러 사(社) 자신의 면모만을 생각했다.

샘 오토미르가 최고 경영자 자리를 맡은 1년 동안 매출은 줄지 않았으며 오히려 엠베러 사(社)에 대한 샘 스스로의 재해석이 담긴 후반기의 제품들은 그의 엠베러 사(社)에 대한 성공적인 경영을 말해주는 것이었다. 엠베러 사(社)의 제품들은 경영자의 미(美)에 대한 철학과 재해석이 담긴 주관적 의미로서 제품이 중요시되는 반면 오닐드 사(社)나 다른 경쟁업체들은 그들만의 정해진 무늬를 변형하여 신제품을 내는 편이었다. 엠베러 사(社)는 다양하면서도 엠베러 사(社)만의 제품으로 제품이 통일되었고 타 업체는 그저 그들이 사용하는 일반적인 무늬를 고수함으로써 표절 제품들이 속출했다. 샘 오토미르는 예퍼 라우드처럼 생각하기를 훈련하다 어느새 자신 스스로의 안목과 사물에 대한 해석 능력이 생긴 걸 깨닫게 되었고 그는 더욱 열정적으로 그의 일에 임했다. 특별히 제작된 한정판의 엠베러 사(社)의 핸드백은 언제나 출시된 당일 매진되었다.

샘 오토미르가 사장이 되어 엠베러 사(社)를 경영한 지 10년이 지나고 그가 은퇴할 때까지 오닐드 사(社)를 비롯한 많은 관련 업체들이 도산하여도 엠베러 사(社)는 흔들리지 않았다. 엠베러 사(社)를 움직이는 가장 큰 힘은 최고 경영자의 미(美)에 대한 감각 내지는 해석이었고 엠베러 사(社)의 시장 기반을 믿는 것이 아니었다. 샘 오토미르는 새로 엠베러 사(社)의 사장이 된 로드 펠러에게 엠베러 사(社)를 이끌어가는 정신에 대해 오랫동안 말해주고는 명예롭게 퇴직했다. 그러나 로드 펠러는 엠베러 사(社)의 사장을 맡고 자만한 나머지 자신이 기획한 신제품에 대한 혹평이 이어지면서 사장이 교체되었다. 새로운 사장도 자신이 기획한 신제품에 혹평을 받으며 물러났고 다시 사장에 샘 오토미르가 앉게 되었다.

샘 오토미르는 직원실을 돌며 다시 직원 한 사람 한 사람과 인사를 나누었다. 그리고 10년 전 묘지 관리인의 딸에게 주었던 한 쌍의 머리핀을 한 여직원을 보고 잠시 걸음을 멈춰 섰다.

"혹시……, 묘지에서……?"

"기억하고 계셨네요. 그때 저에게 주신 머리핀, 아직도 하고 있답니다."

샘 오토미르는 그녀의 직원 명패에 적힌 이름을 확인했다.

"이봄 아터 양. 엠베러의 직원이 되었군요. 꿈을 실현하는 자리가 되길."

악수를 나누고는 돌아서는 샘 오토미르에게 이봄 아터는 고개를 숙였다.

샘 오토미르는 중역들에게 신제품의 구상부터 시작해 형태를 만들고 최종 검토까지의 과정을 설명하면서 다시 사장으로서 회의를 열었다. 그러는 가운데 핸드백 신제품에 대한 논의가 나오고 샘 오토미르에 의해 출시된 핸드백은 호평 속에 출시 당일 매진되었다.

이봄 아터는 엠베러 사(社)의 신입사원으로 보석과 핸드백에 특별히 관심을 보이며 신입 과정을 이수하고 있었다. 그녀가 입사했을 때 샘 오토미르는 물러난 뒤였지만 그는 다시 돌아왔고 이봄 아터는 샘 오토미르가 이끄는 엠베러 사(社)에서 많은 것을 보고 배우고 싶었으며 동시에 샘 오토미르의 안목을 자신도 소유하고 싶었다.

이봄 아터는 샘 오토미르를 자주 볼 수 없었지만 그가 출시하는 제품들에 대해 그녀 스스로 꼼꼼하게 평가해서 수첩에 적어놓았고 그것들과 비슷한 제품을 연습실에서 직접 만들어보았다. 이봄 아터의 그러한 노력들로 그녀가 기획하는 제품들이 중역들의 마음에 들었으며 입사 후 4년이 되었을 때 이봄 아터는 중역들의 제품 기획 회의에 참석하는 평사원이 되었다. 다시 1년 후 샘 오토미르가 스스로 사임의사를 밝혀왔을 때 신임 사장은 이봄 아터의 탁월한 능력에 힘입어 신제품 출시를 성공으로 이끌 수 있게 되었다. 샘 오토미르는 자신의 이름이 박힌 단 하나뿐인 핸드백을 직접 만들어 이봄 아터에게 주었고 이봄은 눈물을 흘렸다.

"자네는 최고일세."

샘 오토미르가 떠나면서 이봄 아터에게 남긴 말이었다.

해가 바뀌면서 사막 쪽에서 모래 먼지를 실은 차가운 바람이 한 차례 리브타뉴를 돌고는 사라졌다. 잿빛 콘크리트 건물 2층에 세 들어 살고 있는 실바오 로스트리츠는 가진 돈이 거의 떨어졌다는 것을 알고 있었다. 가난한 작가 지망생이 할 수 있는 일로 실바오가 찾은 일은 새벽부터 아침까지 쓰레기 수거 올스 뒤에 타고서 쓰레기를 수거하는 일이었다. 고양이가 뜯어놓은 봉투부터 무거운 봉투의 쓰레기까지 들어서 쓰레기 수거 올스에 실어야했다. 글을 쓰는 시간을 벌면서 생계를 유지하려면 어쩔 수 없었다. 아침까지 수거 작업이 끝나고 그는 집으로 돌아와 씻고 커피와 빵으로 아침 식사를 하고 책을 읽었다. 린지 홀의『존 아워의 슬픔』은 아무리 읽어도 질리지 않는 책이었다.

북쪽으로 걷는 사람이 있다면 부탁할 거요. 남쪽으로 걷는 사람에게도 부탁할 거요. 그리고 그 어디라도 가는 사람이 있다면 부탁할 거요. 그 어디라도 당신이 남긴 자리를 보았다면 내게 알려주기를 말이오. 내게 있기가 미안해서 떠난 줄은 알지만 그 어떤 일에도 당신이 미안할 필요가 없는 거요. 당신이 나의 손닿는 곳에 그저 있기만 하여도 내게 더 할 수 없는 기쁨인 것을 당신은 수없이 듣지 않았소? 그래서 아무 말 없이 어디론가 가버린 거요? 당신이 스스로를 지탱할 수 있는 일이 세상에는 없다며 흐느꼈던 그때 그저 그걸로 된 거요. 지금 당신은 어디에서 헤매고 있는 거요? 나의 속이 바짝 타들어가고 나의 손과 발은 당신을 찾아 헤매고 있소. 제발.

실바오 로스트리츠는 사랑하는 여자를 지키기 위해 이토록 애달픈 남자가 세상에 몇 명이나 남아있는지 재보았으나 역시 소설 속의 애절

한 사랑은 소설 속에서만 가능한 것 같아 씁쓸해졌다. 그리고 실바오는 닐의 기록을 펴들었다.

존 아워는 우리 시대에 존재해야만 하는 기사일세. 우리 자신이 그렇게 된다면 좋겠지만 우리로서는 너무 많은 이해관계에 휘말려 어떤 한 곳에 집중을 하기도 어렵지. 특히나 우리의 나이에 그런 감정과 행동이란 말일세. 그러나 랄프, 아무에게도 미안하다고 하지 말게. 모든 건 우연이 결합된 것이고 누구나 운명 속에서는 대등한 법이네. 존 아워가 떠나간 그녀에게 미안할 필요도 떠나간 그녀도 존 아워에게 미안하다고 할 필요가 없는 것일세. 사랑했다면 헤어질 수도 있는 것이고, 그에 따른 슬픔과 고통의 무게는 대등하게 나눠진 것이니 서로가 서로에게 미안하다고 할 필요가 없는 걸세. 그리고 다른 많은 사례들에서 가벼운 사과를 제외하고 미안함을 고백하는 일은 수치스러운 일일세. 그러니, 랄프, 아무에게도 미안하다고 하지 말게. 랄프, 자네 자신에게도 자네의 살아온 세월에 대해서도 미안하다고 하지 말게나. 그건 자신을 변호하는 일도 아니고 오히려 자신에 대해 정직한 걸세.

나는 린지 홀에 대해 미안하지 않네. 그 모든 건 우연이 결합하여 만든 비극의 이야기일 뿐이었어. 내가 개입되어 보지도 못한 채 떠안은 슬픔에 대해 나는 미안하지 않는 걸세. 앞으로 내 죽음에 대해서 린지 홀이 미안해하지 못하듯이 나도 린지 홀의 우연으로 인해 나를 그만 괴롭힐 생각이네.

랄프, 그러니, 모든 우연이 결합되어 일어난 일들에 대해 그 책임성이 모호한 가운데 있는 그 수많은 일들에 대해 결코 자네 혼자 모든 걸 떠안으려 하지 말게. 생각 따위 하지 않고 자기 기분에 따라 행동하며 피해의식부터 느끼는 비열한 자들의 책임 떠넘기기에 결코 물러서지 말게나.

랄프 자네와 난 이미 그 어떤 것에도 미안해할 필요가 없고 또 앞으로도 그러리라는 사실을 기억해주게나.

실바오 로스트리츠는 닐의 기록을 읽고 성인 남자로서 정신적으로 바로 서기란 생각해온 것보다 어렵다는 사실을 깨달았다. 그는 자신도 성인 남자로서의 분명한 판단을 가지고 누구에게도 미안하다고 하지 말아야 겠다고 생각했지만 수시로 미안하다고 말하는 그의 습관이 잘 고쳐지지는 않을 터였다. 다만 미안해야 할 때를 알고 미안해하지 않을 때를 구분하여 행동하는 남자가 되는 것이 닐이 말하고자 하는 바라고 생각했다. 그는 커피를 더 타고 식빵과 함께 먹었다.

스물다섯 살의 실바오는 란게디티 대륙의 추운 곳에서 태어나 자랐고 그곳의 대학에서 문학을 공부했다. 린지 홀 전집을 읽고 리브타뉴로 올 결심을 했으며 대학을 졸업하고 약간의 돈으로 무작정 리브타뉴까지 온 것이다. 리브타뉴에 오고 나서 두 달 정도 한 명의 학생을 가르쳤지만 여의치 않아 그만두고 돈이 떨어지자 쓰레기 수거원의 일을 하게 된 것이다. 실바오는 남자니까 이런 일을 할 수 있다고 생각했으며 남는 시간은 언제나처럼 책을 읽고 한 문단 정도나 몇 페이지 분량의 습작을 써내려갔다.

실바오는 글을 쓰는 일이 언제고 반드시 먹고 살 것을 보장해주지 않는다는 걸 스스로도 알고 있었으며 그저 자신이 글을 쓸 수 있다는 것만으로도 자신의 생의 흐름에 감사했다. 실바오는 자신의 글이 서툴다는 것을 알고 있었고 언제고 지금보다 훨씬 더 잘 써도 사람들의 인정을 받지 못할 수도 있다는 것을 알았으며 오히려 글을 쓰는 자신의 자세를 생각했다. 실바오는 생각하고 그것을 표현하는 것만큼 좋은 일은 없다고 생각하고 있었으며 글쓰기는 그의 존재 방식을 대표적으로 말해줄 수 있는 일이었다.

  실바오가 살고 있는 건물의 같은 복도의 어느 집에는 젊은 점성술사가 살고 있었다. 우연히 복도에서 마주쳐 몇 번 인사를 나눈 뒤 실바오는 그의 집에 초대된 적이 있었다. 각종 기호로 이루어진 고대 주문들과 양초들과 카드들 그리고 수많은 괴기스러운 그림들이 집안 곳곳에 있었고 그 젊은 점성술사는 실바오가 서른다섯 살이 되어 글로써 사람들의 인정을 받는다고 말해주기까지 했다.

  실바오는 짐짓 웃으며 고맙다고 했다. 점성술사는 그에게 매운 홍차와 버터 바른 빵을 대접했다. 점성술사의 집안은 으스스해서 다시는 그 점성술사와 마주치지 말아야 겠다고 생각했다.

  리브타뉴의 밤에는 어느 샌가 치킨을 파는 상인들이 돌아다녔고 취객들이 시끄럽게 떠들며 길을 지나가고 소녀들이 상스러운 욕을 하며 몰려다녔다. 그러나 리브타뉴의 낮은 밤보다 훨씬 엄격해서 잡상인도 없었으며 거리를 지나가는 사람들의 차림새도 흐트러진 곳이 없었다. 낮의 거리는 깨끗했고 실바오가 아침까지 쓰레기를 치우면 리브타뉴는 다시 깨끗하게 하루를 시작하는 것이었다.

  아침에 거리를 지나다니면서 청소를 하며 엠베러 사(社)의 건물 1층에 전시된 제품들을 보면서 돈을 벌지 못하는 그의 신세가 처량해지기도 했으나 어차피 글을 쓰기 위해 돈과 여자를 포기한 터였다. 실바오는 아직 나오지 않은 이야기, 독특하고 특수하며 그 속에 최대한의 것이 담긴 이야기를 쓰고 싶었다. 그러나 아직 실바오는 짧은 이야기를 쓸 수 있는 수준이었고 장편을 쓰려면 직접 겪어야 할 일들과 여러 분야에의 지속적인 독서가 필요했다. 글의 탄생에 있어서 약간의 광기(狂氣) 같은 건 유순한 그로서는 가져보지도 못했고 그래서인지 그 스스로도 자신의 글에는 약동하는 힘이나 생명력이 부족하다고 생각했다.

실바오는 글쓰기 자체가 자신에게 주는 것이 돈이나 명예보다 더 소중했고 새벽에 쓰레기 수거 작업을 해나가면서 그의 일상을 이어갔다.

칸디나디아 동부로부터 사막을 직접 통과해 리브타뉴까지 이르는 여행 상품을 통해 리브타뉴에 잠시 머무르는 사람들의 수가 많아지면서 실바오의 집주인도 집을 개조해 여관으로 만들고자 실바오에게 집을 비워달라는 통보를 했으며 실바오는 퍽이나 난처한 상황이었다. 사정이 딱하기는 그 점성술사도 마찬가지여서 그가 집 안에 꾸며놓은 물품들을 옮길 데도 없는 것 같았다. 실바오는 습작한 노트와 몇 권의 책을 가지고 그 집을 나왔고 싼 집을 찾아다니던 중 리브타뉴 외곽에 있는 건물에 싼 방이 있는 걸 보고 바로 찾아갔다. 집주인은 계약서를 쓰고 실바오가 바로 그 방에 살 수 있게 해주었다. 낡은 선반에 가구들이 모두 낡았지만 실바오는 오히려 그런 점이 마음에 들었다.

얼마 안 되는 짐을 대충 정리하고 나서 쓰레기 수거 작업을 함께 하는 아저씨께 전화해 집주소가 바뀌었다고 했으며 근처의 가게에서 빵과 우유를 사들고 집으로 돌아왔다. 옅은 장미향이 나는 것 같았으나 그는 책을 읽으며 빵을 먹었을 뿐이었다. 다음날 아침 일을 마치고 집으로 돌아온 실바오는 씻고 식사 준비를 했다. 문득, 몇 장의 종이가 탁자 위에 놓여있는 걸 보았다. 그건 그가 쓰지 않은 글이었다. 그리고 어디에서도 본 적이 없는 글이었다. 어딘가 짚이는 데가 있었지만 그는 그 종이에 적힌 걸 한 번 더 읽고는 다시 제자리에 놓아두었다. 다음날 아침 일을 마치고 돌아왔을 때에 종이는 더 두꺼워져 있었다. 글에서 작가의 냄새를 맡은 실바오는 그것을 쓴 사람이 린지 홀이라는 사실을 알았다. 그리고 매일 종이는 조금씩 두꺼워 지더니 그건 한 편의 소설이 되었다. 실바오가 그 소설을 모두 읽은 다음날 종이와 함께 집안에 맴돌던 장미향도 사라져 버렸다. 실바오는 린지 홀이 누군가가 자신의 소설을 읽어주기를 바랐기 때문에 나타났던 것이라고 생각했다. 그리고 새롭게 알게 된 일은 그의 방인 304호에 귀신이 나타난다는 소문이 돌고 있다는 것이고 실바오는 린지 홀 같은 귀신은 얼마든지 나타나도 괜찮다는 생각을 했을 뿐이다.

린지 홀이 써준 소설이 머리에서 떠나지 않았지만 그는 자신이 생각해내서 자신의 손으로 써내는 그런 소설을 원했기에 린지 홀의 것은 린지 홀의 것으로 그대로 머릿속에 두었다. 실바오는 리브타뉴에 겨울이 오기 전에 자신의 첫 작품이 될 소설 집필을 시작했다. 실바오는 그가 글을 쓰는 내내 장미향을 느꼈으며 스물여섯이 되던 봄이 되기 전 그의 장편 소설 한 권의 원고를 완성했다. 원고를 처음부터 끝까지 읽고 나서 그는 창가에 기댄 채 앉아있는 투명한 푸른빛의 여자를 보았다.

"왜 내가 쓴 걸 베끼지 않았지? 성공하려면 그 길이 빨랐을 텐데?"

린지 홀의 유령이었다.

"그저 생각부터 구성, 쓰는 과정 모두가 제 것이기를 바랐을 뿐입니다."

"네가 그럴 거라는 걸 알고 있었어."

"알고 있었다는 말은……?"

"글에 대한 네 태도가 진실했다는 뜻이야. 이 집은 더 이상 재미가 없으니 한참을 돌아다니다가 또 어딘가로 갈 거야."

실바오가 말을 걸기도 전에 린지 홀의 유령은 사라져버렸다. 갑자기 그는 정신을 차렸으나 예전부터 린지 홀의 유령이 곳곳에서 자주 나타난다는 말을 들어와서 그러려니 하고 생각했다. 그리고 불행하게도 실바오의 원고는 여덟 군데의 출판사에서 퇴짜를 맞았고 실바오는 출판 포기를 선언하고 자신의 원고를 책상 맨 아래 칸 서랍에 넣어두었다. 원고를 출판할 수 없다는 것이 그렇게 큰 고통인지 예전에는 미처 몰랐다. 그는 책상에 엎드리고 눈물을 흘렸다. 다시 아침이 되고 그는 쓰레기 수거 작업 올스에 탔다. 아무 생각 없이 일하고 집으로 돌아와 잠만 잤다. 그가 깼을 때 린지 홀의 유령이 그를 빤히 쳐다보고 있었다.

"괜찮아. 실망하지 마. 원래 글은 일차적으로 작가 자신을 위한 것이야."

린지 홀에게 실바오가 손을 내밀자 그녀는 왼손으로 실바오의 오른손을 꼭 쥐는 듯 했으며 느낌은 차가운 바람이 손에서 이는 것과 같았다. 실바오가 일어나 주변을 돌아보았을 때 린지 홀은 이미 사라지고 없었다.

린지 홀의 위로를 받은 실바오는 그러나 소설을 쓰는 일을 일생 동안 할 자신이 없었고 짐을 챙겨 그의 고향이 있는 란게디티 대륙으로 돌아가 버렸다.

여전히 리브타뉴에 계절이 바뀌는 건 바람의 온도 때문에 알 수 있었고 리브타뉴의 사람들은 혁신에 익숙하여 무에서 유를 만들어 내는 데 유능했다. 리브타뉴는 사막 주변의 날씨와도 같았지만 지하의 수로를 통해 베이거스 산맥의 물을 공급받았기 때문에 제법 경제력이 있는 사람들은 정원을 가꾸고 살았다. 정원에는 수도꼭지가 있어서 언제나 잔디 정원을 관리할 수 있었다. 정원에는 장미가 일 년 내내 피어있었으며 잘 가꾸어진 정원을 갖고 있다는 것은 자랑거리가 되기도 했다.

동부에서 온 여행객들이 리브타뉴를 보고 놀라는 것은 바로 이 수많은 잘 가꾸어진 정원들 때문이었고 또 여행객들의 목표는 바로 엠베러 사(社) 본사에서 핸드백을 사서 돌아가는 것이었다.

이봄 아터는 추천으로 서른둘에 중역이 되었으며 책임이 무거워진 것만큼 일도 더욱 철저히 해나갔다. 엠베러 사(社)의 핸드백 중에 이봄 아터의 손을 거친 것은 절반에 가까웠고 문자(文字)를 변형한 반지의 형

228

태며, 화장품 외형의 엄격함 까지 그녀는 엠베러 사(社)의 전통을 존중하며 자신의 해석을 그 속에 세우고 있었다.

이봄 아터는 생각의 깊음, 사유의 고급 속에 모든 건 답이 있다고 생각했다. 그녀는 혼자 생각하는 시간을 많이 가졌고 눈을 감고 자유 상상을 하면서 나타났다 사라지는 추상적 형태의 조각들을 기억해내서 그려보기도 했으며 실제로 이 작업은 핸드백의 무늬를 넣는 데 실제적으로 도움을 주었다. 이봄 아터는 사유를 통해 내린 인문학적 결과들을 메모해두고 인간의 고귀한 것에 대한 스스로의 사유로 완성되어진 감각의 핸드백을 탄생시켰다. 미(美)에 대한 정신과 재해석은 엠베러 사(社)를 최고의 여성 소비재 업체로 만든 그 기저에 있었다.

서른여섯 살이 된 이봄 아터는 그녀의 사무실에 앉아 리브타뉴의 정신에 대해 생각하고 있었다. 올스를 처음 개발한 닐 크라우스와 이를 상용화한 랄프 도렌을 생각했다. 그 시절에 그들은 그들 앞에 놓인 과제를 스스로 찾아냈고 피하지 않았다. 그들은 해냈으며 그리고 그들의 인간적인 삶에 있어 그들은 그들의 불행을 서로 보듬었고 그리고 사라져간 것이다. 이봄 아터는 대학 시절 닐의 기록을 읽은 적은 적도 있지만 그건 너무 아픈 이야기여서 중간에 읽기를 포기했었다. 그리고 리브타뉴의 정신이었던 닐 크라우스가 인간적으로도 가볍지 않은 존재였다는 것에 그녀는 안도했다. 그리고 닐 크라우스처럼 글을 쓰고 싶다는 생각이 들었으나 그럴 수 없다고 생각하고는 마침 들어온 비서에게서 서류를 건네받고 결재했다. 이봄 아터는 이번에 새롭게 구두 부문에 대해 그 실력을 나타내야 했다. 엠베러 사(社)의 중역은 엠베러 사(社)의 모든 분야를 두루두루 잘 할 것을 요구받았다.

그녀는 구두의 색과 형태에서 화려함을 제거하고 세련된 선의 검은 구두와 파란 구두를 내놓았다. 이에 대한 중역들의 평가는 보통이었으나 정통을 추구하는 중년 부인들에게서 검은 구두가, 세련된 도시미를 강조하는 직장인 여성들 사이에서 파란 구두가 인기리에 팔렸다. 이봄 아터는 이러한 반응에 다소 무덤덤했고 그녀는 구두에 대해서는 손을 대지 않겠다고 했다. 이봄 아터는 반지와 핸드백에 그녀의 힘을 쏟았다.

리브타뉴의 거물급들은 점차 이봄 아터에게 개인적인 주문을 넣었으며 목걸이나 반지, 팔찌 그리고 핸드백과 구두에 대해서도 이봄 아터가 직접 그들의 부인과 딸, 며느리를 위해 만들어주기를 바랐으며 이봄 아터는 엠베러 사(社)의 중역들의 승인을 얻어 그런 일들을 개인적으로 해냈다. 이봄 아터는 자신이 자신의 일에 대해 능력이 있다는 것을 스스로도 잘 알고 있었지만 그녀는 겸손했고 아무리 그녀가 능력이 있어도 엠베러 사(社)를 떠날 생각은 없었다. 그녀는 개인적인 주문을 받으면서도 엠베러 사(社)가 그녀에게 요구한 일들을 해냈으며 그녀가 출시하는 핸드백마다 찬사가 이어졌다.

마흔 살이 된 이봄 아터는 샘 오토미르와 마찬가지로 엠베러 사(社)의 사장이 되었다. 평범한 묘지 관리인의 딸이 엠베러 사(社)의 사장이 되기까지 그녀는 큐빅 머리핀을 받은 그날로부터 불가능해보였던 그러나 조금씩 꿈꾸었던 지난날들을 돌아보았다. 이봄 아터가 이끄는 엠베러 사(社)는 보다 다양한 제품을 생산해냈고 그 제품들은 모두 엠베러 사(社)의 정통성을 갖고 있었다. 10년 후 이봄 아터가 사장직에서 명예롭게 물러나도 그녀는 70세가 되기까지 엠베러 사(社)에서 핸드백을 만들었고 72세에 리브타뉴의 자택에서 숨을 거두었다.

리브타뉴의 거리는 엠베러 사(社)가 동부로 본사를 옮기고 또 다른 회사들이 연이어 동부로 옮겨감에 따라 황량해지기 시작했다. 사막 주변의 내륙 지역에 기업의 본사를 두는 건 과거 리브타뉴가 가졌던 혁신 정신에 근거하더라도 현실적 이익을 생각한다면 시장과 거리가 가까우며 두 대륙과 교류가 용이한 칸디나디아 동부 지역이 기업의 입지에 더 적합했다. 리브타뉴의 기업들은 점차 옛 리브타뉴의 정신은 그들의 마음에 새긴 채 동부의 슬로모트 등지로 떠났다.

리브타뉴에는 간간이 오는 관광객들을 위한 숙박업소와 잡다한 가게들이 곳곳에 있었고 가난하지만 정신의 특별함을 지키려는 예술가들이 싼 집세를 지불하며 살고 있었다. 그리고 점차 예술가들이 늘어나면서 거리 공연과 소극장에서의 연극 상연, 시 낭독회나 거리에 내놓고 파는 그림들이 리브타뉴의 주요 모습으로 바뀌고 있었다.

예술가들은 보통 하루에 두 끼니 정도만 먹으며 돈이 나올 것 같지 않은 작품 활동을 했으며 그러나 시, 그림, 공연 등으로 관광객을 끌어들였으며 예술가들은 서로를 경제적으로 도왔다. 그러다가 한두 명씩 대중적으로 성공하는 예술가들이 나타났고 그런 예술가들은 동부에서 전시회나 공연 등으로 벌어들인 수익으로 리브타뉴 예술가들을 후원했다. 그리고 리브타뉴의 예술가들은 그들 스스로 리브타뉴의 거리를 청소했으며 리브타뉴가 황폐한 도시로 남지 않기를 바랐다.

시를 쓰는 벨레머 이바스는 어젯밤 린지 홀의 유령을 보았다며 모임에서 털어놓았다. 린지 홀은 직접 시를 쓰는 방법까지 가르쳐주었다고 했다. 극단에서 조연으로 공연하는 마크 조는 린지 홀의 이야기를 상연하고 싶다며 오히려 린지 홀의 출현이 재미있다고 말했다. 그림을 그리는 멜벰 티스는 자신도 그 유명한 린지 홀의 유령을 만나고 싶다며 고개를 끄덕였다.

"진심으로 하는 소리야?"

벨레머 이바스였다.

"물론, 진심이야. 리브타뉴의 린지 홀은 특별하잖아."

멜벰 티스가 마크 조를 보며 말했다.

"린지 홀의 이야기가 리브타뉴에서 상연된다면?"

마크 조가 두 사람을 번갈아 보며 말했다.

"원한다면 희곡을 써줄 수도 있어."

벨레머 이바스가 말했다.

"아니, 내가 써보겠어."

마크 조가 말했다.

"다음 공연은 이로써 결정된 셈이네?"

멜벰 티스가 말했다.

"아직 공연할 거리는 많아."

마크 조가 말했다.

마크 조가 그의 좁고 어질러진 방에서 희곡을 쓰는 동안 그에게는 린지 홀의 유령이 나타나지 않았다. 영화로 제작된 린지 홀의 이야기를 몇 번이나 보았던 그였다. 린지 홀에 대한 희곡이 완성되고 극단의 배우들이 그 희곡을 읽는 동안 마크 조는 검은 벨벳 커튼 뒤로 푸른색의 무언가를 본 것 같았으나 동료들의 희곡에 대한 호평을 듣느라 잠시 고개를 돌린 사이 푸른 물체는 사라지고 없었다. 극단이라고 해봐야 연출자도 없이 그저 연극을 하겠다고 모인 배우들이 전부였다. 리브타뉴의 건물 임대료가 싸지면서 그들도 그럭저럭한 지하 소극장을 빌려 공연하고 있었다. 그들은 스스로가 연출자였으며, 희곡 작가였으며, 배우였다.

두 달 뒤 린지 홀의 연극이 상연되고 린지 홀이 죽고 나서 닐이 고통 속에 기록을 써내려가는 나날의 한 장면으로 연극이 끝났고 이 연극이 리브타뉴에서 상연되었기에 동부에서도 점차 사람들이 이 연극을 보러 왔으며 마크 조의 극단은 좀 더 성장하게 되었다. 마크 조는 닐 크라우스 역을 맡았으며 그의 내면을 극적으로 표현해내는 데 성공했다는 평가를 받았다. 마크 조가 쓴 린지 홀의 희곡은 1년 내내 극단에서 상연

되었고 마크 조의 극단은 그로 인한 수익으로 다른 연극을 기획해서
상연했다.

마크 조는 '아무에게도 미안하다고 하지 말게'라는 제목으로 닐의 기
록을 독백 형식으로 그려낸 희곡을 썼으며 이 속에는 닐의 린지 홀에
대한 사랑과 후회, 남자로서 사는 것이 닐이라는 인격체 속에 녹아있
었고 마크 조는 혼자서 이 연극을 기획하고 무대 도구들을 배치했으며
혼자 무대에 서서 두 시간을 닐의 내면을 고백하듯이 연기했다. 첫 상
연을 마치고 마크 조는 마치 자신도 린지 홀을 잃어버린 것 같이 느껴
졌고 깊은 곳에서 차오르는 회한의 감정에 닐이 느꼈을 슬픔을 자신도
느끼며 어두운 곳에 서서 눈물을 흘렸다.

자기 자신의 시야로
서는 것

　리브타뉴에서는 마크 조의 극단이 린지 홀에 대해 상연하고 있었고 실바오 로스트리츠의 책이 리브타뉴에서도 팔리고 있었다. 저녁이 되면 리브타뉴의 식당들에서는 시 낭독회와 자유 연주, 사상 등의 토론회가 열려 리브타뉴의 밤 문화도 이전과는 달리 정열적인 것이 되었다. 리브타뉴의 예술가들은 가난했지만 그들의 정신은 살아 빛났으며 인간 내부의 불확실한 모양과 사상을 끄집어내 그에 대해 이야기하고 또 그것을 예술 작품으로 승화시키기를 즐겼다.

　보통 사람들의 대화가 일상생활에 바탕한 외부적 움직임에 기반하고 있다면 리브타뉴의 예술가들은 죽음의 상태, 삶의 이유, 존재 방식의 결정 등 그들이 스스로 세운 사유에 대해 꺼내놓고 이야기했으며 이러한 그들만의 대화의 시간은 그들의 창작을 더욱 고무시키는 일종의 발산에 가까웠다. 리브타뉴의 예술가들이 인간의 가장 중요한 자질로 뽑는 것은 한 명의 인간이 자신이 세운 자신의 시야로 서서 일평생을 살아가는 것이었다. 그러나 이는 보통의 사람들에게 적용되지는 않았으며 그들 사이에 공공연히 이야기되는 삶의 자세였다. 리브타뉴에는 다양한 자기 색깔의 예술가들이 모여 있었으나 한 명의 인간이 자신이 세운 자신의 시야로 서야한다는 점에는 거의 모두가 동의하고 있었다.

벨레머 이바스는 시(詩)에서 소설 쓰기로 옮겨가고 있었고 멜벰 티스는 물감을 아끼기 위해 구상된 작품들 중 최고의 것을 골라 그림을 그렸다. 마크 조가 극단의 일로 매우 바빴기 때문에 멜벰 티스의 집에 벨레머 이바스가 종이와 펜을 가지고 원고를 쓰러오면서 커피나 과자, 빵 등을 가져오곤 했다. 멜벰이 그림을 그리기 시작하면 벨레머는 한쪽 구석에 앉아 소설을 썼다. 벨레머는 아직 실력이 부족하다는 것을 알았지만 그의 소설이 운 좋게 세상의 빛을 볼 수 있기를 바라면서 소설을 써 내려갔다. 벨레머는 멜벰이 그림 그리기를 멈추면 소설 쓰기를 멈추고 두 사람은 커피와 과자를 먹었다.

멜벰의 이웃집에 사는 스무 살 된 마리는 종종 멜벰의 집 문을 두드렸고 고양이밥을 달라고 무턱대고 요구하곤 했다. 벨레머가 있든지 없든지 마리는 고양이밥으로 멜벰이 저녁에 먹을 생선 통조림을 찬장에서 두 개나 꺼내 가져갔다. 문을 쾅 닫으면서도 인사조차 하지 않는 마리였다. 이러한 마리의 행동을 잘 알고 있는 벨레머였지만 멜벰에게 장난을 쳤다.

"마리가 네게 관심이 있는 것 같군."

"전혀 아니야. 마리는 자신의 생각도 없는 애라고."

"하긴. 맘대로 저러는 걸 그것에 의미를 두면 우리가 바보이겠군."

"알면서 농담도."

두 사람은 커피를 다 마셨고 벨레머가 멜벰에게 흰 봉투를 내밀었다.

"뭐지?"

"마크가 줬어. 생활비에 보태 쓰면 돼. 실은 아무 말도 없었지만."

“너도 받았어?”

멜벰이 물었다.

“물론, 네 봉투보다 두 배는 두꺼웠어.”

멜벰이 웃었다.

“실은 생활비가 떨어졌어. 물감도, 캔버스도 떨어졌지. 잘 나가는 친구 덕을 봐야한다니.”

“어서 받아.”

벨레머가 재촉했다.

멜벰이 봉투를 받아들고 벨레머는 집으로 돌아갈 준비를 했다. 저녁이 되고 벨레머는 그의 시를 적은 그림엽서를 가지고 나가 시내에서 팔았고 밤늦게까지 소설을 쓰고 잠들었다. 멜벰은 자그마한 캔버스에 그려진 그림들을 내다 팔기로 결정했고 좀 더 작품성이 있는 그림을 그릴 때까지 기다리는 것도 힘든 일이었다. 멜벰은 마크 조가 준 봉투를 그저 책상 위에 올려놓았을 뿐이었다. 벨레머는 이미 마크 조가 준 봉투를 돌려준 뒤였고 다음날 멜벰은 분장을 하고 있는 마크 조에게 찾아가 봉투를 돌려주었다.

“벨레머도 되돌려주더군.”

마크 조가 말했다.

“벨레머가?”

마크 조는 고개를 끄덕였다.

멜벰은 그림을 하나씩 꺼내 시내의 한쪽에 진열해놓았지만 단 두 점의 그림만이 저녁까지 팔렸다. 다음날도 그림을 팔고 그다음날도 팔았다. 마리가 와서 큰 소리로 그림을 사라고 고래고래 소리를 질러대자 사람들이 모여들었고 그림이 모두 팔렸다. 비록 재료비 밖에 남지 않는 가격이었지만 멜벰은 기분이 좋았다. 마리가 돈을 세고 있는 그의 옆에서

까불거리고는 고양이밥을 달라고 했다. 멜벰이 마리에게 지폐 두 장을 건네자 마리는 관심 없는 척 하면서 그걸 받아 갔다.

벨레머의 이웃인 베오 탄싱턴 씨로부터 벨레머는 '자아의 발전 과정에 대한 소고(小考)'를 받아 읽고는 '지금의 리브타뉴에서는 비교적 흔한 생각이지만 그래서 동시에 일반적으로 모두가 동의하는 생각'이라며 원고 끝에 짧게 적어 베오 탄싱턴 씨에게 원고를 돌려주었다. 평가를 읽은 탄싱턴 씨는 '아무리 일반적인 것이어도 그걸 쓰기는 어려운 법'이라고 벨레머에게 응수했지만 벨레머는 싱긋 웃을 뿐이었다. 며칠 뒤 베오 탄싱턴 씨는 '자기 존재 자각에 대한 소고(小考)'를 다시 벨레머에게 건넸고 이를 다 읽은 벨레머는 '존재 자각은 일회성이 아니라 일생에 여러 번'이라고 베오 탄싱턴 씨의 의견을 반박했다. 그리고 베오 탄싱턴 씨는 더는 그의 원고를 벨레머에게 보여주지 않았다. 베오 탄싱턴 씨는 모든 인류가 따를 도덕 법칙과 사상을 연구하는 40대의 사내였다.

벨레머는 하루에 다섯 편 정도의 시(詩)를 쓰고 그걸 그림엽서에 옮겨 적고는 일주일에 한 번 시내로 가서 엽서를 팔았고 그 돈으로 생계를 유지하며 소설을 썼다. 멜벰은 자그마한 캔버스에 그림을 그려 마리의 도움으로 그림을 팔아가며 화가 생활을 계속해나갔다.

리브타뉴의 밤하늘은 발등의 소란과는 상관없이 깊은 어둠 속에 별을 담고 있었다. 이곳이 리브타뉴이기 때문에 벨레머는 거리에서 시(詩)를 팔 수 있었고 멜벰 또한 거리에서 그림을 팔 수 있었다. 다른 도시에서였다면 그들은 멸시를 받아야 했을 터였다. 벨레머는 소설을 완성하는 데 힘을 쏟았고 멜벰은 제대로 된 그림을 그리고자 번번이 노력했다. 멜벰 옆집의 마리가 칸디나디아 동부로 일자리 때문에 떠나자 멜벰은 쓸쓸해졌고 벨레머도 이웃인 베오 탄싱턴 씨가 정신 병원에 입원하면서 그의 빈자리가 허전하게 느껴졌다. 멜벰은 제법 혼자서도 거리에 나가 그림을 팔았으며 벨레머도 멜벰이 그림을 팔 때 자신도 그의 옆에서 시가 적힌 그림엽서를 팔았다.

그런 리브타뉴에 새로운 변화가 일기 시작했다. 예전에 리브타뉴를 떠났던 기업들이 리브타뉴의 중심가의 건물과 외곽의 부동산을 사들이기 시작한 것이었다. 칸디나디아 서부의 중심도시로 리브타뉴는 다시 주목받기 시작했고 대륙 서부의 남부에서 북부로 통하는 중간 지점 역할이 제기되면서 기업들이 돌아오기 시작한 것이다. 저렴한 방이 거의 사라지면서 예술가들은 동부 등지로 흩어졌고 그것은 공연할 장소를 잃은 마크 조도 마찬가지였다. 벨레머와 멜벰도 떠나야했다. 리브타뉴의 밤은 예술가들의 흥청거림이 멈춘 채 약간은 싸늘하게 새 시기를 준비하고 있었다.

길거리 고양이도 발붙일 틈 없이 리브타뉴의 거리는 깨끗이 청소되고 있었다. 건물들은 외벽의 보수 공사를 실시하고 내부 공간 구조도 바꾸었다. 다시 리브타뉴로 돌아온 기업들 중에는 전문 연구 기능을 고무시키기 위한 기업들이 많았다. 아무것도 없는 사막, 그리고 혁신의 이름 리브타뉴는 기업의 소비적 기능은 제하고도 연구소로서의 매력이 지속적으로 제기되어온 것이었다. 리브타뉴는 곧 연구 도시로서 깨끗한 거리와 질서 있는 풍경의 도시로 바뀌었다. 뒷골목에서 담배를 피우는 모습은 이제 찾아볼 수도 없었다. 아침이면 깨끗한 복장의 사람들이 그들의 사무·연구실로 모여들고 저녁이면 야근 근무나 연구 개발에 몰두하는 사람들 외에 중심가는 텅 비었다. 시내에서 외곽으로 나가는 길에 주점(酒店)이 듬성듬성 있긴 했지만 손님이 별로 없었다.

리브타뉴는 조용한 도시로서 연구 개발의 입김 속에 쥐의 찍찍대는 소리마저 사라져버린 듯 했다. 그러자 이상하게도 기업들이 리브타뉴에서 연구 개발에 대한 영감을 얻으려 해도 도무지 특별한 성과를 얻을 수 없었는데 이로 인해 몇 군데의 기업이 리브타뉴를 다시 떠났고 남아 있는 기업들 중에 관광에 관련된 몇몇 기업이 리브타뉴를 관광지로 개발하고자 했으며 이는 어느 정도 성공하여 리브타뉴는 오랫동안 관광지로서 이름을 새기게 되었다.

란게디티 대륙은 탄디누니아와 마주보고 있는 탄디누니아 북쪽의 대륙으로서 란게디티의 북부는 빙하로 덮여있는 만큼 차가운 대륙이다. 그러나 란게디티의 서남부에서 동남부로 이르는 란게디티의 남쪽 바다의 해안 지역은 날씨가 비교적 따뜻했고 기온의 연교차도 적어서 사람이 살기에 적합했다. 란게디티의 서남부에서 동남부로 이르는 해안에는 띠처럼 도시들이 발달했고 남부 해안은 리트머 바다를 중심으로 탄디누니아 대륙과 마주 보고 있어서 교류에도 용이했다.

란게디티의 서남부 해안에 위치한 토모로라는 조그마한 해안 도시에는 실바오 로스트리츠의 이름이 자랑스럽게 가게의 곳곳에 걸려 있었고 실바오의 12권이나 되는 전집은 토모로의 거의 모든 가게에서 빌려 볼 수 있었다. 실바오가 술집의 종업원으로서 일하면서 소설을 썼던 '버가모'란 곳은 아직도 영업을 하고 있었다. 실바오의 가족으로는 그의 아들 리퍼와 손녀인 리군이 이제 남아있을 뿐이었다. 리퍼 로스트리츠 역시 소설을 쓰고 있었으며 꽤 유명한 소설가였다. 막 서른 살이 된 리군 로스트리츠는 란게디티의 대학에서 지도에 대해 박사 학위를 받았다. 어려서부터 부친과 함께 란게디티 대륙의 북부를 탐사하면서 지도에 대해 관심을 가지게 되었고 그리고 자신의 가장 전문적인 분야가 된 것이었다.

봄이 되고 란게디티 북부의 계절별 해빙선과 결빙선을 지도화하는 작업을 위해 리군 로스트리츠는 북부로 떠났으며 리퍼 로스트리츠는 매일 영상 전화로 그곳의 날씨와 딸의 안부를 물었다. 리군 로스트리츠는 등산을 갈 때도 혼자 훌쩍 가버리곤 해서 리퍼의 걱정이 이만저만하지 않았지만 리군 로스트리츠는 험악한 절벽, 산등성이를 오르는 것을 자기 극복이자 자아 실현이라며 이를 즐겼다. 이번 연구도 혼자 수행하는 것이었고 며칠에 한 번씩 자료를 만들어야 하므로 인내와 추진력이 지속적으로 요구되는 작업이었다.

겨울이 되고 다시 봄이 되었을 때 새카만 얼굴의 리군이 리퍼의 집에 나타났는데 리군은 자료 조사와 연구 작업이 잘 되었는지 표정이 좋아 보였다. 리군은 집에 돌아와 쉬지도 않고 자료를 분석하고는 「란게디티 북부의 계절별 해빙선과 결빙선 조사와 그 의미」라는 조그마한 논문을 써서 자신이 졸업한 대학의 지리학과로 보냈다. 리군은 교수 임용을 스스로 원하지 않았는데 그것은 자신의 시선으로 자신이 하고자 하는 바를 해내고 살아가기를 원해서였다. 또 이를 가능하게 해준 것은 할아버지인 실바오 로스트리츠가 남긴 유산 때문이기도 했다. 리군은 교수들이 측정 자료를 요구하자 복사한 자료를 증거로 제출했고 또다시 리군은 자신이 연구해야할 또는 하고 싶은 주제를 골똘하게 생각하고 있었다.

리군은 2층의 테라스로 나와 이번에 쓴 논문의 결론을 읽고는 생각에 잠겼다. 봄과 여름에 얼음이 녹는 선은 10년 전 보다 상대적으로 북부까지 올라간 것이 관측되었고 가을과 겨울에 얼음이 덮이는 영역도 10년 전 보다 북부까지 올라간 것으로 조사되었다. 이는 대륙이 상대적으로 더워지고 있음을 말해주었고 대륙이 더워졌다 차가워졌다를 반복하는 건 이전 시기에도 있었으나 최근 10년 동안의 변화폭이 큰 것이 리군은 무엇을 의미하는지 생각해보았다. 리군은 대학을 방문해 기후 관측소를 찾았지만 그곳에 남아있는 자료 속의 기온은 이 지역에 한정된 것이었다.

리군은 연구 방향을 정한다음 아버지에게 인사를 하고 그녀가 란게디티 대륙 전체의 기온을 재는 중앙 기후 관측소를 찾았을 때에는 이미 밤이었다. 올스에서 하룻밤을 묵고 그녀는 최근 10년간 지역별 기온을 계절별 대푯값으로 조사해서 등온선을 만든 다음 10년 전부터 지금까지의 등온선의 변화를 분석하고는 결론을 내렸다. 10년 동안 란게디티 대륙의 해안의 온도 변화는 상대적으로 크고 여름과 겨울에 모두 온도가 상승했으며 내륙과 북부 빙하지대의 온도 변화는 상대적으로 작지만 그럼에도 여름과 겨울에 모두 온도가 상승했다는 것을 알 수 있었다. 그녀는 중앙 기후 관측소에서 필요한 자료를 수집한 다음 집으로 돌아와 논문을 썼다.

그녀는 이번에도 그녀가 나온 대학으로 논문을 보냈고 새먼 트리폴라 교수로부터 전화를 받았다.

"기온의 변화에 대해 이토록 세밀하게 분석한 논문은 처음일세. 지난번 논문처럼 아주 인상이 깊고 또 문제의식도 느껴지는군. 란게디티 대륙이 자연적인 주기로 북부의 빙하가 녹았다 생겨났다 하는 경우는 있지만 그것은 수천 년에 걸쳐 일어나는 것이지. 이번 건의 경우에는 불과 10년 만에 기온 상승이 수천 년 동안 일어나야 할 경우보다 더 많이 일어났고 또 이러한 기온 상승이 지속될 경우 란게디티의 중남부는 홍수에 덮일 수도 있어. 모두 이 문제에 대해 생각은 하면서도 논문을 쓸 수 있는 눈은 못 갖췄으니 자네가 고맙고 또 우리들이 부끄러워지는 것도 사실이야. 부디 그렇게 계속 연구해 주게나."

리군은 전화를 내려놓고 자신이 좀 지쳤다는 것을 알았다. 욕조에 따뜻한 물을 받고 느긋하게 목욕했다. 리군은 자신이 하는 일을 통해 자연과 인간 사이의 관계와 자연이 인간에게 보내는 신호에 대해 인간이 보다 민감하게 반응하여 인간이 보다 오랫동안 지상에서 행복하게 살 수 있기를 바랐다. 리군은 샤워 타올로 몸을 감싸고 거실로 나와 준비해둔 옷을 입고 커피를 탔다. 그녀의 집 2층에서 보이는 바닷가의 평온한 표정은 기후 변화가 급격히 일어나고 있는 란게디티에서 곧 사나운 표정으로 변해 모든 것을 삼킬 지도 몰랐다.

이사를 가자는 리군의 말에 리퍼는 의아해했으나 리군의 설명을 들은 리퍼는 고개를 끄덕이고 보다 내륙 지방으로 이사했다. 그곳은 란게디티 대륙의 서남부에 속했지만 보다 내륙이었고 맬로맬로라는 곳이었다.

여름이 되고 란게디티 해안 지역에는 폭풍우가 많이 나타났고 인명과 재산 피해가 속출했다. 리군은 수해 복구 현장에 가서 직접 물과 먹을거리를 주민들에게 나누어주었으며 내심 대륙 전체를 강타할 대폭풍이 오면 모든 게 끝장일 거라고도 생각했다. 하지만 폭풍은 따뜻한 바다로부터 수증기를 공급받아야 하므로 대륙 내부를 관통하는 대폭풍은 이론적으로 만들어지기 어려웠다. 생각이 거기에까지 이른 리군은 안도의 숨을 내쉬면서도 인간의 무분별한 개발이 자연의 분노를 사고 있다는 생각이 들었다. 겨울이 되기 전 수해 지역은 전 대륙에서 보내온 도움의 손길에 거의 복구가 되었으나 해안 지역 주민들은 그럼에도 두려워하고 있었다.

겨울이 되고 리군은 북부로 가서 결빙선을 조사하며 그곳에 머물렀고 여름까지 해빙선을 조사하고 내려와서 결론을 도출했다. 다행히 작년보다 얼음은 보다 남쪽까지 내려와 얼었으며 봄과 여름의 해빙선은 작년보다 남부까지 내려와서 측정되었다. 리군은 란게디티가 아직 스스로 기후 조절력이 있다고 생각하고는 아직 자연이 자신의 흐름을 조절하고 있어서 다행이라고 생각했다. 리군은 작년과 올해의 란게디티 대륙의 해빙선과 결빙선 조사에 대해 간략하게 쓴 논문을 새먼 트리폴라 교수에게 보냈다.

새먼 트리폴라 교수는 전화로 리군의 연구에 대해 감사를 표했으며 리군은 새먼 트리폴라 교수가 제안하는 중앙 기후 관측소 연구원 자리를 사양했다. 리군은 기후 분야만이 그녀의 관심이 아니었다. 그녀는 토양, 지형, 수질, 강수 및 인문사회 분야에도 관심이 있었고 그녀가 원하는 대로 자유롭게 그 모든 걸 연구하고 싶었다. 란게디티 대륙의 기후 변화에 대해서는 충분히 시사점을 던진 것 같아 그녀는 그 분야에서는 잠시 손을 놓고 「닐 크라우스의 기록 속에 나타난 사랑의 승화 작용」이라는 논문의 제목을 정하고는 린지 홀의 시와 소설을 몇 번이고 정독한 후에 닐의 기록을 읽기 시작했다. 리군은 자신이 닐 크라우스와 글로써 만나는 일이 얼마나 다행스러운가라고 느낄 정도로 이토록 세밀하고 생각이 깊은 남자 앞에서 실수를 하는 건 무척 부끄러운 일일 거라고 생각했다. 이상하게도 린지 홀의 소설이나 닐의 기록은 여러 번 읽었음에도 책을 덮은 다음에 기억되거나 외워지는 법이 없었다. 리군은 인간의 기계적 암기 작용에 입력되지 않는 두 사람의 시야를 존중했으며 린지 홀과 닐 크라우스는 분명 자신의 시야를 가지고 그렇게 홀로 서서 존재하다가 떠난 이들이라고 느꼈고 리군 자신도 자신의 서 있음에 스스로가 세운 시야로 존재하기를 간절히 바라고 있었다. 닐 크라우스에 대해 읽고 쓰기가 계속되면서 논문의 제목은 「닐 크라우스의 경우에 있어서 사랑의 의미」로 바뀌었고 완성된 논문의 요약은, 사랑의 경우에 고통이 되는 경우는 존재가 자기 존재를 세우는 과정에서 겪었던 모든 내적인 고통을, 그것을 그 사람처럼 겪고 자신을 바라보는 또 다른 존재와 더 이상 함께 할 수 없을 때이며 두 존재의 사랑은 짧은 만남 속에 긴 이별을 영원 속에 둔다는 것이었다.

리군은 젊은 여자가 그녀의 나이에 알 수 없는 삶 자체의 고통을 이해하고자 자신을 몰아댔고 그 과정에서 겪은 내적인 고통들은 삶에 대한 관조와 이해로 바뀌면서 그러나 투철한 지성을 잃지 않고 존재했던 린지 홀을 다시금 생각하고 있었고 닐 크라우스에게는 그런 그녀와 더 이상 만날 수 없음이 더할 나위 없는 고통이 된 것이라 생각했다. 리군은 겨울이 되기 전에 논문을 완성해 그녀가 다니던 대학의 문학부에 재직하고 있는 고다머 리븐 교수에게 논문을 보냈으며 북부의 스키장에서 한동안 스키를 탈 작정으로 장비를 꺼내 점검했다.

서른둘의 겨울은 스키와 함께 끝나고 서른셋의 봄은 소설에 대한 열병으로 시작되었다. 리군은 그녀가 소설을 쓰는 걸 혼자만의 비밀로 하기로 하고 인물들과 이야기를 구상하기 시작했다. 첫 문장과 첫 문단을 써내려가고 몇 페이지를 썼으나 마음에 들지 않아 다시 호흡을 가다듬고 자리에 앉았다. 문단속에 들어있는 생각의 단편들을 꺼내어 감각적인 시각으로 다시 고쳐 써보았다. 처음의 한 문단을 썼을 때 이 문단이 주는 감각대로라면 한 편의 소설을 쓸 수 있겠다는 생각이 들었다.

전화가 왔고 겨울에는 뜨거운 홍차를 언제라도 준비해두어야 한다는 어머니의 말에 심장 부근이 뜨거워지는 걸 느꼈다. 기차는 어두운 터널을 통과해 추운 땅으로 더 다가서고 있다. 하늘색이 비치는 순수한 땅은 곧 나를 맞이할 것이다. 어머니의 말이 심장에서 온몸으로 퍼져나간다. 따뜻함이 손가락 끝에 망울져있다. 손가락 끝을 움직이며 창문의 차가운 습기에 낙서를 해본다. 갑자기 주위는 싸늘해졌다.

리군은 이렇게 쓰고 온도의 배합으로 소설을 시작한 것에 만족감을 느꼈다. 리군은 그저 그 한 문단을 쓰고 만족하고는 커피를 세 잔이나 마시고는 소파에 걸터앉아 있다가 잠이 들었다. 닐 크라우스가 슬픈 표정으로 그녀를 바라보고 있었다.

"더 이상 내 자신이 존재하지 않는 것이 슬퍼서가 아니오. 우리는 보다 많이 이야기함으로써 자기 존재에 대해 더 많이 파악하고 어둠으로 들어가야 하는 거요. 죽는 그 순간에 자기 존재에 대한 완전한 인식과 존재의 완성을 안고 떠나야 하는 거요. 나는 혼자서 너무 많은 자기 인식을 해나갔기에 그것은 넓이가 부족하여 자꾸 다른 사람들을 내 속으로 빠뜨리고 말았소. 부디 존재에 대한 이야기를, 말이 통하는 사람들이 분명히 있을 것이니, 많이 나누도록 하시오."

닐은 흐려지고 있었다.
"전 혼자서도 해낼 수 있어요."
닐은 그런 리군의 대답에 흐릿하게 웃고는 사라졌다.
리군은 움찔하며 잠에서 깼다.
'염려하시는 군요.'
리군은 숨을 내쉬었다.
리군은 그녀가 써놓은 소설의 첫 문단을 읽고는 이어서 계속 쓰기 시작했다. 꽤 쉽지는 않은 것이 이 남자를 중심으로 이야기를 흩고 또 모으는 작업이 그러했다. 리퍼 로스트리츠는 이번 봄에 새 소설을 시작하였고 그래서 그는 거의 하루 종일 서재에 있었다. 리군은 모든 걸 혼자 하기로 결정한 이상 그녀 스스로 모든 걸 해내야 한다고 생각했다. 남자 주인공은 그가 향하고 있는 곳에서 4년 전부터 기후 관측소에서 일하고 있었다. 일 년에 한 번 홀어머니가 계신 고향을 방문하고 돌아오는 때면 언제나 그곳은 눈이 쌓여 있었다. 그는 그곳에서 기후 자료를 모으고 분석해서 좀 더 큰 기관으로 보내는 일을 하고 있었다. 리군은 그런 남자 주인공에 대해 이야기를 좀 더 끌어가다가 펜을 코 위에 세우고는 고개를 까딱하고 노트를 덮었다.

'난 구체적인 이야기, 극적인 이야기가 싫어.'

리군은 소설을 쓰지 않기로 마음먹고 저녁 식사 후 잡지를 꺼내 읽으면서 시간을 보냈다. 자기 전 커피를 한 잔 더 타오고 그녀가 쓴 부분은 접어서 침대 서랍 밑 칸에 넣어두고는 복잡한 생각을 하며 잠을 청했다.

대학 시절 동기인 매프 콜론이라는 친구가 맬로맬로에 살고 있었다. 그는 우스꽝스럽게 행동하곤 했는데 그가 오전에 찾아와서 이피코프 산의 수목조사를 함께 하자는 제안을 했고 리군은 할 일을 찾고 있던 터라 흔쾌히 승낙했다. 이피코프 산은 맬로맬로에서 가장 높은 산이지만 고산병을 일으킬 정도는 아니었고 아침 일찍부터 시작한다면 하루 안에 등정하고 내려올 수 있는 산이었다. 리군은 등산을 좋아했고 또 그것도 매프 콜론처럼 우스꽝스러운 행동을 하는 어딘가 좀 멍청해 보이는 친구와 하는 수목 조사는 색다를 것이라고 생각하며 이번 조사에 대해 숨이 넘어가듯 설명하는 매프 콜론을 보며 속으로 웃었다.

어차피 수목 조사는 매프 콜론이 알아서 할 터였고 리군은 그저 그의 옆자리에 있어주기만 하면 되었다. 일주일 후 그들은 올스를 타고 이피코프 산 아래까지 이동했다. 차를 대는 지점에서 매프는 해발고도를 확인하고 조사판까지 손에 들고 시작할 참인 것 같았다. 리군은 지도를 펴서 그녀와 매프가 지나게 될 지점들을 확인하고는 지도를 접어서 조끼 호주머니에 넣었다. 리군은 등산을 하며 새롭게 마주치는 광경들에 주목한 반면 매프는 고도에 따라 나타나는 수목군을 확인하며 조사판에 수목명까지 적어두는 것이었다.

"왜 고도별로 나타나는 수목을 일일이 적어두는 거지?"

"이피코프 산의 고도별 식생분포에 대해 논문을 쓰려고 1차 확인 작업을 나온 거야."

매프는 천천히 공들여서 말했다.

“혼자 조사하는 건 무서워?”

“아무래도 솔직히 그래.”

“이번이 1차 작업이라면 2차 작업도 있다는 말이잖아?”

“1차 작업 후 논문을 쓰고 확인 차 한 번 더 오려고 해.”

“그때도 내가 필요해?”

“그래 주면 나는 정말 고마울 거야.”

리군은 매프 콜론이 순 겁쟁이에다 멍청한 것 치고는 맬로맬로 대학의 지형학 교수라는 게 믿겨지지 않았다. 물론, 어느 누구보다 노력은 더 많이 했고 실패해도 좌절하지 않고 다시 시도하는 근성은 존경할 만하다고 생각했다.

그들은 낙엽 활엽수 군락을 지나 침엽수림 군락으로 접어들고 있었고 역시나 매프 콜론은 열심히 수목의 종류며 해발 고도를 확인했다. 리군은 갑자기 쓰다가 버린 듯한 소설이 생각났고 자기 생(生)에 있어서 포기한 일이 그 소설 쓰기 밖에 없다고 생각했지만 그녀는 소설에 대해서는 잊어버리자고 마음먹었다.

아침 일찍부터 시작한 등산은 오후 2시가 되어서야 산의 정상에 도착했다. 리군이 산 아래의 여러 지역을 지도와 대조해서 보는 사이 매프 콜론은 산 정상의 조그마한 나무들에 대해 기록하고 있었다. 하산을 서두르면서 매프는 조사판을 배낭에 꼭꼭 넣고는 그들은 저녁이 되어서야 산을 내려왔다. 이피코프 산은 산체가 큰 것보다도 수직으로 가파르게 발달해 있는 산이어서 고도별 식생분포를 조사하기에는 적합한 곳이었다.

하산 후, 매프가 상당히 지쳐있는 것 같아서 리군은 손수 올스를 몰고 매프를 자신의 집으로 데리고 와서 손님용 방을 청소하고는 그가 쉬도록 배려해 주었다. 그리고 리군은 머릿속에서 무언가를 인출하면서 세 페이지의 무언가를 작성해두었다. 리군은 샤워를 하고 부엌으로 가서 냉동실에 있는 스테이크를 꺼내 오븐에 넣고 익힌 다음 정신이 나간 듯이 누워있는 매프를 불러내 식사를 챙겨주었다.

"고, 고마워."

"이 정도는 아무것도 아니야. 더 고마워해야 할 게 있어."

"그, 그게 뭔데?"

"네가 2차 조사를 하지 않도록 나도 고도별 식생 분포에 대해 머릿속으로 계산을 하며 올라갔거든. 나도 등산을 하며 고도 확인을 하는 편이라 고도계를 가지고 있어. 자, 이걸 보라구."

리군은 그녀가 작성한 세 페이지의 문서를 내밀었다.

"이건……!"

"그것을 참고해서 네 자료와 비교해서 논문을 쓰면 될 거야. 한 사람이 두 번 할 일을 두 사람이 한 번에 할 수 있잖아?"

"정말 고마워."

"식사나 하고 잠이나 푹 자두도록 해. 내일 아침에는 냉큼 네 집으로 가버려. 알겠지?"

"그럴게."

아침이 되자 리군은 매프를 쫓을 모양으로 그가 있는 방의 문을 활짝 열었지만 이불은 잘 개어져 있고 침대 서랍 위의 메모만 한 장 있었다.

학교 다닐 때도 넌 멋있었고
지금도 여전히 멋있어.

너를 존경하는 매프가.

리균은 친구 사이에 존경이 왜 느껴지는지 이유를 찾아보려했지만 그저 모든 것에 진지하고 모든 사람에게 겸손한 매프가 자신에게는 좀 더 특별하게 그러한 것들을 느끼기 때문이라고 생각했다. 메모 속의 내용은 오히려 매프의 장점인 자질들에 관해서라고 리균은 피식 웃었다.

그리고 매프는 그 해 여름에 해양 조사를 나갔다가 실종되었고 나흘 만에 사체로 발견되었다. 리균은 매프의 장례식에 참석한 후 그 해를 통틀어 삶과 죽음의 문제에 시달렸으며 지도를 분석하거나 만드는 일은 전혀 하지 않았다. 서른넷이 되면서 리균은 마음에 슬픔이 한 조각 박혀 보석으로 굳어버렸다고 생각하고 다시 그녀의 일을 찾아 해나갔다. 운동이나 실외 활동보다는 지도의 이론을 만드는 데 집중했다. 4년에 걸쳐 리균은 『이론지도학』을 저술하고 서른여덟에 그 책을 출간하고 나서 자신 안에 자신이 쌓아온 모든 것이 비어 버렸고 도무지 어떻게 살아야 할지 집필을 시작할 때보다 더 막연해졌다. 리균 로스트리츠에 대해서는 그녀가 서른아홉에 정신 병원에 들어가서 예순 여덟에 사망하기까지 정신병원의 복도를 왔다갔다만 한 것으로 기록돼 있다.

죽음은 어느 순간에 닥쳐와서 주변의 모든 사람들을, 그 중에서도 특수한 사람들을 함께 죽음 속으로 몰아넣고 썰물 빠지듯 나가버리고 아무 일도 일어나지 않은 체 한다. 서서히 다가오는 죽음에 사람들은 대응할 시간을 가지지만 이마저도 죽음의 현상이 다가왔을 때 특수한 사람들은 사자(死者)의 죽음 속으로 함께 휘말려 들어가 버린다. 죽음 주변의 특수한 사람들은 그들이 만난 죽음에 대해 인내하며 있지만 그 중의 견딜 수 없는 자는 자신 내부의 회전하는 죽음 속으로 들어가 버린다.

리균은 매프의 죽음에 대해 특수한 사람 중의 한 명이었고 그녀는 처음에는 매프의 죽음 그 후에는 죽음 자체 속으로 들어가 죽음에서 자신에게로 돌아오기를 반복하는 회전 속에 빠져버린 것이었다. 더 이상 자신에 대해 사유할 것이 남지 않은 리군은 정신 병원에서 이쪽에서 저쪽으로 저쪽에서 이쪽으로 걸으며 죽음 속에서 눈을 뜨고 살았던 것이다.

리군 로스트리츠의 생애로 소설을 쓰고자하는 서른둘의 소설가 이예르 퍼는 리군이 남긴 자료들을 찾다가 우연히 리군이 쓴 소설의 첫 문단을 발견하고는 흥분했다. 그는 리군 로스트리츠가 남긴 업적과 리군의 행로를 거의 탐색한 뒤였다. 이예르 퍼는 첫 소설을 출간했으나 성공하지 못했고 출판사의 권유로 리군 로스트리츠에 대해 소설을 쓰기로 한 것이었다. 이예르 퍼는 자료를 모을수록 리군에 대해 매력을 느꼈다. 이예르 퍼는 리군이 슬픔 속에서 지도학자로서의 의무로 『이론지도학』을 완성했고 그리고는 슬픔으로 꽉 찬 세계로 들어가 웅크린 거라고 생각했다.

리군이 주인공으로 등장하는 이 소설은 실바오와 리퍼에 대해서는 거의 언급하지 않았다. 리군의 대학 시절 매프와 알게 된 시점부터 시작해 우정으로서 그들의 관계와 리군이 자신의 시야로 성장하는 모습을 그리고 매프의 사고로 리군이 죽음 속의 슬픔의 세계로 들어가고 지도학자로서의 의무를 다하기 위해 저서를 써낸 뒤 미련 없이 정신 병원으로 들어간 것과 복도를 왔다갔다하며 리군이 매일 무슨 생각을 하는지에 대한 이야기와 함께 리군이 써둔 소설의 한 문단의 부분을 삽입하면서 이예르 퍼가 쓴 리군에 대한 소설은 끝난다.

'기차는 어두운 터널을 통과해 추운 땅으로 더 다가서고 있다. 하늘색이 비치는 순수한 땅은 곧 나를 맞이할 것이다.'

이예르는 소설의 마지막 부분을 보면서 슬픔을 느끼고 자리에서 일어났다.

이예르 퍼는 리군에 대한 소설로 성공하게 되었고 그러나 차기작에 대해서는 아무것도 떠오르지 않는 나날을 보내고 있었다. 그는 칸디나디아의 리브타뉴로 날아갔다. 밤 비행기에서 내려다본 리브타뉴는 은하수를 둥글게 잘라놓은 것처럼 반짝였다. 호텔은 깨끗했고 식사도 괜찮았다. 언뜻 보았을 때에도 이곳은 백화점과 상점이 많은 것처럼 보였다. 다음날 호텔을 나선 이예르는 상점들의 진열된 물건들을 보면서 괜히 기분이 우울해졌다. 그러다가 발견한 어느 허름한 주점에 들어가 앉았다. 과거 리브타뉴가 예술가들의 집합소일 때 그들이 벽에 적은 시(詩)며 잡다한 이야기가 가득했다. 주인장이 뭘 시킬 거냐고 물었다.

"예전에 예술가들이 이곳에 모여서 시를 낭독하거나 토론을 하거나 했군요."

"그랬었지. 나도 가게를 인수 받아서 자세한 건 몰라."

뚱뚱한 주인장은 이예르의 말을 잘 받아주었다.

"한 번 돌아봐도 되나요?"

"물론, 그나저나 뭘 먹을 건가? 오전부터 술은 아닐테고."

"소시지를 부탁합니다."

"알았네. 천천히 구경하게."

이예르 퍼는 천천히 주점의 벽을 관찰했다. 그러다가 어느 시구(詩句)에 그의 시선이 멈추었다.

일상성의 옛구름을 녹여

새로운 것이란

아무것도 머릿속에 없을 때

완전히 고갈되었을 때

하나씩 더듬으면서

앞으로 나가기 시작한다는 걸.

　이예르 퍼는 소시지를 약한 불에 굽고 있는 주인장에게서 펜과 종이를 얻어 이 시(詩)를 필사하고는 자신이 쓸 새로운 소설이란 완전히 고갈된 지금 깊은 어둠 속에서 나아가는 것처럼 머릿속에서 모든 것이 완전히 체계가 형성되지 않고도 하나씩 더듬으면서 써내려갈 수 있음을 깨달았다. 이예르 퍼는 소시지를 받아 계산하고는 호텔로 돌아와 한꺼번에 열 페이지의 사유를 썼다. 그것은 그의 고갈 속에서 나온 것이었고 새로운 언어로 씌어진 새로운 내용이었다. 아니, 그 속에는 내용이랄 것이 없었다. 그러나 그는 어떻게 매번 새로운 소설을 쓸 수 있을런지에 대한 방법을 희미하게나마 알 수 있었다. 그는 그가 순식간에 써내려간 열 페이지에서 영감을 받아 새로 쓰게 될 소설 제목을 정했으며 바로 란게디티 대륙으로 떠났다.

　란게디티 남부 해안의 휴양 도시인 에일마리다에 이예르 퍼의 집이 있다. 1년 내내 따뜻하고 바닷물의 온도도 적당해서 많은 휴양객들이 몰리는 곳이다. 그는 집에 도착하자마자 바다로 통하는 거실 유리문을 열고는 벽에 기대어 머릿속의 생각 생성작용에 대해 생각해보았다.

　'아무런 준비도 없이 소설을 쓸 수 있는 군. 더군다나 더 좋게.'

　그는 우선 잠을 실컷 잔 후 펜과 노트를 준비해 거실의 1인용 탁자에 앉았다. 글을 쓰기 위해 직접 목공소에서 만들어온 탁자였다. 그는 자유롭게 생각을 전개해가며 하루 종일 온통 뒤죽박죽인 이야기를 써냈다. 그걸 새 노트에 다시 집필하면서 개연성 있고 표현력 있는 글로 바꾸고는 그 상태에서 천천히 이야기를 이어나갔다. 중간에 막히는 걸 여러 번 느꼈지만 그는 그럴 때마다 그가 리브타뉴의 주점 벽에서 적어온 시구(詩句)를 떠올리며 하나씩 더듬으며 앞으로 나갔고 그는 집필에 착수한지 세 달 만에 장편 소설 한 권을 완성하였다. 제목은 『소녀들의 연시(戀詩)』였으며 어느 부유한 중년 부인이 남편이 죽고 나서 길거리의 소녀들을 어른이 될 때까지 키워주는 조건으로 매일 부름의 대상이 없는 연시(戀詩)를 중년 부인에게 써주어야 한다는 내용으로 연시를 씀으로써 소녀들은 질서와 글에 대해 눈을 뜨고 중년 부인은 그녀의 소녀 시절로 돌아간 것 같은 즐거움에 빠져든다는 이야기였다.

이예르 퍼는 출판사에 전화를 걸어 원고를 보낼지에 대해 물었고 출판사는 흔쾌히 이를 승낙했다. 이예르 퍼의 『소녀들의 연시』는 만족할 만큼 팔렸고 그는 그 소설 속에 나오는 이야기를 스스로는 한 번도 상상해 본 적도 없다는 것에 뇌의 재미있는 사고 작용이 탄생시킨 소설이라며 재미있어했다.

그는 여러 개의 소설 제목을 생각해보았으며 그러한 제목 속에 어떤 이야기가 담길 수 있을지 가늠해 보았고 순식간에 10여 편의 소설을 구상해냈다. 그러나 10작품 모두 실제 쓰기로 연결시키기에는 좀 더 그것이 소설에 적합한지 판단해 보아야 했다. 이예르 퍼는 구상된 10작품 중에서 여섯 작품을 최종적으로 쓰기로 했으며 이야기 전개는 '완전히 고갈되었을 때 하나씩 더듬으며'에 입각해서 나아가는 방식을 채택했다. 이예르 퍼는 『소녀들의 연시』 출간 후 여행을 가지 않고 바로 새 소설 집필에 들어갔다. 『내일은 노랑』이라는 작품이 완성되고 한 젊은이의 노력과 좌절을 통해 산다는 것의 모습과 자세를 진정성 있게 그려냈다는 호평과 함께 이 소설도 잘 팔렸다.

이예르 퍼는 자신의 소설가적 위치를 가늠해 보았고 앞으로도 계속 소설을 쓰는 것에 자신이 있었다. 소설을 쓰기 시작했을 때 이미 필요한 건 그의 내부에 다 갖춰져 있었다. 다만 그것은 어떤 막에 막혀 있었고 인출되는 입구에서 단어와 생각들은 무질서하게 쌓여 밖으로 나오지 못했던 것이다. 나오더라도 그것은 분명하게 모습을 보이는 단어나 생각이 아니라 무언가 부적당한 모습으로 모습도 불분명했던 것이다. 그는 그저 소설을 만들어내는 막을 보면서 막에 가까운 것부터 하나씩 흡수하기 시작했다. 막 안의 단어와 지식들과 생각들은 그저 부드럽게 떠다니다가 막의 가까이에 이르러 인출되어 나왔다. 스스로에게 강압적인 소설 쓰기는 없는 것이다.

이예르 퍼는 그가 구상한 나머지 다섯 작품들을 일 년 반에 걸쳐 써냈고 이에 지친 이예르는 그가 사는 곳 근처의 호텔에서 두 달을 지내고 집으로 돌아왔다. 그는 원고들을 다시 한 번 교정해서 썼으며 출판사에 한꺼번에 다섯 작품을 보냈다. 『로아의 이야기』, 『탈출』, 『검은 산』, 『갈색의 겨울』, 『박쥐의 장소』라는 작품들은 곧 출판사를 통해 출판되었다. 각 작품들이 작품만의 독창성을 가지고 있었고 같은 시기에 씌어졌는데도 내용이 섞이지 않았다.

이예르 퍼는 작품들을 출판한 후 다시 그가 사는 곳 근처의 호텔로 가서 한 달을 더 보내고는 집으로 돌아와 당분간은 아무것도 쓰고 싶지 않음을 느꼈다. 책이 거의 없는 서재의 책장에 넣을 모양으로 서점에 가서 그의 관심을 끄는 책을 많이 사왔고 책장에 책들이 가득 차자 책을 꺼내 읽으며 시간을 보냈다.

이예르 퍼는 건강이 안 좋다는 이유로 책사인회를 번번이 거절하고 집에서 책을 읽으며 시간을 보냈다. 책장의 책을 거의 다 읽고 이예르 퍼는 중요한 생각 한 가지를 메모했다. 그 모든 걸 읽고 그 모든 걸 써도 가장 중요한 것은 인간이 자신의 시야를 세우고 그것에 기반하여 모든 것을 읽고 생각하고 쓰고 행동해야 한다는 것이었다. 이예르 퍼에게 자신의 시야는 '막힌 곳에서 또다시' 정도가 될 것이라고 스스로 생각했고 이는 언제나 자신을 인도해 주었던 것이다.

휴로스 이븐은 이예르 퍼가 사는 마을에서 과일 가게를 운영하고 있었다. 물론, 이예르 퍼는 그가 좋아하는 오렌지와 키위를 사기 위해 휴로스의 가게를 자주 들렀다. 휴로스 이븐은 이예르 퍼가 소설가인 줄 얼마 전에 알았고 마침 가게에 들른 이예르에게 이예르의 소설을 내밀며 사인해달라고 했다. 이예르는 정성을 들여 사인을 해주었고 이 집의 과일은 정말 맛있다고 하고는 돌아갔다.

휴로스 이븐은 그의 소년 시절『존 아워의 사랑』과『존 아워의 슬픔』을 읽으면서 자신도 존 아워가 하는 사랑처럼 정신에 진실한 사랑을 하겠고 그 자신도 소설을 쓸 것이라고 막연히 생각하고 있었다. 그러나 가정 사정으로 대학 진학을 하지 못하게 되고 그는 소설과 문학에 대한 그의 꿈을 접었다. 그런데 이예르 퍼의 등장은 그에게 퍽이나 낯설면서도 새로운 것이었다. 휴로스 이븐은 이예르 퍼가 쓴 소설을 모두 구입해 읽었으며 나이도 자신보다 두 살이나 적은데도 이예르는 이만큼이나 온 것이었다.

휴로스 이븐은 가게를 운영하면서도 다시 책을 읽기 시작했다. 굳이 소설을 쓰기 위해서라기보다도 이대로 자신이 과일 파는 기계가 되어버리는 것이 싫었다. 그는 스스로가 인간이라면 보다 높은 생각을 하고 살아야 한다고 생각하고는 여러 분야의 책을 읽기 시작했고 지역의 야간 대학에 등록도 했다. 휴로스 이븐은 문학부에 등록하고 나서 대학을 다닌다는 것이 이토록 넓고 깊은 정신세계를 탐험하는지 몰랐으며 매 수업마다 경탄하면서 수업을 열심히 듣고 서툴지만 과제도 하나씩 해나갔다.

휴로스 이븐이 야간 대학의 문학부를 다니는 동안 이예르 퍼는 그 마을에서 떠났다. 휴로스 이븐은 낮에는 일하고 밤에는 공부했으며 대학이라는 것은 인간이 세운 것 중에 가장 풍요롭고 아름다운 것이라고 생각했다. 그렇게 휴로스 이븐은 야간 대학을 마치고 다시 과일 가게 일에 전념했다. 대학을 다니기 전과 달라진 것이 있다면 그것은 휴로스가 자신을 인식하고 그리고 세상을 인식하는 눈이 세워진 것이며 그리고 글자들이 선사하는 세계를 누릴 만한 안목도 갖추게 되었다는 것이었다. 그는 자신이 보다 풍요로운 삶을 산다고 생각했다.

휴로스 이븐은 매일 종이 위에 뭔가를 쓰고 버리기를 반복했다. 그는 소설을 쓰고자 원했던 것이다. 그러나 그는 소설 쓰기를 시도한 지 1년이 지나도록 제대로 된 문장조차 자기에게서 나오지 않는다는 점에 절망했다. 그리고 이예르 퍼의 주소를 알아내 그에게 자신의 고민을 편지로 써서 보냈다.

일주일 후 그는 답장을 받을 수 있었다.

'네퓨오'의 맛있는 과일 사장님, 휴로스 이븐 씨에게.

우선 말씀드리고 싶은 것은 소설이 자신의 손에서 씌어진다고 해서 그것 자체가 좋다고 말할 수는 없습니다. 저는 스물한 살 때 첫 소설을 완성했고 제 마음에도 들었지요. 그러나 출판사에서 번번이 거절을 당하면서 다시 생각하게 되었습니다. 시간이 지나면서 제 소설은 그저 한 젊은이의 존재 탐구와 그 좌절 밖에는 내용이 없으며 독자를 고려한 글쓰기도 아니라는 점을 알게 되었지요. 그건 결국 불완전한 소설이었지요. 그리고도 계속 습작을 하고 첫 소설을 출판한 것이 서른한 살 때였습니다. 10년이 걸린 셈이지요. 출판은 되었지만 실패했습니다.

결국 저는 실패한 소설의 출간까지 글을 쓰기 시작한 지 10년 동안 글에 대해 탐구하고 공부했습니다. 그 모든 과정이 결국 오랜 인내 끝에 지금 단맛을 보여준 겁니다. 그 모든 과정이 소설에나 제 자신의 삶에나 자신 있고 균형 있는 오늘날의 삶으로 저를 이끈 겁니다.

한 가지만 기억하십시오.

자신이 자신을 믿는가. 자신의 시야를 세웠는가. 그 시야로 곧게 서 있는가.

그렇게 될 때에 당신은 불안과 두려움 없이 글에 대해 시작할 수 있을 겁니다.

소설가 이예르 퍼로부터.

그녀가 없는 걸 제외하고는
아무것도 잔인하지 않아

　리브타뉴의 어느 낡은 건물, 엠베러 사(社)가 막 세워질 때 그 무렵에 지은 건물은 더 이상 세 들어 사는 사람도 없었고 시내의 뒷골목에서 주인 할머니가 음료수나 담배 따위를 건물 1층의 한쪽에서 팔고 있을 뿐이었다. 할머니는 그녀가 젊었을 때 이 건물을 사서 제법 운영해왔으나 지금은 건물을 재건축할 여력도 비용도 없었다. 하나뿐인 손녀를 생각하며 그저 명목상으로 건물을 유지하는 것뿐이었다. 건물을 팔라는 사람들이 많았지만 그 사람들은 대부분 그 건물을 허물고 새 건물을 지을 사람들이어서 할머니는 번번이 그런 사람들에게 퇴짜를 놓았다. 할머니는 이제 혼자서 건물의 2층과 3층 그리고 4층의 빈방들을 청소하기 어려워졌다.

　할머니의 부름에 스물두 살의 메리 비온이 막 동부에서 대학을 마치고 리브타뉴로 왔다. 메리 비온은 대학을 졸업하고도 딱히 할 일을 찾지 못했기 때문에 건물 청소와 구멍가게에서 물건을 파는 것 따위가 그다지 싫지 않았다. 메리 비온은 자신이 할 일을 천천히 찾고자 했고 그것은 그녀가 대학을 다니며 실용적인 학문을 배우지 않고 죄다 인문학만을 선택해서 대학을 졸업해도 딱히 할 일이 없었던 것이기도 했다. 메리 비온은 그저 이것저것을 자유롭게 생각하고 체계를 세우는 것을 좋아했고 또 자신이 스스로 그 체계를 허무는 것도 좋아했다. 스물두 살의 메리 비온에게 절대 명제는 없었고 오직 생각하는 순간의 인식과 존재의 과정만이 의미 있었다.

곧 해가 바뀌고 메리 비온은 스물세 살이 되었다. 그녀는 2층을 청소하다 서랍장을 열고 서랍장 바닥에 깔려있는 두꺼운 종이를 들어 올렸다. 그 밑에는 천만뜻밖에도 닐의 기록을 필사한 낡은 종이가 놓여있었다. 오래전 여기에 살았던 사람의 것이 분명했다. 그녀는 우연히 닐의 기록을 오래전 이 방에 살았던 사람이 베껴놓은 것을 읽는 것이 상당히 놀라웠고 또 낭만적이었다.

랄프, 남자에게 있어 천국과 지옥은 둘 다 존재하지 않네.

남자는 천국에서 내려와 걸어야 하고 그 마음에 모든 바를 견디고 그래서 지옥이란 남자에게 존재하지 않는 것일세. 여자와 아이들에게 천국을 만들어주되 그 자신은 모든 괴로움을 견디는 것이 남자고 그래서 그 외로움을 참는 것이 바로 지옥의 다음 단계지. 나에게 있어 천국이란 갖고 싶지 않은 자유이며 지옥이란 모든 것을 견딘 후에 매 순간 찾아오는 안식이지. 내가 지옥을 소유하고 있다는 걸 자네도 알 테지? 그 모든 걸 견딘 후에 지옥은 나에게 찾아와 팔을 벌리고 있네. 매 순간 지옥 속에 굳어가는 나를 발견하네. 더는 아무 일도 할 수 없어 제자리에 박혀 굳어가는 것 말일세.

랄프, 그녀가 없는 걸 제외하고는 아무것도 잔인하지 않아.

그녀가 없기 때문에 내 지옥이 나에게 잔인해질 수 있는 것이지. 그녀가 있다면 그저 존재라도 한다면 나는 모든 걸 인내하고 지옥을 비웃을 텐데. 나는 지금 어찌할 수 없이 지옥의 한가운데에 있네. 내 자신에 대한 사유와 인식이 끝나고 남자로서의 일에 대해서도 사유가 끝나도 나는 잃어버린 것에 대해서 무능력하고 미리 알지 못했으며 용기도 없었고 그건 이제 돌이킬 수 없는 것이 되어 매 순간 나를 지옥에 빠뜨리네.

구원해달라고는 하지 않겠네. 이건 구원될 수 없는 문제니까. 내 스스로 눈을 닫아버리기에도 이제는 너무 멀리 왔어. 그녀를 너무 사랑하게 되었으니 말일세. 그녀가 남긴 글을 매일 핥듯이 읽고 허망해지기를 반복하고 있네. 이 모든 것이 나의 어쩔 수 없는 흐름이네.

그녀가 없는 걸 제외하고는 아무것도 잔인하지 않아.

랄프, 어지럽네. 이만 줄여야겠네.

메리 비온은 그 기록을 다시 서랍장 아래 두꺼운 종이 밑에 넣고는 2층 청소를 마무리하고 1층에 있는 가게로 내려갔다. 오전 내내 메리 비온은 닐의 육성이 귓가에 맴도는 듯했으며 사랑을 아는 남자들이 매번 사랑에 실패하는 데는 신의 질투가 한 몫을 한다고 생각했고 그 자신도 어이없는 생각에 피식 웃었다.

메리 비온은 저녁까지 음료수와 담배를 팔고 가게 문을 닫았다. 시내의 뒷골목에서 밤늦게까지 가게를 하는 건 위험한 일이었다. 할머니와 메리 비온이 쓰고 있는 2층의 방으로 들어가자 할머니는 루탄 난로를 켜놓으셨다. 배가 고파 빵에 버터를 발라 먹고 메리 비온은 책을 읽다가 잠들었다. 새벽녘에 잠깐 깼을 때 할머니는 누군가와 이야기하는 것 같았으나 메리 비온은 다시 잠들었다.

다음날 가게 문을 열 때 메리 비온은 할머니에게 어제 새벽녘 일에 대해 물었다.

"네 할아버지를 지옥에서 불러내 야단을 친 거였어."

할머니의 황당한 대답에 메리 비온은 의아해했다.

"정말?"

"아니란다. 그동안 오랫동안 혼자 지내다 보니 아무나 불러내 혼잣말을 하는 버릇이 생겨 그런 거란다. 노인네의 외로움이 미친 꼴로 나타나는 거야."

"아니야. 할머니. 난 이해할 수 있어."

"그래. 하루를 시작하자꾸나."

"응."

메리 비온은 할머니가 사람을 그토록 그리워했구나, 라고 생각했고 할머니가 돌아가실 때까지 말벗이 되어드리기로 마음먹었다.

메리 비온은 가게에 있는 내내 그녀가 뭘 할 수 있는 지 생각해 보았지만 그건 대학 4년 동안 생각해도 못 찾은 답이었다. 천천히 생각해보자, 라고 생각하고는 지나치는 손님들에게 담배와 음료수를 팔았다. 저녁이 되어 가게 문을 닫고 2층에 올라가 난로 앞에 앉아 있으면서 그녀는 자신이 인문학을 무척 좋아한다는 것을 알았지만 학자나 번역가, 소설가처럼 할 수는 없다며 다시 한숨을 내쉬었다. 할머니가 홍차가 가득 든 주전자를 루탄 난로 위에 올렸다. 저녁 식사는 따뜻한 홍차와 고등어구이 그리고 버터와 빵이었다. 잠들기 전 메리 비온은 인문학 분야에서의 성과는 체계적인 사유의 경험과 지속적인 사유의 노력에 기반하지 않고는 이루어질 수 없고 또 최고의 인문학 저서들은 인간으로서의 한계에 대해 실험하고 또 자신을 초극(超克)하는 인격적인 경험도 나타나야 한다고 생각했다.

'나는 그것들 중 아무것도 하지 않았군.'

메리 비온은 그러나 기분 좋게 잠들었고 새벽에 할머니는 또 누군가와 대화하시더니 다시 잠드셨다. 메리 비온이 아침 식사를 준비하고 그리고 가게 문을 열었다. 매일 담배를 사러 오는 토마스 아저씨와도 꽤 친해져 여러 개인적인 안부를 물을 수도 있었다. 토마스 아저씨네 개가 이웃집 잔디를 망쳐놓은 일에 메리 비온은 깔깔 웃었으나 토마스 아저씨는 이야기를 하면서도 가슴을 쓸어내렸다. 오후가 되고 메리 비온은 할머니에게 가게를 맡기고 2층에 올라가서 책을 읽었다.

그저 자유롭게 생각하고 책을 읽고 다시 여러 가지에 대해 생각하고 그 생각을 정리하는 일을 통해 메리 비온은 걱정거리를 보다 분명한 확신으로 바꾸어나갈 수 있었다. 책을 가까이 하는 것은 그녀의 마음이 밀려오는 세상으로부터의 걱정거리에 혹은 내부에서 이는 자신에 대한 기대에 대응할 수 있는 방법이었다. 확실히 책을 읽으면 머릿속의 혼란이 가라앉고 자신이 지금 처한 상황을 잘 알 수 있어 좋았다. 책을 읽고 할머니와의 저녁 식사를 마친 뒤 메리 비온은 1층 가게로 내려가 우유 두 팩을 가져와 설탕과 커피 가루를 넣고 커피 우유를 만들어 마시고는 다시 독서에 열중했다. 우주의 생성과 발전 과정 그리고 인간의 문명 발전 과정에 대한 책을 읽으면서도 그러한 광대한 일이 사소한 일상에서는 느껴볼 수 없는 것이며 그래서 이러한 간접적인 경험을 책을 통해 해봄으로써 세상을 보는 시야를 넓힐 수 있었다. 메리 비온은 문득 잠이 와서 불을 끄고 잠들었다.

할머니의 새벽녘 혼자 말하기는 그날 밤에는 나타나지 않았다. 그리고 아침이 되어 할머니가 메리 비온을 깨우지 않고 깊이 잠들어 있자 메리 비온은 아침 식사를 준비하고 할머니를 깨웠다. 며칠 후 리브타뉴의 공동묘지에 할머니를 안장하고 할머니의 삶의 세월이 밴 낡은 건물을 올려다보았다. 할머니의 유언 – 발견된 유서에 의한 – 에 따라 4층의 낡은 건물은 메리 비온에게 상속되었다. 메리 비온은 여전히 건물

1층의 한쪽에서 담배와 음료수를 팔았고 저녁에는 책을 읽었으며 1주일에 한 번 건물을 대청소했다.

메리 비온은 리브타뉴에서 가장 싼 가격에 거주 목적으로 한 임대를 내놓았고 가난한 대학생들과 일용직 노동자들 그리고 젊은 예술가들이 2층부터 4층까지 세 들어 살게 되었다. 그리고 1층의 빈 공간으로 가게를 확장했으며 종업원을 2명 고용했다. 가게를 관리하고 집세를 받는 것 외에 특별한 일이 없는 메리 비온은 책을 읽거나 읽은 책에 밑줄을 치거나하면서 건물 2층의 할머니와 함께 살던 방에서 시간을 보냈다. 할머니의 침대가 빠진 방은 너무 넓어서 메리 비온은 자신의 방이 허전하다고 느껴질 정도였다.

메리 비온은 세 들어 사는 사람들 중에 격투기 선수의 연습용 상대 선수로 일하고 있는 러프 볼트와 친해져서 가끔 그와 밥을 먹으면서 세상사를 이야기하곤 했으나 마음을 열지는 않았다. 그리고 러프 볼트의 여자친구가 찾아와 밤에 러프와 여자친구가 시끄럽게 싸운 뒤로는 메리 비온은 그와 더 이상 만나지 않았고 방세만 꼬박꼬박 받았다.

리브타뉴의 홀Ⅱ 대학을 다니는 문학부 남학생이 소설을 쓸 것이라고 방세는 원고료를 받으면 반드시 가장 먼저 낼 것이라고 밀린 방세에 대해 그의 이유를 설명하자 메리 비온은 소설 원고를 완성하면 밀린 방세를 받지 않겠지만 소설을 완성하지 못한다면 밀린 방세를 다 받겠다고 했다. 그리고 이 남학생은 세달 후 원고를 완성했지만 수차례 출판사에서 거절당하고 결국 메리 비온이 방세를 탕감해주는 것으로 위안을 삼아야했다.

가을이 오는가 싶더니 곧 겨울이 되었고 메리 비온에게 세 들어 사는 사람들은 난방비 걱정을 했다. 메리 비온은 구식으로 루탄 난로를 쓰고 있었지만 세 들어 사는 사람들을 전기난로와 침대 위에 까는 전기장

판으로 겨울을 날 생각인 것 같았다. 건물에 세든 사람들은 가끔 시끄럽긴 했지만 서로가 그런 일에 있어 서로를 잘 이해하는 편이어서 세입자들 사이에 분쟁은 일어나지 않았다. 스물네 살이 된 메리 비온은 지역의 홀Ⅱ 대학 철학과에 편입 시험을 치러 합격하고 철학과 3학년부터 대학생활을 다시 시작하게 되었다.

본질에 다가설 수 있는 사유와 인식의 문제 그리고 자신이 원한 바대로의 존재함에 대한 문제를 매일의 수업과 과제, 독서에서 찾아가고 있었다. 그녀는 자신이 어떤 형태로든 존재하고 있으며 죽음으로 인한 소멸에서 자신의 의미를 소실되지 않게 하는 길은 매 순간 본질에의 인식과 탐구일 뿐이라고 생각했다. 존재와 존재를 매 순간 보며 그들의 흐름을 생각하고 자신의 존재가 어떤 모습으로 흐를지 그걸 종이에 써보곤 했다. 아마도 그것은 타인이 어떻게 존재하고 흐르느냐와 상관없이 자신이 무엇을 추구하고 또 하려하고 또 이루어가는 지 자신의 매 순간의 존재 의미와 닿아 있다고 생각했다. 어제까지만 해도 그녀의 머릿속에서는 무(無), 아무것도 아닌 것, 아직 인식되지 않은 것은 오늘 그녀의 인식 작용으로 인해 존재(存在), 어떤 의미, 앎으로 다가와 그녀의 눈에 흡수되었다.

곧 4학년이 되고 그녀는 내적으로 더욱 완성되어갔고 그러나 동시에 외부와는 거리를 두고 오직 의미와 존재함에 대해 자신을 한정시키고 있었다. 논문이 통과되고 메리 비온은 다시 대학원에 입학했고 『존재론』이라는 저서를 내고 곧 석사학위를 받게 되었다. 박사과정에 입학해서는 교수들과 토의하면서 박사과정을 밟아나갔고 『시간과 공간의 제 문제들』이라는 저서를 쓰고 논문과 시험을 통과해 철학박사가 되었다.

스물아홉에 박사가 된 메리 비온은 홀Ⅱ 대학의 교양강좌를 맡게 되었고 그녀 스스로도 인식의 나눔과 개방성을 위해 기꺼이 그 강좌를 맡았다. '철학이란 무엇인가'라는 강의였고 메리 비온은 쉰 명 남짓한 학생들에게 그녀가 해온 철학의 과정을 설명과 판서를 통해 먼저 보여주었고 철학에서 생각해 보아야 할 문제들과 한 사람이 자신만의 사유의 체계를 형성하는 것의 중요성을 설명해주었다. 메리 비온의 강의는 마법 같아서 다음 학기 수강자만 백오십 명을 넘어섰다. 메리 비온은 강의 중에 사유가 막힐 때도 그걸 풀어내는 방법을 알고 있었고 그리고 굉장히 어려운 철학적 문제에 대해 자신의 견해를 도출하는 법을 직접 보여주었다. 그리하여 그녀의 강좌를 들은 학생들은 이전보다 좀 더 '철학적'이고 '자신의 존재에 대해 진지'해질 수 있었다.

서른이 되고 홀Ⅱ 대학의 철학과 조교수가 되면서도 여전히 그녀는 할머니가 물려주신 낡은 건물 2층에 살고 있었고 1층의 가게를 관리했으며 세입자들의 방세를 매달 받고 있었다. 메리 비온은 아름다운 외모와 지성을 겸비한 탓에 홀Ⅱ 대학의 미혼인 교수들로부터 식사 제안을 받기도 했지만 그녀는 번번이 거절하고 집에서 논문을 쓰거나 책을 읽곤 했다. 사실 메리 비온은 남자들이 자신의 여자에 대해 혹은 개별 여자에 대해 성실한 경우를 보지 못했으며 그래서 결혼을 하지 않을 작정이었고 게다가 어린애도 그다지 흥미가 없었다.

메리 비온은 언제나 사유했고 그것을 갈무리해서 집에서든 연구실에서든 논문으로 써냈다. 동료 교수들 중에 말이 심하게 건 남자 교수는 메리 비온의 논문을 보고는 보통 사람은 할 수 없는 사고(思考)를 하니 미쳤는지도 모른다고 동료 교수들에게 말하기도 했고 이에 메리 비온은 「정상과 비정상에 대한 임상적·철학적 분류」라는 논문을 써내어 그 교수의 코를 납작하게 눌러버렸다.

메리 비온은 조용한 사람이었고 상상과 환상을 용납하는 사람이었으며 그러나 그 자신은 인식한 앎으로 믿음과 자기 존재의 근거로 삼고 있었다. 다만 아주 깊이 생각했기 때문에 문자에만 반응하는 피상적인 사유를 내놓지 않았을 뿐이었다. 그녀에게 '존재'는 매번 의미와 범주가 달라지는 단어였고 매번 새롭게 정의 내려야 할 단어이자 유연적인 개념이었다.

서른여섯이 된 메리 비온은 닐의 기록이 문자대로 이해되는 수준을 넘어서서 그의 글 속에 담긴 모든 것을 읽어내고 또 변형할 수 있었다. '그녀가 없는 걸 제외하고는 아무것도 잔인하지 않아.'

이미 늦었지만 어느 여자를 이해하고 그에 의미를 부여하고 그 의미의 무게만큼을 자신의 내면의 중심에 감당하는 남자를 그녀는 닐 크라우스 밖에 만나보지 못했다. 남자들 중의 대다수는 여자에 대해 자기중심적이었고 타 존재를 있는 그대로 그 자체를 인정하거나 상대방에게 의미를 쌓을 수 있는 사람은 드물었다. 메리 비온은 관찰되는 사람들의 삶의 모습이나 가치보다는 그녀 스스로 사고하여 결론을 내린 대로의 삶이 보다 인간의 삶이라고 생각했고 그것은 전체의 가치에 반(反)하지 않았으며 오히려 전체의 가치를 조그마한 점으로 볼 때 그걸 포함하는 커다란 원이었다. 메리 비온은 강의가 없을 때면 생각에 잠겨있거나 자신이 생각하는 것을 분명하게 표현해보고자 펜을 들었으며 그리고 표현했을 때 거의 만족했다. 특별히 읽고자 하는 책이 없었기에 그녀는 빈 시간을 자신의 생각을 노트에 표현하며 보냈다.

리브타뉴의 그녀의 건물은 여전히 낡은 그대로였고 그곳에 거주하는 사람들도 마찬가지로 가난한 학생들이거나 예술가들 그리고 공장을 다니는 아가씨들 정도였다. 1층의 가게는 종업원이 3명이었으며 메리 비온이 특별히 관리하지 않아도 되었다. 메리 비온은 여전히 건물 2층의 방에서 살았으며 그 방에서 달라진 거란 루탄 난로가 사라진 것 밖에 없었다.

홀Ⅱ 대학의 승진 시험에 합격해 메리 비온은 철학과 부교수가 되었고 전공 강좌를 많이 맡게 되었다. 그러면서 그녀는 모두 한 번 이해하고 그리고 버려야했던 수많은 철학 내용들을 카세트테이프 마냥 반복해서 들려주는 그녀의 직업에 대해 약간의 회의감이 들었을 때 그녀는 교수직을 사임했다. 특별히 그녀만의 저서를 쓰기 위함도 아니었고 그저 그녀로서는 모두 지나온 사상들을 반복하며 시간을 쓰고 싶지 않아서였다. 그녀는 철학자들의 사상이나 주장 혹은 내용을 그대로 인지하는 것도 중요하지만 더 중요한 것은 있는 그대로 밖에 이해할 거리가 없는 것보다 의미의 층이 읽으면 읽을수록 나타나는 문학의 방식에 더 끌리고 있었다. 그렇다고 해서 메리 비온이 수필이나 소설을 쓰겠다고 덤빈 것도 아니었으며 오히려 글의 문학적 요소를 아낀 것뿐이었다.

대학을 그만두고 나서 메리 비온은 방에서 자신의 그날그날 생각한 것을 노트에 기록해나갔다. 딱히 외롭지도 않았고 애완동물은 그녀가 지내는데 오히려 방해만 될 거라는 생각에 기르지 않았다. 그녀는 부드러운 빵에 크림치즈를 곁들여 커피와 함께 먹는 것을 좋아하였다. 그리고는 리브타뉴 외곽의 '켄싱턴 공원'을 거닐고 돌아와서 또 생각한 것을 기록하곤 했다. 메리 비온은 그녀가 쓴 생각이 책의 두 권 분량을 넘기자 그걸 간추려서 두꺼운 한 권으로 출판했다. 오늘 그녀는 출판사로부터 책을 받았고 그녀는 그것을 처음부터 끝까지 읽고 나서 책에 담긴 사유의 뿌리를 있게 해준 닐 크라우스에 감사했다.

'그녀가 없는 걸 제외하고는 아무것도 잔인하지 않아.'

순간 닐의 기록이 떠오르고 메리 비온은 자신이 슬퍼졌다는 걸 깨달았다. 커피를 타서 마시고 먼지 속의 리브타뉴의 거리를 보다가 문득 빗방울이 창문에 부딪쳐 흘러내렸다. 메리 비온은 외출 준비를 서두르고 우산을 쓰고 켄싱턴 공원까지 갔다. 켄싱턴 공원은 루탄 회사인 켄싱턴 사(社)가 리브타뉴에 세운 시민들을 위한 공원이었다. 비오는 공원을 우산을 쓰고 거닐며 메리 비온은 착잡한 마음을 가라앉혔다. 메리 비온은 자신이 닐과 닮아있으나 다행인 것은 닐처럼 애달프게 사랑할 대상이 없다는 것이었고 그녀는 그녀의 조용한 사색의 시간을 아끼고 또 즐겼다. 집으로 돌아오니 비는 그치고 저녁 햇살이 구름 너머로 잠시 비추였다.

메리 비온은 다시 그녀의 일상으로 돌아와 낮에 읽었던 그녀의 수필집을 저녁 내내 다시 한 번 더 읽었다. 소설보다 마음에 드는 완성된 생각의 체계이자 흐름이었고 그녀는 다시 그러한 생각들에서 걸어 나와 만나지 않은 새로운 생각을 또다시 노트에 써갈 터였다.

그로부터 일주일 후 정장을 차려입은 젊은 남자가 메리 비온을 찾아왔다. 그는 메리 비온에게 고개를 깊이 숙이며 인사를 한 후 어떤 카드를 건네고는 돌아갔다. 그것은 저녁 식사 초대장이었고 보낸 사람은 놀랍게도 파울로 켄싱턴 씨로 켄싱턴 사(社)의 사장이었다. 메리 비온은 그에 대해 직함과 나이 정도는 알고 있었고 초대를 거절하기에는 그녀가 '켄싱턴 공원'을 너무 많이 누렸던 터라 초대에 응하기로 했다. 다음 날이 되자 정장을 입은 그 젊은 남자가 다시 찾아왔고 메리 비온은 초대에 응한다고 대답했다. 그는 미리 준비되어 있었던 것인지 드레스 상자를 그녀에게 건넸으나 메리 비온은 사양하면서 적당하게 입고 나가겠다고 했다.

켄싱턴 씨의 집은 리브타뉴에서 가장 넓은 정원과 가장 많은 방을 가졌으며 리브타뉴에서 가장 비쌌다. 마흔둘의 이 사업가는 아직 결혼을 하지 않았는데 그에 대해 소문만 무성할 뿐이었다. 정원이 잘 내려다보이는 2층 테라스에서 그가 메리 비온을 맞이했다.

"초대에 응하여 주셔서 감사합니다."

파울로 켄싱턴 씨가 정중하게 말했다.

"초대해 주셔서 감사합니다."

메리 비온이 말했다. 그녀는 가슴팍이 파인 오렌지색 드레스를 입고 있었다. 메리 비온은 켄싱턴 씨에게 초대의 이유를 묻는 것은 실례라고 생각되어 그저 그의 이야기에 공감하고 질문에 성의 있게 대답할 것을 속으로 주문했다.

"책 잘 읽었습니다. 역시 홀Ⅱ 대학의 교수다운 사유였습니다."

그는 지나치게 예의 바르고 딱딱하게 말하고 있었다. 이를 모를 리 없는 메리 비온은 그가 어색하게 느끼지 않도록 미소를 지으며 그에게 적당히 대답했다.

"정돈되지 않은 생각의 덩어리일 뿐입니다. 아직 사유와 그것을 표현하는 것에는 가야할 길이 많이 남았다고 봅니다. 그리고 이제는 홀Ⅱ 대학의 교수가 아니지요."

"아, 그렇습니까? 제 눈에는 완벽한 산문으로 보였는데, 지금 보기에 글보다 저자가 더 완벽한 것 같습니다."

조금 마신 포도주 탓에 메리 비온은 약간 어지러웠다. 곧 요리가 나오고 메리 비온은 그의 이야기를 들으며 고개를 끄덕이고는 식사를 했다. 식사가 끝날 즈음에 그도 깨달았는지 그는 자신의 고민을 메리 비온에게 너무 많이 말해버린 것이었다. 후식으로 그녀가 홍차를 주문하고 나서 천천히 대답했다.

"그 모든 걱정에 대해서 지금 할 수 있는 일을 지금 하면 되지 않을까요? 미루지도 말고 불확실해서 두려워하지도 말고 지금의 기술력으로 미래와 가능성을 절반만 설계할 수 있어도 그 절반의 해냄 끝에 나머지 절반의 해냄을 발견하고 마침내 그 과제에 대해 모두 이루었을 때 또 다음 시대의 일에 대해 볼 수 있으리라고 생각해요."

파울로 켄싱턴 씨는 고개를 끄덕였다.

"혹시 닐 크라우스라는 분을 아세요?"

메리 비온이 물었다.

"물론, 압니다. 랄프 도렌 씨와 둘도 없이 친했던 본래 리브타뉴의 위대한 사업가였죠."

"린지 홀도 알겠군요."

"물론, 압니다. 비극이었죠."

"린지 홀이 죽고 리브타뉴를 떠난 닐 크라우스가 쓴 기록 중에 이런 말이 있어요. '그녀가 없는 걸 제외하고는 아무것도 잔인하지 않아.' 이 구절에 대해 어떻게 생각하세요?"

켄싱턴 씨는 잠시 생각하는 듯했으며 메리 비온은 홍차를 마셨다.

"어려운 질문이군요. 저로서는 그에 대해 딱히 대답할 바가 없습니다. 솔직히 잘 이해되지가 않군요."

"공원은 잘 이용하고 있어요. 건강에도 무척 도움이 된답니다."

메리 비온이 화제를 바꿨다.

"아, 그렇습니까? 정말 다행이로군요."

공원에 대한 이야기와 루탄 매장과 개발에 대한 이야기가 이어지고 메리 비온은 집으로 돌아왔다. 방문을 연 순간 그만 웃음이 터져 나왔다. 그녀는 자신의 존재 방식이 정말이지 행복한 무엇이라고 생각하며 닐 크라우스도 읽을 줄 모르는 루탄 회사 사장은 다시는 만나지 않기로 했다.

실제로 파울로 켄싱턴 씨의 초대가 두 번 더 있었으나 그녀는 정중하게 거절하고는 가끔 가게 일도 보고 공원을 걸어 다녔으며 그녀의 방 안에서 이러저러 잡다한 산문을 써댔다. 그녀는 결코 소설을 쓰지 않았는데 그녀로서는 소설을 쓰면 그녀의 인격이 분리되는 것 같이 생각되었고 그저 생각나는 대로 잡문을 쓰면 그 모든 것이 자신의 하나의 인격으로 흡수되었기 때문에 그러했다. 그리고 그녀는 린지 홀의 소설보다도 닐이 남긴 기록이 더 문학적이라 보고 있었고 살아있는 한 남자의 진지한 고백이 그녀에게 와 닿았던 것이다.

서른일곱이 되고 메리 비온은 새로운 수필집을 냈고 여전히 가게 일을 보고 방세를 받곤 했다. 그리고 서른여덟의 봄에 리브타뉴에서의 모든 걸 정리하고 예금 증서만 가지고 란게디티 대륙 남부의 해안 지대로 가서 바다가 내려다보이는 언덕의 작은 집에서 쉰한 살까지 살고 거기에서 죽었다.

리브타뉴의 켄싱턴 공원에 가을이 오고 사람들은 혼자서 걷거나 함께 걸으며 삶에서 일어나는 잡다한 일에 마음을 두고 그것에 대해 생각하거나 이야기를 나누고 있었다. 세월이 지나도 닐 크라우스의 린지 홀에 대한 마음을 생각하고 이야기하는 사람들이 있었고 그러한 닐 크라우스 때문에 리브타뉴라는 지명은 더욱 의미 있는 곳이 되어갔다.

리브타뉴는 도시의 자연적인 발전 과정에 따라 내부가 기능별로 분화되어갔다. 중심 업무 지구 근처의 빈곤층 거주 지역이 건물의 재건축으로 점차 사라져갔으며 교외의 거주지 확대와 교외의 신축 건물에 대해 싼 임대료로 방세가 싼 곳을 구하는 사람들에게 도움이 되었으나 이에 더해진 교통비가 또 그들에게 부담이 되었고 그러나 리브타뉴는 보다 깨끗하고 질서 있는 도시로 발전해가고 있었다.

리브타뉴의 건물 중에 가장 높은 건물은 중심가에 있는 72층의 위겐아워라는 건물이었고 72층에는 리브타뉴에서 가장 비싼 요리를 파는 식당이 있었고 그 식당은 트렐리브라고 불렸다. 트렐리브를 소유하고 있는 사람은 켄싱턴 사(社)의 사장 파울로 켄싱턴 씨로 이제 그는 예순셋의 나이였다. 트렐리브에서 식사를 하려면 돈이 문제가 아니라 품격까지 갖춰야 하기 때문에 손님을 심사하는 식당의 매니저는 문학과 철학 그리고 경영학에의 풍부한 소양을 지닌 사람이었다. 파울로 켄싱턴 씨는 그가 닐 크라우스에 대해 이해할 수 없었으므로 뛰어나고 아름다운 여성인 메리 비온을 놓쳤다고 생각했다. 예순셋이 되어서는 닐 크라우스는 자연스럽게 이해되었으나 그건 그가 이십년 전에는 알지 못하던 것이었다. 메리 비온이 란게디티로 가버리고 파울로 켄싱턴 씨는 '그녀가 없는 걸 제외하고는 아무것도 잔인하지 않아.'라고 외치는 닐 크라우스의 심정을 아주 조금씩 느껴왔다. 수필집 두 권과 연구서 몇 권을 쓴 여자 그리고 한 번 만나 식사한 적이 있는 여자는 조금씩 그 안에서 회전하며 그에게 고통을 주었다. 다른 여자는 너무나 세속적이었고 정신이 결여되어 있었으며 경박했다. 아무리 치장으로 그걸 숨기려 해도 메리 비온의 태도와 비교될 수밖에 없었다. 게다가 메리 비온은 켄싱턴 자신에게 매달리기는커녕 그 이후의 식사 초대에 모두 불응하지 않았던가. 후에 그 이유를 알게 되었을 때 그가 닐 크라우스를 이해하지 못하는 −그러한 특이한 이유로− 것 때문에 더 이상 만나고자 하지 않은 것에 켄싱턴 자신은 자존심이 상해 그녀를 내버려두었었다.

그녀가 떠난 후 그의 여자에 대한 생각이 메리 비온의 수필 속에 나오는 여성적인 것으로 바뀌면서 그는 여자를 만나지 않았으며 자신 속에 환영 같이 새겨진 여자를 어느 순간 깊게 느끼고 실제로 그러한 여자가 자신의 옆에 있다면 그 여자를 상실하는 것이 그에게 가장 큰 잔인함으로 다가올 거라고 생각했다.

'여자에 그리고 남자에 대해 내가 가볍게 생각할수록 나 자신이 그리고 상대방도 가볍게 되고 만다. 그건 시간의 힘에 져서 소멸하고 말테고 나 자신이 여자에 대해 그리고 남자에 대해 엄격한 기준을 가진다면 그건 보다 오래 가치를 지니게 될 것이다. 그래서 아무것도 아닌 사람

혹은 가벼운 사람 혹은 자신에 대해 말할 것이 아무것도 없는 사람에 대해서 내가 그를 존재로 인정할 수는 없는 노릇이지.'

파울로 켄싱턴은 어느 가을날 저녁 그렇게 생각하고 있었다.

아무것도 아닌 사람에게 그 무엇의 의미를 줄 수는 없는 노릇이었다. 파울로 켄싱턴은 한 달에 한두 번 트렐리브 식당의 손님 면접에서 합격하는 자들의 면접 내용을 보고 받았으며 그럼에도 메리 비온을 한 번 더 초대할 수 없음이 그에게 아련히 슬픔으로 다가왔다.

'메리 비온, 그대는 그 모든 걸 너무나 빨리 많이 깊이 이해했기에 내가 바보 같아 보였던 거요. 나는 이제 알고 있어요. 물론, 당신 없이도 생(生)은 잔인하지 않았소. 그러나 나는 아무하고도 결혼할 수가 없었소. 젊은 여자들은 닐 크라우스를 글자로만 이해하고 나이든 여자들은 너무 거칠고 세속적이기 때문이오. 메리 비온, 오늘 트렐리브에 당신을 초대하오.'

겨울의 어느 저녁 트렐리브에는 파울로 켄싱턴 만이 앉아있었다. 그의 맞은 편 자리에도 요리가 놓이고 파울로 켄싱턴은 잠자코 자신의 자리에 놓인 요리를 먹었다. 식사는 아주 천천히 진행되었는데 그는 그 순간 메리 비온을 통해 린지 홀을 만나게 되었고 서른셋의 그녀가 자신에게 미소를 지었다고 생각한 순간 그녀를 잃는 것만이 잔인한 것이라는 닐을 비로소 이해할 수 있었다. 눈물이 흘렀다고 생각한 순간 식사가 끝났다.

아무것도 아닌 걸
사랑하는 것

리브타뉴의 겨울의 시기에 종종 있는 일이지만 사막 쪽에서 모래먼지 바람을 많이 보내오던 어느 겨울밤이었다. 시내의 중심부는 사무실의 불이 모두 꺼지고 몇몇 식당이 영업을 했지만 모래먼지 탓에 손님이 없어 일찍 문을 닫는 분위기였다. 빌립 오튼은 오늘 대학을 그만두었다. 그가 다닌 대학은 공업 기술 대학이었으나 남은 1년을 더 채우기에는 빌립에게는 돈이 없었다. 그는 가로등이 서 있는 리브타뉴의 거리를 먼지를 덮어쓴 채 벌써 다섯 시간이나 걷고 있었다. 자신에게 주어진 기회를 단지 돈 때문에 포기하는 것이 억울하고 속상했지만 시골에 계신 아버지는 완강하게 그에게 지원하는 걸 거부했다. 대학에 다닌 1년은 그가 일하면서 학교를 다닌 것이었고 학업과 일을 병행하는 것이 힘들어 남은 1년의 학업은 아버지의 외면과 함께 절망이 더해져 완전히 포기하고 말았다.

빌립 오튼은 이틀 뒤면 다시 방세를 내야 했다. 이에 더해 밀린 전기세와 수도요금을 생각하니 한숨부터 나왔다. 그는 계속 걸으면서 그가 앞으로 어떻게 살아갈지 고민했다. 이상하게도 리브타뉴를 떠나고 싶지는 않았다. 이 도시에 남아 이 도시의 일원으로서 살아가고 싶었다. 빌립 오튼은 당장 생활비를 벌기 위해 인력 사무소를 찾기로 하고 리브타뉴 외곽에 있는 건물의 3층으로 들어섰고 자신의 방으로 들어가 잠들었다.

다음날 새벽 인력 사무소를 찾아간 빌립 오튼은 다행히 그날 일자리를 구할 수 있었으며 하루 종일 재활용품을 분리하는 작업을 했다. 그건 냄새나고 다소 위험한 일이었으나 빌립 오튼은 그런 것에 신경 쓰지 않았다. 당분간 일을 하며 생활비를 벌 궁리만 했다. 그는 일주일간 재활용품 분리 작업을 했고 그렇게 해서 받은 돈으로 밀린 방세와 전기세, 수도요금을 낼 수 있었다. 한숨을 돌리고 그는 다시 인력 사무소에 가서 그날그날의 일을 받아 일했으며 돈을 차곡차곡 모았다.

방세도 한 달 치 미리 낼 수 있게 되었고 그러고도 돈을 꼬박꼬박 모아 두 달 생활비가 모였을 때 그는 도시 주변으로 일자리를 알아보러 다녔다. 매장 관리와 물건을 파는 일은 적성에 맞지 않았고 적당한 일을 찾지 못한 빌립 오튼은 다시 인력 사무소에 나가 일을 했다. 그러던 중 올스 부품 생산 업체에서 기계 고치는 기술자를 모집한다는 걸 알게 되었고 빌립은 이력서를 냈다. 사장은 빌립이 대학 중퇴이지만 이 분야를 전공으로 배운 적이 있고 해서 빌립을 채용했다. 공장 내부에는 부품을 생산하는 여러 대의 기계가 있고 일하는 사람의 절반은 여성이었다. 어딘가에서 쾅 하는 소리가 나면 빌립이 달려가 기계를 고쳤다. 빌립 오튼은 대학을 졸업하고 하지 않고를 떠나 자신의 일에서 전문가가 되고 싶은 마음이 앞섰다. 그는 책을 사서 혼자 공부하며 부품 생산 기계에 대해 공부했다. 오히려 산업의 현장에서의 체험과 노력이 강의실에서 수업을 듣는 것보다 더 쉽게 공부할 수 있었다.

빌립 오튼은 자신의 일에 매우 성실했고 전문적이었으며 일을 할 때
는 농담도 주고받지 않았다. 빌립 오튼은 6개월 동안 회사에 다니면서
공부를 병행한 결과 자신의 일과 관련된 분야의 자격증을 취득할 수
있었고 이에 인정을 받아 회사에서의 입지가 더욱 튼튼해졌다. 스물한
살의 빌립 오튼은 세상이 만만치 않다는 것을 누구보다 잘 알고 있었고
일을 하고 돈을 벌어 모으는 것만이 생존의 법칙에서 이기는 것이라 생
각했다.

홀Ⅱ 대학의 사회학과 3학년에 재학 중인 리치 에머러는 모든 것이
대학에 들어와 더 복잡해졌고 사회 현상 중 이해되는 것이 하나도 없다
는 말을 남기고 그저 대학을 떠났다. 리치 에머러는 빌립 오튼이 일하
는 회사에 부품 생산 직원으로 들어왔고 그녀는 일을 꼬박꼬박 잘 해냈
다. 리치 에머러는 차라리 노동일을 하는 것이 모든 불확실한 사상이나
상념들을 고민하고 사는 것보다 더 낫다고 생각했다. 리치 에머러는 동
료들과 별로 친하지 않았고 묵묵히 회사에서의 그녀의 일만 해낼 뿐이
었다.

빌립 오튼은 모든 직원들 중에 리치 에머러가 빛이 난다고 생각했다.
필요할 때만 말을 하고 행동도 동선도 모두 거칠지 않았다. 리치 에머러
는 첫 월급을 받았고 방세와 기타 요금을 제외한 돈은 모두 저축했다.
식사도 회사에 와서 먹는 두 끼가 전부였고 그녀는 무언가 터질 것 같
은 슬픔을 안고 아무 일도 없는 것처럼 묵묵히 일만 했다.

빌립 오튼은 리치 에머러의 기계가 고장이 나지 않아 그녀와 말을 나
눌 기회가 없었다. 출근을 하면 리치 에머러는 빌립 오튼에게 인사를
할 뿐이었고 퇴근할 때도 마찬가지였다. 리치 에머러가 일을 한 지 3개
월에 접어들었을 때 리치 에머러는 회사에 책을 가지고 와서 점심 시간
과 저녁 시간에 읽었다. 그건 메리 비온의 수필집이었다. 빌립 오튼은

그 책이 무엇인지 궁금해서 그녀가 일을 할 때 언뜻 선반에 놓여있는 책제목을 봐두었다.

빌립 오튼은 다음날 퇴근길에 메리 비온의 수필집 두 권을 사서 집으로 갔다. 샤워를 하고 책을 펼치자 무언가 새로운 세계가 열리는 것 같은 느낌을 받았다. 그는 책을 조금씩 천천히 읽고는 읽은 곳까지 표시를 해두었다. 리치 에머러는 책을 갖고 오지 않았으며 묵묵히 그녀의 일을 했다. 리치 에머러는 3개월째 월급을 받고는 회사를 그만두었다. 그녀가 어디로 가버렸는지 빌립 오튼은 알 수 없었다. 그는 그녀가 환상 속에 머물다 사라진 것이라고 생각했다. 빌립 오튼은 다시 자신의 일에 열중했고 6개월 뒤 회사에 빌립 오튼이 받도록 소포가 한 통 도착했다. 그것은 리치 에머러가 보낸 것이었고 조그마한 동화집 한 권이었으며 그 책은 리치 에머러가 직접 쓴 책이었다. 제목은 『나뭇잎 위의 질다』였다.

빌립은 놀라워하며 책을 가방 속에 넣고 퇴근 시간을 기다렸다. 질다는 나뭇잎 위에 사는 공주로 비가 오고 바람이 불면 누군가가 막아주어야 했고 햇볕이 쨍쨍 내리 쬐면 누군가가 그늘을 만들어주어야 했다. 놀러온 달팽이가 땅으로 내려가서 사는 건 어떠냐고 하지만 공주는 나뭇잎 위가 더 안전하고 좋다고 믿으며 계속 거기에 머무른다는 이야기였다. 빌립 오튼은 얼핏 땅이라는 현실에서 떠나 피해있는 나뭇잎이라는 터전에 대해 생각해 보았고 누군가가 공주에게 나뭇잎보다 안전하고 지속적인 공간을 마련해주면 어떨까하고도 생각해 보았다. 현실 속에서 견디는 것이 힘든 공주는 그나마 나은 나뭇잎으로 집을 옮기지만 그곳도 안전하지 못하고 지속적이지도 않다. 공주는 그녀를 데리러 올 왕자를 기다릴 것인가 아니면 공주의 이름을 벗고 질척한 현실에 발을 디디고 살 것인가. 나뭇잎 위는 지속될 수 있는 공간이 아니었고 잠시 땅 위를 벗어나 생각하는 공간밖엔 되지 않았다. 빌립 오튼은 이 동화에는 많은 의미가 담겨 있다고 생각했고 그녀가 연락처를 남기진 않았지만 자신을 기억해줘서 기뻤다.

빌립 오튼은 다시 회사로 나가 고장난 기계를 수리했으며 가끔은 아무 생각도 하지 않고 멍하게 있었다. 리치 에머러는 다시 그의 앞에 나타나지 않을 터였다. 빌립 오튼은 생각을 다 지우고 생존의 법칙을 생각하며 열심히 일했다.

서른다섯이 된 리치 에머러와 서른넷이 된 빌립 오튼은 리치 에머러의 동화집 사인회에서 다시 만나게 되었다. 사인회가 끝난 후 리치 에머러가 그의 근황을 묻고 빌립 오튼은 아내와 두 명의 아이가 있다고 했으며 리치 에머러는 좋은 가장이 될 것을 재차 말했다. 리치 에머러는 아직 미혼이었으나 서른다섯을 넘기기 전 결혼할 예정이었다.

다시 자신의 현실로 돌아온 빌립 오튼은 자신이 설정한 생존의 법칙 속에 사랑을 발견하는 힘은 없고 오직 기계적으로 일하여 하루하루를 먹고 사는 것 외에 다른 의미라는 건 들어있지 않다고 생각했다. 리치 에머러는 몇 달 뒤 약혼을 취소하고 다시 작품 활동에 들어갔다. 빌립 오튼이 편지를 보내왔고 리치 에머러는 간단하게 답장을 썼다.

내가 회사를 다닐 그 당시에 내게 필요했던 것이란 생각을 모두 비우는 일이었고 그래서 부품 공장에 일하러 갔던 것이고 메리 비온의 생각으로 다시 생각을 정리한 후 나는 나의 시야를 세울 수 있었고 회사에서의 3개월 봉급으로 그 이후의 6개월을 지내며 첫 동화를 쓰는 데 성공했고 그리고 아무것도 아닌 걸 사랑하는 것을 배우고 생의 사소한 것을 아끼고 사랑하게 되었어. 그리고 세상을 내 방식대로 사는 것에 자신감이 생겼지.

지금에 이르러 이러한 걸 묻는 게 네게 무슨 의미인지 모르겠지만 너는 너의 방식대로 세상을 살고 있는지 모르겠어. 그건 중요하지만 동시에 살아가는 것 자체에 비해 사소하기도 해. 그러나 한 번 잘 생각해봐. 의미는 언제나 아무것도 아닌 것, 무(無) 속에, 사소한 것에 갇혀 눈에 보이지 않거든. 그걸 너의 시선으로 보고 꺼내어 네 것으로 만들길 바랄 뿐이야. 그것이 네 편지에 대해 내가 하고 싶은 말이야.

오랜 벗, 리치 에머러로부터.

빌립 오튼은 자신의 직장 생활에서 얻을 수 있는 건 자부심과 돈이며 이것은 아무리 어떤 각성이 있어도 포기할 수 없는 것이었다. 다만 빌립 오튼은 세상을 보고 세상 속을 살아가는 방법에 생존의 법칙 외에 또 다른 방법이 있다는 것을 알게 되었다. 그러나 생존의 법칙이 가르쳐주는 것은 또 다른 방법을 채택한 사람들은 보다 힘든 길을 선택한 것이고 또 그 길을 이룬 사람들도 적다는 것을 말해주었을 때 다만 조금 위안이 되었다.

빌립 오튼은 그러나 리치 에머러가 편지에서 말한 것들이 생(生)을 의미 있게 한다고 생각했으며 그러나 스스로는 그러한 인간의 내면적 사유에서 비롯되는 환희를 끄집어 낼 수 없었다. 그러한 일은 고통을 이해하고 삶을 보다 질서 있고도 아름다운 걸로 채우고 매 순간을 자신의 삶으로 살아내는 거라고 생각했다. 빌립 오튼은 여전히 아내에게 자상했고 두 아이들의 든든한 버팀목이었고 빌립은 자신의 가정에서의 위치를 자랑스러워했다. 그리고 당연한 일이겠지만 빌립 오튼은 점차 리치 에머러의 말을 잊어갔으며 그러한 말이 무슨 의미인지조차 파악할 수 없게 그는 그의 일상 속에 묻혀버렸다.

리치 에머러는 일 년에 한 번 동화를 발표할 정도로 그녀의 일에 열

성적이었다. 마흔이 된 그녀의 얼굴은 올바른 사유와 마음먹기로 전혀 나이 들어 보이지 않았고 웃을 때 부드럽게 주름살이 나타날 뿐이었다. 리치 에머러는 동화를 쓰는 일이 생(生)을 비유적으로 보도록 돕고 동시에 생(生)에 대한 하나의 출구(出口)로서 작용한다고 생각했다. 동화를 통해 생(生)을 이해하되 생에서 탈출하는 것이다. 그런 의미를 넣어서인지 리치 에머러의 동화는 의미도 있으면서 풍부한 상상력으로 잘 지어진 집과도 같아서 무척 재미있었다.

리치 에머러는 켄싱턴 공원이 내려다보이는 아파트의 8층에서 공원을 내려다보고 있었다. 강아지를 데리고 산책 나온 중년 부인과 유모차에 아이를 태우고 나온 젊은 부부들, 혼자서 운동하듯 혹은 생각하듯 걷고 있는 사람들, 그리고 그 사람들을 바라보는 자신이 있었다. 그녀는 결혼을 하고자 했으나 생(生)은 단순한 것이 좋고 생각은 복잡할수록 좋다는 자신의 생각에 따라 약혼을 파기했다. 그는 조금 충격을 받았으나 곧 다른 여자와 결혼했다.

결국 리치 에머러 자신이 아니더라도 그 남자는 다른 여자와 결혼할 것이었고 그에게 있어 자신의 자리가 대체가능한 것이라는 것이었기에 그를 선택하지 않은 것이 다행스러운 일이었다고 생각했다. 리치 에머러는 삶에 대해 차가운 태도를 가끔 보이는 건 삶에 대한 어쩔 수 없는 앎 때문이며 삶의, 그것 자체에 내재한 냉소를 그대로 읽어낼 수 없다면 결국 자신이 지켜야 할 자신의 본래적이고 본질적인 모습이 상하게 된다고 생각했다.

그 후 20년 동안 리치 에머러는 동화를 썼으며 홀로 인생을 보냈고 가끔씩 그녀의 생(生)에 차가운 태도를 보였으며 그러나 예순이 되어도 그녀는 자신의 삶에 어떤 후회도 없었다. 리치 에머러는 오히려 삶이 그녀에게 보통 사람들과는 다른 생각으로의 길로 인도한 것에 만족했으며 그녀는 외로운 것에 익숙하여 그것을 부정적인 것으로 여기지 않았고 오히려 혼자 있는 시간을 통해 모든 것을 사유하고 사유했으며 그것을 새로운 방식으로 표현하는 동화를 통해 그녀는 자유를 얻었다고 생각했다. 후회 없는 삶이었고 그녀는 계속 동화를 썼다.

리치 에머러는 빌립 오튼이 2년 전에 죽었다는 사실을 최근에야 알게 되었고 공동묘지에 참배 온 사람이 거의 없는 날 장미꽃 한 다발을 그의 묘에 놓고 왔다. 리치 에머러는 젊은 날 그 당시에 그가 무언가를 찾고 싶어 한다는 걸 알았으나 그는 이미 그걸 찾을 수 있는 위치에 있지 않았었다. 혼자 고독해서 오랜 기간을 생각해야 알 수 있는 것들은 그에게 주어질 수 없었다. 리치 에머러는 빌립 오튼처럼 수많은 남자들이 자신의 생(生)의 다음 순서를 아무런 비판 없이 선택하고 또 그대로 일생을 보내는 것을 지켜보고 있었다. 사유가 우리를 구원하지 못할 때 우리는 그저 유대동물로써 멈추게 되는 것이고 우리의 죽음에는 의미 한 조각 남지 않게 되는 것이라고 리치 에머러는 생각했다.

리치 에머러는 가끔씩 빌립 오튼의 묘에 가서 장미꽃다발을 놓고 왔으며 그녀의 아파트에서 동화를 계속 썼다. 리브타뉴의 서점에서 아이들에게 책을 읽어주기도 했으며 시내의 비싼 식당에서 일주일에 두세 번 혼자 식사를 했다. 그리고 20년 전부터 팬레터를 보내오는 한나 디몰에게서 오는 편지를 읽곤 했다.

한나 디몰은 서른 살로 동화 작가 지망생이었고 실제로 몇 편의 습작 경험이 있었으나 그녀는 리치 에머러가 쓰는 동화 같은 작품을 쓰고 싶어 했다. 리치 에머러는 겨울이 시작되었을 때 한나 디몰에게 초컬릿 한 상자와 털장갑을 보냈고 물론 한나 디몰도 리치 에머러에게 직접 만든 사탕과 직접 짠 머플러를 보내왔다.

한나 디몰은 리치 에머러가 글을 쓰는 것처럼 쓰는 것이 얼마나 어려운지 잘 알고 있었고 리치 에머러 이후의 동화 작가들이 그녀에 미치지 못한 것을 볼 때면 자신도 리치 에머러 만큼 쓰고 또 더 잘 쓴다면 무척 행복할 것 같았다.

리치 에머러는 한나 디몰에게 언제나 조언을 해주었지만 그러한 조언들은 한나 디몰이 실제로 글을 쓰는 데 도움이 되지 않았는데 그것은 리치 에머러의 글쓰기가 어떤 구체적인 방식에 기반해 있는 것이 아니라 작가의 사유 전체에서 태어나는 글로써 어떤 전체성을 소유한 다음에 비로소 나올 수 있는 글이었기 때문이었다. 어느 날부터 리치 에머러는 한나 디몰에게 '자신의 생각을 체계적으로 세울 것'을 요청하고는 그 뒤로부터는 조언을 하지 않고 그저 선물을 보내거나 안부를 묻는 엽서를 보낼 뿐이었다.

리치 에머러는 책으로 버는 수입의 대부분을 소외된 어린이를 위한 복지에 썼으며 그녀가 예순둘에 숨을 거두기까지 그녀의 책상 위에는 쓰다만 원고가 있었다. 리치 에머러는 유언을 한 장 남겨놓았는데 자신의 집을 한나 디몰에게 상속한다는 것이었다. 한나는 굉장히 놀랐으나 리치 에머러가 살던 집으로 이사해 들어왔다.

집은 깨끗했고 서재의 책들에도 먼지 하나 앉아있지 않았다. 한나는 여기저기 집을 구경한 뒤 아무것도 가지지 않고 세상을 떠난 스승이자 어머니인 리치 에머러의 삶을 생각했다. 한나는 지난 20년간 리치 에머러로부터 받았던 편지를 모아 그림책을 만들어 출판했고 그 수익금을 어린이를 위한 복지에 쓰도록 했다. 서른두 살의 한나 디몰은 그 집에서 원고를 쓰기 시작했고 서른셋이 되기 전 『뿔 달린 마법사』라는 동화를 완성했는데 그녀로서는 작품으로써 쓰는 첫 번째 동화였다.

리브타뉴의 겨울은 가을의 경계에서 갑자기 다가와 리브타뉴 전체를 차가운 바람으로 휘감는다. 갑자기 추워진 날씨에 시민들은 머플러를 착용하고 종종 걸음으로 걸으며 빨리 건물 안으로 들어섰다.

서른셋의 겨울 1월 한나 디몰은 자신의 실패를 돌아보고 있었다. 카페에서 크림을 넣은 커피를 벌써 세 잔째 마시고 생각에 잠겨있었다. 자신의 모든 것이 발가벗겨진 기분이었다. 자신은 이것밖에 못한다, 라는 것을 온 천하에 공개한 것이었다.

'그래, 제목부터가 촌스러웠어. 일곱 살짜리도 거들떠보지 않는……'

한나 디몰은 계산을 하고 밖으로 나왔다. 그리고 리치 에머러의 방식을 좇는 일은 아무리 해도 되지 않으나 처음부터 다시 자신의 방식을 찾아보기로 마음먹었다. 집으로 돌아온 그녀는 수많은 동화 제목들을 생각해 적어보고는 그것들에서 연상되는 줄거리를 적어보았고 몇몇 괜찮은 동화 제목들을 골랐다. 그리고 『나무의 씨앗』이라는 제목의 동화를 골라 두 달 안에 써보기로 하고 그 동화를 집필하는 동안은 어떤 글도 읽지 않기로 했다.

리브타뉴에 봄이 오고 『나무의 씨앗』은 호평을 받았으며 그러나 한나 디몰은 이 작품을 통해서 리치 에머러가 무엇을 말하려 한다는 것을 느꼈다. 글의 성공 자체가 중요한 것이 아니라 거기에 이르기까지 모든 과정이 자신을 자유롭게 할 새 작품을 계속 쓸 수 있게 해주는 것이라고 마치 리치 에머러는 그렇게 말하고 있는 것 같았다.

'그래, 계속 나아가자. 쓰면 쓸수록 자유로워지는 거야. 사유의 무게가 가벼워지고 또 채워지는 연속적인 과정은 매 순간 나를 자유롭게 해줄 거야.'

한나 디몰은 『나무의 씨앗』을 쓰기 전까지의 그녀의 꿈과 수많은 연습을 생각해 보았다. 그리고 그녀가 지금 서 있는 곳은 도착점이 아니라 이미 시작한 경주에서 초반부를 달리며 도착지까지의 거리를 가늠하며 달리기를 조절하고 있다고 생각했다. 아직도 남은 긴 경주에서 만나

게 될 도전과 기쁨 그리고 완주했다고 말할 수 있는 스스로의 판단이
동화와 그 외의 다른 요소로 배합된 그녀의 인생에 완주를 말할 수 있
을 때까지 달리는 거라고 이 경주를 자신은 선택했다고 스스로에게 말
했다. 완전한 쉼 속으로 들어간 리치 에머러의 다정한 말들을 기억하며
한나 디몰은 요정들이 내어주는 종이에는 꼭 사랑을 달라고 써야 한다
던 리치 에머러의 편지가 떠올랐다. 세상에서 가장 얻기 어려운 것이
제대로 된 사랑이 아닐까하고 한나 디몰은 생각했으며 자신도 리치 에
머러가 그랬던 것처럼 사랑도 결혼도 하지 않을 것 같다고 짐짓 생각했
다. 한나에게 요정들이 소원을 적는 종이를 준다면 그녀는 그 종이를
리치 에머러에게 양보하고 싶었다. 영원의 흐름 속에 사랑의 기운으로
감싸여진 채 리치 에머러가 쉴 수 있기를 바랐던 것이다. 한나 디몰은
서른셋의 가을이 왔을 때 『요정들의 종이』라는 동화를 썼고 이는 무척
잘 팔렸다.

　서른넷의 봄을 그녀는 집안에서만 보내고 있었다. 일주일에 두 번 식
료품을 사러 나가는 것을 제외하고는 다른 외출을 하지 않았다. 한나
는 순간 글이 지겨워졌고 할 수 있는 거라곤 동화를 쓰도록 길들여져
있는 자신이 동화를 써나가는 것밖에는 없다며 한탄했다. 지금까지의
삶이 동화 쓰기로 덮여버렸고 일상의 의미도 사람들이 살아가는 것에
서 얻는 즐거움도 누리지 못하는 삶이 되어버렸다고 슬퍼했다. 그러나
그러한 한탄도 잠시 그녀는 그녀가 동화를 쓸 수 있어 매우 행복한 사람
이라고 생각했고 사람들과 이야기라도 나누어야겠다고 생각하고는 외출
할 준비를 했다. 서점에 나가 점원과 이야기를 주고받고 카페에서 커피
를 마시니 기분이 좋아졌다. 사람이 오랫동안 혼자 있으면 혼자서 할 일
이 많다면 좋겠지만 오히려 없던 병도 생길 것 같다는 생각을 했다.

　한나는 마음을 가다듬고 서른넷의 늦가을, 새로운 동화를 써내려갔

다. 어린 시절 바람은 어디선가 불어와 그녀를 휘감고는 또 어디론가 가버렸다. 바람이 머무는 곳인 『바람의 성(城)』이 새 동화의 제목이었다. 한나는 그 동화를 쓰는 내내 무척 행복했는데 글쓰기가 하나의 깊은 즐거움이 된다는 것이 그 모든 의무적인 글쓰기 이후에 나타난 것이어서 더욱 행복했다. 서른다섯의 여름에 『바람의 성(城)』이 출판되고 한나 디몰은 소설가 배드 비치를 만나게 되었고 두 사람은 그해 가을에 결혼했다.

　바람의 성이 어디쯤에 있는지는 몰라도 바람의 성에는 한나 디몰이 말한 대로 온 세상을 다녀온 바람이 가져온 세상의 모든 이야기가 인쇄되고 있어서 그 누구의 삶도 사소하지 않고 그래서 매 순간을 좀 더 노력하며 살아야 하며 그래야 바람의 성에서 나온 바람들이 우리의 매일의 성장을 보며 기쁨으로 우리의 어깨를 스치기 때문이다.

　한나 디몰은 결혼과 동시에 탄디누니아 동부의 도시 아카피추로 떠났으며 바람은 그녀의 이야기를 바람의 성으로 가져가 매일 요정들이 그녀의 이야기를 인쇄하고 있을지도 몰랐다. 실제로 결혼 후, 한나 디몰은 몇 년에 한 번 동화를 발표했으며 비교적 결혼 생활이 행복했는지 밖으로는 잡음 한 번 들리지 않았다.

　리브타뉴에는 간혹 도심에서 들쥐를 발견하는 경우가 있는데 이들 들쥐들은 베이거스 산맥에서 내려와 도심을 배회하다가 그 수가 많아져서 밤에 길거리에 놓아둔 쓰레기봉투를 갉아서 버리는 음식을 먹고 하수구에서 새끼를 낳아 번식하고는 각종 병균을 몸에 지니고 다녔다. 리브타뉴 시민회에서 쥐덫을 시(市) 곳곳에 놓기로 한 바 있었다. 쥐덫에는 돼지고기 익힌 것을 꽂아 두었는데 개를 산책시키던 사람들이 한 눈을 판 사이에 개주둥이가 쥐덫에 걸려 말썽을 부리기도 했다. 그리고 몇몇 고양이도 쥐덫을 덮어쓴 채 거리를 활보해 시민들이 신고를 하기도 했다.

한나 디몰이 결혼과 동시에 리치 에머러가 준 집에서 떠날 때 한나는 그 집을 팔아 시(市) 의회에 리브타뉴의 발전을 위해 써달라고 돈을 맡겼다. 리브타뉴에서 쥐를 잡는 일이 어느 정도 마무리 되고 시(市) 의회는 한나 디몰이 맡긴 돈으로 리브타뉴 외곽에 무료급식소를 열었고 누구든 언제라도 와서 무상으로 식사를 할 수 있게 했다.

급식소에 오는 사람들 중에는 어느 노인과 어린 아이가 있었는데, 그들은 하루에 한 끼도 그들의 손으로 해결할 수 없었지만 급식소에서 아침과 저녁 식사만 먹고 그들이 머무는 지하실로 갔다. 데이코 부부는 지하실 관리가 어렵게 되자 세를 내놓았는데 할아버지와 꼬마의 사정을 듣고 그들에게 무료로 지하실을 빌려주었다. 할아버지는 예순일곱으로 젊었을 때 일을 하다가 손가락 세 개를 잃었고 아들은 자라고 나서 집을 나가더니 손자라며 갓난아이를 데려와 할아버지 곁에 두고는 지금껏 연락이 닿지 않았다. 할아버지와 손자는 떠돌다가 리브타뉴까지 오게 된 것이었다.

할아버지와 손자는 급식소에서 아침을 먹고 나면 다시 지하실로 와서 목공예를 했으며 그걸로 돈을 벌 생각이었고 점심은 먹지 않고 저녁이 되면 급식소에 가서 저녁 식사를 먹었다. 할아버지의 손놀림은 정교했으며 손자는 나무 도막을 제대로 쥐지도 못했지만 할아버지를 따라 조각을 했다. 그리고 어느 날 그들은 급식소 앞에 그들이 만든 목공예품을 내놓고 팔았는데 급식소 아주머니들은 100여점에 이르는 목공예품에 할아버지와 손자를 다시 보게 되었다.

첫날은 잘 팔리지 않았지만 소문이 퍼져 일주일 후에는 준비한 목공예품을 모두 팔게 되었고 할아버지는 손자의 앞날을 위해 돈을 은행에 예금해놓고는 무료급식소 아주머니들에게 인사를 하고는 그 뒤로 급식소를 찾지 않았다. 할아버지는 계속 목공예품을 만들어 팔았으며 손자인 휴 오딜은 학교에 입학하게 되었고 미술 시간에 그 나이 또래 답지 않은 정교한 고래를 조각하여 선생님과 친구들을 놀라게 했다. 휴 오딜은 어렸지만 무언가를 조각한다는 일에 필요한 조각할 대상에 대한 시각과 그것을 전체와 부분으로 나누어 이해하는 것과 머릿속 구상을 실제로 만들어내는 재능까지 갖추고 있었다.

휴 오딜은 스케치북을 아껴 친구들이 공을 차는 시간에 조각에 대한 스케치를 많이 했으며 스케치북에 그려진 조각그림들이 모여서 하나의 완성된 조각 작품으로 탄생되곤 했다. 할아버지 넬 오딜은 휴의 재능을 보며 인정하기는 했지만 말없이 휴의 어깨만 토닥일 뿐이었다. 넬 오딜은 그가 조각에 힘을 쏟을수록 기력이 쇠하여진다는 것을 느끼고 있었으나 휴를 위해서는 그가 죽는 순간까지 일을 해야겠다고 다짐했다. 휴는 할아버지의 조각이 그의 것과 다르다는 것을 느끼고 있었다. 할아버지는 인간의 삶과 자연의 기본적인 모습을 다루는데서 크게 벗어나지 않았다. 휴는 자신이 생각하고 구상한 것을 나무도막에 표현했는데 그것은 삶의 복잡한 면과 어떤 면에서의 본질을 보여주고 있었다. 아름답되 그 속에 삶속에 깃든 순간이 저장되어 있는 것이었다. 휴는 스케치북에 그가 조각할 대상을 여럿 그리고는 대상 간에 의미 있는 것을 엮어 복합적인 조각을 만드는 것을 즐겼다. 학교에서의 수업은 절반 정도를 따라갔으니 할아버지로서는 휴의 조각 작업을 뭐라고 하지 않았다.

어느 날은 휴의 미술 선생님이 할아버지와 휴의 지하실로 찾아왔으며 그는 수많은 휴의 나무도막 조각에 감탄했으며 교내에서 휴의 조각 개인 전시회까지 개최하게 되었다. 휴는 그럼에도 전혀 웃지 않았고 우쭐해하지도 않았다. 전시회 이후 휴는 공부에 몰두했으며 그리고는 낡은 피아노 한 대를 지하실에 들여놓고 악보 없이 그저 음들의 조화만으로 피아노를 오래도록 연주하곤 했다. 그리고 보이는 모든 것을 죄다 스케치했을 때 다시 조각에 눈을 돌렸다. 말이 없고 감정을 표현하지 않는 휴는 학교를 적당히 다니면서 자신만의 조각 시간에 작품으로서의 조각을 시작했고 그는 작품을 하나씩 만들어냈다. 할아버지는 자신의 작품이 휴의 것에 비해 조악하다는 것을 알고 있었고 점차 휴가 내다팔 목공예품을 만들어주기를 바랐다. 할아버지가 언뜻 그런 말을 내비쳤을 때였다.

"알았어요. 걱정하지 마세요."

휴는 할아버지가 길에서 내다팔 그의 작품들에 공을 들였고 할아버지는 평소의 두 배에 달하는 돈을 벌게 되었다. 번 돈은 대부분이 은행에 예금되어 휴의 미래를 위해 사용될 터였다. 휴는 손에 배인 굳은살을 보며 학교 운동장 한쪽의 벤치에 앉아있었다.

'부모라는 사람들, 이제 찾아와도 내가 받아주지 않아. 결코 남에게 얻어먹고 살지 않을 테야. 필요하다면 내 재능을 이용해서라도 나는 독립된 인간으로 살아갈 거야.'

휴는 입술을 꽉 깨물고는 자리에서 일어났다.

휴는 미술학교를 거쳐 홀Ⅱ 대학의 조소과를 수석으로 졸업했다. 미술학교 시절 할아버지가 돌아가셨을 때에도 그의 부모는 나타나지 않았다. 홀로 된 그에게 남은 것은 그가 대학을 졸업할 때까지 쓸 수 있는 할아버지의 예금이었다. 휴는 그 돈으로 학교를 다녔고 자신의 작품을 길에 내다팔지 않았다. 다만 가끔 사람들이 와서 그의 작품을 꽤 고가의 돈을 주고 사갔고 휴는 그 돈을 쓰지 않고 그저 모아두었기에 대학을 졸업할 때 즈음 작업실이 딸린 집을 구입할 수 있었다. 휴 오딜 개인전은 그가 대학을 졸업하고 계절이 바뀔 때 마다 열렸고 그가 서른이 되었을 때 그는 상당한 부자가 되어 있었다.

'다행히 아버지라는 존재는 나타나지 않는 군.'

휴를 따르는 많은 여자 후배들의 사랑 고백에도 휴는 아무 말도 하지 않고 돌아섰을 뿐이었다. 휴는 스케치했고 조각했고 그것은 그가 자신의 사유를, 복잡한 실타래를 풀어 정리하는 작업이었다. 휴에게서는 매번 새로운 작품이 나왔고 휴는 그것이 사물을 관찰하는 각도의 다양성과 내면의 불안정 때문이라고 생각했다.

할아버지의 손을 잡고 배를 곯고 그러나 울어서는 안 되었다. 휴는 급식소에서 밥을 먹던 시절 그 빚을 갚기 위해 한나 디몰을 찾아내고는 그녀에게 작품과 편지를 보냈고 한나 디몰로부터 '이 모든 것의 뿌리'라는 제목의 엽서와 함께 린지 홀의 『존 아워의 사랑』과 『존 아워의 슬픔』 두 권의 책을 받았다. 휴는 이상하게도 두 책을 받자마자 얼굴이 뜨겁게 되어 주저앉아 말없이 울었다.

그는 이미 읽은 바 있는 린지 홀의 소설 두 권을 서재에 있는 책장에 꽂아두고 린지 홀의 시간에서부터 지금까지 무슨 일이 일어났는지 되돌아보았다. 리브타뉴와 부란티노는 바다 밑으로 가라앉았지만 그녀의 죽음 이후 시작된 사랑과 고통은 세 대륙의 모습과 정신을 바꾸어 놓았다. 대륙을 횡단하는 배, 올스, 그리고 혁신의 정신은 여전히 새 리브타뉴에도 그리고 칸디나디아, 탄디누니아, 란게디티 대륙의 어느 곳에나 있었고 동시에 린지 홀에 대한 닐 크라우스의 고백과 일기는 읽는 사람으로 하여금 정신의 깊이와 고통의 모습을 절절하게 보여주는 문장이었다. 사랑이 무엇인지 사랑을 대하는 태도는 어떠한 것인지 휴 오딜은 그들의 이야기를 통해 배웠다.

그가 대학에서 만나고 또 업무상 알게 된 여자들은 대부분 정신적 자질에 대해서는 생각하지 않는 것 같았다. 그리고 그도 그런 여자들에 대해 자신의 정신적 자질을 보여주지 않았다. 휴 오딜은 린지 홀의 두 손을 조각하고는 서재의 책장의 빈 칸에 두었다.

휴는 오전에는 주로 2층의 집에서 책을 읽고 오후에 1층의 작업실로 내려와 작업했다. 돌을 조각하거나 청동을 사용하는 경우는 드물었지만 그는 어느 날 린지 홀과 닐 크라우스가 함께 있는 청동상을 만들었고 그의 거실에 두었다. 그리고 휴는 밤마다 두런두런하는 말소리를 들은 것 같았으나 그가 불을 켜고 거실로 나오면 아무 소리도 나지 않았다. 얼마 후 그는 린지 홀과 닐 크라우스의 조각상에 변화가 생긴 걸 알 수 있었다. 닐 크라우스의 얼굴은 보다 젊어졌고 린지 홀의 오른손 손가락은 다섯 개 모두 있었다. 휴는 잠시 생각했고 그들이 상처받기 이전으로 돌아가 드디어 사랑할 수 있게 된 것이 아닐까 하고 짐작해보았다. 그는 청동상을 가져다 린지 홀의 손 조각상을 빼고 거기에 대신 세워두었다. 린지 홀의 두 손을 조각한 목조 조각상은 정원에서 불태워 버렸다. 휴는 세상에서 일어나는 일들 중에 살아있는 사람들의 지식으로는 알 수 없는 현상도 있다고 생각했으며 그런 알 수 없는 것에 두려워하거나 너무 많은 의미를 부여해도 안 된다고 생각했다.

아직 작품이 나타나기 전에는 그의 머릿속은 혼돈, 혹은 아무것도 아닌 것으로 채워져 있을 뿐이고 그것을 정리하여 마침내 새로운 작품을 만들어 내는 것이었다. 작품이 아무것도 아닌 것의 자리에서 잉태될 때 그는 그 순간을 사랑했고 아직 작품이 구상되지 않은 텅 빈 캔버스 같은, 작품이 만들어질 자리, 곧 지금은 아무것도 아닌 것을 사랑했다.

휴는 겨울의 시작에 전시회를 열고 총 스물두 점의 작품을 만들었으며 이 작품들은 전시회에 내자마자 모두 팔렸다. 서른한 살이 되고 휴는 모모켄트 사막을 횡단해 동부의 도시에까지 이르렀으며 사막이 그에게 들려준 이야기들을 잊지 않기 위해 봄에 낼 작품들을 만드는 데 서둘렀다.

'젠장, 왜 그들은 시간 속에서도 풍화되지 않고 살아있는 거지?'

모모켄트는 린지 홀과 닐 크라우스의 자리였다. 사막 속에 그들은 살아서 언제까지나 사랑할 것이라고 휴는 그들의 말을 들을 수 있었다. 린지 홀과 닐 크라우스는 매일 모모켄트 사막의 바람을 타고 다니며 그들의 이야기를 사막의 모래에 새겼다가 바람으로 지우고 다시 모래에 그들의 이야기를 새겼다가 지우고 할 것이었다.

휴는 그들이 그리는 그림을 조각으로 표현하고 있었다. 순간 존재했다가 사라져버린 그런 그림을 그는 기억이라도 한다는 듯이 현란하고도 빠르게 조각칼을 움직이고 있었다. 3월 중순의 전시회에는 마흔여덟 점의 정육면체 조각품이 직사각형의 큰 틀에 들어있었다. 그 작품의 제목은 『존 아워와 린지 홀』이었다. 그 조각들은 전체가 하나의 의미이기에 휴는 그 작품 모두를 한 사람에게만 팔고자 했다. 가격은 점차 올라갔으며 그걸 산 사람은 도렌 올스 사(社)의 대표인 애덤스 밀 씨였다. 그는 회사의 사옥에 들어서자마자 조각 작품을 볼 수 있도록 회사 안에 세워두었다. 휴의 작품을 사가면서 애덤스 밀 씨가 말했다.

"제목이 좋았어. 존 아워와 린지 홀이라고 해야 하지, 아무렴."

그 뜻을 모를 리 없는 휴 오딜은 닐 크라우스의 삼십대를 닐에게 돌려준 것 같아 마음이 환해졌다. 집으로 돌아와 그는 서재의 책장에 있는 청동상을 보며 예전에 살았던 사람들 중에서도 이들은 진지하며 이들의 삶에 사소한 거란 없는 그런 삶을 살았다고 생각했다. 휴로서는 그도 아무런 의미 없는 삶을 어느 순간도 살지 않을 거라 생각했다. 그리고 세상에는 삶의 표준이 존재한다고 다들 믿지만 그는 그런 것이란 존재하지 않는다고 생각했으며, 자신의 결정에 따라 자신의 삶의 모습이 달라진다고 생각했다. 그는 사람이란 어느 순간 모두 그 모습이 비슷해지는 순간이 있는데 매 순간 자신의 모습을 살피며 이를테면 삶의 표준을 좇지 말자고 생각했다.

그러나 휴 오딜이 그렇게 생각하고 있는 것과는 달리 휴 오딜은 대학을 갓 졸업한 디나 슈멜터에게 빠져 결혼을 했으며 매 계절 마다의 전시회를 폭풍적인 혁신의 보여줌이 아니라 생활을 위해 그의 창조성을 썼으며 그의 모든 것이 소진되었을 때 디나 슈멜터는 막대한 위자료와 함께 그를 떠났으며 그때 그의 나이가 마흔여섯이었다.

더 이상 알고 싶은 것도 열정을 가지고 싶은 마음도 없었다. 그러나 그는 좌절의 순간에 일어나 삶을 보다 전체적이고 통합적으로 보는 눈으로 그의 조각 인생에 새로운 시기의 작품 세계로 접어들었다. 전시회는 1년에 단 한 번이었고 작품들은 바로 그의 정신과 일치했다. 쉰 살이 되자 그는 다시 이전의 경제력을 회복했고 예순셋까지 작품 활동을 하고 자신의 묘지 비석을 만들고 예순일곱에 눈을 감았다.

남자들의 길

휴 오딜이 린지 홀과 닐 크라우스의 청동상을 잃어버린 것은 그가 죽기 1년 전이었다. 이혼을 할 때도 그 작품만큼은 타협하지 않았던 휴 오딜이었다. 그 청동상은 휴 오딜이 수소문했지만 찾을 수 없었고 휴 오딜 스스로는 그 청동상이 살아나서 린지 홀과 닐 크라우스로 변해 사라졌다고 생각해보기도 했으나 그건 정말이지 불가능한 생각이었다.

휴 오딜이 죽은 이듬해였다. 겨울의 차가운 사막의 바람이 물러가고 산맥을 넘어 불어오는 서풍에 한껏 날씨가 따뜻해지고 있었다. 리브타뉴는 언제부터인가 끊임없이 새로운 사람들의 터전이 되었고 리브타뉴에 있고자 한다면 리브타뉴는 그 누구든 쳐내지 않았다. 리브타뉴는 산업의 고도화 면에서 차갑기도 했지만 인간적인 삶의 장소였다. 누구든 몰아내지 않았으며 무슨 일이든 할 수 있게 이끄는 힘이 리브타뉴 내부에 들어있었다.

에버텍 사(社)에 사표를 낸 입사 2년차의 밤볼리오 리머트는 인간으로서 자신의 길은 에버텍에서 일하는 데 닿아있지 않다고 결론을 내렸다. 밤볼리오 리머트는 홀Ⅱ 대학 근처에 자리를 잡고 대학 도서관에서 책을 읽고 필요한 것들을 메모하며 보다 개인적인 문제에 답을 내림과 동시에 자신에게 어울리는 일을 찾아 평생 하고 싶었다. 도서관에서의 작업이 어느 정도 그에게 답을 내려줄 무렵 그는 이상하게도 에버텍에 다시 입사했다.

그 이유를 동료들이 궁금해했을 때 그가 대답했다.

"결국은 에버텍에서 일하는 것이 개인적인 목표에도 맞다는 걸 처음부터 끝까지의 검토에서 알 수 있었기 때문이지."

에버텍은 모든 분야에서 첨단 기기의 부품을 개발하고 생산하는 기업이었고 대기업과의 특허나 규모나 인력 면에서는 밀리는 기업이었으나 웬만한 소규모 업체들이 갖고 있지 않은 첨단 기기에 대한 특허를 제법 가지고 있었다. 에버텍은 팀을 구성하여 개발할 새로운 기기의 성질을 정한 후 팀별로 개발에 들어가는 방식으로 최첨단 기기의 특허를 가지게 된 것이다.

다시 입사한 밤볼리오 리머트는 그가 낸 아이디어가 채택되어 팀장인 유드 포치노가 이끄는 팀의 팀원이 되었다. 소위 '릴버'라는 장치를 개발하는 첫 모임에서 밤볼리오는 '릴버'의 상세한 성능과 장치의 기본 구조도를 유드와 팀원들에게 설명했고 토의가 이어졌다.

"그러니까 '릴버'는 실내 수분 조절용 장치이면서 해충 퇴치까지 하는군. 릴버는 벽에 부착하는 건가?"

유드가 밤볼리오에게 물었다.

"물론, 벽에 부착하는 것이 가장 간편합니다."

"밤볼리오, 알아서 개발하도록. 나머지 팀원들은 휴대전화 팀으로 합류하도록."

유드가 말했다. 팀원들이 당황해하고 밤볼리오도 그런 표정일 때 유드는 한소리를 더했다.

"회사를 떠났다가 돌아왔으면 이전보다 더 잘 해야 하지 않겠나."

팀원들이 큭큭 대며 웃고 돌아서자 밤볼리오는 뒤돌아서며 빙긋 웃었다. 그가 이미 도서관에서 공부할 때 그는 주거용 수분 조절 장치에 대해 생각하고 있었고 또 실제로 그것을 만들고 다시 회사로 복귀한 것이었다. 그리고 우연히 재미있게도 '릴버'에 모기나 파리가 접근하지 못하도록 그가 개발한 소형의 장치를 달아 외형을 튤립 모양으로 덮고는 그것을 '릴버'라고 이름 붙인 것이었다. 그러나 그는 혼자 이 길을 가서 성공할 수도 있겠지만 함께 연구를 나누며 이러한 길이 있다는 것을 느껴보고 싶었다.

며칠 뒤 밤볼리오는 유드에게 '릴버'의 완성품을 가져다주었으며 유드는 즉시 휴대전화 분야로 갔던 팀원들을 불러와 실험 상황을 만들고 성능을 시험할 것을 지시했다. 곤충 연구소에서 파리와 모기까지 동원되어 실험이 끝났다. '릴버'의 특허가 인정되고 밤볼리오는 그저 기분이 좋았다. '릴버'는 '릴버'라는 이름 그대로 생산되었고 가게마다 진열되어 살 수 있었다.

유드는 밤볼리오에게 새로운 기기 개발 기획안을 마련하라고 지시했고 밤볼리오는 하나의 기기가 여러 기기로 변신하면서 기능을 수행하는 장치를 개발하고 싶다고 했으며 이 아이디어도 바로 채택되었다. 최종적으로 만들어진 기기는 네 칸의 정사각형 디지털 화면을 접을 수 있는 모양으로 나왔으며 접는 모양에 따라 다양한 외형이 나올 수 있었으며 그것으로 문서 작성과 출력까지 한 번에 이루어질 수 있었다.

이 기기의 성공적인 시장 점유율로 에버텍 사(社)의 주가가 크게 올랐고 밤볼리오는 사내에서 직원들에게 두루 인정을 받게 되었다. 잠시 숨을 고르는 사이 밤볼리오는 대기업으로부터 입사 제안을 받았지만 자신 스스로가 에버텍을 한 번 더 선택한 이상 그는 민주적인 의사 결정 체제로 운영되는 에버텍에서 자신이 이루고 싶은 데까지 이루고 싶었고 그것이 그가 재입사하면서 다짐했던 자신의 길이었기에 입사 제안을 거절했다.

"네트워크는 둘째 치더라도 문서 작성과 출력이 한 기기에 담기는 건 놀라워."

유드는 밤볼리오를 칭찬했다.

"오히려 변신하는 로봇 모양의 기기를 선보이고 싶어서요."

밤볼리오가 말했다.

"어쨌든 시장 반응은 뜨겁다 못해 녹아내리기까지 해."

유드가 두 번째 칭찬을 하자 밤볼리오는 어깨를 으쓱했다.

자신의 길에 대한 생각 없이 입사했을 때는 모든 것이 귀찮기만 하고 매사에 수동적이었고 그래서 아무 의욕도 없었다. 그러나 마음을 먹고 자신의 길에 대한 생각을 가지게 된 후에는 모든 것이 자신의 손에 달려있다는 것을 알게 되었고 그 무섭고 차갑던 상사 유드가 자신에게 두 번이나 칭찬을 해준 것이다.

'에버텍에서 최선을! 에버텍은 나로 인해 결코 망하지 않으리라.'

밤볼리오는 굳게 다짐했다.

새로운 업무를 맡기 전이었다. 유드가 복도에 서서 서류를 검토하고 있었다. 밤볼리오는 유드에게 다가갔다.

"선배님은, 일을 하시는 것이 선배님의 길이기 때문에 하시는 겁니까?"

유드가 서류를 보고 있다가 밤볼리오를 보며 빙그레 웃었다.

"이 일이 나의 길인가에 대한 고민, 머릿속에서 수없이 했었다. 그리고 매번 여기로 돌아올 수밖에 없었고. 대답이 되었나?"

"어쩔 수 없이 때문입니까, 아니면 필연 때문입니까?"

"둘 다를 포함해. 그럼."

유드는 서류를 들고 사무실로 들어가고 밤볼리오는 자신의 일이 인간의 일 중에 개인적으로 한 부분에 속한다고 생각했지만 전부는 아닐 거라고 생각했다.

'취미를 만들어야 하나?'

딱히 운동을 하거나 악기를 연주하거나 그렇다고 미술 활동을 하고 싶은 것도 아니었다. 밤볼리오는 어느 순간 남자는 외부 세계에서의 일을 해내야하며 그것이 말해질 수 있는 남자의 길이라는 생각이 들었다. 내면의 가치나 가정에서의 일은 말해질 수 있는 남자의 길이 아니라고 생각했다. 밤볼리오는 자신의 외부 세계에서의 경제 활동이 곧 남자로서 자신의 길을 보여준다고 생각하자 그는 에버텍 사(社)의 최고 자리에 오르고 싶은 열망을 느꼈다. 우선 그는 에버텍 사(社)에서 최고의 기술력을 갖춘 사원이 되고자 했고 고민이 어느 정도 끝난 만큼 그는 그의 모든 신경을 새로운 첨단 기술 개발에 쏟았다.

그는 기술 전반에 있어서 첨단 기술 개발을 이루어나갔으며 수많은 특허를 따냈다. 그가 개발한 기술은 응용되어 제품이 생산되었고 그럼에도 그는 기술 개발에 지치지 않았으며 문제 상황과 조건 상황 속의 필요한 요소를 잘 검토해 기술들 간을 연결시키는 새로운 기술을 만들어냈다.

나올 수 있는 기계는 거의 모두 나온 상황에서 보다 정교하고 새 기능이 있는 제품이 소비자들 사이에서 인기 있을 것이 틀림없었다. 그래서인지 밤볼리오는 기존 제품에 추가되는 새 기능에 주목해 가전 기기의 거의 대부분에 새로운 특허를 따냈다.

밤볼리오가 서른아홉이 되고 유드는 마흔다섯이 되었다. 이미 회사의 중역으로 있던 유드는 밤볼리오가 중역 자리에 오르도록 추천했지만 밤볼리오는 자유롭게 기술을 개발하는 것이 자신의 길이라 생각한다며 중역의 자리를 사양했다.

밤볼리오는 쉰 살이 될 때까지 새로운 기술을 개발하는 평사원의 자리에 있었고 이미 에버텍은 생활 전반의 기기를 만드는 대기업이 되어 있었다. 그리고 마침내 밤볼리오가 회사의 중역이 되어 회사의 경영에 참여했을 때 그가 겪어온 기술 개발 과정은 회사의 운영에 도움이 되었으며 밤볼리오가 예순이 되었을 때 그는 에버텍의 최고경영자가 되었다. 이미 퇴직한 유드가 찾아와 에버텍의 최고 경영자실을 노크하자 밤볼리오는 그를 반갑게 맞이했다. 유드가 자리에 앉고 비서가 홍차를 내왔다.

"어때, 자네의 길을 좀 이룬 것 같나?"

유드가 홍차를 마시며 물었다.

"늘 저의 길을 생각하며 걸어왔고 그리고 에버텍의 최고경영자가 되었고 그래서 남자로서는 꽤 멋진 삶을 살았다고 말할 수 있습니다."

"자네는 언제나 무언가를 생각하느라 정신은 딴 데 둔 것 같았지. 솔직히 중역을 맡기 전까지도 그래보였어. 왜 그랬나?"

"항상 알고 싶었지요. 그리고 탐구하고 있었고 그러나 최소한의 모습은 알겠더라고요. 그래서 그 최소한의 모습을 따라오다가 여기까지 이르렀습니다."

"인간과 인생의 많은 부분은 아예 알 수 없거나 해결할 수 없지. 자네가 최소한으로 해낸 의무는 실제로 우리가 할 수 있는 전부고 그렇기에 안타까워할 필요는 없어."

두 사람의 대화가 이어지고 밤볼리오는 그의 사무실에 혼자 남았다. 생각에 잠겼지만 무엇 하나 분명하게 생각하고 결론을 내릴 수 없었다. 인간의 삶이란 것이 무엇인지 인간으로서의 삶은 무엇인지 그는 생각하고 있었다. 그저 이룬 게 있다면 외부 세계에서의 성공이었고 그도 자신이 에버텍의 최고 경영자라는 사실에 자부심이 있었다. 그러나 그 무언가 모호한 것은 전혀 알 수 없었는데 그건 마치 파란 등불을 들고 가면 나타나는 어둠 속에서 빛나는 북쪽성에 사는 여왕이 그것에 대해 그에게 말해줄 것만 같았다.

밤볼리오는 자리에 앉아 눈을 감았다. 밝은 빛이 맴돌고 청동으로 된 문이 열리고 마차가 와서 섰다. 그는 황금으로 된 마차를 타고 어둠속으로 달리기 시작했다. 밤볼리오는 눈을 뜨고 그런 환상이 있을 수 없는 이 세계의 태생적 잔인함에 슬퍼졌다.

밤볼리오 리머트는 여든이 될 때까지 에버텍을 이끌었으며 세 대륙의 10대 기업 안에 에버텍은 그 이름을 올리게 되었다. 은퇴한 밤볼리오는 정원의 편안한 의자에 앉아 그 작은 세계가 주는 안락함을 사랑했다. 가끔 눈을 감고 환상 속으로 들어가 보기도 하지만 그는 저녁 무렵 햇볕의 그윽한 빛과 따뜻함을 좋아했다.

'알 수 없는 의문을 안고 태어나 자신이 믿고 싶은 것을 믿으며 행동하다가 문득 끝나고 마는 것이 인간 존재인 건가.'

밤볼리오는 여든 둘에 세상을 떠났다.

리브타뉴의 하수구 통로 속에서 더러움과 냄새를 입은 지 오래된 청동상이 발견되었다. 그것은 휴 오딜의 것으로 그가 작품의 아래에 표시하는 빗살무늬 때문에 휴 오딜의 작품으로 알려지게 되었고 그것이 휴 오딜이 개인적으로 소장하던 린지 홀과 닐 크라우스의 청동상이라는 사실도 밝혀지게 되었다. 그 청동상은 리브타뉴 박물관에 소장되었고 사람들은 동부의 슬로모트 등지에서 소식을 듣고 리브타뉴까지 청동상을 보러왔다. 박물관 관리인은 린지 홀의 유령에 대한 소문 때문에 청동상이 전시된 첫날 밤 순찰을 도는 것이 꽤 두려웠던 모양인지 아무런 소리도 들리지 않았는데도 청동상을 본 순간 놀라서 등을 내던지고 달려 나갔다가 다시 돌아온 모습이 박물관에 설치된 카메라에 찍혀서 관장이 웃은 일이 있었다.

리브타뉴 박물관은 지진과 화산으로 사라지기 전의 옛 리브타뉴와 지금의 베이거스 산맥과 모모켄트 사막 사이에 위치한 리브타뉴와 관련된 역사를 모아놓은 곳이다. 산업 시대의 리브타뉴의 랄프 도렌과 닐 크라우스의 업적 그리고 닐의 기록과 린지 홀의 소설 초판본도 있었다. 휴 오딜의 솜씨도 좋았지만 린지와 닐의 청동상은 그들 각자의 개성과 서로를 알아가기를 원하는 동경이 함께 담겨 있어서 누가 보더라도 이들이 연인은 아니라는 걸 알 수 있었다. 다행인 것은 세상에 공개되지 못할 뻔했던 작품이 공개될 수 있었던 것이다.

알마틴 번트는 동부에서 홀Ⅱ 대학 지리학과에 들어온 스물한 살의 대학생이다. 알마틴 번트는 벌써 일주일 째 박물관을 방문해 휴 오딜의 청동상을 보고 있었다.

'감격이야. 이로써 영원히 그들이 살아난 건가?'

알마틴 번트는 다시 박물관에 한 주를 더 온 뒤 지금은 공부할 마음이 아니라고 생각했다. 그는 학교를 휴학하고 올스를 빌려 모모켄트 사막으로 떠났다. 물과 통조림, 장작을 잔뜩 챙겼다. 밤에는 별을 보았고 『검은 공작들』의 이야기를 모닥불 옆에서 읽었으며 낮에는 사막이 자신에게 말하고 있는 것이 무엇인지 알기 위해 사막 위를 무작정 올스를 타고 달렸다. 길을 나선지 닷새가 되었을 때 그는 사막은 남자의 길이라고 생각했다. 어떤 안락도 허락하지 않으며 동시에 살아남아야 하는 환경은 한 명의 남자로서 서기 위해 반드시 이겨내야 할 시련이었다.

알마틴 번트는 모모켄트를 횡단하고 슬로모트에서 배로 칸디나디아 북부 해안에 내려 다시 올스를 타고 리브타뉴로 돌아왔다.

알마틴 번트는 사막이 자신에게 보여주는 환상에서 한동안 헤어 나올 수 없었다. 밤하늘에 가득한 별과 이야기, 사막의 의미, 사막을 통해서 전파되었을 린지 홀과 닐 크라우스, 이 모든 것들이 그에게는 손에 잡힐 듯한 환상이었다. 알마틴 번트는 그가 세든 방에서 며칠을 생각하며 환상을 잠재우고 그럼에도 사막 속에서 남자로 살기라는 새로운 삶의 방식을 놔버릴 수 없었다.

무슨 일을 통해서 그러한 삶의 방식을 이룰 수 있겠다고 생각했지만 당장 떠오르는 일은 없었다. 사막을 물(物) 자체로 분석하는 건 이미 지형학 수업에서 들은 이야기였다. 그는 사막에 대해 사막의 바람이 가는 곳, 바람이 이동하며 전하는 이야기에 더욱 끌렸다. 『검은 공작들』의 이야기는 이미 수십 번이나 읽었고 그건 이번 모모켄트 사막의 여행으로 밤마다 한 구절 한 구절 음미하며 몸에 새긴 것이었다. 알마틴 번트는 자신의 사막에 대한 환상을 그대로 자신만의 공간으로 내려놓고 닐 크라우스가 올스를 개발할 때처럼 아무것도 없는 데서 새로운 혁신을 만들어 내는 것이 사막에서 남자로서의 길에 서는 것이라 생각했다. 그에게는 아무리 생각해도 닐 크라우스는 너무 멋진 남자였다.

며칠이 더 지나고 알마틴 번트는 자신의 심장이 자신의 환상을 모두 흡수했다고 생각하고는 노트를 여러 권 사온 뒤 수많은 기계의 설계도를 그리고는 이론적으로 가능한 원리들을 설계도 안에 포함시켰다. 그는 이 작업을 통해 기계에 대해 그만의 완료된 지식을 갖게 되었고 실제로 설계도에 따라 만든 모형 기계를 가지고 에버텍에 찾아갔을 때, 그를 환영하는 사람은 팀장인 미키 놀스였다.

미키 놀스는 그를 에버텍의 연구실이 보이는 복도 밖까지 데려간 후 알마틴 번트의 모형에 대해 재미있는 이야기를 해주었다. 다시 미키 놀스는 그를 휴게실로 데려갔고 자판기에서 커피를 뽑아 건넸다.

"혹시 밤볼리오 리머트라는 분을 아세요?"

"물론입니다. 오늘날의 에버텍을 있게 한 최고경영자이셨죠."

"그분은 쉰 살이 되도록 평사원의 자리에서 기술 개발에 힘썼던 분입니다. 그분은 수많은 다양한 기계 원리를 조합해 신기술을 만드는 데 능한 분이셨고 우리는 웬만한 기계류 작동에 대해서는 지식을 축적해 둔 바입니다. 알마틴 번트 씨의 모형도 새로운 건 아니에요. 그 원리를 이용해 나온 단독 제품은 없지만 에버텍 사(社)는 이미 그 원리를 알고 있고 응용하여 제품에 적용하고 있습니다."

알마틴 번트는 실망했지만 미키 놀스는 아직 할 말이 더 있는 듯 했다.

"흥미로운 것은 당신의 방식이 밤볼리오 리머트 회장님과 닮아있다는 겁니다. 기계에 대해 구상하고 만드는 방식 말이지요. 에버텍에는 팀장에게도 인사권이 있습니다. 에버텍의 발전을 위해 일할 수 있는 사람을 뽑는 것 말이지요."

알마틴 번트는 고개를 갸웃했고 미키 놀스의 말을 끝까지 들어보려고 했다.

"저의 권한으로 당신을 에버텍의 자유 연구 사원으로 임명하는데 물론 동의하시죠?"

알마틴 번트는 말의 뜻을 알아채고 미키 놀스에게 말했다.

"제가, 이 정도 밖에 할 줄 모르는 제가 에버텍의 자유 연구 사원이 된 것입니까?"

"물론입니다. 출퇴근은 자유이고 회사 내 새로운 계획에 참여할 필요도 없이 오직 기술에 대한 알마틴 번트 씨만의 개발, 새로운 작동 원리, 이러한 것들을 성취해내셔서 회사에 보고해 주시면 됩니다."

"그렇다면 저의 자발적 개인적 개발은 모두 회사의 특허가 되겠군요."

미키 놀스는 알마틴 번트의 예리한 지적에 아무런 대답을 하지 않았다. 그리고 알마틴 번트는 에버텍 사(社)를 찾지 않았다. 기계나 기술이 작동되고 개발되는 원리는 머릿속에서 정리되었으나 그는 회사의 시녀가 되는 일은 하고 싶지 않았다. 알마틴 번트는 다시 박물관을 방문해 닐 크라우스에게 물었다.

'당신이 살던 시대에 당신은 위대한 남자들의 길을 걸었고 그러나 이 시대에 당신이 했던 일을 하는 건 아무것도 아닌 일이 되어버리는 군요. 닐 크라우스, 저는 어떻게 걸으면 될까요?'

알마틴 번트는 돌아서서 박물관을 나오면서 흐느낌을 멈출 수 없었다. 그가 해야 할 일은 보이지 않았다. 시대가 바뀌고 새로운 것들이 발명되고 생활이 편리해지면서 혁신은 세부적인 영역의 발전으로 바뀌고 돈과는 상관없이 완전히 새롭게 무언가를 해낸다는 건 거의 불가능해 보였다. 알마틴 번트는 그의 방으로 돌아와 탁자 앞에 앉고는 시간을 거슬러 올라간 뒤 시대별 사회상을 검토하기 시작했다. 날이 어두워지고 그는 불을 켠 뒤 다시 탁자에 앉아 생각했다.

'시간은 인간의 역사에 유의미하게 나타났어. 뭐지? 나를 부르는 이 힘은?'

새벽녘 알마틴 번트는 딱 한마디만 적고 잠들었다.

'개념의 재인식.'

알마틴 번트는 사회가 기술적으로 발전해온 것에 비해 인문학적 발전의 과정으로서 개념의 사전적 의미 파악보다 사유의 과정에서 개념을 재인식하여 새롭게 표현하는 일은 아직 누구도 시작하지 않은 일이라 생각했고 실제로 알마틴 번트는 그러한 일을 누군가가 비슷하게 했다하더라도 그건 계속적인 재인식의 발전 과정 속에 있고 또 전체적 시각에서 그러한 일에 대해 통합된 책은 아직 없다고 결론 내렸다.

날이 밝고 알마틴 번트는 홀Ⅱ 대학 도서관을 방문해 인문학적 연구서들의 목록과 대강의 내용을 훑어보았다.

'고착된 언어를 살아있는 사유로 재인식하여 다시 표현하는 것은 시대가 더 가기 전에 해야 할 일이다.'

알마틴 번트는 매일 도서관으로 나와 인문학적 연구서들을 한 권씩 꺼내 그에 대한 평론을 자세하게 써나갔다. 그리고 어느 순간 자신이 다루고 싶은 주제를 찾아 스스로 체계를 잡고 인문학적 연구서를 쓰기 시작했다. 알마틴 번트가 『진실에 대하여』와 『미(美)에 대하여』를 썼을 때 그는 대학에 복학해 과를 바꾸었다. 2년을 철학과에 다니고 졸업한 그는 언어철학을 더 공부하여 박사학위까지 땄다. 알마틴은 홀Ⅱ 대학에 강의를 나가면서 개념을 재인식하여 새로운 사유를 세우는 데 노력했고 그는 계속 새로운 연구서들을 쓰는 데 노력했다.

알마틴 번트로서는 자신이 하는 일이 여성적이고 앉아서 글을 쓰는 일이기도 했지만 시대가 더 가기 전에 확장 가능한 개념들을 충분히 사유하여 연구서로 남기는 것은 그에게 새로운 혁신이었고 그가 최소한 자기 자신을 믿을 수 있는 길이었다. 그는 자신의 시간을 연구서를 쓰는 데 썼고 그의 저서들은 쌓여만 갔다.

대학 교정에서 거닐다가 새로운 인식이 떠오르면 연구실로 가서 펜을 쥐었고 젊은 나이에 이토록 많은 연구서들을 쓰고도 늘 쓸 만한 새로운 것들을 그의 의식 속의 사유의 과정을 통해 늘 생산해내는 그를 동료 교수들은 부러운 눈빛으로 바라보았다. 어느 책 하나 중요하지 않은 책이 없었다. 그것은 알마틴 번트 스스로의 탐구와 문제의식 속에서 싹텄기 때문에 알마틴 번트는 언어의 체계를 세우는 데 있어 명수가 되었고 또 그것을 해체하고 새롭게 구성하는 데도 명수였다.

마흔 살이 된 알마틴은 닐 크라우스를 떠올리고 있었다. 그리고 공학의 길이 아닌 인문학의 세계로 자신을 이끈 닐 크라우스의 정신 어느 한 조각을 음미하고 있었다. 20대부터 너무 달려왔고 자신의 모든 책이 체계를 이루고 피아노의 화음을 차례대로 소리 내는 것처럼 조화로운 울림이 자신의 책들에서 흘러 나왔다. 그리고 더 이상 '개념의 재인식' 은 그에게 혁신의 일이 아니었다. 지금부터 그 일은 사유의 지루한 받아쓰기가 될 터였다. 알마틴 번트는 마흔에 대학 교수의 자리를 그만두고 그의 집에서 생각의 나날들을 보냈다. 취미는 하고 싶지 않았다. 그렇다고 생계를 위한 직업에 얽매이기도 싫었다. 그에게는 집이 있었고 올스도 있었고 예금도 넉넉했고 매달 책의 인세까지 나왔다. 그는 자신이 생각할 수 있는 모든 걸 생각하고는 '새로운 일반 사회에서의 그 사람들의 이야기'를 쓰는 것이 중요한 일로 생각되어 소설을 집필하기 시작하여 마흔한 살에 『가장 본래적인』이라는 소설을 출판했다. 『가장 본래적인』에서 그가 다루고 싶었던 것은 인간은 인간으로 사는 것의 본질에 가장 가깝게 다가서야 한다는 것이었고 그것은 스스로가 자신을 발견하고 세우고 의식적으로 무언가를 이루어가야 한다는 것이었다. 소설은 천천히 팔리더니 연말이 되어서는 매우 인기를 끌었다.

그렇게 마흔두 살이 된 알마틴 번트는 소설을 쓰는 재미를 알게 되었고 이토록 자신에게 흥미로운 작업은 일찍이 없었다고 생각했다. 알마틴 번트는 박물관에 가서 생(生)에서 흥미를 구하겠다고 닐 크라우스에게 마음속으로 말하고는 그의 지난 시간들의 인문학적 연구서를 쓰는 일이 소설의 구성과 내용을 풍부하게 하는데 도움이 되었다고 생각하며 집으로 돌아왔다. 알마틴 번트는 그러나 옆집 사람의 딸이 미쳐서 베이거스 산맥에 들어가 시신으로 발견되었다는 소식을 다른 사람에게서 듣고 펜을 쥘 수가 없었다.

알마틴 번트는 며칠을 앓았다. 모든 의미가 인간의 능력 밖에 있는 죽음 속으로 빨려 들어가며 그의 마음속에서 소용돌이 치고 있었다. 옆집의 죽은 딸은 22세로 그가 보다 젊었을 때 7년 전부터 봐오던 아이였다. 말수가 적고 공부를 곧잘 한다고 했다. 그러고 보니 최근 6개월간 그 아이를 보지 못한 것 같았다. 옆집 부인에게 흰 장미 몇 송이를 종이에 싸서 들고 가 애도를 전했다. 7~8개월 전부터 아이가 잠을 잘 자지 못하고 밤에 집안에서 서성댔으며 성적이 떨어졌고 두 달 전부터는 혼자서 누구와 대화를 주고받았으며 등산을 다녀오겠다고 집을 나간 지 일주일 만에 베이거스 산맥에서 등산객에 의해 시신으로 발견된 것이다. 부인은 눈물을 머금고 있었다. 알마틴 번트는 위로의 말을 전하고 집으로 돌아왔다.

'모든 비정상적인 죽음에 내재한 생(生)의 잔혹함.'

알마틴 번트는 그 아이의 죽음을 막을 수는 없었을 거라고 생각했다. 이미 그 아이는 이 세상에서의 생존과 전달 방식이 흐려졌으며 그 어디쯤 매우 가까운 곳에서 죽음이 입을 벌리고 그녀를 기다리고 있었던 것이다. 도대체 그녀는 무엇과 이야기를 나눈 걸까? 정령이나 죽은 사람 그리고 그러한 모든 것들을 만들어내는 그녀의 고통 속에서 나오는 그녀의 상념과 이야기를 나누었던 것일까? 그녀가 혼자 이야기했던 내용은 무엇일까? 생(生)을 정리하려고 이전의 시간들을 돌아본 걸까 아니면 자신의 고통을 스스로 말하며 해결해보려 한 건 아닐까?

알마틴 번트는 공동묘지에 가서 그 아이의 사진이 유리덮개로 덮여 있고 묘비명에 그 아이의 이름이 적힌 걸 보았다. 흰 백합 꽃다발을 두고 묘지를 나오면서 그는 생(生)에 대해 지독히 생각했으며 그날 밤 잠을 이룰 수가 없었다. 겨우 아침이 되어서야 잠이든 그는 다음날 아침에 잠들어 다음날 아침에 깼다. 잠에서 깨자마자 그는 자는 동안 생각을 정리한 모양인지 이렇게 썼다.

'소설은 생(生)을 써야 한다. 죽음과 생(生)이 함께 들어있는 생(生)을.'

알마틴 번트는 자리에 앉아 제목도 정해지지 않은 소설의 첫 페이지를 썼다. 그리고 다시 두 번째 페이지를 쓰고 세 번째 페이지를 썼다. 그건 목차도 없는 소설이었고 그저 삶의 모습을 나타내고 있는 것 같았으며 시종일관 우울하고 단조로운 분위기는 소설의 색감으로 느껴졌다. 알마틴 번트는 거의 무표정한 얼굴로 이 소설을 한 달 만에 완성하고는 『그림자』라고 제목을 지었다. 결국 소설은 여주인공의 자살로 끝나고 이는 곁에서 지켜보는 자들의 슬픔과 이를 묵인하려는 그들의 태도를 동시에 그렸으며 목차도 없었고 대화체의 표현도 거의 없었다.

『그림자』의 여주인공은 말한다.

"지금 여기에 있는 내 자신은 내 본질의 그림자에 불과하고 내 본질은 어딘가에 있어서 내가 그 옷을 입기만 하면 나는 내 본질과 같아져. 그런데 그루어리(여주인공이 어렸을 때 기르던 고양이로 올스에 치여 죽음.)는 그게 죽음 뒤에 있대. 그루어리도 그랬다면서."

슬프게도 그녀의 말은 그녀가 목을 매기 전에 혼잣말을 한 것이었다. 알마틴 번트는 소설이 책으로 나온 날 묘지로 찾아가 옆집 여대생의 묘비 앞에 책을 놓았다.

'그래도 이 책이 있다면 너는 덜 쓸쓸하겠지? 누군가가 네 이야기를 들어주는 기분일 테니까.'

알마틴 번트는 그날 맥주를 사서 집에서 실컷 마시고는 당분간 좀 밝게 지내기로 했다. 어차피 생(生)은 살아있음과 죽어있음이 공존하는 터였다. 계속 애도하고 우울 속에 자신을 밀어 넣을 필요는 없었다. 알마틴 번트는 며칠을 서재에 있는 책을 읽으며 시간을 보내고 있었다. 그리고 자신이 이전에 썼던 책들을 다시 읽으며 왠지 익숙하지 않다는 느낌을 받았다. 책들이 잉크 냄새를 풍기며 딱딱하게 느껴졌던 것이다.

'슬픔 때문인가? 나이가 들어서인가?'

좀 더 많은 것을 피부 안으로 스민 눈물로 알게 되었기 때문이라 생각했다. 그 많은 것들이란 나이가 어느 정도 들어서 자신의 생(生)을 스스로 선택하는 것, 지식과 인격을 분리하지 않는 것, 생(生)에서 어쩔 수 없이 느껴지는 슬픔, 이러한 것들이었다. 알마틴 번트는 서재에서 나와 켄싱턴 공원을 천천히 걸으며 천천히 모든 것을 그의 머리에 흡수시켰다. 공원에서 체념을 가지고 온 알마틴 번트는 다시 소설을 쓰기 시작했으며 천천히 썼고 이듬해에 완성되어 책으로 나왔다. 제목은 『방랑자』였다.

인간이 살아가는 것 자체가 삶을 방랑하는 것이며 물리적인 지속은 전(全) 우주의 흐름에만 해당할 뿐이며 그러나 개개의 인간은 물리적으로 제한된 삶에서 고뇌하며 방랑하며 자신만의 진리를 찾아야 한다는 내용의 소설이었다. 주인공이나 등장인물들은 뚜렷하지 않고 단어가 연쇄되면서 그 속에서 의미가 이어지거나 전환되거나 했다. 『방랑자』 이후 알마틴 번트는 집과 올스를 팔고 란게디티 서부 해안으로 이사를 갔으며 더 이상 알마틴 번트는 연구서를 쓰거나 소설을 출판하지 않았다.

리브타뉴는 바람의 방향이 바뀔 때마다 발전하는 것 같았다. 리브타뉴라는 지명의 특유한 전통과 혁신의 냄새는 떠났던 기업의 본사를 다시 리브타뉴로 불러들였고 이러한 리브타뉴의 상징성은 박물관에 있는 닐 크라우스 때문에 더욱 강해졌다. 실제적인 이점으로는 혁신의 인적(人的) 연결망이 리브타뉴에서 이루어지는 것이었다. 리브타뉴의 시가지가 남북으로 뻗어나감에 따라 도시 외곽 주택지는 보상을 받아 시내의 고층 아파트로 이사하거나 동쪽과 서쪽의 주택지로 이사했다. 리브타뉴는 남북으로 긴 타원형의 도시로 성장하게 되었고 도심의 낡은 건물은 모두 철거되었고 그 자리마다 기업의 본사나 사무실로 사용할 건물이 지어졌다. 리브타뉴 공항은 업무 차 칸디나디아 동부와 란게디티, 탄디누니아 대륙에서 오는 사업가들과 자본가들로 바빴고 리브타뉴는 해턴 행성의 세 대륙의 경제 중심지로 확실히 자리매김했다. 리브타뉴는 도시 내부의 도로가 재정비되고 각종 시설들이 갖추어져 불편함이 없었다. 단, 세 대륙 모두에서와 마찬가지로 리브타뉴에서도 정치 활동은 이루어지지 않았는데 정치 활동에서 얻을 수 있는 결과를 수행하는 직업을 가진 사람들이 있었기 때문이었다.

그런 직업을 가진 사람들은 경제 활동의 결과로 일정 부분 얻어진 세금 중에서 자신의 몫을 타갔으며 같거나 비슷한 영역에 있는 사람들끼리 모여 자주 회의도 했다. 엄밀히 말하자면 리브타뉴에서 정치·행정·법률 활동이라고 불리는 일은 그러한 일을 수행하는 사람들끼리의 직접 민주 정치에 의해 정치·행정·법률적 일이 처리된다고 볼 수 있었고 관할 사무소도 영역마다 있었다.

미텔 아리우스는 리브타뉴의 경찰관으로 올스를 타고 리브타뉴 시내와 외곽을 돌며 순찰 중이었다. 특별한 사건이나 사고는 매일 일어나지는 않았지만 그는 언제나 오전에는 리브타뉴의 곳곳을 순찰했고 오후에는 관할소에서 업무를 처리하거나 서류를 작성했고 다시 저녁이 되면 리브타뉴를 순찰했다. 평소에는 점잖은 리브타뉴도 금요일 밤이 되면 취객들 때문에 곳곳에서 난동을 처리해야했고 이들은 관할소로 와서 서류를 작성하고 귀가처리 되는 것이 일반적이었다. 취객이 경찰관에게 폭행을 하면 법률 관할소로 가서 판사와 만나야 했다.

미텔 아리우스는 동료와 함께 리브타뉴의 가을, 금요일 밤을 순찰하고 있었다. 벌써 두 명의 취객을 관할소로 보낸 뒤였다. 미텔 아리우스는 다시 취객을 발견하고 올스에 태운 순간 그에게서 확 풍기는 술 냄새에 토할 것만 같았다. 그는 뭐라고 중얼거리더니 올스 안에서 잠들어

버렸다. 그는 관할소에 도착해서 잠시 깨는가 싶었지만 관할소 의자에
앉아서 졸았다. 그는 자신이 판사라고 했으며 20대의 몸만큼 젊은 몸
을 가지고 있다고 했다. 다음날 그의 신상을 조회한 결과 그는 무직의
50대 사내인 것으로 드러났고 그는 멋쩍어하며 관할소를 나갔다.

　미텔 아리우스는 사람들이 꿈은 크지만 그걸 실현하는 데 노력을 하
지 않고 또 좌절한 인생이라 생각하는 중년 이후에는 자신을 과장되게
꾸민다고 생각했고 그것도 인생의 쓸쓸한 단면 중 하나라고 생각했다.

　미텔은 서른여덟의 나이이지만 꼭 도전하고 싶은 일이 있었다. 그건
어떤 직업도 아니었고 시험에 합격하는 것도 아니었다. 미텔은 리브타
뉴의 곳곳을 사진으로 찍어 그에 대해 설명을 덧붙이는 책을 한 권 내
고 싶었다. 순찰을 돌면서 리브타뉴의 구석구석을 다녀본 안목도 있었
고 각 장소마다 어떤 이야기가 있는지 잘 알고 있었다. 미텔은 서른아
홉의 봄부터 마흔의 봄이 되기까지 그가 쉬는 날마다 자신이 담고 싶
은 리브타뉴의 장소들을 카메라에 담았고 설명을 썼다. 마흔의 여름에
그의 사진집이 출간되었고 그는 희열을 느꼈다. 그리고 더해진 것은 관
할소에서 그에게 순찰 대신 리브타뉴의 홍보 업무를 맡긴 것이었다. 이
는 관할소 사람들의 결정이었고 그는 새로운 일의 첫 임무로 리브타뉴
홍보 소책자를 만드는 일을 시작하여 완료하였고 사전에 예약한 단체
관광객들에게 리브타뉴의 멋진 곳들을 직접 소개해주었다. 미텔 아리
우스는 더 나아가 칸디나디아 대륙의 멋진 곳들을 카메라에 담고 싶었
으며 그래서 그의 일을 그만두었다. 우선 그는 홀Ⅱ 대학을 찾아가 지리
학 서적들을 찾아 알아야 할 내용을 노트에 적고는 그의 올스에 기름
을 꽉 채우고 칸디나디아 대륙 전체를 돌기 위해 움직였다. 리브타뉴에
서 베이거스 산맥을 따라 남쪽으로 내려가 동부 해안 도로를 끼고 돌면
서 칸디나디아 북부에서 다시 리브타뉴로 돌아오는 일정이었고 이는 성

312

공적으로 끝났다. 그리고 모모켄트 사막과 주변 내륙은 카메라에 담기 위해 한 번 더 여행했으며 이번에도 그의 일정은 성공적이었다. 그는 자비로 칸디나디아 대륙 사진전을 개최했고 전시회에 나온 사진들은 『칸디나디아의 시선들』이라는 제목의 책으로 출간되었다. 그 책은 제법 팔려나갔고 그는 당분간의 생활을 인세로 감당할 수 있게 되자 사진작가로서 제 2의 인생을 살자고 스스로 다짐했으며 그리고 다른 두 대륙을 여행한 뒤 『탄디누니아의 시선들』과 『란게디티의 시선들』을 잇따라 출판했으며 그는 이 책들로도 제법 수입을 벌어들였다.

사진에 대해 그는 어릴 적부터 큰 관심이 있었으나 현실적인 삶을 선택해서 경찰관이 된 것이었다. 경찰관이 되고 나서도 그는 사진을 포기하지 않았고 공부했고 그것이 어느 순간 그가 사진작가로서 시작하는 힘으로서 축적되어온 것이었다. 미텔은 자신이 사진작가라는 사실에 행복했다. 미텔은 인생의 어느 순간에 무얼 그만두고 무얼 할지를 결정해야 하는지 깨닫는 순간이 있다는 것을 알았다. 그리고 돌아서가더라도 결국은 자신이 가장 끌리는 일을 하게 된다고도 생각했으며 자신이 하는 일에 대해 남의 이목은 신경 쓸 필요가 없다고도 생각했다. 경찰관을 선택할 때의 미텔은 번듯한 직장을 가지고 싶은 마음에 그 일을 선택했지만 그의 피는 이미 사진으로 데워져 있었다. 그리고 늦었지만 사진작가로서 서게 된 자신이 뿌듯하고 자랑스러웠다.

미텔 아리우스를 부러운 눈빛으로 바라보는 미텔의 이전 동료 경찰관인 헤디 올더스는 자신에게는 사진을 찍거나 그림을 그리거나 혹은 글을 쓰는 재능이 주어져 있지 않다고 생각했으며 그것은 미텔의 성공 때문에 자신이 더 비참해지는 원인이 되었다. 그는 여전히 하루에 두 번 순찰을 돌아야 했고 취객들과 범인들과 실랑이를 벌여야 했다. 리브타뉴의 안녕과 질서 유지라는 거창한 목표를 위해서 그리고 적은 봉급을 위해서 일을 하고 있기는 했지만 그 일이 자신이 어떤 사람인지는 말해주지 않았다. 미텔 아리우스의 일은 미텔의 시선과 개성이 드러나며 하나의 완성을 보여준 데 반해 헤디 올더스 자신은 아무것도 자신에 대해 보여줄 것이 없었다. 더 늦기 전에 그러한 것을 찾고자한 헤디는 아내에게 자신의 의견을 말했으나 아내는 일을 하지 않으려거든 이혼하자고 했으며 헤디 올더스는 어쩔 수 없이 경찰관의 일을 계속해야 했고 쉬는 날 시간을 내어 서점에 가서 관심 있는 책들을 사모아서 열심히 읽었다. 그가 사서 모은 책들은 정원과 정원 관리에 관한 책들이 많았고 그는 자신이 정원 속에서의 생활을 이상적인 삶의 모습으로 본다는 것을 알게 되었다. 그리고 그는 쉬는 날마다 정원 일을 배우기 위해 정원사를 따라다녔고 그로부터 2년 후 그는 정원사 자격증을 취득하고 경찰관의 일을 그만두었다.

그가 처음 관리하는 집은 2곳이었으나 그의 정원에 대한 감수성과 미적(美的) 판단이 정원의 모습에 스며듦으로써 그는 곧 10곳의 정원을 관리하게 되었고 마흔두 살이 되었을 때에는 20곳의 정원을 관리하게 되었고 그는 그가 관리하는 정원의 사진을 찍어 책으로 펴내기도 했으며 『정원 이야기』라는 정원을 관리하면서 그가 사용한 방법들을 망라한 책을 쓰기도 했다. 그리고 헤디 올더스는 그 누군가도 부럽지 않았고 자신이 결국 자신을 위해 선택한 길에 행복했다.

행복, 그것은 남자들에게도 때때로 필요한 건지도 모르겠다.

선 택

리브타뉴 도심을 통과하여 흐르는 인공 하천이 생긴 뒤로 저녁이 되면 사람들이 하천 주변 길을 산책하러 나왔고 그러한 하천 주변 길가에는 하고 싶은 말을 적을 수 있는 벽이 있었다. 그 벽의 맨 아래에는 조그맣게 '운명은 다양한 존재가 공존하는 가운데 생기는 질서'라는 구절이 눈에 들어온다. 모두가 어쩌면 모두의 운명 아래에 놓인 것일지도 모른다. 그 구절을 쓴 사람은 어떤 사람인지는 몰라도 삶에 대한 통찰을 가진 사람임에는 틀림이 없다.

제너 라굴드는 대학을 졸업하고도 대학 도서관에 다니면서 매일 해야 할 일을 도서관 책상 앞에 앉아 해내고 있었다. 그가 하는 일은 모든 주제에 대한 심층 질문에 대해 노트에 몇 페이지씩을 논술하는 일이었다. 그러면서 사서인 레컬 디몬을 찾아가서 점심 내기 게임을 자주 청하곤 했다. 레컬 디몬은 제너 라굴드의 문서보존학과의 선배였으며 제너 라굴드에게 문장의 중요성을 가르쳐 준 중요한 인물이었다. 제너가 막 입학했을 때 『문장에 대하여』와 『사유의 과정』이라는 책들에 대해 말해준 사람도 바로 레컬 디몬이었다. 제너 라굴드는 모든 것의 이론과 한계와 가능성에 대해 논술 중이었고 벌써 점심시간이 되었지만 자리에서 일어날 생각을 하지 않았다.

저녁까지 논술에 매달렸고 이미 페이지는 스무 장이나 넘어갔지만 제너 라굴드는 그 주제의 중심 내용에 접근하지 못하고 있었다. 그러나 제너 라굴드는 모든 것의 이론이란 새로운 질서로 이루어진 언어 배열로 말할 수 있으며 모든 한계는 모든 가능성을 갖고 있지 못하다는 결론을 내릴 수는 있었다. 시간을 보니 저녁 8시가 넘었고 사서실에 가보니 이미 레컬 디몬은 퇴근한 뒤였다. 제너 라굴드는 집으로 돌아가면서 리브타뉴의 하천으로 내려가 벽에 무언가를 쓰려다가 그곳을 다녀간 사람들의 흔적만 읽고는 모든 게 시들시들해져 집으로 갔다. 리브타뉴 중심가의 높은 아파트 23층에 살고 있는 그는 재력가인 할아버지 밑에서 성장했고 지금은 할아버지도 부모님의 곁으로 가신 뒤였다.

'여전히 오늘도 혼자로군.'

냉장고 문을 열고 물을 꺼내 마시고는 쌓아둔 샌드위치 더미 속에서 3개의 샌드위치를 꺼내 먹고는 소파에 앉아 한숨을 내쉬었다. 그의 부모는 모모켄트 사막을 여행하는 중에 상당히 드물게 나타나는 모래폭풍을 만나 모래더미에 갇혀 돌아가셨다. 제너 라굴드는 종이 문구류의 회사를 운영하던 폴 라굴드의 유일한 손자였고 제너 라굴드가 대학을 다니던 중 회사를 물려받지 않겠다는 뜻을 밝혔을 때 폴 라굴드는 보유주식을 모두 팔고 최고경영자 자리에서 물러났고 제너 라굴드 명의로 막대한 재산을 예금해두었다.

제너 라굴드는 돈이 있건 없건 상관없었지만 돈이 충분히 있다면 무엇이든 하고 싶은 일을 할 수 있어 좋은 점이 더 많다고 생각했다. 돈으로 유흥이나 쇼핑을 한다는 건 그에게 해당되지 않는 항목이었다. 그는 올스를 가지고 있지도 않았고 필요한 것은 그저 매일의 밥값과 종이나 펜 등 문구류를 살 돈이었다. 제너 라굴드는 할아버지가 슬픔 속에서 벌어들인 돈을 함부로 쓰고 싶지 않았다.

다음날 제너 라굴드는 걸어서 홀Ⅱ 대학 도서관까지 가서 다시 도서관 2층으로 올라가 레컬 디몬이 출근한 걸 확인하고 자신이 늘 앉는 자리에 앉아 노트를 꺼내고 오늘 논술할 주제에 대해 생각했다. '인간으로서 적절하게 사는 모습'으로 주제를 쓰자 웃음이 터져 나올 뻔했다. 모든 것을 적당히 하는 것은 아무것도 하지 않는 것이다, 라는 결론을 내리고 도서관에서 이러저러한 책을 읽고는 분류가 잘못되어 꽂혀있는 책을 발견하고는 사서인 레컬 디몬을 괴롭혔으며 레컬 디몬이 앙심을 품은 까닭에 점심 내기 게임에서 진 제너 라굴드는 흔쾌히 학교 식당에서 점심을 샀다.

"요즘 르지아 스올의 글이 잘 됐어. 읽어봤나 모르겠군."

레컬 디몬이 말했다.

"르지아 스올이 홀Ⅱ 대학을 나왔나요?"

"아니, 그녀는 대학을 나오지 않았어."

"그렇다면……."

제너 라굴드가 말을 흐렸다.

"네가 뭘 말할지 알아. 대학을 나오지 않았는데 좋은 글을 쓴다는 것 말이지."

"아뇨. 선배는 홀Ⅱ 대학을 나온 사람들의 글만 읽으니까 신기해서요."

제너 라굴드가 잘 썰린 돼지고기 조각을 입에 넣으며 말했다.

"그렇군. 그래도 르지아 스올은 좋은 곳에서 배우지 않고도 직관과 감정과 제대로 된 사유를 통합할 줄 알아. 마치 린지 홀이 살아 돌아와서 그녀의 다음 글을 쓰는 것처럼 느껴져."

"꼭 읽어봐야겠군요. 소설이죠?"

"물론."

식사를 마치고 레컬 디몬은 도서관으로 먼저 올라가고 제너 라굴드는 학교 서점에 들러 르지아 스올의 책을 찾아보았다. 2년 전에 쓴 수필 1권과 최근에 나온 두꺼운 1권의 소설까지 모두 2권을 찾아냈다. 서른한 살의 여류 문인이었고 흑백 사진 속의 그녀는 마치 슬픔을 인내하는 아름다운 여자의 모습과도 같았고 어딘지 모르게 린지 홀의 분위기를 가지고 있었다. 소설의 제목은 『겨울의 시간』이었다.

두 권의 책을 들고 도서관으로 올라온 제너 라굴드는 수필집을 먼저 읽다가 책가방을 챙기고 도서관을 나섰다. 집으로 돌아와 소파에 앉아 소설까지 다 읽은 제너 라굴드는 묘한 호기심이 생겼다. 르지아 스올과 식사를 함께 한다면 무슨 이야기가 오고 갈 것인가. 소설처럼 진지한 삶의 자세를 가진 아가씨가 나올 것인가 아니면 살아있는 소설가답게 삶의 모든 면을 비판할 것인가. 잠시 후 제너 라굴드는 르지아 스올과 식사할 생각을 접었는데 그 이유는 그녀를 식사 자리에 불러낼 어떤 명분도 없었기 때문이다. 제너 라굴드는 르지아 스올의 소설을 한 번 더 읽고 잠들었다.

다음날이었다. 곧 6월의 더위가 찾아오려는지 밖이 제법 후끈했다. 제너 라굴드는 르지아 스올의 존재를 잊고 자신의 일을 하고자 도서관의 자신의 자리에 앉아 무언가에 대해 논술하기 시작했다. 점심시간이 다됐는데도 그는 레컬 디몬에게 점심식사 내기 게임을 걸러 가지 않았다. 잠자코 일어나 학생 식당에 가서 혼자 식사를 사먹었을 뿐이다. 그리고 오후에도 자신이 생각한 주제에 대해 논술을 했을 뿐이다. 저녁이 되고 도서관을 나서면서도 사서실에 들르지 않았다.

'여자가 여자답지 않게 시기심이나 동정이 없는 소설을 쓸 때면 정말 할 말이 없다.'

르지아 스올의 소설은 제너가 보기에도 무척 잘된 소설이었다. 그리고 제너 스스로 자신의 길을 모색하는 지금 소설 쓰기도 그의 고려 대상 중의 하나였고 그것도 굉장히 잘된 소설을 쓰고 싶은 바람이 강했다. 르지아 스올의 소설은 그가 참고하기에 손색이 없는 소설이었다. 집으로 돌아온 제너는 『겨울의 시간』을 한 번 더 읽고 서재로 쓰이는 방의 책장에 꽂아두었다. 최고의 책들만을 골라 서재의 책장에 꽂아두었던 것이다. 아직 책장이 가득 차지는 않았지만 제너 라굴드는 자신의 책도 이 반열 위에 오를 수 있기를 바랐다.

제너는 그의 논술 작업을 연말까지 하고 그다음 일을 모색할 생각이었다. 23세의 그는 스스로가 생각해도 소설을 쓰기에는 너무 어렸으나 소설에 대한 열망은 강했다. 제너는 여전히 매일의 논술쓰기를 해나갔으며 점심식사 내기를 청하러 레컬 디몬에게 갔으며 둘은 같이 점심을 먹었다. 르지아 스올에 대해 먼저 이야기를 꺼낸 건 레컬 디몬이었다.

"르지아 스올의 소설은 읽어봤고?"

"그렇습니다."

제너 라굴드의 대답이 딱딱했다.

"별로인 모양이로군."

"그렇지 않습니다. 잘된 소설이었어요."

"그럭저럭 잘된 소설이 아니야. 매우 잘된 소설이라구. 그건 인간의 삶의 전체 국면을 보여주고 있다구. 마치 귤 한 알로 햇빛과 바람, 물, 농부의 수고 그리고 그걸 원하는 사람들을 모두 나타낸 것과 같아."

제너 라굴드는 잠자코 고개를 끄덕였다. 이야기의 화제가 바뀌고 이번에는 여름에 자주 나타나는 독충에 대해 레컬 디몬이 이야기했다. 또 다시 주제가 바뀌었는데 린지 홀의 소설가적 정신에 대해서였고 그것에 대해 이야기 하다가 점심시간이 끝나는 바람에 레컬 디몬은 서둘러 사서실로 돌아갔다.

제너 라굴드는 커피를 사들고서 교정을 한 바퀴 돌고는 도서관으로 돌아왔다. 뭔가 머리가 어수선해진 듯한 느낌이었고 노트와 필기도구를 정리해 집으로 갔다. 집에 도착한 제너는 레컬 디몬에게 전화를 걸어 퇴근 후 만나자고 했다. 그리고 레컬 디몬은 레몬 소다수를 사들고서 제너의 집에 왔다.

"여름엔 이게 최고야. 아주 시원하다구."

제너가 피식 웃으며 소다수 두 병을 받아들자 레컬은 도리어 미소를 지었다.

"알고 있어요. 『겨울의 시간』 속에 나오는 레몬 소다수 말이죠."

제너가 가볍게 대답했다.

"역시 눈치가 빠르군. 내가 언제 레몬 소다수를 먹었다고 말이지."

"선배는 언제나 여름엔 맥주라고 하셨죠."

"참 올해 너는 스물셋이고 나는 스물여섯이군."

"그건 왜 말씀하시는 거죠?"

"르지아 스올이 연하를 좋아할지도 모르지만 연하 중에서도 너 보다는 내가 더 가능성이 있다고 생각되는군."

"선배!"

제너 라굴드가 소리를 지르고 레컬은 무엇이 재미있는지 히죽히죽 웃어댔다.

"이번 달 도서관 특강은 르지아 스올로 결정됐어. 완전히 기뻐."

"르지아 스올이 도서관 특강 손님으로요?"

"이미 그녀가 승낙한 상태야. 어때? 꼭 보러오되 구석자리에 잘 안 보이는 곳에 검은 셔츠를 입고 있으라구. 르지아 스올의 눈에 띠면 안 되니까."

"뭘 걱정하시는지는 모르지만 저는 르지아 스올의 소설에 관심이 있지 그녀의 개인 신상에는 아무런 관심도 없다구요. 선배가 말하지 않았나요? 글은 그것이 모두 씌어진 순간 작가와 분리되어 자신만의 생명을 가지며 글과 작가를 계속 연관 짓는 작업은 어느 순간 그만두어야 한다고요."

"물론 그랬지. 허나."

"허나?"

"허나 르지아 스올의 소설이 매력적이어서 할 수만 있다면 작가를 좀 더 알아보는 것도 일정 부분 필요해."

"알아듣겠어요."

"세월이 지나가는 언덕이 풍화되어 그 자리도 남아있지 않고 그곳이 어디였는지조차 알 수 없는 시간과 장소에서 주변에 동그라미를 그리고 그 안에 서서 바람처럼 지나치는 사람들 속에 내가 있고 또 내가 없다."

"『겨울의 시간』 첫 부분이로군요."

"맞아. 최고의 표현이야."

레컬 디몬은 담배를 꺼내 물고서 제너 라굴드를 쳐다보았다.

"피우셔도 돼요. 참, 재떨이 만들어 올게요."

제너 라굴드가 납작한 네모꼴의 도자기 그릇을 가지고 왔다.

"이거 식기 아냐?"

"괜찮아요. 화분 받침대로 쓰면 돼요."

"그래? 고맙군."

제너는 머릿속의 어수선함이 가셨다. 그리고 상상력을 묘사하는 글을 써야한다는 데 생각을 정했다. 제너는 상상력이 보여주는 영상들을 표현하되 그것에 자신의 직관과 사유가 들어가서 완전히 딱딱하게 굳은 글을 써야한다고 생각했다.

'그런 글을 쓸 수 있을까? 쓴다면 정말 좋을 텐데.'

제너는 주제별로 글쓰기가 끝나지 않은 지금 자신만의 독창적인 글을 쓰기를 원하고 있었다. 한 번도 들어본 적이 없는 시간과 장소에서 완전히 새로운 인물들이 살아가는 모습을 그리되 그것이 비유적으로 칸디나디아에 살아가는 사람들의 모습을 그리는 것이어야 했다. 제너는 레컬 디몬이 무슨 말을 하건 그저 고개만 끄덕이면서 적당히 동의해주고는 자신의 생각에 몰두하고 있었다. 제너는 아직 소설을 쓸 때가 아니라고 판단하고는 레컬의 말을 듣기 시작했다.

며칠 후 레컬이 시무룩한 표정으로 도서관에서 주제별 글쓰기를 하고 있는 제너를 휴게실로 불러냈다.

"르지아 스올이 거절했어. 도서관 특강 손님 말이지."

"왜 거절한 걸까요?"

"이유를 밝힐 필요가 없다고 했어. 그냥 그렇게 끝나버린 거야."

"오만한 작가로군요."

"작가는 다 오만해. 자신의 시야를 세우고 한 세계를 창조해 고정시키는 일을 해보면 누구나 다 오만해질 거야."

"저는 잘 모르겠어요, 그건. 저도 작가가 될까 생각 중이거든요."

"알고 있어. 힘내서 꼭 오만의 자리에 오르길."

레컬이 그의 자리로 가버리고 제너는 자신의 자리로 돌아와 다시 논술 작업에 매달렸다. 이제는 다른 생각은 하지 않고 오직 생각의 단계를 차츰 밟는다고 생각하고 그해 겨울까지 주제별 논술 작업을 계속 해나갔다. 해가 바뀌고 제너는 스물네 살이 되었다. 그는 '사유의 과정' 속에서 제시하는 자아에 대한 인식을 백 페이지 정도 논리적으로 쓰는 과정을 선택하고는 1월부터 논술에 들어갔고 이번에는 워드프로세서로 작성했다. 2월이 되자 자아에 대한 인식에 대해 논술한 백 페이지 분량이 완성되었고 워낙 글 쓰는 내내 긴장해 있었던 터라 천장을 보면 천장이 공중에서 회전하면서 변형되어 보일 정도로 환영(幻影)까지 나타났다. 제너는 정신과를 찾아 그의 최근의 일을 말했고 의사는 신경을 너무 집중해서 그런 것이라고 약은 먹지 않아도 되지만 당분간 글쓰기를 중단하고 충분히 쉬라고 친절히 말해주었다.

제너는 자신에 대한 체계를 이룬 후 자신이 공간에서 떨어져 나와 분리되어 세계는 그의 손에 전혀 잡히지 않는다고 느꼈고 그런 기분은 병원에 다녀온 지 며칠이 지나도 사라지지 않았다.

'이건 무슨 상태이지?'

제너는 자신이 자신에 대해 논술한 것이 평생 자신의 길을 보여주는 지도라고 생각했고 그 중요한 일을 해냈고 그래서 몸이 잠시 견디기 힘들어하는 건 회복하면 되는 일이라고 생각하고는 3월까지 푹 쉬었다. 3월이 끝나고 4월 중순에 그는 자신이 쓴 논술을 다시 한 번 읽어 보았으며 5월까지 인물과 이야기 습작을 하며 지냈다. 제너 라굴드는 도서관에 가지 않는 내내 레컬 디몬을 만나지 않았다.

제너 라굴드는 여름이 되고 도서관 앞에서 레컬 디몬의 퇴근 시간을 기다리고 있었다. 비닐봉지에는 시원한 캔맥주 두 개가 들어있었다. 그리고 레컬 디몬이 어떤 여자와 이야기하며 나오는 장면이 보이고 제너 라굴드는 그 자리에서 딱 굳어버렸다. 그 여자는 르지아 스올이었던 것이다. 제너는 집으로 돌아와 혼자 캔맥주 두 개를 다 마셔버렸다. 제너와 레컬이 연락하지 않은 몇 개월 사이에 레컬과 르지아 스올이 결혼했고 레컬은 결혼 소식을 제너에게 가르쳐주지 않았다. 제너로서는 레컬과 르지아 스올이 어떻게 연결되었는지 알지 못했지만 딱히 알고 싶지도 않았고 앞으로 레컬과 연락하지 않을 생각이었다.

제너는 마음을 굳히고 소설을 시작했다. 여름 동안 그의 소설은 지워지기를 몇 번하면서 결국 한 권의 소설이 『숲속의 아가씨들』이라는 제목으로 완성되었다. 제너는 원고를 레컬 디몬에게 보여주지 않고 자비로 출판했다. 소설은 알려지지 않았고 출판된 지 반 년이 지나서야 레컬 디몬이 알았을 뿐이다.

스물다섯 살이 되던 봄 제너 라굴드는 자신에게 새로운 모색이 필요하다고 생각했으며 하나의 훈련용으로 얇은 사전을 가져와 사전에 나와 있는 단어들을 쓰고 그 단어들이 들어가는 문장글짓기를 시도했다. 노트가 쌓이는 것과 비례해 그는 복잡해져갔으며 동시에 미묘한 차이에도 그것이 어떻게 다른지 구분할 수 있을 정도로 그의 시야는 세밀해졌다. 사전의 맨 뒷장을 마지막으로 그는 글쓰기 훈련은 이번 작업으로 끝이며 더 이상 하지 않으리라고 마음먹었다.

르지아 스올이 새 소설을 발표해도 제너 라굴드는 사보지 않았다. 그러다가 우연히 서점에 들렀을 때 르지아 스올의 새 소설을 집어 들고서 페이지를 넘겼을 때 우스꽝스러운 화려한 비유와 더 이상 새로울 것이 없는 인식을 발견하고는 그 책을 살 가치는 없다고 생각했다. 제너 라굴드는 소설에 서둘지 않을 생각이었고 더 이상 자비 출판은 하지 않을 생각이었다.

제너 라굴드는 완전히 혼자였고 그러나 그는 그 누구도 자신의 세계에 들이는 걸 원하지 않았다. 레컬 디몬이 음주 운전으로 르지아 스올과 함께 사망하기까지 쉰두 살의 제너 라굴드는 집안에서 지냈으며 『숲속의 아가씨들』외에 결코 소설을 쓰지 않았다. 제너 라굴드는 예순둘에 죽기까지 자택에 머물렀으며 외출을 하지 않았다. 이삼일에 한 번 집안일을 거들어주는 사람이 와서 그의 집을 청소하고 식료품을 놓고 갔던 것이다. 집안에서만 지내는 것, 그것은 제너 라굴드의 선택이었고 그 선택의 이유는 아무도 모른다. 아마 글에서 요청되는 지속적인 발전을 그 자신도 해낼 수 없다고 생각해 좌절한 건지도 모르고 사람들과 관계를 맺고 사는 일이 결코 본질적이지 않다는 것을 깨달았기 때문인지도 모른다.

르웬 스웨치 씨는 제너 라굴드가 고용한 집안일을 도와주는 사람으로 그는 37년간 제너 라굴드의 집을 청소하고 식료품과 기타 심부름을 맡아 했다. 제너 라굴드가 생전에 결코 공개하지 않은 방을 열쇠로 열었을 때 그는 여러 개의 책장과 그 위에 놓여있는 원고들을 발견했다. 제너 라굴드는 결혼도 하지 않았고 그래서 유언으로 르웬 스웨치와 그의 손자인 앨폰드 스웨치에게 재산을 남겼다. 르웬 스웨치는 원고를 읽으면서 정리해 모두 42권의 제너 라굴드의 소설을 세상에 내놓았다.

앨폰드 스웨치는 제너 라굴드가 르웬 스웨치 외에 유일하게 만나던 소년이었다. 죽기 전 2년 동안 제너 라굴드는 앨폰드에게 수많은 이야기를 들려주었고 앨폰드는 그에 답하기 위해 그림을 그리고 글을 써서 제너 라굴드에게 주었다. 제너는 앨폰드가 그려주는 그림을 좋아했고 그의 소년다운 솔직하면서도 단순한 글의 이곳저곳을 지적하며 앨폰드와 이야기를 나누었다. 그리고 그것이 그가 맺는 인간관계의 전부였다. 제너는 모든 것에서 마음을 닫고 어둠 속에서 끌어올린 인식으로만 소설의 전부를 채웠던 것이다. 제너는 결국 모든 외부적 환경을 차단하고 내면에서 끌어올릴 수밖에 없는 언어들로 그의 세계를 우뚝 세운 것이었다. 그의 소설이 출판되든지 되지 않든지 그는 르웬 스웨치에게 그가 직접 하기에는 불필요한 절차를 넘겨버린 것이었다. 그리고 제너 라굴드는 그의 원고가 세상에 나오든 말든 그것에 상관하지 않았던 것이다. 그렇지 않고서야 42권의 소설들을 그만의 방에 그토록 오래 두지도 않았을 것이다.

제너 라굴드가 일으킨 반향은 새로운 것이어서 은둔하며 무슨 작업이든 하는 사람이 늘어났고 사람들은 그의 저서(著書) 전부를 사는 것을 교양의 일부분이라 생각했다. 아마 제너 라굴드가 살아있었다면 자신의 삶과 작업에 대한 사람들의 이러한 반응을 무척 경멸했을 것이다. 어쨌든 제너 라굴드는 죽어서 묘지에 묻혔고 아무 말도 하지 않았다.

앨폰드 스웨치는 곧 자신의 바람대로 그림 학교에 입학했고 묘사와 상상 그리고 색채의 배합을 그림 학교에서의 과제로 삼았다. 앨폰드 스웨치는 키가 크고 금발에 이목구비가 뚜렷한 잘생긴 외모로 여학생들에게 선망의 대상이 되기도 했지만 그는 그림을 그리는 것, 작품으로서의 그림을 그릴 수 있도록 성장하는 것 외에는 아무런 관심이 없었다. 그는 할아버지의 제너 라굴드가 글을 대하는 자세로 그림을 대하라는 말에 전적으로 순종했다. 앨폰드는 무례한 일이라고 생각되었지만 제너 라굴드의 책을 모두 읽었고 그 속에서 그림에 대한 영감을 얻었다. 언어와 그에 대한 해석이 결합되어 캔버스에서 상상의 길이 열렸던 것이다.

그림 학교에서 3년을 마친 앨폰드는 수석 졸업으로 리브타뉴 예술대학교에 입학했고 보다 깊어진 사유 속에서 형태에 대한 감각과 학습, 공간의 분류 문제들을 오직 혼자서 해결해나갔다. 주변의 풍경들은 그에게 세월과 심오한 주제들이 되었고 삶은 슬프고도 아름다운 것으로 그의 그림에 나타났다. 예술대학에서 그는 철학과 문학을 독학으로 그 전체적 체계를 학습했으며 그리고 다시 그림에 몰두했다. 그리고 언제나 연필과 펜으로 스케치하는 연습을 게을리 하지 않았다.

예술대학에서의 4년 후 스물두 살이 된 앨폰드 스웨치는 시내의 아파트에 작업실 겸 집을 마련하고 르웬 스웨치로부터 상속받을 재산을 모두 상속받았다. 앨폰드 스웨치는 일주일에 한 장씩 작품으로서의 유화를 그려나갔으며 스물셋이 되던 1월에 전시회를 열었고 '현대 속의 모든 시대의 표현'이라는 찬사와 함께 그림이 모두 팔렸다. 그리고 첫 번째 전시회를 마친 뒤 앨폰드 스웨치는 집에서 은둔하기 시작했고 40년 뒤 그가 죽고 난 뒤 유언에 따라 그의 집에 보관된 200여점의 그림은 모두 리브타뉴 미술관에 기증되었다. 앨폰드 스웨치가 제너 라굴드와 같은 삶의 방식을 선택하고 살아간 것에 대해서 아마도 앨폰드는 제너가 선택한 방식을 이해했고 그것이 어떤 것이라는 것까지도 이해했던 것 같다.

베이거스 산맥의 서쪽 절벽 해안의 바다 깊숙한 곳에서 간헐적으로 지진이 발생하고 지반의 안정이 다시 흔들리고 있었다. 점차 지진이 잦아지면서 리브타뉴의 사람들은 비행기로 이동하거나 혹은 올스로 칸디나디아 북부와 남부로 이동했다. 멈췄던 화산들을 활동을 시작하고 사람들이 대피한 후 해양판은 대륙의 지각판을 빠른 속도로 파고들면서 베이거스 산맥의 중심부가 갈라지게 되었고 베이거스 산맥은 바다로 무너져 내렸다. 지반이 다시 안정을 찾은 뒤에는 리브타뉴가 다시 사라지고 슐레브 바다와 모모켄트 사막이 마주보며 있는 형국이 되었다. 마침 모모켄트와 접한 슐레브 바다의 해류의 흐름이 북상에서 남하로 바뀌어 난류가 흐르고 있었다. 슐레브 바다에서 몰고 온 비구름이 모모켄트를 덮어 비가 내리기 시작했고 모모켄트의 모래가 해안으로 밀려왔다. 모모켄트 사막이 완전히 사라진 것은 그로부터 30년 뒤였다. 사람들은 따뜻하고 습윤한 기후를 가진 칸디나디아 서부 해안에 다시 도시를 건설했으며 도시의 이름은 다시 리브타뉴, 부란티노 등이었다. 베이거스 산맥도 모모켄트 사막도 없는 칸디나디아는 서부의 긴 해안과 중서부에 넓은 평원을 가진 대륙이 되었다. 예전의 모모켄트 사막 지역에는 수많은 농부들이 밀, 옥수수, 콩 등의 작물을 재배하였고 그들은 넓은 땅을 가지고 기업적으로 농사를 지었다. 칸디나디아 북부의 더운 지역에서 좀 더 남쪽으로 과일 재배가 확대되기도 했다. 칸디나디아의 모든 지역에서 사람이 거주하게 되었고 칸디나디아의 사람들은 칸디나디아를 사랑했다. 서쪽 해안의 지각이 안정되고 칸디나디아 서부의 해안 도시는 다시 번영하기 시작했다. 칸디나디아의 사람들은 지적(知的)이었고 낭만적이었으며 자기 자신의 일에 열심이었다.

칸디나디아의 서부는 적당한 비와 따뜻한 온도 그리고 넓게 뻗은 도로와 아름다운 집으로 거리가 깨끗하고 아름다웠으며 시내의 업무지구 건물은 높고 세련되었고 그러한 도시들 십여 개가 칸디나디아 서부 해안에 자리 잡았고 도시들 간의 교류도 활발했다. 농산물은 신속하게 북부와 중부로부터 공급되었고 서부 해안 도시들은 항구와 동시에 백사장을 갖고 있었다. 리브타뉴에는 선박 건조와 올스 생산이 다시 이루어졌고 리브타뉴에서 생산하는 배와 올스는 랄프 도렌과 닐 크라우스의 이미지 덕분에 명품으로 여겨지며 가격이 비교적 더 높았다.

에리우스 도나파르트는 고아로 어쩌다가 동부에서 리브타뉴로 넘어와 신문지국에서 신문배달을 하고 있었다. 조간과 석간을 돌리면 그의 할 일이 모두 끝나는 터였다. 비교적 싼 임대료로 집을 구할 수 있는 곳이 없어 신문지국에서 자고 그곳의 세면대에서 씻었다. 열다섯 살인 에리우스 도나파르트는 학교를 다니지 못해 이제 겨우 글을 읽는 정도였고 글을 읽을 수 있게 되자 배달하고 남은 신문을 첫 페이지부터 광고를 포함해 마지막 페이지까지 모두 읽었다.

에리우스는 스무 살이 되기까지 신문배달을 하고 스물한 살 부터는 올스 생산 공장에서 일하고 싶어 했다. 지국장의 말로는 올스 생산 공장에서 일하려면 고등학교 졸업장이 있어야 했기에 에리우스는 틈틈이 고등학교 졸업 자격시험을 독학으로 준비했다. 다른 과목은 괜찮았지만 수학이 가장 까다로웠고 사회가 가장 쉬웠다.

에리우스 도나파르트는 열여덟 살에 고등학교 졸업 자격시험에 합격했고 2년을 더 신문지국에서 일한 뒤 그동안 모은 돈으로 시내의 아파트를 임대하고 올스 생산 공장 사원 모집에 합격했다. 에리우스는 자신이 올스 공장에서 올스를 생산하는 일에 참여하게 된 것에 기뻤다. 비록 일은 힘들고 반복적이었지만 그가 원해왔던 일이었고 또 보수도 많았기에 그는 불평을 하지 않았다. 에리우스는 여자를 만나볼까 하고 생각해보았지만 고아 출신인 그를 이해해줄 여자는 없을 거라며 지레 생각을 접었다. 에리우스는 아침부터 저녁까지 올스를 조립하고 퇴근해서는 책을 읽거나 일기를 썼다.

에리우스가 스물두 살이 되고 그는 확실히 돈을 모았다. 그러나 지금껏 혼자로 지내온 것에 따뜻한 격려와 자신만의 편이 존재한다는 것을 그 어느 때보다도 간절히 바라고 있었다. 에리우스는 그러나 여자에 대해 생각하면 한숨만 나왔다. 그리고 우선은 조그만 아파트라도 하나 사기 위해 최선을 다해야 한다고 생각했다. 에리우스는 스물넷이 되어서야 제법 괜찮은 아파트를 살 수 있었는데 그것은 그가 월급의 80퍼센트를 저축했기 때문에 가능한 일이었다. 에리우스는 함께 일하는 동료들에 비해 젊은 편이었고 동료들은 에리우스가 성실하고 착하다는 걸 잘 알고 있었다. 닐 퍼로라는 동료가 자신의 막내 여동생을 소개시켜주고 싶다는 말에 에리우스는 수줍어했지만 무척 기뻐했다.

에리우스는 그러나 에밀 퍼로라는 스물두 살의 여자를 만나보았지만 자신이 여자에 대해 생각해온 것과는 달리 여자는 허영이 많고 물질적이었으며 쓸데없는 말을 많이 했다. 에리우스는 며칠을 생각한 끝에 여자를 만나지 않기로 하고 자신의 일에 집중했다. 그리고 한 가지 깨달은 것은 여자보다 책 읽는 것이 더 좋고 일기를 쓰는 일이 더 좋았던 것이다.

　에리우스 도나파르트는 인간이 살아가는 것이 생계를 꾸려가며 그 외의 일에 쓸 여유가 조금 있다는 것만으로 살아가는 것이 살아가는 일이라 생각했다. 그는 자신의 일을 중요시 여겼으며 그로 인해 번 돈으로 여유의 시간을 잠시 생각하며 보낼 수 있다는 것에 감사했다. 에리우스 도나파르트는 책을 벗으로 삼고 일기를 마음의 대화를 나누는 장으로 여기며 하루하루를 지냈다. 에리우스의 이웃에 사는 할머니는 고양이를 키우고 살았는데 에리우스는 할머니가 이사 온 후 뵐 때마다 곧잘 인사를 했다. 그리고 시간이 날 때마다 고양이 간식 등을 사서 할머니를 기쁘게 해드렸다.

　"고양이는 사람과 애정을 느끼는 동물이지."

　그 말을 들은 후 에리우스는 황색 고양이 새끼를 사와서 기르기 시작했다. 에리우스는 고양이를 잘 돌보았고 고양이도 에리우스를 잘 따랐다. 에리우스는 고양이와 말을 할 수는 없었지만 고양이가 자신에게 주는 것이 애정 이상의 것이어서 그는 고양이를 자신의 새로운 가족이라고 생각했다.

　에리우스가 스물아홉 살이 되고 그는 승진해서 제 4구역 올스 생산의 업무를 총괄하게 되었다. 에리우스에게 관심을 보이는 여자들도 나타났으나 그녀들은 사치와 허영, 물질주의에 물든 여자들이었다. 에리우스는 여전히 황색 고양이를 키우고 있었다. 마침 옆집의 할머니가 잘 아는 처녀가 있다고 성실하고 착한 여자인데 다리를 조금 저는 것뿐이라고 에리우스에게 말했다. 에리우스는 그 여자를 한 번 만나보겠다고 했다.

　실비아 아몬이라는 스물여섯 살의 그녀는 매우 아름다웠고 말을 조심스럽게 했으며 경거망동하지 않았다. 식사를 같이 하고 나서 차를 마시러 가면서 에리우스는 이 여자와 결혼한다면 상처를 받지 않을 거라고 생각했다. 에리우스와 실비아는 몇 명의 하객이 참석한 가운데 결혼식을 올렸다.

그리고 1년이 지나도록 에리우스는 자신의 선택에 후회하지 않았고 실비아는 성실하고 따뜻했으며 항상 에리우스를 이해해주었다. 에리우스는 사람이 살아가면서 할 수 있는 한 선택에 후회를 적게 해야 한다는 것에 동의했고 자신은 비록 고아에서 시작했지만 원하는 것을 얻기 위해 노력과 최선의 선택을 해왔다고 믿었다. 에리우스는 실비아와 고양이와 함께 생(生)을 꾸려갈 것이고 언젠가는 아이도 가질 생각을 하고 있었지만 그건 아직 정해진 일이 아니었다. 아이를 가진다는 선택은 그만큼 책임을 더 지는 걸 뜻했고 에리우스는 아이를 감당하고 애정으로 아이를 잘 기를 수 있겠다는 분명한 마음이 설 때 아이를 가질 거라고 생각했다. 그리고 그런 생각을 가진 에리우스는 2년 후 남자아이를 가지게 되었고 그 아이의 이름은 슬롭 도나파르트였다.

세월은 지나가고 슬롭 도나파르트가 스무 살이 되던 해 실비아가 죽고 그 2년 후 에리우스도 죽었다. 슬롭 도나파르트는 충분히 애정을 받으며 자랐고 배고픔과 정신적 고갈을 겪지 않고 자라서 무엇이든 적절히 생각하고 판단하고 행동할 수 있었다. 연이은 부모님의 죽음에도 의연했으며 혼자가 되었을 때 그것도 견딜 수 있었다.

슬롭 도나파르트는 리브타뉴에 홀Ⅱ 대학 대신 다시 세워진 홀Ⅲ 대학의 문학부를 다니면서 다른 모든 강의를 청강하러 다녔다. 여러 전문가들의 정선된 생각을 듣고 세상을 구성하는 원리를 배우는 건 그에게 필요한 일이었다. 졸업할 때 슬롭의 학점은 4년 내내 만점이었고 여러 기업에서 입사 요청이 들어왔다. 슬롭은 스피럴 올스 사(社)라는 최근에 세워진 올스 회사에 입사해 올스의 외형 디자인과 올스의 이름을 짓는 일을 맡고 싶다며 디자인 부서의 부장에게 말했으며 그건 그의 원하는 대로 되었다.

'새로운 이미지는 문자 탐구의 극한에서 나오는 법이야. 그리고 오늘의 진리는 우리가 이룩할 보다 새로운 진리에 뒤처지고 마는 법이지.'

슬롭은 그런 생각을 하며 올스를 스케치하고 있었다. 슬롭은 모두 다섯 대의 새로운 올스를 디자인했으며 각각을 '해트킷', '볼세', '다이아슬로', '리트머릿', '베로크'로 이름을 붙이고는 이를 발표했다. 다섯 대의 올스는 형태의 안전성 검사와 미적(美的)인 감각 평가 그리고 생산 가능성 검사를 통해 외형의 주형에 들어갈 예정이었다. 디자인팀 부장은 최소한 세 대는 생산 결정이 날 것이라고 했으나 슬롭이 발표한 다섯 대의 올스가 모두 생산에 들어가게 되었다.

슬롭은 출근해서 사무실에 앉아 새로운 올스의 모습을 생각했으며 그에게 어제보다 나은 진리를 오늘의 삶에서 이루자고 다짐했다.

'생은 짧아. 매 순간을 보다 고귀한 일을 하며 보내야 하는 거야. 그래야 생의 본질에 조금이라도 다가설 수 있을 테니. 보이는 삶의 모습들이 생의 본질이라 착각하면 안 돼. 이건 개인으로서 모두가 이루어내야 할 과제라구. 자기 생(生)의 본질을 매 순간 찾아내고 매 순간 보다 나은 진리를 내면에서 깨닫고 또 이룩하기를 반복하는 거야. 그래야 우리는 아름다움의 티끌이라도 환영 속에서 볼 수 있게 되는 거야.'

슬롭 도나파르트는 생각을 멈추고 다시 도면을 그렸으며 부장의 지시로 올스 외형 디자인을 하는 과정을 디자인 부서의 직원들에게 칠판을 가져다 놓고 직접 그려가며 설명을 해주고는 뜬금없이 철학과 문학을 공부하라는 말로 설명을 끝냈다. 디자인 부서에서 문학을 공부한 직원은 슬롭 한 명 뿐이었고 직원들은 그러나 그의 강의를 진지하게 들었는데 그것은 슬롭이 디자인한 올스들은 '꿈의 올스'로 불릴 만큼 세련되고 아름다웠기 때문이었다.

다시 몇 개월이 지나는 동안 슬롭이 디자인한 다섯 종류의 올스가 생산되고 시판되었고 스피럴 올스 사(社)는 단번에 세 대륙을 통틀어 세 번째 올스 회사로 성장했다. 슬롭은 그러나 그런 것에 상관없이 다시 다섯 종류의 올스를 디자인했고 그것들도 모두 생산에 들어갔다. 슬롭은 사내에서 여직원들 사이에서 인기가 높았으나 그럴수록 다리를 절던 엄마와 그런 엄마를 사랑했던 아버지 에리우스가 떠올랐다.

슬롭은 계속해서 스피럴 사(社)의 올스를 디자인했고 올스의 이름을 직접 지었다. 스피럴 사(社)가 올스 생산 판매의 1위를 이루어냈을 때 슬롭은 서른다섯 살이었고 디자인 부서의 부장으로 승진했으며 여전히 혼자였다.

슬롭은 멈추지 않는 혁신을 그의 내부에 갖고 있었고 그는 그것을 매일 알아가는 삶의 진리에서 끄집어내었다. 깊게 생각하고 올스의 곡선을 연결시켰으며 부서의 직원들에게 잔소리를 하는 대신 인생에 대해 진지한 자세를 가질 것을 요청했다. 슬롭은 마흔 살이 되기까지 스피럴 사(社)에서 부장으로 일하고 더 이상의 승진을 마다하며 회사를 그만두었다. 그때까지 모은 돈은 연금으로 전환해 놓았고 지금껏 달려온 것에 한숨을 돌리기 위해 스피럴 사(社)에서 리브타뉴에 조성한 맥밀런 공원에 매일 나와 산책했다.

슬롭 도나파르트는 지금껏 자신의 삶을 자신이 주도해왔기 때문에 삶은 자신을 중심으로 회전했고 그 회전의 속도도 빨랐기에 그가 빨리 지쳐버린 거라고 생각했다. 그는 지쳐있었다. 공원을 산책하는 것이 좋아진 슬롭은 매일같이 공원을 찾았고 관성처럼 계속 일하려는 흐름을 시간을 두고 천천히 제어해 멈추게 할 생각이었다. 슬롭은 앞으로 2년간 어떤 일도 하지 않을 생각이었고 그 후에는 독서로 일생을 보낼 생각이었다. 혼자이고 외로운 것은 그에게 어떤 불행도 되지 않았다. 슬롭은 천천히 정지된 것과 같은 삶의 모습을 찾아갔으며 그는 매일 독서를 통해 머릿속의 개념들과 사유를 다시 정리해나갔다.

　조용하고 정지된 것 같은 삶이었지만 슬롭은 결국 자신이 원하던 삶은 이러한 모습 속에서 혼자 사유하는 일이라고 생각했고 저서를 남길 생각은 하지 않았다. 그저 혼자서 책을 읽고 사유하는 것이 좋았던 것이다. 슬롭은 삶의 모든 국면은 언제부터인가 자신이 선택하는 것이며 그에 대해 만족하거나 불만족해서 또 다른 삶의 국면을 만들어내는 것 또한 자신의 선택과 노력에 달린 것이라 생각했다. 슬롭은 자신이 지금 존재하고 있는 방식을 스스로 선택하고 또 이러한 삶이 뒷받침될 수 있도록 그동안 노력해온 것에 대해 만족했다. 그는 회사에 입사할 때 꼭 지금의 삶을 꿈꾼 건 아니었지만 자신이 깨달은 매일의 발전된 진리가 결국 타인과의 교류가 없는 조용하면서도 풍부한 삶의 방식으로 그를 이끈 것이라고 생각했다. 그리고 그러한 삶을 뒷받침할 수 있는 경제력의 축적이 이루어진 후 독서와 산책 속의 삶을 스스로 선택할 수 있었다고 생각했다. 슬롭 도나파르트는 독서와 산책 그리고 생각의 삶을 지속하다가 예순일곱에 죽었다.

그리고 그건
계속 이어진다네

　랄프, 그 일이 있은 지 7일 만에 펜을 드네. 물론 나는 이 편지를 자네에게 보내지 않을 생각이네. 그저 내 머릿속 어딘가에 저장되어 있는 랄프를 불러온 거지. 내가 언제나 이야기를 나누는 내 머릿속의 벗, 랄프 말일세. 중요하게 형성되고 있던 마음의 축 하나가 흩어지면서 내 모든 몸이 분열하고 있네. 지금 이 글을 쓰고 있는 나도 내가 무슨 말을 하고 있는지 모르는 그런 닐 크라우스로 지금 있네. 무언가 중요한 것이 나타났다가 그건 사라져버렸네. 이상한 일은 그 무언가가 사라져도 내게서는 그것이 없던 이전으로 돌아가기 어렵다는 걸세. 마치 아주 오래전부터 내게 꼭 붙어있던 것이 나의 살과 함께 떨어져 나간 것 같네. 그것이 붙어있던 자리는 흉터가 지겠지. 그 흉터가 마음의 가장 중심에 생겨나서 점차 내 마음을 삼키고 있네.

　알겠나, 자네? 나는 그녀의 죽음과 동시에 내 마음을 잃었네. 그리고 알게 된 것은 나는 곧 그녀를 사랑하게 되리라는 거였네. 이젠 그걸, 마음의 불륜이라도 마음껏 가져볼 생각이네. 그녀를 사랑하기로 했네. 그녀가 모든 걸 쏟았던 그녀의 글을 통해 나는 마음의 불륜을 저지르려고 하는 것일세. 왜 내가 해서는 안 되는 일인가?

이런, 자네, 내가 흥분했다고 생각하는군. 맞네. 흥분했네. 내가 원하는 무엇을 이제야 알았는데 이젠 그 무엇을 어디에서 볼 수도 없다는 것이 내게 무슨 의미인지 자네도 알잖나. 그러니 내가 이렇게 종이 위에서만이라도 미쳐 날뛰는 것을 자네는 이해해 줄 수 있다고 생각하네.

랄프, 그리고 또 일주일이 지났네. 다시 펜을 들었네. 그녀를 사랑하는 마음은 이미 생겨났고 그건 계속 이어진다네. 내가 생각하기를 멈추고 그녀처럼 무(無)로 돌아갈 때까지 내가 그녀를 사랑하는 마음은 계속 이어질 것이네. 왜냐하면 내 나이는 내가 어떤 사람인지 말해주고 있네.

내 삶이 종착지에 이르러 그녀의 죽음에 닿을 때까지 그녀의 글 속에 잠든 그녀를 계속 사랑하는 건 이어질 것이네.

그건 계속 이어질 것이네.

누군가가 닐 크라우스를 흉내 내며 이 글을 썼다. 그는 러브 시미어로 시인이었고 닐 크라우스처럼 그의 인격이 되어 마치 닐처럼 글을 쓰는 것은 러브 시미어에게 하나의 환희이자 새로운 발견이었다. 그는 칸디나디아 북부에서 대농장을 경영한 할아버지 덕에 적지 않은 유산을 상속받았고 홀Ⅲ 대학 문학부를 갓 졸업하고 그가 원하는 시인이 될 수 있었다. 리브타뉴 외곽의 전원주택에 혼자 사는 그는 닐 크라우스와 같은 목소리를 지닌 시인으로 서고 싶었고 단편적인 시나 의미 없는 시를 쓰지는 않겠다고 생각했다. 아주 길고 깊은, 그 누구도 함부로 침입해 들어오지 못하는 그런 시를 쓰고 싶었다. 그는 대학 졸업 후 집에서 닐 크라우스적(的)인 말하기에 푹 빠져 지냈고 어느 순간부터는 닐 크라우스를 흉내 내는 것조차 가능해졌다. 그러나 그러한 흉내 내기가 많아질

수록 닐 크라우스가 지고 있는 삶의 무게가 그에게 더해져 고통으로 밤을 새는 경우도 있었다.

'내 나이에는 아직 쓸 수 없는 부분이야.'

러브 시미어는 그럼에도 닐 크라우스의 기록을 반복해서 읽기를 멈추지 않았다. 닐 크라우스는 조용하고 사려 깊고 자존심이 강하고 혁신적인 인물이었다. 러브 시미어는 아마 린지 홀이 그때 죽지 않았다면 닐은 그녀를 그저 지켜만 보고 있었을 것이며 가끔 대화하는 걸로 만족했을 것이고 자신의 감정을 이성으로 조절하기만 했을 거라고 단정지었다. 린지 홀이 죽고 그녀의 글은 강한 흡입력으로 닐 크라우스의 인식을 사로잡아 그를 린지 홀의 노예로 만들어 버린 거라고도 생각했다. 그리고는 도무지 가끔 운명이라는 것은 상당히 잔인하다고도 생각했고 인간은 그 잔인한 운명 속을 스스로의 선택으로 들어간다고도 생각했다.

러브 시미어는 닐 크라우스를 계속해서 읽었고 대학교 1학년 때는 하나도 이해되지 않던 닐 크라우스가 이제는 너무나 익숙한 것이 된 데 대해 이루 말할 수 없는 기쁨을 느꼈다. 그리고 닐 크라우스와 같은 남자가 이제는 사라져버렸지만 그 옛날 리브타뉴에 존재했고 산업 혁명을 이끈 주요한 인물이라는 생각에 마음이 뿌듯해졌다. 그리고 이제는 닐과 린지에 대해 덜 슬퍼하자고 마음먹었다.

러브 시미어는 스물다섯이 되던 봄, 닐 크라우스의 기록에 대한 분석을 책으로 내놓았고 그 스스로도 이번 시도는 '닐 크라우스에 대한 깊게 읽기' 차원에서 이루어진 것이었다. 그의 책은 마치 닐 크라우스가 닐 크라우스 자신에 대해 들려주는 것 같이 선명한 색채를 지녔다. 러브 시미어는 자신이 써놓고도 자신의 책에 반해 출판사로부터 책을 받고 꼬박 한 달을 그 책만 읽으며 보냈고 어느 순간 책의 모든 부분을 이해하는 딱딱한 껍질을 마음속에 만들어냈으며 그럼으로써 얻게 된 새로운 인식의 입구에 서서 그 문을 열었다.

문을 열자 시(詩)의 세계였다. 어둠 속에서 언어가 스스로를 조형해 시를 형성하고 있었다. 성냥불이 켜지더니 곧 어둠 속에 빛의 길이 나타나 어둠을 환하게 채웠다. 빛과 어둠은 서로가 서로에게 배경이 되고 계속해서 새로운 모습을 형성해나갔다. 시의 세계 속에는 음악도 사람도 없이 오직 빛과 어둠이 그들의 질서를 이루고 있었다. 그리고 시의 세계는 닫혔다. 지속되기에는 그 환상이 너무 강렬했던 것이다.

러브 시미어는 닐 크라우스의 세계 속에서도 걸어 나왔고 자기 자신의 세계에서도 걸어 나왔다. 그리고 문득 텅 빈 것 같으면서도 묵직한 자신의 인격을 느꼈고 모든 것을 다시 시작하는 지점에 와 있음을 깨달았다. 마음속의 별은 빛나고 순간의 시간이 흘러가는 것을 느끼며 그는 펜을 들었다.

시는 단 한 줄도 나오지 않았다. 그 모든 걸 깊고도 정확하게 느꼈지만 그는 한 줄의 시도 쓸 수 없었다. 완전히 새로운 시(詩)가 저 앞에서 멀어지고 있었다. 그리고 그 순간에 러브 시미어가 깨달은 것은 지금껏 모든 과정은 자신의 것이 아니고 그래서 정직하게 지금껏 지식은 자신 속에서 소멸해 버렸기에 그걸 재료로 해서는 시를 쓸 수 없다는 것이었다.

러브 시미어는 언어가 고갈되어 사라진 상태가 무엇인지 고민했으며 결코 이전 방식대로는 시를 쓸 수도 글을 쓸 수도 없다는 걸 깨달았다. 자기 안의 그 텅 비어 나가버린 것이 이전까지 자신을 구성하고 있는 모든 것이라고 생각했으며 그러나 그걸 다시 부여잡고 싶다고는 생각하지 않았다. 지금으로서는 전혀 알 수 없지만 새로운 단계로서의 글이 자신의 앞에 놓여있었다. 그걸 살짝 건드려 보았을 때 그의 눈은 번득였다. 새로운 단계의 글은 그의 감각에 스며들었고 그는 그 순간 자신이 흥분했다고 느꼈다. 그리고 펜과 종이를 찾았으며 시를 써내려갔다. 그건 두 달 동안 이어진 현상이었는데 러브 시미어는 두 달 간 종이에 주제도 제목도 없는 인식의 물결 같은 흐름을 시에 담았다. 이상하게도 두 달 동안 계속해서 쓴 분량이 어느 순간, 시를 통일하면서 완결된 연작시(連作詩) 한 편이 씌어진 것이다. 러브 시미어는 순간 정신을 차리고 그가 미친듯이 써내려온 이 시들을 『기억들』이라는 제목으로 자비 출판했다. 720페이지에 달하는 두꺼운 양장본 연작시집이었다. 그리고 러브 시미어는 계속 이런 방식으로 시를 아주 많이 쓸 수도 있다는 것을 알았으나 이러한 연작시집은 평생 동안 10권을 쓰도록 계획했고 무언가 다른 일을 하고 싶다고 생각했다. 그는 자신의 마음속에서 일렁이는 것의 실체를 발견하고자 했고 그것은 알 수 있는 진리를 표현하는 가장 적합한 수단 찾기였으며 그리고 그는 피식 웃었다.

'사유 속에 잠든 소설을 깨워야 하는군.'

사유 속에 잠든 소설이란, 소설이 허구이되 사유된 결과로서 진실을 말하고 있으나 정작 소설은 그 진실에서 멀어진 자리에 서 있고 그리하여 제대로 된 사유 속에서 잠들어 있는 소설을 깨워 소설 속에 사유를 통해 얻은 진리를 넣어야 한다는 분석적 입장을 말하는 것이었다. 러브 시미어는 소설을 쓰는 것 자체는 두렵지 않았으나 사유 속에 잠든 소설을 깨워 일으켜 사유된 진리를 담은 소설을 쓰는 것이 두려웠다. 그럼에도 그 정도의 과제가 아니라면 할 만한 가치가 없다고 생각했다.

성장은 내부에서 조금씩 나타났다. 사유는 정리되었다가도 확장되고 혼란에 빠졌다가도 새로운 질서로 나아가고 있었다. 소설에 손을 대지는 않고 줄곧 자신이 쓰려하는 소설이 어떤 성질을 가진 것인지 고민하고 있었다.

'어떤 긍정적인 가치의 실현보다는 삶 자체의 복합적인 면을 모두 보여주는 소설, 시간과 공간의 한계는 그리 중요한 문제가 아니다.'

러브 시미어는 소설의 배경을 정하고는 소설을 써내려가기 시작했다. 배경은 어둠 속에 촛불이 하나 놓여있는 탁자였고 어둠 속에서 사람들이 한 명씩 나와 탁자 앞에 앉고는 하고 싶은 이야기를 하고 또 어둠 속으로 사라지는 단순한 구조의 소설이었다. 러브 시미어는 42명의 등장인물들의 이야기를 종합해 소설의 중간과 끝부분을 수정하고는 『구원을 기다리는』이라는 제목으로 소설을 출판했다. 『구원을 기다리는』은 어둠에서 살고 있는 사람들이 그저 잠시 촛불이 비치는 탁자 앞에서 구원을 기다리다가 다시 그들이 살고 있는 어둠 속으로 들어간다는 상징성이 구원이 없는 현실을 의미하는 어둠으로 잘 나타나 있으며 우리가 바라는 구원은 마땅히 어둠 속에서 스스로가 켠 빛 속에서만 나타난다는 의미가 돋보이는 작품이었다.

러브 시미어는 『구원을 기다리는』을 출판한 후 의도하지는 않았지만 소설을 쓰는 자리에 이르렀음을 알고 소설 쓰기를 하나의 자신의 일로서 생각하고 매 순간의 진리를 포착해 소설 속에서 고정시키고 싶었다.

곧 스물여섯 살이 되고 그는 시와 소설 그리고 기타의 글을 자신의 업무로 확정했으며 이 일에 어떤 숭고함 마저 깃들어 있다고 느꼈다. 다른 사람들이 가진 보통의 사유 체계는 이미 그 안에서 분리되었고 시의 세계를 겪은 후 그는 새로운 체계를 자신 안에 수립했으며 그것은 순간 무질서해졌다가 새로운 진리를 받아들이며 다시 질서를 세웠다. 러브 시미어는 자신이 하는 일이 인간과 삶의 본질에 다가서는 일이라 믿고 있었다. 그리고 오직 본질만이 그를 채우도록 허락했다.

러브 시미어는 두 번째 연작시 집필에 들어갔다. 그건 가을이 되어 출판되었으며 제목은 『그리고 그건 계속 이어진다네』였다. 우리가 선택한 삶의 모든 국면은 사람들 사이의 운명으로 이어지고 또다시 우리가 선택한 삶의 국면이 운명으로 이어지고를 반복하면서 우리의 삶이 복잡해지고 의미를 찾기가 어려워진다는 내용의 연작시였다. 러브 시미어는 630페이지의 연작시집을 받아들고서 며칠 동안 읽으며 자신이 알고 있는 것보다 표현이 더 정확하다는 것에 놀랐으며 '표현은 앎에 앞선다.'는 생각을 했다. 러브 시미어는 그 해 겨울에 칸디나디아 동부로 가서 스키를 즐겼으며 이는 그가 실로 오랜만에 하는 스포츠였다. 기분이 한껏 쾌활해져 리브타뉴로 돌아온 뒤 그는 다시 서재에 들어가 읽은 책을 다시 한 번 더 읽었고 간단한 메모를 하면서 겨울을 보냈다. 밤에 문득 리브타뉴 해안을 찾은 그는 리브타뉴가 어떻게 지금까지 이르렀는지 생각했고 자연이 인간에게 미치는 위력 속에 인간의 문명은 무력감 그 자체이지만 인간은 그 모든 힘든 시간들을 극복하고 다시 삶을 재건해왔다고도 생각했다. 러브 시미어는 집으로 돌아와 포도주를 데워 마시고는 잠들었다.

스물일곱 살이 되고 러브 시미어는 계속 시와 소설을 쓸 생각으로 도시인 리브타뉴를 떠나 란게디티 대륙의 한적한 농촌을 물색하러 다녔다. 마땅한 시골집을 구한 그는 란게디티 대륙 서부로 이사했으며 그 후로도 가끔 칸디나디아를 방문하다가 쉰네 살에 8권의 연작시집, 5권의 소설, 그리고 4권의 평론집을 내고 란게디티의 자택에서 숨을 거두었다.

네로 리튼과 바질 아마리트는 둘 다 러브 시미어의 글을 좋아해서 이야기가 통한 결과 연인으로 발전하게 되었다. 그들은 리브타뉴의 어느 전문대학의 호텔 조리학과 학생들이었는데 둘 다 집안이 가난해 문학을 공부하는 것은 있을 수 없었고 빨리 취업하기 위해 호텔 조리학과를 선택했다는 점도 같았다. 그들은 일이야 무엇을 하든 상관없었지만 손에서 러브 시미어적(的)인 생각과 글을 놓지 말자고도 서로에게 말했다. 그들은 손을 잡고 데이트를 하는 대신, 학교 휴게실에서 전날 읽은 러브 시미어의 글로 대화를 나누곤 했다. 졸업 시험이 다가오고 있었으나 네로 리튼과 바질 아마리트는 러브 시미어에 대해 나누기를 즐기고 있었다.

"시험은 가볍게 합격할 거야."

네로 리튼이 말했다.

"응. 그런데 같은 호텔에서 근무하는 게 나을까 아니면 다른 호텔에서 근무하는 게 나을까?"

바질 아마리트가 물었다.

"다른 호텔이 좋지 않을까? 우린 사귀고 결혼할 텐데 같은 호텔이라면 무리수가 있지 않겠어? 왜 러브 시미어의 시 중에 이런 게 있잖아. '사랑하는 사람들아. 적당히 떨어져 있으라. 그리하면 항상 함께 있는 것과 같다. 둘이 있을 때에 서로를 괴롭히지 않을 테니.'"

네로 리튼이 웃고 그의 연인 바질 아마리트도 웃었다.

"시험 준비하며 잠시 떨어져 있을까요?"

바질 아마리트가 아름다운 미소를 보이며 장난을 걸었다.

"아니, 시험공부는 같이. 직장은 따로. 그리고 결혼 후는 쭉 같이."

"결혼 후에도 서로 다른 호텔에 근무하겠지?"

바질 아마리트가 말했다.

"아마도."

"이젠 시험 공부하러 조리실로 가자. 지금은 우리가 쓸 수 있는 시간이야."

바질 아마리트가 말하고 네로 리튼이 고개를 끄덕였다.

조리실에 도착한 그들은 준비해온 재료를 확인하고 새로운 레시피대로 조리를 시작했고 실습을 끝냈다. 평가용지로 네로와 바질은 서로의 요리를 보고 시식하면서 평가를 했고 둘 다 합격선으로 결과가 나왔고 실제로 졸업 필기시험에 합격한 그들은 다섯 가지의 요리를 만드는 시험에도 합격해서 호텔조리사가 되었다.

그들은 근무하는 호텔만 다르지 리브타뉴의 호텔 두 곳에 입사했으며 밤이면 공원을 걷거나 카페에서 러브 시미어를 이야기하며 데이트를 했다. 그들은 칸디나디아 동부에서 태어나 자랐고 리브타뉴의 대학에 왔으며 그래서 리브타뉴의 역사 자체에는 특별히 관심이 없었다. 오직 리브타뉴의 정신이 기른 러브 시미어의 글만 열광적으로 좋아했다. 두 사람은 곧 결혼을 약속하고 열심히 돈을 벌었다.

그들은 리브타뉴 공원의 '연인들의 서약' 동상 앞에서 부케만 가지고 밤에 결혼했으며 신혼여행 대신 근무하는 호텔에 출근해 일했고 아직 같이 살 신혼집도 마련되지 않았으나 네로 리튼과 바질 아마리트는 그것이 그들의 결혼식이라고 생각했다. 몇 달 후 그들은 리브타뉴의 아파트를 임대할 수 있었고 혼인신고를 했으며 두 호텔에서 일주일씩 휴가를 주었다. 그들은 그들이 자란 동부로 날아가 요트를 즐기고 부모님들께 인사를 드렸다. 돌아오는 비행기 안에서 신부인 바질 아마리트가 눈물을 보였으나 네로 리튼이 잘 다독여주었다.

새 살림을 아파트에 잘 정리하고 그들은 내일 모레에 다시 각자의 직장으로 복귀할 예정이었다. 잠자리에 들면서 그들은 러브 시미어처럼 글을 쓸 수는 없지만 그러한 사람이 이미 존재해줘서 그들이 삶을 인식하고 이해하고 자신의 생각을 가진 어른이 될 수 있었다는 것에 감사했다.

다음날 그들은 늦은 아침 식사를 끝내고 공원으로 갔으며 걸으면서 천천히 러브 시미어를 거의 다 꺼내 그에 대한 생각을 나누었다. 저녁이 된 공원은 벤치에 앉아있는 두 젊은이들이 뭉클함과 환희에 젖어 있는 모습을 지는 해가 비추고 있었다. 그들은 시내에서 저녁을 사먹고는 집으로 돌아갔고 다음날 둘 다 직장에 잘 복귀했다.

아레스 피겨아웃은 리브타뉴에서 가장 높은 건물의 옥상에서 리브타뉴의 밤거리를 내려다 보고 있었다. 그녀가 직접 이 건물을 청소하기 때문에 옥상 열쇠를 얻는 건 쉬운 일이었다. 스물두 살의 아레스 피겨아웃은 몇 달 전부터 자살을 결심하고 이곳을 자신이 자살할 장소로 결정하고는 이 건물에서 청소원으로 일했던 것이다. 그런데 막상 세 시간째 리브타뉴의 밤거리를 바라보면서 생각이 바뀌기 시작했고 리브타뉴는 모든 것이 사라진 폐허 속에서 다시 건설되기를 수차례 했으며 또 언제 어떻게 될지는 모르지만 또다시 건설될 이름의 장소였다. 자신을 부정적으로 생각하고 불평하는 건 리브타뉴 앞에서 보여서는 안 되는 태도였다. 아레스 피겨아웃은 조심스럽게 옥상 바닥에 발을 디디고는 숨을 깊게 내쉬었다.

아레스는 건물청소원을 그만두고 어느 가게의 계산원으로 취직했으며 저녁마다 서점에 가서 책을 사와서 읽곤 했다. 린지 홀과 관련된 이야기들을 쭉 따라오니 자신이 서 있는 장소와 시간마저 그 이야기들 속에 포함되는 것 같았다. 모든 것은 흐르며 이어지고 있었다. 아레스는 벌써 러브 시미어의 소설 마지막 부분을 읽고 있었다.

삶이란 사막과 같아서 메마르고 앞이 보이지도 않는 시간과 장소 속에 홀로 서 있음을 어느 순간 느끼는 것이고 또 그러한 모습들이 이어지는 것이지만 삶이란 다시 사막과 같아서 때때로 오아시스가 나타나고 보이지 않는 모색 속에 길을 찾을 수도 있는 것이어서 이미 우리가 가지게 된 삶을 고통과 모색 속에서 이어가는 것은 놀라운 업적과도 같다. 그러므로 삶 속에서 우리가 사막 한가운데에 있다고 느끼더라도 우리는 존재하기를 원하는 이상 사막 같은 삶 속에서 존재할 것이고 그러한 우리의 삶들은 시대를 넘어 모든 장소가 사라질 때까지 계속 이어질 것이다. 자기 자신만의 사막은 곧 자신의 삶이며 곧 모든 것이다.

아레스 피겨아웃이 서 있던 자리에 망원경이 남아 리브타뉴를 내려다보고 있다. 망원경의 렌즈에 리브타뉴의 밤빛이 반짝이더니 망원경은 어느새 사라지고 만다. 아레스 피겨아웃은 러브 시미어가 닐 크라우스와 닮은 사유를 하고 있으나 완전히 닐 크라우스와 같지는 않다고 생각했으며 그녀는 러브 시미어를 읽고 나서 닐의 기록을 읽어보아야겠다고 생각했다. 삶이 사막과 닮아있다는 러브 시미어의 시각에 그녀는 어느 정도 동의했으며 왜냐하면 그녀 앞에 아무것도 보이지 않는 때가 분명 그녀에게 있었기 때문이었다. 아레스 피겨아웃은 책을 읽다가 자정이 넘었다는 것을 알고 내일 일하기 위해 잠들었다.

아레스가 일하는 가게는 음료나 과자, 생필품 등을 파는 잡화상 같은 곳이었다. 아레스는 출근 후 옷을 갈아입고 계산대에 서 있었다. 언제까지나 물건을 계산하고 판매대에 서 있지는 않을 거라는 생각은 하고 있었지만 그녀로서는 그 언제가 불투명했다. 자신에게 결여되어 있는 어떤 지식적 체계가 자신을 보다 나은 직업으로 이끌 수 있을 뿐일 거라고도 생각했지만 그녀에게는 우선 돈을 모으는 것이 시급했다. 아레스는 머릿속으로 복잡한 생각을 하며 손님들이 판매대로 가져오는 물건을 계산했으며 그러나 계산착오 같은 실수는 하지 않았다.

퇴근하고 러브 시미어를 계속 읽었고 이번 달 월급을 타면 닐의 기록을 사서 읽을 생각이었다. 그녀가 혼자 사는 리브타뉴 외곽의 조그만 방에는 혼자 존재하고 있는 사람의 무게가 조금씩 쌓이고 있었다. 아레스는 정신적으로 어느 정도 성장하는 것은 어른이 되고 나서 그 이후의 삶을 위해 가장 먼저 필요한 자질이라고 생각했고 그러고 나서 생계를 구하거나 지식의 체계를 세우는 것 따위가 필요할 뿐이라고 생각했다. 그녀는 러브 시미어의 깊이 읽기를 통해 러브 시미어에게서 정신적 성장과 자신의 존재 무게로 서 있다는 것 등을 배웠고 그러한 개념과 생각은 그녀가 자신을 포기하려했던 무거움으로부터 자신을 빼내는 데 큰 역할을 했다.

아레스는 자신의 고통을 외면한 그녀의 가족들을 생각했지만 그들로서는 아레스가 겪었던 내적인 파동과 이해할 수 없는 정신적 흐름을 알 수 없었을 거라고 생각했다. 그저 평범하게 보통으로 살아간다는 것은 직장을 다니며 적당히 저축을 하고 가정을 꾸리고 의문 없이 살아가는 것이었으나 아레스는 그러한 모습을 그녀의 삶에 받아들일 수 없었다. 아레스는 알아야 했고 그녀 스스로 세운 사유로 존재해야만 했다. 그리고 리브타뉴의 냄새를 맡은 그 건물 옥상에서의 일 이후, 그녀의 사유 중에서 막힌 부분의 어느 부분이 뚫려 이 도시와 함께 호흡하면서 그녀는 자신이 존재로 가는 길의 그 흐름의 어느 부분에 비로소 있게 되었다고 느꼈다. 그러면서도 아레스는 그 흐름을 파악하고자 애를 썼고 그녀는 곧 닐의 기록에 도착할 예정이었다.

2주 후 월급을 받은 아레스는 퇴근 후 서점에서 닐의 기록을 샀다. 두꺼운 두 권의 책이었다. 표지에 있는 닐의 흑백 사진은 모든 것을 포기하고도 아무것도 포기하지 않은 남자의 집착이 담겨있는 것 같았다. 집에 도착해서 조그만 전등을 켜고 그녀는 책상 앞에 앉았다. 책장을 넘기고는 읽기 시작했다. 밤새도록 읽었기에 그녀는 한숨도 자지 않고 출근했고 다시 퇴근해서는 잠만 잤다. 아직 닐 크라우스가 그녀의 머릿속에서 어떤 작용도 하지 않았지만 그녀는 무언가 그녀 자신의 사유가 단단해지고 촉촉해졌다는 것을 느꼈다. 아레스에게 닐은 단호하면서도 한없이 용납하는 남자였다. 그는 벌써 오래전의 사람이었으나 아레스는 시간이 지날수록 닐의 기록을 언제나 보고 싶을 때면 펴보았다.

랄프, 시간이 우리에게 말해주는 건 무엇인 것 같은가. 우리는 선택을 해야 하고 동시에 선한 예지를 갖추어야 하며 삶의 어느 지점에서라도 용기 있게 비난받을 행동을 시간이 허락하는 때 비난받으며 행동해야 하는 건지도 모르네. 나에게는 더는 선택할 수 없고 더는 비난받고자 해도 시간이 허락하지 않네. 우리의 사유는 시간과 공간 밖을 떠다니나 우리의 한계는 시간과 공간 안에 있네. 시간과 공간의 한계가 보여주는 내 행동의 방향에 대한 예지가 조금이라도 있었다면 나는 주저하지 않았을 것이네. 나에게는 나의 정신이 나의 모든 것이고 그 정신에 반응할 수 있는 여자는 내 시대에는 나올 수 없었네. 겨우 시대를 뚫고 린지 홀이 나타났을 때 나는 미처 알아채지 못한 것이지. 그녀는 내 정신의 여명이고 내가 사랑할 수 있는 모든 것을 자기 안에 지닌 여자이네. 그저 우리가 여자라는 군집에 그녀를 넣어 말할 수 없는.

랄프, 여자들이 시기와 질투를 일삼는 것을 볼 때면 할 말이 없네. 그들 자신도 곧 시간에 져서 어둠 속으로 들어가야 한다는 것을 잊어버린 듯한 그런 모습 말일세. 린지 홀은 자신의 한계를 아주 일찍 알아챘어. 인간으로서 시공간의 제약 속에 존재하다가 결국 시간에 져서 자신의 존재가 없어진다는 사실 말이지. 그녀는 그랬기에 자신의 불완전한 인식을 글로써 완성해가며 결국은 완성된 인식을 남긴 것이지. 겨우 서른셋에 말일세. 나는 지금 린지 홀에 대해 다소 객관적으로 보고 있는 것이네. 나의 린지 홀에 대한 자세는 하루에도 감정적이다가도 객관적으로 바뀌기를 여러 번 하고 있네. 오직 그녀에 대해서만 사유하여도 나는 구원을 받았다가도 다시 그 구원을 빼앗기고 있지.

그녀가 살아있을 때 그녀의 글을 외면한 것은 우리가 어리석었기 때문이고 대부분의 사람들이 살아가는 것처럼 죽음의 현상과 의미에 대해서 진지하지 못한 군집적 특성에 휘말려 무감각하게 살아가고 있기 때문이었어. 게다가 활자에 길들여져 있으므로 그녀의 완전히 새로운 인식으로 씌어진 글도 그럭저럭 이해되므로 평범하다고 보는 데 있어. 그녀의 글은 전혀 새로운 것이고 그럼에도 우리의 모든 것을 담고 있는데 우리는 그녀의 글을 무시하는 것이지. 나는 다른 모든 책에서 그 어떤 반응도 하지 않았지만, 나는 존 아워의 슬픔을 통해 내가 알고자 했던 것의 핵심을 알 수 있었어. 그건 어떤 대화도 아니었고 심리 묘사도 아니었어. 린지 홀이 맨 마지막에 쓴 한 문단. 그건 결코 사랑에 관한 것이 아니었어. 그것이 날 정직하게 만들어준 거라고 생각하고 있네. 오늘은 어떤 쓸쓸함도 가지지 않고 잠들겠네. 나에게도 허락된 시간은 그리 많지 않아 보이니.

아레스는 닐의 기록을 읽고 출근을 서둘렀다. 몇 달이 지나면서 아레스는 닐이 가르쳐주는 삶의 모습들을 거의 모두 인정하게 되었고 그러나 닐에 대해 어떤 개인적인 감정은 느껴지지 않았다. 그저 닐의 기록을 몇 달 간 보면서 제대로 생각하는 것을 배웠으며 따라해 볼 수 없는 사랑의 무게를 느꼈을 뿐이다. 아레스는 계산원으로 지내는 것도 좋았고 어느 순간 자신이 문제 삼고 있던 모든 것이 사라졌음을 깨달았다. 그녀는 하루하루 생(生)을 이어가는 것도 괜찮았고, 딱히 대학을 나와서 연구를 하고 싶지도 않았다. 그녀가 알고 싶었던 것은 러브 시미어와 그 후의 닐의 기록을 통해 말끔히 머릿속에서 사라진 것이다. 아레스는 모든 것이 풍요로워졌다고 느꼈고 계속 계산원으로 일했다. 아레스는 어느 날 퇴근하고는 카페에 앉아 닐의 기록을 베껴 썼다.

무엇보다 중요했던 건, 랄프, 리브타뉴의 남자로서 서는 것이었네. 그리고 무엇보다 중요했던 건, 랄프, 우리가 리브타뉴의 남자들로서 존재했던 것이네. 다시 중요한 것이 하나 더 있다면, 그것은 내가 죽음 속에서 사는 법을 배운 것이네. 그로인해 내 죽음이 그러한 완전한 사라짐이 오히려 가벼운 것이 되었으니. 랄프, 시간이 흐르고 죽음 속으로 들어갈 우리에게 남은 것이란, 우리 자신과 우리의 삶에 대해 우리가 가졌던 자세일 거라네. 그 외에 우리가 더 가져야할 것이 무엇인가. 자네는 그걸 가졌다고 생각하네. 내 삶이 끝나가는 이 시점에서 내가 가져갈 것이란 그것이라고 생각하네. 린지 홀 또한 자신만의 그것을 가졌을 터이니 이제는 슬퍼하지 않을 걸세. 나를 위한 시간이 곧 다가오겠지. 더 이상 인식할 수 없는 나의 상태 말일세.

아레스 피겨아웃은 문득 겨울의 모모켄트 사막에서 차갑고 메마른 바람이 불어오는 것을 느낄 수 있었다. 그녀는 자신도 사막 속으로 들어가고 있는 거라고 생각했다. 모든 고귀한 것들이 숨겨져 있는 삶의 중심부로 말이다.

Desert

초판 1쇄 인쇄 2012년 3월 30일

지은이 Hyunjeong, Jang
발행인 김재홍
교정교열 류정보
책임편집 이은주
디자인 신성일
마케팅 이연실

발행처 도서출판 지식공감
등록번호 제396-2012-000018호
주소 경기도 고양시 일산동구 견달산로225번길 112
전화 031-901-9300
팩스 031-902-0089
홈페이지 www.bookdaum.com
전자우편 book@bookdaum.com

가격 13,000원
ISBN 978-89-968332-0-8 03810